DIE GELIEBTE DES SCHWARZEN WOLFES

SHIFTERS UNBOUND 11

JENNIFER ASHLEY

Übersetzt von
JULIA BECKER

JA / AG PUBLISHING

KAPITEL EINS

„Sind Sie Angus?"

Angus Murray, der schwarze Wolf aus der Shiftertown von New Orleans, sah sich bewusst langsam um. Aus dem Inneren der Bar, für die er als Türsteher arbeitete, dröhnte Musik, bunte Lichtkegel der Stroboskopleuchten zuckten durch die Nacht, und eine kleine Lampe über dem Eingang warf weißes Licht auf den Vorplatz. Angus stand genau in ihrem Schatten.

„Weiß nicht", antwortete er. „Bin ich das?"

Der Typ, der ihn angesprochen hatte, war ein klassischer Schlipsträger — perfekt geschnittener Anzug, makellose Frisur —, doch er hatte die harten Gesichtszüge eines Soldaten. Er hatte die Uniform ganz offensichtlich gegen das Einstecktuch getauscht und wirkte mit seinem geleckten Äußeren in der Shiftergroupie-Bar völlig fehl am Platz.

„Ich habe einen Job für Sie", verkündete er.

Angus sah von seinen fast zwei Metern auf ihn hinab und wischte sich einen Schweißtropfen weg, bevor er ihm in seinen kurz rasierten Bart laufen konnte.

„Ich habe schon einen Job." Angus wies auf das rappelvolle, fünfstöckige Gebäude, in dessen Mitte ein offenes Treppenhaus lag. Paare flirteten auf der Tanzfläche oder machten in dunklen Ecken miteinander herum. Hier kamen Shifter und Menschen zusammen – Erstere aus Langeweile, Letztere aus Faszination. „Ich sorge dafür, dass sich die Shifter und die Menschen, die da drinnen abfeiern, nicht an die Gurgel gehen. Gegenseitig oder untereinander."

Wie aufs Stichwort fing ein Mensch ganz in der Nähe prompt an, einer Shifterin auf die Nerven zu gehen. Er war betrunken und gestikulierte mit seiner Bierflasche, bis er ihr damit ins Gesicht schlug.

Shifterinnen konnten hervorragend auf sich selbst aufpassen, deshalb hielt sich Angus genau bis zu dem Moment zurück, in dem sich die Shifterin vor Wut fauchend vor dem Mann aufbaute. Das Halsband, das dafür sorgen sollte, ihre Aggressionen zu zügeln, sprühte Funken, aber das hielt sie nicht davon ab, den Mann an den Füßen zu packen und kopfunter vor sich baumeln zu lassen.

Angus drängte sich zu ihr durch. „Lass ihn runter, Süße."

Die Frau, eine Felidin, hatte eine Schramme auf der Wange, und in ihren Augen loderte Zorn. „Der Mistkerl hat mich geschlagen. Weil ich keine Lust hatte, da hinten in der Gasse mit ihm rumzumachen."

„Ich weiß. Ich hab's gesehen. Du musst ihn trotzdem loslassen."

Angus' Tonfall duldete keinen Widerspruch. Es war seine Aufgabe zu verhindern, dass Shifter Menschen verletzten, ganz egal wie sehr sich Letztere danebenbenahmen, damit seinesgleichen nicht verhaftet und am Ende gar exekutiert wurden. Keine Gewalt gegen Menschen. Das war die oberste Regel. Die Felidin stammte zwar aus seiner eigenen Shiftertown, doch auch für sie konnte er kein Auge zudrücken.

Sie bedachte Angus mit einem Lächeln, bei dem ihre langen Reißzähne aufblitzten. „Aber gern", sagte sie und ließ den Menschen jäh zu Boden fallen.

Der Mann schrie auf und versuchte hektisch auf die Füße zukommen. Die Felidin machte eine Geste, als wolle sie sich

Schmutz von den Händen wischen, und verschwand unter dem Jubel ihrer Freunde in der Menge.

Angus half dem Mann auf. „Sie gehen besser."

Der Mann riss sich los. „Fassen Sie mich nicht an, Sie Freak. Ich will, dass diese Schlampe verhaftet wird – und ich verklage die Bar."

Angus packte ihn an der Schulter. „Das war kein Vorschlag."

Das unterschwellige Knurren in seiner Stimme war gerade laut genug. Angus war groß und stark und hatte in der Regel einen ziemlich grimmigen Gesichtsausdruck, was insgesamt half. Sein Junges Ciaran behauptete, dass er dann aussah wie ein Wolf mit Zahnschmerzen.

Der Mann setzte zu einer unfreundlichen Erwiderung an, bemerkte dann Angus' Blick, schluckte trocken und entschloss sich zum Rückzug. Mit gesenktem Kopf schlich er aus der Bar und murmelte dabei, dass er von dem Laden ohnehin die Nase voll habe.

Der Anzugträger löste sich aus dem Schatten, mit dem er zuvor verschmolzen war. „Ich hatte recht. Sie sind genau das, was wir brauchen."

Das klang gar nicht gut. „Wofür?"

Der Mann bedeutete Angus mit dem Zeigefinger, ihm zu folgen, und wandte sich ab.

Angus schätzte diese Geste nicht besonders. Der Finger störte ihn, weil er ausdrückte, dass sich sein Besitzer für den dominanten Gesprächspartner hielt. Der Typ war garantiert für die Shifterbehörde tätig. Niemand sonst hätte es gewagt, in eine Shifterbar zu kommen und derart den Dicken zu markieren.

Angus folgte dem Typen aus zwei Gründen. Erstens war seine Schicht fast vorbei und seine Ablösung bereits eingetroffen. Zweitens hatte Angus das ungute Gefühl, dass die Shifterbehörde nicht zögern würde, seinen Sohn als Druckmittel zu benutzen, wenn er ihren Agenten nicht wenigstens ein bisschen Respekt entgegenbrachte.

Ciaran war sein Ein und Alles. Die Mutter des Jungen war bereits ins Sommerland gegangen, aber für Angus war sie schon lange vorher gestorben gewesen. Seine ganze Liebe galt jetzt dem vorlauten kleinen Wolfsjungen.

Der Anzugträger führte Angus ins Büro des Managers. Es wurde kaum genutzt und war auch jetzt leer.

Während der Mann die Tür schloss, lehnte sich Angus an den Schreibtisch, verschränkte die Arme und legte entspannt einen Fuß über den anderen. *Du machst schon wieder dicht, Dad,* hätte Ciaran gesagt. *Du musst die Leute auch mal an dich ranlassen.*

Bei anderen Shiftern hatte er sicher recht. Das galt allerdings nicht für die Vollpfosten von der Shifterbehörde.

„Was verschafft mir die Ehre?" Angus knurrte die Worte förmlich. „Sie reden doch sicher nicht von einem bezahlten Job."

Der Anzugträger schüttelte den Kopf. Die Tatsache, dass er mit einem gereizten Lupid-Shifter allein war, schien ihn nicht im Geringsten zu beeindrucken. Sein dunkles Haar schimmerte im Licht der Bürolampe, seine Augen waren klar und blau. Sein Jackett schwang ein wenig auf und enthüllte Angus ein Holster mit einer seltsam aussehenden Waffe — vermutlich eine Beruhigungspistole oder ein Taser. Es spielte keine Rolle.

„Keine Bezahlung", bestätigte der Mann Angus' Verdacht. „Aber Sie werden es trotzdem tun. Wie gesagt, wir brauchen Sie."

„Ich bin gerührt." Angus richtete sich zu seiner vollen Größe auf, ehe er diesem Schwachkopf klarmachte, wo er ihn mal lecken konnte. „Leider bin ich ziemlich beschäftigt."

„Das war kein Vorschlag." Der Typ benutzte genau Angus' Worte, eine andere Angewohnheit, die ihn ziemlich nervte.

„Na schön, hören Sie mal zu", setzte er an. „Mir ist schon klar, dass Sie Behördenfuzzis glauben, Sie könnten Shifter einfach so herumkommandieren, aber auch für Sie gelten Regeln. Ich habe einen Job, mit dem ich mich und mein Junges über die Runden bringe. Ich habe das Recht, dieser

Arbeit ungehindert nachzugehen, und nur weil die Shifterbehörde ein paar Extramuckis braucht, muss ich das alles bestimmt nicht aufgeben."

Der Anzugträger zog eine Visitenkarte und einen kleinen braunen Umschlag aus seiner Jackettasche. Er hielt Angus die Karte hin, und als der sich nicht rührte, ließ er sie auf den Tisch fallen.

„Ich bin Jayson Haider, Special Operations. Wir rekrutieren Sie, weil Sie Tracker sind, ein ziemlich guter noch dazu, und weil Sie jemanden für uns finden müssen, der sich als außergewöhnlich schwer zu fassen erwiesen hat."

Haider zog ein paar grobkörnige Fotos aus dem Umschlag und warf sie auf den Tisch.

Das erste war aus großer Entfernung aufgenommen und zeigte eine Frau mit langem Haar, halb dem Betrachter zugewandt, als hätte sie keine Ahnung, dass sie fotografiert wurde. Die Aufnahme war gerade scharf genug, um zu erkennen, dass sie spitze Züge, sehr viele Haare und einen Gesichtsausdruck hatte, der dem von Angus in Sachen Griesgrämigkeit in nichts nachstand.

Bild zwei und drei waren aus noch größerer Entfernung aufgenommen und zeigten ein fliehendes Tier, das praktisch nicht zu erkennen war.

„Das Zielobjekt heißt Tamsin Calloway. Sie trägt kein Halsband, ist auf der Flucht und muss unbedingt eingefangen werden."

Angus berührte die Bilder und wünschte sich, das Gezeigte besser erkennen zu können, aber die Auflösung wurde nicht besser.

„Von mir", stellte Angus fest.

„Von Ihnen."

„Warum?" Angus fegte die Fotos beiseite. „Sie haben doch bestimmt genug Shifter in der Hinterhand, die die Drecksarbeit für Sie erledigen und wilde Shifter für Sie aufspüren. Ich habe die Frau noch nie gesehen."

„Ach nein?" Haider schien ehrlich erstaunt. Glaubte er

wirklich, alle Shifter wären automatisch beste Freunde? Was für ein Idiot. „Sie hat Ihren Bruder gekannt."

Angus blieb einen Moment lang die Luft weg. Als er wieder atmen konnte, bebte sein ganzer Körper vor Zorn. „Kein Wort über meinen Bruder."

Gavan, Angus' älterer Bruder, war tot, vor Jahren bei dem Versuch gestorben, Shifter aus der Gefangenschaft zu befreien. Er war der Anführer einer Gruppe von Rebellen gewesen, die sich erst bemüht hatte, mit der Shifterbehörde und den Regierungen verschiedener Länder über die Freiheit der Shifter zu verhandeln, und sich schließlich gewaltsamerer Mittel bedient hatte.

Gavan hatte Demonstrationen vor Büros der Shifterbehörde angeführt und war Drahtzieher von Angriffen auf sie gewesen, um zu zeigen, wie gefährlich Shifter sein konnten, wenn sie das wollten. Das zumindest hatte die Shifterbehörde ihm unterstellt. Angus hatte Gavan seit der Nacht nicht mehr gesehen, in der sein Bruder mit Zähnen und Klauen versucht hatte, ihn für seine Sache zu gewinnen.

Doch Angus hatte die ganze Aktion für sinnlos und dumm gehalten und war überzeugt gewesen, dass dabei nur Shifter zu Schaden kommen würden. Gavan hatte ihn einen Feigling und Stiefellecker genannt. Sie hatten sich im Zorn getrennt. Dass sich dann auch noch Angus' Gefährtin April ihren Sohn geschnappt und sich Gavan angeschlossen hatte, hatte das Fass zum Überlaufen gebracht.

Angus hatte Gavan erst wiedergesehen, als er tot – erschossen wie der Rest seiner Rebellengruppe, einschließlich April –, vor ihm auf dem Boden gelegen und darauf gewartet hatte, dass der Wächter ihn ins Sommerland schickte.

Angus und der Anführer seiner Shiftertown hatten darauf bestanden, dass die Shifterbehörde ihnen eine Bestattung nach Shifterart gewährte – wobei der Wächter ihre Seelen befreite, indem er den Toten sein magisches Schwert ins Herz stieß, sodass ihre Körper zu Staub zerfielen –, statt sie in einem Massengrab zu verscharren. Shifter graute es vor Erdbestattungen. Wenn ihre Körper nicht zu Staub werden konnten, wanderten ihre Seelen rastlos umher und waren dadurch leichte Beute für magische Kreaturen, allen voran Feen, die sie versklaven konnten.

Während der Wächter der Shiftertown von New Orleans zuerst Gavan, dann April und nach und nach alle anderen erlöst hatte, hatte Angus Ciaran abgeschirmt, damit er es nicht mitansehen musste.

Wenn die Frau auf dem Foto tatsächlich zu Gavans Gruppe gehört hatte, warum war sie dann als Einzige noch am Leben und auf freiem Fuß, und wie nah hatte sie Gavan gestanden?

Oder war das alles schlicht und ergreifend Bullshit? Angus traute der Shifterbehörde durchaus zu, sich den ganzen Müll bloß ausgedacht und seinen Bruder ins Spiel zu gebracht zu haben, damit er die Frau aus welchem Grund auch immer für sie fand. Vielleicht hatten sie bei der alltäglichen „Wem machen wir heute das Leben zur Hölle"-Lotterie auch nur zufällig seinen Namen gezogen.

„Ich frage noch mal", sagte Angus. „Warum ausgerechnet ich? Haben Sie keine anderen Bluthunde, die Shifter für Sie ergreifen können?"

„Sie ist in dieser Gegend gesehen worden", erwiderte Haider ungerührt. „Wenn sie Ihrem Bruder nahegestanden hat, vertraut sie höchstwahrscheinlich auch Ihnen."

„Das möchte ich bezweifeln. Warum wollen Sie sie so unbedingt in die Finger kriegen? Warum erregt eine einzelne, relativ junge Shifterin so viel Aufmerksamkeit bei Ihrer Behörde?"

Endlich waren Haider Emotionen anzumerken – Ungeduld, Frust und Wut. „Sie hetzt andere Shifter auf, sabotiert unsere Fahrzeuge, bricht in unsere Büros ein, um dort Akten zu vernichten, und belästigt unsere Agenten. Allem Anschein nach hat sie vor einem Monat zwei Agenten in Shreveport getötet. Wir können sie nicht auf freiem Fuß lassen."

„Allem Anschein nach?" Angus hegte Sympathien für eine

Shifterin, die der Behörde das Leben schwer machte, doch Gestaltwandler waren keine kaltblütigen Killer. Kämpfer, ja, aber keine Mörder.

„Man hat die zerstückelten Leichen zweier Agenten gefunden", antwortete Haider knapp. „Zweifellos das Werk eines Shifters."

„Lassen Sie mich das noch mal zusammenfassen. Ich soll für Sie eine Frau fangen, die höchstwahrscheinlich zwei Menschen getötet hat, da sind Sie sich allerdings nicht ganz sicher, und das alles anhand dieser unscharfen Fotos? Außerdem hat sie irgendwann mal was mit meinem Bruder zu tun gehabt?" Angus hob abwehrend die Hände. „Vergessen Sie's. Ich bin kein so großer Fan der Behörde, dass ich Ihnen helfen würde, Ihre Pannen auszubügeln."

Haider kniff die Augen zusammen. „Sie werden tun, was wir von Ihnen verlangen, sonst sähen wir uns nämlich gezwungen, erneut Ihre Mittäterschaft bei der Revolte Ihres Bruders zu überprüfen."

Angus sandte ihm einen genervten Blick. „Man hat mich schon vor Jahren von jeglichem Verdacht freigesprochen. Das wird auch wieder passieren. Damit hatte ich nichts am Hut, das weiß jeder."

„Na schön." Der Mann drückte den Rücken durch und presste die Lippen aufeinander. „Ich wollte es nicht so weit kommen lassen. Ich hatte gehofft, Sie wären vernünftig, doch dann bleibt mir nichts anderes übrig."

„Ich will Ihnen nicht zu nahe treten, Haider, aber verpissen Sie sich. Ich hau ab und gehe heim." Angus trat zum Rechner auf dem Schreibtisch, um seinen Code einzugeben und den Arbeitstag elektronisch zu beenden, als Haider erneut das Wort ergriff.

„Ihr Sohn. Ciaran."

Angus erstarrte, seine Finger schwebten über dem Touchscreen. „Was ist mit ihm?"

„Er ist nicht daheim. Ich habe meine Agenten angewiesen, auf ihn aufzupassen, bis Sie Tamsin Calloway bei uns abliefern."

Nach den ersten paar Worten hörte Angus nicht mehr zu. Er sprang Haider über den Tisch hinweg an und presste ihn gegen die nächstgelegene Wand.

„Regel Nummer eins", knurrte er, und sein Gesicht nahm die Gestalt der Bestie zwischen Mensch und schwarzem Wolf an. „Finger weg von den Jungen."

„Ihm wird nichts geschehen", sagte Haider ausgesprochen ruhig für jemanden, dem ein Wolf die Klauen um den Hals gelegt hatte. „Wenn Sie kooperieren."

„Träum weiter, Sackgesicht …" Ein elektrisches Knistern unterbrach Angus' Erwiderung, als sein Halsband und der Taser in Haiders Hand gleichzeitig auslösten und schreckliche Schmerzen durch Angus' gesamten Körper jagten.

———

Zwei Stunden später schlenderte Angus in eine illegale Spielhalle im Bayou, auf die Haiders Agenten durch einen Tipp gestoßen waren. Im Laufe der vergangenen Woche war Tamsin Calloway immer wieder rund um Houma und noch kleineren Städten beobachtet worden, wo sie offenbar irgendetwas im Schilde führte – niemand wusste genau, was.

Sie hatte mehrfach das alte Herrenhaus der ehemaligen Plantage besucht, dessen Hinterzimmer als Spielhölle diente, was der örtlichen Polizei bekannt war, auch wenn die geflissentlich darüber hinwegsah. Irgendjemand profitierte dort offenbar vom Füßestillhalten.

Angus fuhr von New Orleans aus in dem abgehalfterten alten Kombi aus dem letzten Jahrhundert dorthin, den ihm Haider zur Verfügung gestellt hatte. Er hatte das Auto zunächst für einen schlechten Scherz gehalten und abgelehnt, doch Haider hatte ihm versichert: „Wenn Sie den nehmen, wird sie nie darauf kommen, dass Sie ein Shifter sind. Die Sache muss schnell gehen. Wenn Sie alles richtig machen, werden Sie bereits heute Abend wieder mit Ihrem Jungen vereint sein."

Angus hatte Haider nur nicht auf der Stelle erwürgt, weil er Ciaran schützen musste. Die Shifterbehörde mochte sein Junges nicht töten – das würden sie nicht wagen, denn das hätte selbst für sie Folgen gehabt –, aber es war durchaus möglich, dass man ihm Ciaran für immer wegnahm und als Pflegekind in eine Shifterfamilie am anderen Ende der Welt gab, ohne dass Angus ihn je hätte wiedersehen können.

Dann hätten sie ihn genauso gut umbringen können, dachte Angus verbittert. Ihm war mit Ausnahme von Ciaran nicht viel geblieben. Sein Sohn bedeutete ihm alles.

Er parkte das Auto an einer verlassenen Tankstelle ein Stück vom alten Plantagengebäude entfernt und näherte sich zu Fuß. Das hatte er sich vorher so überlegt, um zu verhindern, dass ihn nach erfolgreichem Zugriff andere Gäste zugeparkt hatten. Vielleicht wollte er auch nur verhindern, dass er ausgelacht wurde, weil ihn jemand dabei beobachtete, wie der vermeintlich große böse Wolf aus einem Kombi mit ausgeblichenem Lack und Holzverkleidung ausstieg.

Autos und Motorräder standen kreuz und quer um das Haus herum, was seine Befürchtung im Hinblick auf das Parken bestätigte. Die Spielhalle war ganz offenbar beliebt.

Alte Plantagenhäuser dienten in dieser Gegend entweder als Touristenattraktion, wenn jemand das Geld hatte, sie zu sanieren, oder sie gehörten Privatleuten ohne das entsprechende Vermögen und zerfielen langsam. Die Spielhölle schien in einigermaßen gutem Zustand zu sein. Die Säulen der Veranda zeichneten sich gespenstisch weiß im Nebel ab, und hinter den Fenstern flackerten Lichter.

Angus bewegte sich schwerfällig, weil sich sein Nervensystem erst noch von den Elektroschocks des Halsbands und Tasers erholen musste. Haider hätte ihm das nicht antun müssen, aber der Typ war einfach ein Sadist. Angus hatte sofort gewusst, dass er die Shifterin jagen und einfangen würde, als Ciarans Name gefallen war. Er hatte Haider angegriffen, um ihm vor Augen zu führen, was er mit ihm anstellen würde, wenn er Ciaran auch nur ein Haar krümmte. Es war nicht nötig gewesen, Angus gewaltsam zu unterwerfen.

Ein menschlicher Türsteher, fast so groß wie ein Shifter, bewachte das Gebäude. Er musterte Angus argwöhnisch, bis dieser ihm das Codewort nannte. Es hatte zu Haiders Briefing gehört.

Erneut fragte sich Angus, warum Haider nicht einfach ein Einsatzkommando in schwarzen Kampfanzügen und mit Betäubungsgewehren losgeschickt hatte, um die Gesuchte dingfest zu machen. Der Mann hatte ihm definitiv etwas verschwiegen.

Als Angus in das schummrig beleuchtete Innere des Hauses trat, stellte er sofort fest, dass es sich nicht bloß um ein Hinterwäldler-Casino handelte. Rechts vom Foyer lag ein großer Raum mit dunkel verhangenen Lampen. Auf Sofas rekelten sich eng zusammengedrängt Leute. Den Gerüchen nach zu urteilen, die Angus wahrnahm, handelte es sich um Menschen und Shifter.

Beide Gruppen waren auch im ersten Obergeschoss vertreten. Spannend. Betrieb hier jemand heimlich einen Puff oder diente dieser Ort einfach dazu, dass sich Menschen und Shifter treffen konnten, ohne viel Aufsehen zu erregen?

Ein dunkelhäutiger Shifter kam die Treppe herunter. Er war fast so groß wie Angus, aber nicht so breit, sondern eher sehnig. Angus baute sich vor ihm auf.

„Was machst du hier?", fragte er leise. Er sprach den Shifter nicht mit Namen an, obwohl er ihn seit Jahren kannte – Reginald McKee, der Stellvertreter des Anführers der Shiftertown. Es war einfach nicht klug, hier mit Namen und Rängen um sich zu werfen.

Reg blieb auf der untersten Stufe stehen und schien ein klein wenig peinlich berührt. „Ich vertreibe mir nur die Zeit, und du?"

„Ich suche jemanden", antwortete Angus kaum hörbar. Reg verstand ihn dank seiner Shiftersinne, und wenn er lauter gesprochen hätte, hätten es auch alle anderen Shifter hier mitbekommen. „Eine Shifterin."

Reg lachte leise. „Könntest du dich etwas genauer ausdrücken?"

Angus beugte sich vor und flüsterte ihm den Namen ins Ohr.

Reg musterte ihn nachdenklich, dann schüttelte er den Kopf. „Keine Ahnung, mein Freund. Tut mir leid."

„Hilfst du mir, sie zu suchen?"

Plötzlich war Reg ganz ernst. „Warum? Ist ihr Gefährte sauer auf sie oder so?"

Angus fuhr sich mit der Hand durchs ungekämmte Haar. „Es ist kompliziert."

Reg konnte die Gestalt eines Servals annehmen, einer eher zierlichen Raubkatze, die unheimlich wild werden konnte. Was ihm in Tierform an Masse fehlte, machte er mit Schnelligkeit, Gerissenheit und Vorsicht wett.

Er merkte, dass er nicht die ganze Wahrheit zu hören bekam, doch Angus konnte ihm das jetzt nicht erklären. Nicht, solange Ciaran in Gefahr war.

„Ich schau mich mal um", sagte Reg. „Wie sieht sie denn aus?"

„Rotes Haar, noch ziemlich jung ..." Frustriert brach Angus die Beschreibung ab. Mehr Informationen hatte er nicht, und Haider hatte ihm nicht einmal gesagt, was für eine Shifterin sie war. Vielleicht wusste er das auch gar nicht.

Reg hob die Brauen. „Alles klar. Wenn sie mir hier irgendwo auffällt, geb ich dir Bescheid. Ich werde sie nicht selbst festhalten."

„Das ist wahrscheinlich besser", pflichtete ihm Angus bei. „Wo ist das Spielzimmer?"

„Da hinten." Reg musterte Angus weiter genau. „Darüber reden wir noch, mein Freund."

„Jap, aber später."

Reg hatte die Rolle des stellvertretenden Anführers der Shiftertown übernommen, als Angus sie wegen Gavan hatte aufgeben müssen. Er fühlte sich schlecht deswegen, obgleich Angus ihm das nie vorgeworfen hatte …

„Viel Glück." Reg nickte und lief leichtfüßig und mit katzenhafter Geschmeidigkeit die Treppe wieder hinauf, um sich auf die Suche zu machen.

Angus, Wolf, der er war, wandte sich langsamer in den Flur, den Reg ihm gewiesen hatte, spähte in ein paar der Räume und entdeckte schließlich das Kartenzimmer. Es gab keinerlei Wachen. Anscheinend konnte hier jeder sein Glück am Pokertisch versuchen, wenn er das nötige Geld mitbrachte.

Trotz der Lampen unmittelbar über dem Tisch war es in dem Raum so düster wie überall im Haus. Außerdem war er verqualmt – hier hatte man die Raucher noch nicht nach draußen verbannt. Die Aschenbecher auf und neben dem Tisch quollen über, es stank abscheulich nach Zigarettenrauch.

Durch den Dunst entdeckte er sie.

Tamsin Calloway wirkte jünger als auf dem Foto. Sie hatte eine hohe Stirn und flammend rotes Haar, ihr Gesicht hatte ein vergleichsweise spitzes Kinn. Die Farbe ihrer Augen konnte er aus der Entfernung nicht ausmachen, doch sie hatte die blasse Haut einer echten Rothaarigen aus den nördlicheren Gefilden Schottlands. Angus hatte im Feenreich Elfen mit dieser Haarfarbe gesehen.

Am Tisch saßen außer ihr noch sieben Männer, allesamt Menschen. Sie hielt die Karten nachlässig in beiden Händen, hatte sich mit einem kleinen Lächeln ein Stückchen über den Tisch gebeugt und schien den nächsten Einsatz kaum abwarten zu können. Das Spiel war Poker – Texas Hold 'em –, und auf dem Tisch lagen zwei Damen, ein Bube und eine Zehn. Daneben stapelte sich ein beträchtlicher Haufen Bargeld. Es gab hier offenbar keine Jetons.

Während Angus noch grübelte, wie er am besten vorgehen sollte, warf einer der Männer Tamsin einen finsteren Blick zu. „Ich erhöhe um hundert." Er schob mehrere Zwanziger in die Mitte.

„Will ich sehen", erwiderte Tamsin weiter lächelnd.

Vier der anderen Männer stöhnten und legten die Karten auf den Tisch. „Passe", sagten sie nacheinander, und einer setzte hinzu: „Ich bin so was von raus."

Drei Männer und Tamsin waren noch im Spiel. Zwei der Männer gingen mit, was den Typ mit den Zwanzigern in Zugzwang brachte. Er ließ zwei weitere Zwanziger und einen Zehner auf den Haufen fallen. „Erhöhe um fünfzig."

Tamsin zuckte die Achseln und legte den nötigen Einsatz drauf. Ein weiterer Mann warf angewidert die Karten weg. „Ich steige aus."

Jetzt waren es nur noch drei. Einer der beiden Männer betrachtete die Karten in seiner Hand kritisch, dann die vier auf dem Tisch und den Pot. Er seufzte und rutschte mit dem Stuhl nach hinten. „Verdammt."

Der verbleibende Spieler musterte Tamsin. Er beugte sich vor, und seine Körperhaltung verriet, wie wütend er war. Wenn er nicht gewann, könnte die Situation für Tamsin sehr schnell sehr unangenehm werden.

„Ich gehe mit", knurrte der Mann.

Tamsin legte die Karten auf den Tisch. „Zwei kleine Damen machen den Vierer perfekt."

Dem Typen entfuhr eine Reihe wüster Flüche. Ihm fielen Karten aus der Hand, mit denen er nie im Leben gewonnen hätte.

„Du bescheißt, du blöde Schlampe!"

Tamsin zog das Geld mit beiden Armen zu sich und stand auf. Ohne dem erzürnten Mann und seinen Freunden, die beschwichtigend auf ihn einredeten, Beachtung zu schenken, schaute sie quer durch den Raum direkt zu Angus.

Er erstarrte und gab sich Mühe, wie ein dahergelaufener Shifter zu wirken, der in dem abgelegenen Casino lediglich seine Langeweile bekämpfen wollte.

Aber Tamsin war nicht dumm. Ihr Blick hatte keinen Zweifel gelassen, dass sie ihn schon lange als Shifter erkannt hatte und wusste, warum er gekommen war. Ihre Augen waren goldbraun, das hatte Angus dank des Lichts über den Pokertisch bereits ausgemacht, fast von der Farbe von Whisky. Unter dem Gestank der Menschen und dem Rauch nahm er schwach ihren Duft wahr – scharf und würzig wie Muskat.

Tamsin stopfte sich die Geldscheine mit beiden Händen in die Taschen und zog sich eilig vom Spieltisch zurück.

„Ich muss dann mal los, Jungs. Danke für die Runde."

Sie machte zwei große Schritte, warf mit einem breiten Grinsen einen Blick zurück und war im nächsten Moment mit den Schatten verschmolzen.

Angus stürmte ihr quer durch den Raum hinterher. Vor der Wand am anderen Ende des Raums, direkt wo sie verschwunden war, hing ein schwerer Vorhang, den Angus ruckartig zurückkriss. Dahinter kam ein offenes Fenster zum Vorschein, durch das er in die Nebelschwaden starrte, die um das Haus waberten.

Angus quetschte sich durch die für ihn schmale Öffnung und landete auf der Veranda, die rund um das Haus verlief.

Der Nebel hing schwer zwischen ihm und den Bäumen hinter dem Haus in der Luft, es war vollkommen still. Tamsin, ihr flammendes Haar und ihr Muskatduft waren wie vom Erdboden verschluckt.

KAPITEL ZWEI

D as war knapp gewesen, viel zu knapp, rügte sich Tamsin, während sie zwischen den Bäumen hindurch über den aufgeweichten Boden rannte.

Was für einen Jäger hatten sie denn bitte diesmal auf sie gehetzt? Sie hatte ihn durch den ganzen Raum gewittert. Shifter, Lupid, ziemlich sauer.

Verdammt. Wölfe waren hervorragende Tracker. Es würde schwer werden, ihn abzuschütteln.

Tamsin bewegte sich so schnell, wie sie es wagte. Sie durfte unter keinen Umständen Lärm verursachen, sonst würde der Wolf sie auf jeden Fall hören. Natürlich wäre die Flucht in ihrer Tiergestalt wesentlich einfacher gewesen, doch dann hätte sie ihre Kleidung und ihr ganzes Geld zurücklassen müssen, und der Wolfstyp würde beides mit Sicherheit finden. Mistkerl. Wie konnte es ein Shifter mit sich vereinbaren, für die verdammte Behörde zu arbeiten?

Eine innere Stimme mahnte sie, dass er vielleicht gar nichts mit der Shifterbehörde zu tun hatte. Er konnte genauso gut für andere Shifter arbeiten, die ihrer aus ganz eigenen Interessen habhaft werden wollten. Das kam schon mal vor.

Ganz gleich, wer seine Auftraggeber waren, Tamsin musste

auf der Stelle verschwinden. Sie hielt unbeirrt auf das tiefere Dickicht zu. Dummerweise hatte sie vorher keine Zeit gehabt, den Ort auszukundschaften, wie sie es sonst gerne tat. Sie hatte geglaubt, ausreichend Zeit zu haben, um zu ihrem Motorrad zu kommen und zurück zum Bed and Breakfast zu fahren, in dem sie sich ein Zimmer genommen hatte. Warum hätte sie auch vorher durch den Bayou rennen sollen? Hätte sie das Geld nicht so dringend gebraucht, wäre sie heute Abend nicht einmal hier gewesen.

Die Straße lag doch sicher in dieser Richtung. Oder? Tamsin sog langsam die Luft ein, aber ihre Nase war in Menschengestalt nicht annähernd so gut wie als Tier. Auch ihre Augen ließen im Vergleich zu denen des Tiers einiges zu wünschen übrig.

Mit diesen Gedanken im Kopf rannte sie ohne verlässlichen Richtungssinn durch unbekannte Wälder vor einem Wolf davon. Die Göttin meinte es in dieser Nacht nicht gut mit Tamsin Calloway.

Dunst stieg unter den Bäumen auf, und dieser Teil der Bayous war berüchtigt dafür, dass der Boden unvermittelt in Sumpf überging. Tamsin bevorzugte trockenere Gegenden mit Bergen, Wäldern und frischer Luft, doch wenn man auf der Flucht war, konnte man sich seine Umgebung eben nicht aussuchen.

Sie rannte immer weiter und rutschte dauernd im Matsch aus, der an ihren Stiefeln klebte und ihre Jeans bis oben hin vollspritzte. Die schwüle Luft machte ihr sehr zu schaffen, und sie war viel zu dick angezogen für den lauen Septemberanfang im südlichen Louisiana.

Der Göttin sei Dank, da vorn ist die Straße. Tamsin erspähte den schwarzen Streifen Asphalt im Schein einer Laterne zwischen den Bäumen und hielt darauf zu. Die Straße würde ihr den Weg direkt zu der Kreuzung weisen, an der sie ihr Motorrad versteckt hatte.

Es würde dem Wolf von hier an schwerer fallen, ihrer Fährte zu folgen, aber er würde sie nicht zwangsläufig verlieren. Tamsin warf einen prüfenden Blick zurück und versuchte, Witterung aufzunehmen, doch es war niemand zu sehen oder zu riechen. Sie hörte auch nichts nahen, und zumindest ihre Ohren waren als Mensch ziemlich gut.

Vielleicht hatte der Wolf sich gar nicht die Mühe gemacht, ihr durch die Wälder nachzuhetzen. Im alten Plantagenhaus waren einige attraktive Menschenfrauen gewesen, die völlig verrückt nach Shiftern waren. Schon möglich, dass sich der Lupid zum Bleiben entschieden hatte, um ein bisschen Spaß zu haben.

Aber selbst wenn, würde die Zeit für Tamsins Flucht reichen? Sie hoffte, dass der Wolf Sex bitter nötig hatte.

Nahezu lautlos verließ sie die Dunkelheit unter den Bäumen und hastete über den feuchten Asphalt der Straße.

„Wer will sich denn da so schnell vom Acker machen?"

Mist. Tamsin bliebt abrupt stehen und stand zu ihrer Überraschung nicht dem Wolf gegenüber, sondern einem der Typen vom Pokertisch. Nein, drei Typen vom Pokertisch. Sie hatten ihren Truck am Straßenrand abgestellt und warteten jetzt daneben mit verschränkten Armen und stechendem Blick. Hatten sie sie nur durch Glück gefunden? Oder wussten sie einfach, dass der einzige gangbare Pfad, der vom Haus wegführte, hier endete?

„Ich mach mich nicht vom Acker", antwortete Tamsin locker. „Ich bin bloß auf dem Heimweg."

„Mit unserer Kohle", sagte der Typ, der mit Abstand am meisten verloren hatte.

„Die ich fair und ehrlich gewonnen habe. Schönen Abend noch, die Herren."

Sie wollte im Bogen um die Männer herumgehen, doch der Verlierer versperrte ihr den Weg. „Du bist eine betrügerische Schlampe."

Das hatte er ihr bereits am Abend ständig an den Kopf geworfen. „Ich betrüge nicht." Tamsin funkelte ihn an. Sie fühlte sich angegriffen und fragte sich gleichzeitig, warum dieser Vorwurf sie nicht kaltließ. „Ich spiele einfach gut."

„Lass gut sein, Kumpel", schaltete sich sein Freund begütigend ein.

Ja, lass gut sein. Tamsin setzte sich wieder in Bewegung, weil sie ihr Motorrad unbedingt erreichen musste, ehe Captain Wolfspfote endgültig keinen mehr hochkriegte.

„Aber sie hat unsere Kohle", beschwerte sich der Verlierer, „und sie ist ganz allein hier draußen. Die arme kleine Prinzessin."

Tamsin unterdrückte einen tiefen Seufzer. Mit einem von ihnen konnte sie es locker aufnehmen – mit allen dreien nicht unbedingt. Außerdem würden sie bei einem Kampf definitiv merken, dass sie Shifterin war. Sie war viel zu stark für eine Menschenfrau, vor allem für eine so feingliedrige. Wenn sie sich verwandelte und sie dadurch zu Tode erschreckte, würde sie ihre Schlüssel und ihr Geld verlieren und vielleicht nicht die Zeit haben, sich wieder anzuziehen, ehe der Lupid zu ihr aufschloss.

Der eben noch halbwegs vernünftig wirkende Typ, der seinen Kumpel hatte beruhigen wollen, schien Gefallen an der unausgesprochenen Idee zu finden. Er mochte am helllichten Tag, umgeben von Leuten und unter dem Zwang gesellschaftlicher Normen ein anständiger Typ sein, doch jetzt stand er mit seinen behämmerten Freunden nachts auf einer abgelegenen Straße einer einzelnen Frau gegenüber, die jede Menge Geld bei sich hatte.

Das war offenkundig wirklich nicht ihre Nacht.

Zeit für eine Entscheidung. Kämpfen. Nur im größten Notfall verwandeln. Tamsin streifte ihre Jacke ab, aber die Männer hielten sich nicht damit auf, ihr zuzusehen. Noch bevor die Jacke auf dem Boden lag, stürzten sie sich auf sie.

Zu Tamsins Vorteil waren zwei ihrer Angreifer betrunken. Der dritte, der unter anderen Umständen vielleicht ganz anständig gewesen wäre, war fast nüchtern und drosch am brutalsten auf sie ein.

Der schlechte Verlierer strauchelte rückwärts, als Tamsins Stiefel genau ins Schwarze traf. Sie wirbelte herum, landete einen Treffer im Gesicht des zweiten Typen und holte in Richtung des nüchternen dritten aus.

Der Nüchterne wich geschickt aus und schnappte Tamsin von hinten, ehe er sie an seine Brust gepresst vom Boden hochhob. Der zweite Typ erholte sich schnell und packte Tamsins wild zappelnde Beine.

„Ich bin zuerst dran!", schrie der Verlierer. Es war eher ein Quieken als ein Schrei – ihr Treffer hatte ihm ganz schön zugesetzt.

Es gelang Tamsin, einen ihrer Füße freizukriegen, und sie trat nach dem Typen. Er duckte sich zwar rechtzeitig, doch immerhin hatte sie jetzt wieder etwas mehr Möglichkeiten.

Sie wand sich im Griff des nüchternen Typen, der daraufhin noch brutaler wurde und ihr mit dem Unterarm die Kehle zudrückte.

Der Verlierer kam wieder auf die Beine und starrte sie mit einem wütenden Funkeln in den tränenden Augen an. „Halt sie gut fest."

Tamsin konnte ein Bein frei bewegen – wenn er sich entblößte, würde sie ihm direkt in die Eier treten. Ihr wurde langsam schwarz vor Augen, und sie hoffte nur, sie würde nicht ohnmächtig werden, bevor sie sich verwandeln und den Dreckskerlen entkommen konnte.

Ein donnerndes Knurren, das den Boden zum Vibrieren brachte, hallte zwischen den Bäumen hervor, und die Dunstschwaden rissen unter einem unvermittelten Luftzug auf.

Der zweite Mann warf einen panischen Blick in das Dunkel jenseits der Straße. „Was zum Teufel war das?"

Der nüchterne Typ verstärkte den Druck auf Tamsins Kehle. „Wahrscheinlich nur ein dämlicher Köter. Krieg dich wieder ein."

„Klang für mich nicht wie ein Hund. Du weißt schon, dass es in diesen Wäldern spukt?"

„Weichei!", verspottete ihn der Mann, der Tamsin festhielt. „Schaffen wir sie in den Truck. Wir bringen sie irgendwohin und erteilen ihr eine Lektion."

Diese Typen gingen ihr langsam auf die Nerven. Tamsin wehrte sich erneut heftig, doch sie lachten bloß. Irgendwie taten sie ihr langsam leid.

Das Knurren war wieder zu hören. Er warnte sie vor – was für ein netter Lupid. Im Grunde sagte er damit: *Lauft, solange ihr noch könnt.*

Blöd nur, dass Menschen die Sprache der Shifter nicht verstanden. Dem zweiten Typen entfuhr ein spitzer Schrei, und er rannte in Richtung Truck, aber der schlechte Verlierer und der Nüchterne taten, als sei nichts passiert.

Der Typ, der vor ihr stand, packte sie unsanft am Gesicht. „Es wird dir noch leidtun, dass du uns verarscht hast, Miststück."

„Jetzt sei doch nicht so", sagte der Mann, der sie festhielt. „Wir sind nett zu ihr. Es wird ihr gefallen. Sie muss bloß …"

Tamsin würde nicht mehr herausfinden, was sie hätte tun müssen. Ein riesiger schwarzer Schatten sprang unter den Bäumen hervor und riss den Verlierer und den Ängstlichen um. Es war ein gigantischer schwarzer Wolf, der ziemlich sauer knurrte.

Der Arm um Tamsins Kehle lockerte sich. Sie nutzte die Gelegenheit und rammte dem Typen den Ellbogen in den Magen. Er krümmte sich vor Schmerz, und sie riss sich los, schnappte sich ihre Jacke und rannte.

Der Wolf stürzte sich auf die Männer, die Tamsin angegriffen hatten. Funken sprühten durch die Nacht, als das Halsband des Lupids auslöste.

Ach du liebe Güte, warum hatten sie einen Shifter mit Halsband auf sie angesetzt? Halsbänder jagten Stromstöße in die Körper ihrer Träger, weshalb Tamsin sich vor zwanzig Jahren geweigert hatte, eins anzulegen. Deshalb war sie seither auf der Flucht.

Sie wusste, dass die Shifterbehörde gelegentlich freie Shifter zur Mitarbeit zwang, aber diesen Lupid hatten sie offenbar aus einer Shiftertown rekrutiert, diese Mistkerle.

Na toll, jetzt tat er ihr auch noch leid.

Der Wolf hatte mit den drei Menschen, die ihn davon abhielten, die Verfolgung aufzunehmen, alle Hände voll zu tun. Zwar kämpften sie nicht gegen ihn, rannten allerdings wie aufgescheuchte Hühner panisch umher, während einer schrie, sie sollten die Knarre aus dem Auto holen, und die anderen beiden bei dem Versuch immer wieder gegeneinanderstießen.

Tamsin grinste, als sie die Frustration im Knurren des Wolfs hörte.

Sie sprintete, so schnell sie konnte, die Straße entlang, weil es ihr nicht empfehlenswert schien, wieder Deckung in den sumpfigen Wäldern zu suchen. Sie würde dem Asphalt bis zu ihrem Motorrad folgen, und dann war sie vor dem Wolf sicher.

Der Motor eines Pick-ups heulte auf. Wenige Augenblicke später fiel der Lichtkegel der Scheinwerfer auf Tamsin, und der Wagen hielt direkt auf sie zu.

Tamsin sprang in den Straßengraben und landete fluchend in kniehohem Matschwasser. Die Typen im Pick-up achteten gar nicht auf sie, wahrscheinlich hatten sie sie in ihrer Panik nicht einmal gesehen.

Tamsin verließ den Graben und rannte ihnen nach. Ihr Plan war, auf die Ladefläche des Pick-ups zu springen und sich unbemerkt bis zu ihrem Motorrad mitnehmen zu lassen. Das war ja wohl das Mindeste, was die Typen, die sie hatten vergewaltigen wollen, für sie tun konnten.

Der Wagen beschleunigte viel zu rasch, und die Ladefläche verschwand aus Tamsins Reichweite. „Dreckskerle!“, schrie sie ihnen hinterher. „Lasst ihr ernsthaft eine hilflose Frau hier draußen mit einem bösen Wolf allein?“

Offenbar. Der Pick-up fuhr immer schneller, Schlamm und Matsch spritzten von seinen quietschenden Reifen auf, dann war er in der Dunkelheit verschwunden.

„Was für dumme Wichser!“, schimpfte Tamsin in die Nacht. Wenigstens hatte sie ihnen ihr Geld abgeknöpft, und zwar ohne zu betrügen. Die Typen spielten einfach schlecht.

Sie schlüpfte im Laufen in ihre Jacke und rannte weiter am Straßenrand entlang. Hinter sich hörte sie nur das leise

Rascheln des Windes in den Bäumen und das Zirpen der Insekten, die in diesen Wäldern heimisch waren. Der Wolf verursachte kein einziges Geräusch.

Tamsin wusste, dass es dumm gewesen wäre, einen prüfenden Blick nach hinten zu werfen. Lupid-Tracker gaben niemals auf. Sie musste es zu ihrem Motorrad schaffen und so viel Distanz zwischen sich und ihn bringen wie irgend möglich.

Ihre einzige Warnung bestand aus einem warmen Hauch in ihrem Nacken. Da sie mehr oder weniger damit gerechnet hatte, blieb das Überraschungsmoment aus, und sie hastete unbeirrt weiter. Ihr überlegener Geruchssinn und die schärfere Sicht, die es mit sich brachte, Shifterin zu sein, mochten in ihrer Menschengestalt nicht voll ausgeprägt sein, aber sie war so gerissen wie eh und je. Obwohl die Menschen mittlerweile schon so lange von der Existenz der Shifter wussten, waren ihresgleichen noch immer auf freiem Fuß, und das hatte seine Gründe.

Tamsin duckte sich nach links weg, und als der Wolf sie von hinten ansprang, um sie mit sich in den schlammigen Graben zu reißen, wich sie gekonnt nach rechts auf den Asphalt aus. Der schwarze Wolf hatte sich mit solchem Schwung in Bewegung gesetzt, dass er nicht mehr bremsen konnte, und landete mit einem lauten Platschen im Matsch.

Sein wütendes Knurren hätten jedem, der bei Verstand war, das Blut in den Adern gefrieren lassen. Tamsin lachte laut.

„Das hast du davon, dass du für die Shifterbehörde arbeitest!", rief sie und hastete weiter.

Sein kleiner Unfall würde den Wolf nicht lange aufhalten, doch er verschaffte Tamsin einen Vorsprung, der vielleicht reichte, um ihrem Verfolger zu entkommen.

Sie legte das Kinn auf die Brust und zwang ihre Arme und Beine, sich schneller zu bewegen. Ausruhen konnte sie sich, wenn sie in Sicherheit war.

Ihr Motorrad stand hinter der nächsten Kurve, sie hatte es nahe genug am Plantagenhaus geparkt, um im Notfall schnell abhauen zu können, und weit genug, damit niemand es fand und mit ihr in Verbindung brachte. Tamsin hatte Seitenstechen, aber sie gönnte sich keine Verschnaufpause.

Sie entdeckte ihr Motorrad im Schatten der Tankstelle, an der sie es abgestellt und die längst geschlossen hatte. Auf dem dazugehörigen Parkplatz standen zwei Fahrzeuge, ein rostiger SUV, der schon bei ihrer Ankunft dort gestanden hatte, und ein uralter Kombi.

Tamsin warf im Vorbeirennen einen kurzen Blick in beide, sah, dass sie leer waren, und hielt auf ihr Motorrad zu.

Mit einem heftigen Luftzug warf sich der Wolf auf sie und riss sie um.

Er unterband ihren Versuch, wieder hochzukommen, indem er sie auf den Rücken drehte und mit einer seiner riesenhaften Pranken zu Boden drückte. Tamsin wehrte sich heftig und trat nach ihm, die Verzweiflung verlieh ihr Kraft.

Der Wolf war stark. Mit seinem tiefschwarzen Fell wirkte er unter der einzigen Lampe der Tankstelle wie ein Fleck purer Dunkelheit. In seinen grauen Augen loderten Zorn und Entschlossenheit. Sein Blick verriet ihr unmissverständlich, dass er nicht nachlassen würde, bis sie sich ihm ergab.

Tamsin wehrte sich weiter heftig, obwohl sie von ihrem Sprint und dem Kampf mit den Männern erschöpft war. Sie hatte allerdings den entscheidenden Vorteil, dass der Wolf im Gegensatz zu ihr ein Halsband trug. Je aggressiver er wurde, desto mehr würde es ihm wehtun.

Prompt sprühte das Halsband Funken, ein blauer Blitz zuckte rund um den Hals des Wolfes. Er fauchte und schüttelte sich, hielt Tamsin jedoch weiter fest. Mit zusammengebissenen Zähnen ließ er den Schmerz über sich ergehen.

Wow, die Behörde musste ihn ziemlich eingeschüchtert haben. Den Leuten, die ihn auf sie angesetzt hatten, war klar gewesen, dass er nur als Jäger taugte, wenn er noch mehr Angst vor der Shifterbehörde hatte als sie. Bei der Göttin, sie verachtete diese Leute.

Der Wolf drückte sie mit seinem Gewicht auf den feuchten Boden, und spitze Steine bohrten sich ihr in den Rücken. Er hatte die Pranken auf ihre Schultern gestemmt, aber immerhin hatte er die Krallen nicht ausgefahren. Wie rücksichtsvoll von ihm.

Er senkte den Kopf, und sie sah den Zorn in seinen Augen und seine riesigen weißen Zähne, beides viel zu nahe vor ihrem Gesicht. Funken sprühten von seinem Halsband auf ihr Gesicht und die nackte Haut an ihrem Hals und versengten sie.

„Braver Wolf." Sie wand sich in seinem Griff, doch er hielt sie unbeirrt fest. „Lass uns reden."

Der Wolf zitterte, dann erschauerte er und verwandelte sich unter Stöhnen und Knurren in einen sehr großen, ausgesprochen gut gebauten und völlig nackten schwarzhaarigen Mann.

Seine Augen blieben dieselben – wolfsgrau und fest auf sie gerichtet.

„Da gibt es nichts zu reden." Seine Stimme klang kehlig, als wäre der Wolf in ihm noch sehr stark. „Ich liefere dich ab."

„Einen Teufel wirst du!" Tamsin rammte ihm das Knie zwischen die Beine.

Der Wolf wehrte ihren Angriff gekonnt ab, packte Tamsin an den Handgelenken und drückte fest zu. „Halt still, sonst muss ich dich betäuben."

Tamsin stellte die Gegenwehr für den Moment ein, auch wenn das noch lange nicht bedeutete, dass sie aufgab. „Shifterbehörden-Abschaum."

„Ich arbeite nicht für die verfluchte Shifterbehörde." Blanker Zorn blitzte in den Augen des Mannes, was dafürsprach, dass er die Wahrheit sagte.

„Warum jagst du mich dann?"

Er antwortete nicht. Der Mann war athletisch und sehr muskulös und hätte gut ausgesehen, wären da nicht der ganze Matsch gewesen, der überall an ihm klebte, und sein wütender Blick.

Nächster Versuch. Tamsin riss die Augen auf und ließ ihre

Lippen beben. „Bitte. Du darfst mich ihnen nicht ausliefern. Das kannst du nicht machen."

Sie merkte, dass ihr Flehen ihn nicht kaltließ und er noch zorniger wurde. Nicht auf sie, sondern auf die Shifterbehörde, die ihn zu dieser Aktion gezwungen hatte.

Was auch immer sie ihm angedroht hatten, es musste schlimmer sein als das, was diese Leute seines Wissens nach mit ihr anstellen wollten, denn sein Ausdruck wurde wieder eiskalt. „Tut mir leid, Süße. Sei schön brav, dann muss ich dich nicht in Ketten legen."

Er war viel größer als sie und richtig stark. Ehe sie wusste, wie ihr geschah, war er mit ihr aufgestanden, ohne auch nur einen Moment den festen Griff um ihre Handgelenke zu lockern. Er drehte sich um und schob sie mit seinem muskelbepackten Körper vor sich her zu einem der Wagen auf dem Parkplatz der Tankstelle.

Ihr blieb bloß eins übrig. Tamsin hielt den Atem an … und verwandelte sich.

Die Transformation geschah schnell und fließend. Nicht allen Shiftern fiel sie so leicht, doch Tamsin hatte sich dabei nie anstrengen müssen.

Ihre Vorderpfoten landeten auf dem Boden, sie spürte, wie ihr die Kleider vom Leib glitten. Sie zerrissen nicht, denn wenn Tamsin Tiergestalt annahm, schrumpfte sie, statt wie so viele andere breiter zu werden, was ihr einen Vorteil verschaffte. Während andere Shifter in solchen Situationen meist darauf warteten, dass sie gleich als riesiges Tier vor ihnen aufragte, war sie längst zwischen ihren Beinen hindurchgehuscht und über alle Berge.

Diese Taktik wandte sie auch diesmal an. Sie ließ sich nicht dazu hinreißen, den Wolf noch in den nackten Oberschenkel zu beißen, als sie an ihm vorbeischlüpfte, sondern rannte direkt zurück in die Wälder und wurde eins mit der Nacht.

KAPITEL DREI

Verdammter Mist.

Angus fuhr herum und sah gerade noch etwas im Unterholz verschwinden, wobei das nasse Laub aufstob.

Was für ein Tier Tamsin auch sein mochte, sie war schlau und verdammt schnell. Vielleicht eine Katze oder ein Serval wie sein Freund Reg.

Doch sie hatte nicht wie eine Felidin gerochen. Angus hatte keine Ahnung, was sie war. Na toll.

Ihre Kleidung war noch da. Angus ging auf ein Knie, um sie sich genauer anzuschauen – ein Spaghettiträger-Top, BH, Jeans, Unterwäsche, Stiefel und Socken, eine Jacke. In den Taschen der Jeans fand er ein Bündel Geldscheine, zweifellos der Gewinn des Abends. Ein Schlüssel mit einem Harley-Anhänger, der wahrscheinlich zu dem Motorrad gehörte, das zwar nirgends zu entdecken, dafür aber sehr deutlich zu riechen war. Ein weiterer Schlüssel sah aus, als gehöre er zu einem kleineren Motel, was Angus vor allem daraus schloss, dass es keine Schlüsselkarte war. Allerdings gab es keinen Hinweis darauf, wie das Motel hieß oder wo es sich befand.

Das war's. Kein Geldbeutel, kein Ausweis, kein Handy, nur

Bargeld und Schlüssel. Nichts, das einen Hinweis darauf gab, *wer* Tamsin Calloway war – oder besser *was*.

Eine Mörderin? Sie verhielt sich entschieden wie jemand, der alles andere als ein reines Gewissen hatte. Immerhin war sie durch ein Fenster geflohen und hatte einiges riskiert, bloß um Angus zu entkommen.

Angus sammelte ihre Sachen ein, richtete sich auf und nahm sie mit zum Auto. Er hatte Wechselklamotten im Wagen deponiert, griff jedoch nicht darauf zurück. Seine Kleidung war im Plantagenhaus, wo er sich verwandelt hatte, um Tamsin zu jagen. Er wusste, dass Reg sie für ihn verwahren würde.

Das einzig Nützliche, das Tamsin zurückgelassen hatte, war ihr Geruch. Angus vergrub die Nase in ihrem T-Shirt und atmete tief ein, damit sich ihre Witterung in sein Wolfsgehirn brannte. Er nahm wieder die Muskatnote wahr, neben ihrer Angst und dem dringenden Bedürfnis zu fliehen.

Angus legte das T-Shirt auf den Stapel mit ihren Klamotten, schloss die Tür des Kombis und verwandelte sich, um die Verfolgung aufzunehmen.

———

DIE SHIFTERIN FÜHRTE ANGUS IM WAHRSTEN SINNE DES Wortes gehörig an der Nase herum. Durch den Wald, an Bachläufen entlang, dann in tiefergelegenes, schlammiges Gebiet. Sie drang immer weiter nach Süden vor, tiefer in die Bayous, das Land der Alligatoren und zu viel Wasser. Wölfe hatten es lieber trocken – dieser Wolf jedenfalls.

Angus' Zorn trieb ihn an. Er würde sich diese Frau schnappen, sie zu seinem Witz von einem Auto schaffen und dort betäuben, um sie im Austausch für Ciaran bei Haider abzuliefern und endlich nach Hause gehen zu können. Jeglicher Anflug von Reue, den er hätte empfinden können, weil er sie der Shifterbehörde ausliefern würde, war verflogen, als sie versucht hatte, ihm in die Eier zu treten, und ihn Shifterbehörden-Abschaum genannt hatte. Wobei die Bezeichnung gar nicht so falsch war.

Aber verdammt noch mal. Wenn sie Ciaran auch nur ein Haar krümmten …

Er sehnte sich mit jeder Faser seines Körpers nach seinem Sohn, dem frechen kleinen schwarzen Wolf, der in seiner Welpengestalt herumtollte und seinen Vater aufzog. Angus wollte nichts mehr, als ihn festhalten, seine Wärme an seinem Herzen spüren, sicherstellen, dass Ciaran nichts geschah. Tamsin tat ihm leid – sie schien wirklich Angst zu haben –, doch sein Sohn ging immer vor.

Ihr Geruch wies ihm den Weg. Angus hatte noch nie etwas wie sie gewittert, und das, obwohl er schon mehr Gestank unterschiedlichster Shifter ausgesetzt gewesen war, als ihm lieb war. Der Schweiß hunderter tanzender Shifter, die es aufeinander abgesehen hatten, miteinander anbandelten und jede Menge Pheromone ausschütteten, um einen Partner für die Nacht zu finden – in solchen Momenten hatte sich Angus immer sehnlichst eine Erkältung gewünscht.

Er kannte den Geruch sämtlicher Felide, Lupide und Bären, aber keiner davon glich Tamsins. Was also war sie? Selbst Reg hätte er jederzeit als Felid identifizieren können, egal in welcher Gestalt, obwohl er einer sehr seltenen Katzenart angehörte.

Angus würde diesen Auftrag erfolgreich abschließen, Haider erklären, dass er ihn mal kreuzweise könne, und nach Hause gehen. Gesetzt den Fall, dass er Haider und seine Schergen nicht allein dafür in Stücke riss, dass sie seinen Sohn in ihre Gewalt gebracht hatten.

Der in ihm schwelende Zorn ließ sein Halsband Funken sprühen. Angus schob seine Erbitterung beiseite und zwang sich, sich ganz auf die Mission zu konzentrieren. Er war ein guter Tracker, einer der besten, zumindest war ihm dieser Ruf früher vorausgeeilt. Gavans gescheiterte Rebellion hatte Angus in Sekundenbruchteilen vom angesehenen Stellvertreter des

Anführers zu einem ganz gewöhnlichen Typen auf Jobsuche degradiert.

Er nahm Tamsins Geruch jetzt intensiver wahr, was nur bedeuten konnte, dass er sie langsam, aber sicher einholte. Er gestattete sich ein Wolfsgrinsen. Die Sümpfe stellten für sie offenbar ebenso unwägbares Gelände dar wie für ihn, was bedeutete, dass sie weder ein Fischreiher noch eine Ente sein konnte.

Ihre Fährte verlief nicht geradlinig. Mehrfach hatte Tamsin kehrtgemacht, war in einem Bachlauf gerannt, um ein ganzes Stück weiter wieder ans Ufer zu klettern, und hatte manchmal sogar genau denselben Weg zurück genommen, auf dem sie gekommen war. Ein Wolf mit einer schlechteren Nase hätte ihre Spur längst verloren. Sie war gut.

Wollte die Shifterbehörde sie deshalb so unbedingt? Damit sie ihnen ihre Ausweichmanöver beibrachte?

Und warum zerbrach er sich darüber den Kopf? Wenn sie tatsächlich zur Gruppe seines Bruders gehört hatte und geflohen war, während Gavan und alle anderen getötet worden waren, übergab er sie liebend gern der Behörde und ging anschließend Pizza essen. Mit Ciaran.

Angus legte einen Zahn zu. Hinter sich hörte er ein Platschen und wollte sich schon danach umdrehen, entschloss sich dann jedoch, nicht von seinem Kurs abzuweichen. Er traute ihr zu, dass sie etwas ins Wasser geworfen hatte, um ihn abzulenken. Angus versuchte den Winkel abzuschätzen, in dem ein mögliches Geschoss von dem Weg, der in gerader Linie vor ihm lag, ins Wasser geflogen wäre, und fixierte die Stelle, an der er Tamsin vermutete.

Dann hörte er einen Schrei. Er kam nicht von einer Frau, vielmehr handelte es sich um ein Tier in Todesangst.

Angus sprintete zum Ursprung des markerschütternden Lauts. Bei dem Tier handelte es sich nicht um einen Vogel oder eines der kleinen Säugetiere, die hier lebten. Ein Wesen, das nicht in diesen Sümpfen heimisch war, hatte vor Schmerz und Angst geschrien.

Angus watete durch stehendes Wasser und sah dank des im Nebel verstärkten Mondlichts mit seinen Wolfsaugen einigermaßen.

Ein Alligator. Angus blieb ein gutes Stück vor dem Tier stehen, das mindestens zwei Meter lang sein musste. Am Rand seines Mauls bemerkte der Wolf ein zappelndes Fellknäuel.

Als eher großer Wolfsshifter fürchtete sich Angus selten vor Angehörigen des Tierreichs, vor Alligatoren hatte er allerdings sehr wohl Respekt. Denen war es egal, ob sie es mit einem Shifter, Haus- oder Wildtier zu tun hatten – sie fraßen, was ihnen vors Maul kam. Sie waren komplett instinktgesteuert, hatten immer Hunger und ein winziges Reptiliengehirn, weshalb es das Beste war, sich möglichst weit von ihnen fernzuhalten.

Angus erkannte in Sekundenschnelle den Ernst der Lage und hechtete in Richtung der Echse. Während er sich blitzschnell an ihr vorbeirollte, schnappte er nach dem roten Fellknäuel und zog es mit einem beherzten Ruck aus dem Maul des Alligators.

Tamsin schrie in ihrer Tiergestalt vor Schmerz und Angst, während ihr Blut in alle Richtungen spritzte, aber Angus stürmte einfach weiter. Krokodile waren verdammt schnell, und dieses Exemplar würde so lange ihrer Blutspur folgen, bis es sein Abendessen eingeholt hatte. Angus musste Tamsin so rasch wie möglich zu einem Wagen schaffen.

Er rannte immer weiter und ließ sich nicht davon beirren, dass er das Maul voller Pelz hatte. Dafür hatte er Ciaran schon viel zu oft auf diese Weise in Sicherheit gebracht – männliche Wolfswelpen gerieten wirklich andauernd in Schwierigkeiten.

Tamsin war kaum schwerer als sein Sohn. Angus hatte ihre Tiergestalt auf die Schnelle kaum gesehen, doch sie war klein und hatte drahtiges Fell. Sie hatte ungefähr die Gestalt eines Wolfswelpen, war aber definitiv keiner mehr. Tamsin hatte den Übergang hinter sich und war erwachsen und gefährlich. Das stand fest.

Angus sprintete durch Pfützen und Bäche, immer in Richtung Norden, zu trockeneren Gefilden und seinem Auto. Er rannte, so schnell er es in dem unwegsamen Gelände wagte, hörte, wie der Alligator hinter ihnen herpflügte, und betete zur Göttin, dass er nicht geradewegs einem zweiten in die Arme lief. Was ihn abgesehen von der hohen Luftfeuchtigkeit und den Wirbelstürmen am meisten an der Lage seiner Shiftertown in der Nähe von New Orleans nervte, waren die wilden Tiere, die es locker mit einem Shifter aufnehmen konnten.

Nach einer Weile konnte Angus ihren Verfolger nicht mehr hören und ihn auch nicht mehr riechen, was seiner Auffassung nach – hoffentlich – bedeutete, dass er das Interesse an den beiden Shiftern verloren und beschlossen hatte, sich einfachere Beute zu suchen.

Angus blieb schwer keuchend stehen und ließ Tamsin fallen.

Das Fellknäuel, zu dem sie sich den ganzen Weg über zusammengekauert hatte, streckte sich, wodurch Angus ihr blutüberströmtes rechtes Vorderbein und den Schmerz in ihren hellen Augen sah. Ihr unverletztes linkes Vorderbein war pechschwarz. Angus schaute in ein verängstigtes pelziges Gesicht, das dieselbe Farbe hatte wie ihr Haar in Menschengestalt. Der untere Teil ihres Nasenrückens und der Kragen waren im Kontrast dazu weiß.

Zwei spitze Ohren standen von ihrem kleinen Kopf ab, der ein bisschen heller war als der Rest ihres Pelzes. Ihre gesamte Oberseite war mit Ausnahme der dunkleren Rottöne rund um ihre Augen rostfarben, ihre Unterseite schneeweiß. Die beiden Farbtöne vereinten sich in einem gefleckten Schwanz, der fast so lang war wie Tamsins Körper.

Angus starrte sie ungläubig an. Shifter wie sie existierten nicht. Die Feen hatten Wölfe, Katzen und Bären erschaffen, das war's.

Angus nahm Menschengestalt an, was aufgrund seiner Entkräftung ziemlich schmerzhaft vonstattenging, stützte sich auf Hände und Knie und starrte Tamsin weiter an. Sie war verletzt, blutete und würde mit dem Bein ganz sicher nicht weglaufen können.

Er holte keuchend Luft. „Du bist eine Füchsin!"

Tamsin verwandelte sich so schnell in eine Menschenfrau zurück, dass Angus vor Schreck ein paar Schritte zurückstolperte. Er hatte noch nie jemanden so rasch die Gestalt wechseln sehen.

„Danke. Das war lieb von dir", sagte die Rothaarige. Sie hob die blutige Hand und betrachtete betrübt ihre tiefen Wunden. „Hast du zufällig was gegen Krokodilbisse dabei?"

———

„Du hast großes Glück gehabt", erklärte ihr Angus zum hundertsten Mal.

„Ja, ja, ja." Tamsin biss die Zähne zusammen, um den Schmerz auszuhalten, während sie neben dem Wolf her humpelte, der sie mit starken Armen gepackt hatte und aufrecht hielt. Aus diesem Griff gab es kein Entkommen, doch sie war im Augenblick ohnehin zu schwach auf den Beinen, als dass sie hätte weglaufen können. „Ich weiß. Der große böse Wolf hat mir das Leben gerettet."

„Nein, das war, dass der Alligator nicht so fest zugebissen hat, wie er es gekonnt hätte. Es ist praktisch unmöglich, ihre Kiefer auseinanderzukriegen. Zum Glück war er nicht auf der Jagd, sondern hat einfach mal nach dir geschnappt und sich dann erst überlegt, ob er dich fressen will oder nicht."

„Danke, ich hab's kapiert." Ihre Hand und ihr Arm sahen schlimm aus. Tamsin brauchte einen Heiler, aber wo zum Teufel sollten sie hier draußen einen auftreiben?

Sie war nie zuvor so attackiert worden, von einem lautlosen Angreifer im Dunkeln. Gerade war sie noch zuversichtlich durch die Gegend gerannt, im nächsten Moment hatte sie sich zwischen gigantischen Zähnen wiedergefunden, aus denen es kein Entrinnen gab, und hatte panische Angst bekommen.

Sie würde dem Wolf nicht verraten, wie erleichtert sie gewesen war, als er aufgetaucht war.

Jeden Augenblick würde ihr Schamgefühl wieder einsetzen und sie daran erinnern, dass sie im Arm eines ziemlich gut gebauten Mannes lag. Er war groß wie die meisten Shifter, und seine Muskeln nahmen ihm nichts von seiner Geschmeidigkeit. Wie sein Wolfsfell war auch sein Haar schwarz, und die Farbe seiner grauen Augen hatte sich bei der Wandlung ebenfalls nicht verändert. Tätowierungen zierten seine Arme, auf einem waren es geschnörkelte Ranken, auf dem anderen geometrische Formen, die dreidimensional wirkten. Er musste jede Menge Ausdauer haben, wie er hier mit Tamsin im Schlepptau mühelos durch die Gegend marschierte, obwohl er sie zuvor eine halbe Stunde lang gejagt und anschließend vor einem Alligator gerettet hatte.

Tamsin war nicht nur eine Flüchtige, sondern auch eine erwachsene Shifterin ohne Gefährten. Instinktiv musterte sie ihn von Kopf bis Fuß, obwohl ihr Verstand sie drängte, so schnell wie möglich abzuhauen.

Hormone waren die Hölle. Sie beschworen ein Bild in ihr herauf, wie sie unter ihm lag und er sie mit flammendem Blick betrachtete. Sie strich über die festen Muskeln seines Rückens und wölbte sich ihm entgegen, während die Leidenschaft heiß zwischen ihnen aufloderte.

Tamsin schluckte schwer und verbannte die Vorstellung aus ihrem Kopf. Es war töricht, auf diese Art an ihn zu denken. Sie war verletzt und geschwächt, und er war ihr Feind.

Der Lupid brachte sie zum Parkplatz der Tankstelle und steuerte auf den hässlichen Kombi zu, bei dem Teile der Karosserie aus Holz waren. Wie nannten die Menschen solche Autos noch gleich? Ach ja, Woody. Super Name für ein Fahrzeug.

Der Wolf öffnete eine der Hintertüren, ohne das Auto vorher aufzuschließen — aber mal ehrlich, wer hätte so eine Karre auch gestohlen?

Auf der Rückbank lagen Tamsins Kleidung, ihre Schuhe

und ihr Geld. Sie unterdrückte einen Seufzer der Erleichterung.

Der Lupid lehnte Tamsin an den Wagen und warf ihr Oberteil, Unterwäsche und Jeans zu. „Zieh dich an. Dann kümmern wir uns um deine Hand."

Während er weiter im Auto herumfuhrwerkte, konnte sie seinen knackigen Hintern bewundern, bis er sein eigenes T-Shirt und seine Jeans gefunden hatte.

Als sie beide angezogen waren, untersuchte der Wolf ihren Arm und war dabei überraschend behutsam. „Wie gesagt, du hattest Glück. Vermutlich können wir ihn retten." Er zog sie zur Beifahrerseite und öffnete die Tür. „Setz dich da hin, und rühr dich nicht vom Fleck."

Tamsin ließ sich auf den Sitz fallen, weil sie zu heftige Schmerzen hatte, um noch groß Widerstand zu leisten. Das Blut strömte zwar mittlerweile nicht mehr aus der Wunde, lief aber immer noch langsam ihren Arm herab, weshalb sie ihn ein Stück von ihrer Kleidung weghielt.

Der Wolf schloss für sie die Tür. Tamsin fiel sofort auf, dass der Griff auf der Beifahrerseite abgerissen war. Das musste gegen sämtliche geltenden Sicherheitsvorschriften verstoßen.

Der Wolf eilte vor der Motorhaube des Wagens entlang, um schnell auf die Fahrerseite zu gelangen, vermutlich weil er befürchtete, Tamsin könne das Auto von innen abriegeln, kurzschließen und sich aus dem Staub machen. Was sie definitiv versucht hätte, wenn a) ihre Hand einsatzfähig gewesen wäre und sie b) gewusst hätte, wie man das anstellte.

Angus wuchtete sich auf den Fahrersitz, warf Tamsin einen warnenden Blick zu und ließ mit dem auf seiner Seite unter der Sonnenblende versteckten Schlüssel den Motor an. Dann angelte er ein sauberes Handtuch vom Rücksitz, das er ihr wortlos reichte.

„Wohin fahren wir?", fragte Tamsin in einem Tonfall, als würde er sie zu einem Date ausführen, während sie sich das

Handtuch um den verwundeten Arm wickelte. „Irgendwohin, wo's schön ist?"

„Wir lassen dich zusammenflicken", brummte ihr Fahrer. „Mehr musst du nicht wissen." Er legte den Rückwärtsgang ein.

„Warte!" Tamsin hob panisch ihre unverletzte Hand. „Mein Motorrad. Ich kann es nicht einfach hierlassen. Dir ist doch klar, dass irgendwer es stehlen wird. Es steht da drüben zwischen den Bäumen."

Der Wolf warf ihr einen verärgerten Blick zu. „Und was erwartest du jetzt von mir?"

„Keine Ahnung. Wir könnten es in den Kofferraum packen. Dieser Wagen ist riesig."

Die Miene des Mannes verfinsterte sich. Er schien wirklich eine wahre Frohnatur zu sein. „Ich werde deine Fluchtgelegenheit bestimmt nicht in den Wagen laden." Schnell zog er ein Handy aus einer Vertiefung im Armaturenbrett. „Ich rufe einen Freund an, der sich darum kümmern kann."

Er nutzte ein altes Klapphandy – Halsbandträger hatten es offenbar nicht so mit moderner Technik.

„Reg", sagte er abrupt, nachdem er ein paar Tasten gedrückt hatte. „Im Gebüsch nahe der Tankstelle an der Kreuzung steht ein Motorrad. Kannst du es für mich einsammeln und zu mir nach Hause bringen? Ach, und nimm auch meine Sachen mit. Ich musste mich im Wald verwandeln und hatte keine Zeit, sie wieder einzusammeln."

Tamsin hörte den Mann am anderen Ende laut und deutlich. Sein rauer Ton ließ keinen Zweifel daran, dass es sich bei ihm ebenfalls um einen Shifter handelte. „Klar. Ist alles in Ordnung?"

„Alles bestens. Mission erfolgreich abgeschlossen. Danke, Kumpel."

„Kein Problem. Bis später", sagte der andere Shifter.

„Jap. Wir sehen uns morgen."

Beide legten auf, ohne sich voneinander zu verabschieden. Typisch für männliche Shifter.

„Wer war das?", fragte Tamsin. „Dein Lover? Dein bester Kumpel?"

Der Wolf verdrehte kurz die Augen, dann setzte er zurück und bog auf die Straße ein. Er fuhr vorsichtig, als wäre er riesige, holzverkleidete Autos aus einer Zeit vor Tamsins Geburt nicht gewöhnt.

„Wie und wo betankt man so ein Ding eigentlich?", erkundigte sie sich neugierig.

Er schnaubte. „Der Motor ist umgebaut. Die Karre tankt jetzt bleifrei. Das hat man mir jedenfalls erzählt."

„Dann ist es offenbar nicht dein Auto."

„Richtig,", antwortete er barsch. Es schien ihn mehr zu stören, dass sie glauben könnte, der Wagen gehöre ihm, als dass er für die Shifterbehörde arbeitete.

Wortlos fuhr er die dunkle Straße entlang. Richtung Norden, wie Tamsin feststellte.

Sie unterdrückte die Angst, die sich in ihr breitmachen wollte, versuchte, sich damit zu beruhigen, dass sie schon wesentlich brenzligere Situationen überstanden hatte und es auch diesmal schon glimpflich ausgehen würde. Der Wolf hatte recht, ihr Arm musste unbedingt versorgt werden, und sobald sie wieder bei Kräften war, würde sie einfach Reißaus nehmen. Sie hatte in den Wäldern großes Pech gehabt, auch wenn er das Gegenteil behauptete. Wenn der verfluchte Alligator sie nicht geschnappt hätte, wäre sie dem Wolf längst entwischt und über alle Berge, würde auf ihrem Motorrad in einen anderen Staat rasen.

Tamsin hielt sich ihren verletzten Arm schützend vor die Brust, lehnte sich zurück und legte die Füße aufs Armaturenbrett.

„Eins muss man diesen Riesenautos lassen: Sie sind echt geräumig. Ich bin Tamsin. Tamsin Calloway. Aber das weißt du ja schon. Und du bist ...?"

Wieder knurrte er. „Angus."

Sie wartete, doch mehr kam nicht. „Das ist alles? Einfach Angus? Ich dachte, nur Bären hätten keine Nachnamen."

Ein Seitenblick. „Den musst du nicht wissen."

„Hmm. Klingt, als wäre das irgendwie ein Thema für sich." Tamsin überkreuzte die Beine an den Knöcheln. „Willst du darüber reden?"

„Nein."

„Angus. Das ist ein schottischer Name, stimmt's? Viele Shifter sind aus dem Feenreich dorthin übergesiedelt, oder? Damals?"

„Keine Ahnung." Angus beugte sich über das Lenkrad, wobei die Tätowierungen auf seinen Armen beim Anspannen der Muskeln lebendig zu werden schienen. „So alt bin ich nicht."

Tamsin lachte auf. „Erinnerst du dich echt nicht an den Krieg der Shifter gegen die Feen? Wann war das noch mal, dreizehnhundert irgendwas? Oder zwölfhundert? Mit Geschichte kenn ich mich nicht so aus. Ich bin genau siebenundvierzig Shifterjahre alt. Und du?"

„Das geht dich gar nichts an."

„Ach, komm schon. Ich versuche nur, dich besser kennenzulernen. Die Fahrt in die Shiftertown von New Orleans ist nicht gerade kurz."

„Dahin fahren wir nicht."

Ah. Interessant. „Das Büro der Shifterbehörde in der Innenstadt liegt auch nicht gerade um die Ecke."

„Hör auf, mich auszuhorchen. Da wollen wir auch nicht hin."

Tamsin sah ihn ehrlich erstaunt an. „Nein? Wohin denn dann? Hast du mich gar nicht im Auftrag der Behörde eingefangen?"

„Vielleicht. Aber wie gesagt, zuerst lassen wir deinen Arm flicken. Mehr musst du nicht wissen."

Tamsin verstummte, wollte jedoch unbedingt verhindern, dass er glaubte, sie kleingekriegt zu haben, obwohl sie tatsächlich ziemlich Angst hatte. Die Shifterbehörde wollte Informationen von ihr, und sie würde nicht freundlich danach fragen. Die Verhörmethoden ihrer Mitarbeiter waren nicht gerade als angenehm und sanft verschrien, wenn es um Shifter ohne Halsband ging.

Sie begann zu summen, irgendwann sogar zu singen, was ihr half, die Angst im Zaum zu halten. An den Stellen, an denen ihr der Text des Liedes nicht mehr einfallen wollte, ahmte sie die Gitarrenlinie nach und trommelte mit der unverletzten Hand den Rhythmus, als wäre sie völlig unbesorgt.

Angus sagte kein Wort, warf ihr aber von Zeit zu Zeit genervte Blicke zu. Sie spürte förmlich, wie er sie anknurrte, auch wenn er es nur innerlich tat.

Er fuhr Richtung Fluss und bog dort auf einen Highway ab, der parallel dazu verlief. Sie waren jetzt nicht mehr weit von New Orleans und damit der Shifterbehörde entfernt. Tamsin musste etwas unternehmen, und zwar bald.

Der Alligator hatte die Zähne direkt in ihr Handgelenk geschlagen und dabei Fleisch, Muskeln und Sehnen bis auf den Knochen zerfetzt. Tamsin konnte ihren Arm unterhalb des Ellbogens überhaupt nicht mehr bewegen, was kein gutes Zeichen war. Die Wunde blutete immer noch und färbte langsam, aber sicher das Handtuch rot.

Ihr war klar, dass ein Verband und ihre Selbstheilung als Shifterin diesmal nicht ausreichen würden, trotzdem spielte sie den Schmerz herunter, sang weiter und wippte im Takt mit dem Fuß.

Angus schwieg noch immer. Sein ganzer Körper war starr vor Zorn, doch Tamsin spürte hinter der schäumenden Fassade auch Angst. Die Shifterbehörde musste ihn unter Druck gesetzt haben. Diesen Umstand konnte sie sich zunutze machen.

Sie kreischte die Melodie der Gitarre, erntete damit allerdings nur weitere erboste Blicke von Angus. Die gewundene Straße führte sie an Lagerhäusern und kleineren Werften entlang des Flusses vorbei. Nach ungefähr acht Kilometern – Tamsin achtete sehr genau auf die Umgebung und ihre Geschwindigkeit – bog Angus durch ein rostiges schmiedeeisernes Tor und fuhr gemächlich eine mit uralten riesigen Eichen gesäumte Auffahrt entlang.

Tamsin sah sich überrascht um und vergaß dabei völlig weiterzusingen. Schließlich fuhren sie auf den Vorplatz eines mondbeschienenen Hauses. Es war groß. Alt und von mächtigen Bäumen umstanden. Ranken bedeckten den hellen Backstein fast vollständig.

Angus hielt an der Treppe zur Eingangstür an und stellte den Motor ab, wodurch auch die Scheinwerfer des Autos erloschen.

„Das ist nicht die Shifterbehörde", stellte Tamsin fest. Die bevorzugte nämlich rechteckige, charakterlose Bürokästen.

„Was du nicht sagst."

Angus zog den Schlüssel aus dem Zündschloss und ballte die Faust darum, als befürchte er, Tamsin würde versuchen, ihn sich zu schnappen, Angus aus dem Wagen schubsen und sich vom Acker machen. Hätte sie nicht so heftige Schmerzen gehabt, wäre das durchaus ein valider Plan gewesen.

Da ihre Tür keinen Öffner hatte, musste sie warten, bis Angus sie aus dem Wagen ließ. Die alte Karre hatte keinerlei Elektronik zu bieten, deshalb musste man die Fenster händisch herunterkurbeln, was Tamsin nicht schnell genug geschafft hätte.

Angus riss die Tür auf und zerrte sie aus dem Wagen, achtete dabei jedoch darauf, ihren verletzten Arm nicht zu berühren. Was für ein Typ.

Er führte sie die Treppe hinauf auf eine breite Veranda, auf der mehrere Schaukelstühle standen und eine Hängebank angebracht war. An einem lauen Sommertag konnte man es hier mit einem Mint Julep bestimmt gut aushalten. Tamsin hätte sogar gelernt, diesen Cocktail selbst zu mixen, nur um es sich auf einer so schönen Veranda damit bequem machen zu können.

Im Gegensatz dazu wollte die Füchsin in ihr nicht einmal in die Nähe des Hauses, das Angus jetzt mit einem Schlüssel aufschloss, den er unter einem Blumentopf hervorgeholt hatte.

Die Schwingungen hier ließen ihr innerlich den Pelz zu Berge stehen.

„Sag bloß nicht, du wohnst hier." Tamsin begutachtete die lackierte Eingangstür mit den Buntglasfenstern und die neu aussehende Verandalampe, die über ihren Köpfen hing. Sie schaukelte ein wenig, obwohl kein Lüftchen wehte. „Dürfen Shifter mit Halsbändern jetzt ernsthaft in alten Plantagenhäusern residieren? Welchen von der düsteren, gruseligen Sorte?"

„Gehört nicht mir", antwortete Angus knapp. „Ich schaue für eine Freundin danach."

„Oh, eine Freundin. Wie interessant." Sie warf ihm einen wissenden Blick zu, den er mit einer griesgrämigen Miene quittierte.

Tamsin wusste nicht genau, warum sie die Lässige mimte. Angus war ein Shifter, musste also längst gerochen haben, dass sie unter der unbekümmerten Schale ein Häufchen Elend war.

Warum schüchterte er sie dann nicht ein oder machte sich über sie lustig, knetete wie die Bösewichte im Film die Hände und sagte Dinge wie: „Freust du dich schon darauf, meine Hübsche"?

Stattdessen schien Angus furchtbar wütend darüber zu sein, dass er das alles tun musste. Er hatte sie zu einem Haus gebracht, das irgendeinem Menschen gehören musste, da Shifter mit Halsbändern keine Immobilien besitzen durften, aber offenbar nichts mit der Shifterbehörde zu tun hatte. Hier war irgendetwas im Busch, das war Tamsin klar.

Angus rüttelte an dem Schlüssel im Schloss und fluchte. Die Tür bewegte sich keinen Millimeter.

„Gibt's Probleme?", fragte Tamsin belustigt. „Vielleicht hat deine Freundin die Schlösser ausgetauscht. Das wäre ein deutliches Signal."

„Verdammter Mist." Angus wich einen Schritt zurück und funkelte die Tür böse an. „Lass mich einfach rein."

Das Schloss klickte. Tamsins Erheiterung verflog jäh, als sich die Tür langsam öffnete und sie aus dem Inneren des Hauses ein kalter Windhauch umwehte.

Hinter der Tür war niemand. Angus fasste Tamsin am gesunden Arm und zerrte sie ins Haus. Er legte ein paar Schalter um, und Licht flutete den gesamten Eingangsbereich.

Das alte Haus befand sich in einem hervorragenden Zustand, wartete mit lasierter Holzvertäfelung, massiven Türen und modernen Lampen im Vintage-Stil auf. Im geräumigen Eingangsbereich standen mit Schnitzereien verzierte, blank polierte Stühle und kleine Tische mit Intarsien, auf denen Dekorationsgegenstände und Vasen mit bunten Seidenblumen standen.

Das Haus gehörte offenbar einem wohlhabenden Menschen mit Geschmack, was also hatte ein gezähmter Shifter an einem solchen Ort zu suchen?

Angus führte Tamsin in ein kleines Bad unter der Treppe und drückte sie auf den Klodeckel. Er wühlte in einem schmalen, hohen Schränkchen neben dem Waschbecken herum und förderte Kompressen, Verbände und Desinfektionsmittel zutage.

Tamsin zuckte beim Anblick der Utensilien zusammen, weil sie genau wusste, was ihr jetzt bevorstand.

Angus drehte das Wasser auf, zog Tamsin wieder hoch, nahm ihr das inzwischen durchgeblutete Handtuch ab und wusch ihr den Arm ab.

Sie hatte sich nicht geirrt, die Prozedur schmerzte wie die Hölle. Tamsin atmete scharf ein, woraufhin Angus behutsamer als vorher Wasser auf ihren Arm schöpfte. Er versorgte ihre Wunde so vorsichtig, dass sie seine Finger kaum auf der Haut spürte.

Sobald er das Blut abgewaschen hatte, riss Angus eine Packung mit einer frischen Kompresse auf, tränkte sie mit Desinfektionsmittel und legte sie vorsichtig auf ihren Arm.

„Heilige …", japste Tamsin.

„Tut weh, wird aber verhindern, dass es sich entzündet", teilte ihr Angus unbeirrt mit. „Selbst Shifter sind eben nicht unverwundbar."

„Was du nicht sagst." Blut und Dreck waren nun zum

Großteil abgespült, doch Tamsins Arm sah übel aus. Shifter heilten zwar schnell, aber besonders schwere Verletzungen konnten sie genauso umbringen wie einen Menschen.

Angus vollendete die Folter mit dem Desinfektionsmittel und wickelte eine Bandage um Tamsins Arm, die er am Ende mit einem Fixierpflaster befestigte.

„Das sollte helfen", verkündete er.

Ehe Tamsin ihm danken – oder überhaupt etwas sagen – konnte, hatte er sie aus dem Bad zurück in den Flur bugsiert. Die Sanftheit, mit der er die Wunde versorgt hatte, bedeutete offenbar nicht, dass er sie gehen lassen würde. Ganz und gar nicht.

Angus zog die Schublade der kleinen Flurkommode auf und entnahm ihr Handschellen. Er knurrte, als sich Tamsins Augen weiteten. „Frag nicht."

Tamsin grinste. „Sexy."

Aller Schalk wich aus ihr, als Angus eine Handschelle um ihr linkes Handgelenk legte und die andere am Treppenpfosten befestigte.

„Bleib hier", trug er ihr auf. „Ich muss telefonieren."

KAPITEL VIER

Tamsin wartete, bis Angus sich ein Stück entfernt hatte, dann nahm sie zum Teil Fuchsgestalt an und zog die schmale Pfote aus der Handschelle.

Die Wandlung tat verdammt weh, weil sie sie nicht auf eine Hand beschränken konnte. Es mussten beide sein, und auch ihre Beine und ihr Gesicht hatten sich mitverändert. Ihr verletzter Arm hatte heftig protestiert, und bei der Rückverwandlung in einen Menschen musste sie sich die Tränen verkneifen, die der Schmerz verursacht hatte. Als Füchsin konnte sie sich zwar schneller bewegen, doch Tamsin brauchte ihre Kleidung und Geld, also würde sie für eine Weile Mensch bleiben.

Angus' Stimme drang aus einem Zimmer im vorderen Teil des Hauses, direkt neben der Eingangstür.

Wenn sie auf dem Flur daran vorbeiging, würde er sie hören, immerhin war er ein Shifter-Tracker. Einer, der offenbar seine Gründe hatte, sie der Behörde zu übergeben.

Dann also die Hintertür.

Angus' Worte hallten durch den Flur. „Ist mir scheißegal, ob er gerade Winterschlaf hält. Er hat gesagt jederzeit. War das Quatsch?"

Angus' Gesprächspartner machte ihn wütend. Tamsin konnte die Stimme am anderen Ende der Leitung aufgrund der Entfernung nicht hören, aber das war auch nicht notwendig. Es lag auf der Hand, dass Angus Verstärkung anforderte.

Mit einem Wolf konnte sie es aufnehmen. Gegen ein ganzes Rudel von Shiftern, die so grausam waren, sie der Shifterbehörde übergeben zu wollen, hatte sie keine Chance.

Tamsin schlich den Flur entlang in Richtung Hintertür.

Plötzlich flog die Tür auf, und ein laut telefonierender Mann betrat das Haus. Er war eher klein geraten – zu klein für einen Shifter –, hatte schwarzes Haar und tiefschwarze Augen, Tätowierungen an den Armen und am Hals, und sein Geruch …

Tamsin wich fauchend einen Schritt zurück.

Er sah sie erstaunt an, seine Aufmerksamkeit galt allerdings weiter seinem Gesprächspartner. „Ich hab dir doch gesagt, dass ich ihn frage. Er kann ziemlich ungehalten werden, genau wie seine Gefährtin. Sie hasst es, wenn er bei jedem noch so kleinen Kratzer gerufen wird, und das kann ich ihr nicht verübeln."

„Richte ihm aus, es ist ein Notfall", hörte sie Angus vom Ende des Flurs. „Wenn es nicht wichtig wäre, hätte ich nicht darum gebeten. Jaycee wird für mich bürgen." Er klang nun weniger selbstsicher. „Hoffe ich jedenfalls."

Tamsin drehte den Kopf ruckartig in die andere Richtung des Ganges, dann blickte sie wieder den kleineren Mann an, der sie gerade eingehend von oben bis unten musterte. „Oh, ja, das sieht ziemlich übel aus. Mal schauen, was ich tun kann."

Ein Knurren drang aus dem Raum neben der Eingangstür, dann trat Angus auf den Flur und funkelte wütend in ihre Richtung. Er ließ die Hand mit dem Handy sinken und fuhr den anderen Mann an: „Was zum Teufel …? Warum hast du nicht gesagt, dass du direkt vor der Tür stehst?"

Die Antwort bestand aus einem Achselzucken. „Stand ich ja nicht. Ich bin gerade erst gekommen." Der Mann nickte in Richtung Tamsin. „Was ist sie?"

„Was bist du?", konterte Tamsin. Der Hauch von Anderswelt, den sie an ihm wahrnahm, gefiel ihr ganz und gar nicht.

„Keine Fee", erklärte der Mann entschieden. Er drückte die rote Taste auf seinem Handy, um den Anruf zu beenden. „Ich heiße Ben. Oder Gil. Such's dir aus. Keine Fee. Kapiert?"

Er zwängte sich an Tamsin vorbei, achtete dabei darauf, ihren verletzten Arm nicht zu berühren, und schritt den Flur entlang auf Angus zu.

Dadurch war der Weg zur Hintertür frei, und Tamsin eilte darauf zu.

Ben hatte die Tür bloß angelehnt, was äußerst verlockend war. Sie hörte, dass er wieder telefonierte, diesmal in herzlichem Tonfall, offenbar mit dem ominösen Dritten, den die beiden unbedingt herholen wollten.

Nur noch zwei Schritte, dann wäre sie frei. Der Wolf und die Nicht-Fee würden sie niemals einholen. Wenn es Angus jedoch gelang, Verstärkung herzubeordern, war Tamsin geliefert.

„Es ist sicherer für sie, wenn sie hierbleibt", sagte Angus hinter ihr. „Wirklich."

Tamsin fuhr herum. Angus' Worte hatten nicht Ben gegolten, der im Vorderzimmer weiter telefonierte. Stattdessen schaute der Wolf in Richtung der Treppe, wo Tamsin niemanden ausmachen konnte, egal, wie sehr sie sich auch bemühte.

Scheiß drauf. Tamsin schoss auf den Hinterausgang zu.

Sie war fast dort angelangt, als die Tür mit einem leisen Klacken sanft ins Schloss fiel. Tamsin packte den Knauf, aber sie bekam die Tür nicht auf. Hektisch suchte sie nach einem Riegel oder einem Mechanismus, der die Tür geschlossen hielt, konnte jedoch nichts finden.

Tamsin trommelte mit der Faust gegen das Holz, ehe sie sich ermahnte, keine Kraft zu verschwenden. Sie suchte besser nach einem Fenster, durch das sie entwischen konnte, oder nahm doch Fuchsgestalt an, dann konnte sie zur Not sogar durch den Kamin entkommen.

Als sie sich umdrehte, stand sie Angus mitsamt der Handschellen gegenüber.

„Bleib einfach hier sitzen, und warte auf den Heiler", ordnete er an. „Es sei denn, es ist dir lieber, wenn du den Arm verlierst."

Tamsin schüttelte energisch den Kopf. „Ich bleibe bestimmt nicht hier, während du haufenweise Shifter herbeorderst, die mich hier gefangen halten. Ich mach dann mal 'nen Abflug, Wolf."

Angus legte das kalte Metall der Handschelle um ihren gesunden Arm. „Irrtum. Du bleibst bei mir, Süße."

Diesmal befestigte er die andere Seite der Fessel nicht an der Treppe, sondern an seinem eigenen Handgelenk.

Tamsin funkelte ihn hasserfüllt an. Sie bündelte ihre Kräfte, verwandelte sich teilweise wieder in einen Fuchs und zog die Pfote aus der Handschelle. Angus, der nicht damit gerechnet hatte, plötzlich einen Fuchskopf vor sich zu haben, blinzelte überrascht, doch im nächsten Augenblick war Tamsin auch schon wieder ganz Mensch und hechtete zum Fenster im nächstgelegenen Raum.

Angus folgte ihr und befreite sich unterwegs von der Handschelle. Ihm war klar gewesen, dass sie sich daraus befreien konnte, weil sie es vorher schon getan hatte, aber das war nicht entscheidend. Handschellen erfüllten einen psychologischen Zweck, indem sie demoralisierten, das hatte er bei seiner Arbeit als Türsteher gelernt. Selbst rotzbesoffene, unerträglich nervige Menschen wurden handzahm, wenn man ihnen Handschellen anlegte.

Tamsin huschte leichtfüßig ins Wohnzimmer, zog die Vorhänge auseinander und versuchte, ein Fenster zu öffnen.

Es gelang ihr nicht. Sie stieß mit zusammengebissenen Zähnen einen Laut der Frustration aus. Statt mit der Faust gegen das Fenster zu trommeln, sah sie sich um, schnappte sich einen Stuhl, der in Reichweite stand und den sie mit einer Hand hochheben konnte, und wandte sich wurfbereit wieder dem Fenster zu.

Angus trat hinter sie, nahm ihr das Möbelstück ab und stellte es wieder hin. Er glaubte nicht, dass es Tamsin gelingen würde, die Fensterscheibe damit einzuschlagen, wenn das Haus etwas dagegen hatte, aber der Stuhl würde möglicherweise beim Versuch zerbrechen.

„Vorsicht bitte", mahnte er. „Ich hab dir doch gesagt, dass das Haus einer Freundin gehört. Die wird nicht glücklich darüber sein, wenn du ihre Möbel kaputt machst."

Genau genommen hatte Angus Jasmine, die junge Frau, der das Haus gehörte, nur ein einziges Mal getroffen, als sie und ihr Shiftergefährte letzten Monat eine Weile hier gewesen waren. In ihrer Abwesenheit war Ben so eine Art Verwalter, doch Jazz hatte erklärt, dass ihre Türen jedem Shifter offenstanden, der eine Zuflucht brauchte, solange er nichts mutwillig zerstörte.

Tamsin funkelte Angus mit ihren bernsteinfarbenen Augen an. Er sah die nackte Angst darin, der aufsässige Funke von früher war beinahe erloschen.

Wusste Haider, dass sie eine Fuchs-Shifterin war? Wollte seine Behörde sie deshalb? Oder waren sie nur an ihr interessiert, weil sie eine brandgefährliche Shifterin ohne Halsband war, die für ordentlich Aufruhr gesorgt hatte?

Angus hätte die Wahrheit am liebsten aus ihr herausgeschüttelt. Die Shifterbehörde war immer auf der Suche nach Wandlern, denen sie kein Halsband hatten anlegen können, aber für gewöhnlich fahndeten sie nicht mit solchem Eifer nach jemand Bestimmtem. Angus war auch nach wie vor nicht klar, warum sie ausgerechnet ihn auf die Jagd nach ihr geschickt hatten.

Einzig logischer Schluss: Tamsin Calloway wusste mehr, als sie zugab.

Angus packte sie fest am unverletzten Handgelenk, warf jedoch die Handschellen auf den Tisch.

„Hast du Hunger?", fragte er. „Hier gibt es eigentlich immer was zu essen. Es könnte eine Weile dauern, bis Zander eintrifft."

Tamsin versuchte, sich die Neugier nicht anmerken zu lassen. „Wer ist Zander?"

„Ein Heiler." Es war interessant, dass sie noch nie von ihm gehört hatte, denn Zander war ebenfalls ein Shifter ohne Halsband. Wobei Heiler für gewöhnlich Einzelgänger waren und sehr zurückgezogen lebten. Die meisten waren zudem nicht gerade umgänglich. Zander hatte seit einiger Zeit eine Gefährtin und schätzte es nicht besonders, von ihrer Seite weichen zu müssen. Deshalb wurde er, wenn man ihn rief, manchmal regelrecht zum Stinkstiefel.

„Komm, schauen wir mal, was wir so im Kühlschrank finden."

Tamsin wehrte sich nicht, als Angus sie aus dem Wohnzimmer den Flur entlangführte. Erst als er die Treppe hinaufwollte, blieb sie wie angewurzelt stehen.

„Warum gehen wir nach oben?"

„Weil da die Küche ist. Das Erdgeschoss dient eher als eine Art Museum für Touristen."

Tamsin holte Luft, als wolle sie weiter darüber diskutieren, doch dann nickte sie bloß und folgte Angus.

Er ließ sie erst los, als sie eine große, modern eingerichtete Küche mit Vintage-Geräten, einem riesigen Tresen und einer noch größeren Vorratskammer betraten.

„Nicht schlecht!", befand Tamsin. Sie öffnete den Kühlschrank und steckte den Kopf hinein. „Wow. Wer wohnt denn hier? Da sind echt köstliche Sachen drin."

Sie griff sich je eine Packung Wurst und Käse, legte beide auf den Tresen und holte dazu eine Tüte Salat und eine große Tomate. „Jetzt brauchen wir nur noch Brot. Ah, da."

Sie nahm einen Laib aus dem Brotkasten auf dem Tresen und tat ihn auf ein Schneidbrett. Dann durchsuchte sie die Schubladen nach einem Brotmesser. Angus legte die Hand auf ihr Handgelenk, ehe sie ein schweres Messer herausziehen konnte. Er schnappte es sich, und sie sah ihn erstaunt an.

„Wie willst du denn die Tomate schneiden? Ich mach das." Er deutete mit der Messerspitze auf einen Stuhl. „Setz dich."

„Während mir ein heißer Typ Abendessen zubereitet? Aber gern." Tamsin schlenderte zum Tisch, ließ sich auf einem Holzstuhl nieder und streckte die Beine von sich.

Der Wolf wandte sich von ihr ab, um auf dem Tresen die Sandwiches zuzubereiten, doch Ben war ihnen nach oben gefolgt und setzte sich zu ihr.

Als er ihr das Messer abgenommen hatte, hatte Angus gespürt, dass Tamsin zitterte. Er vermutete, dass das nicht allein an den Schmerzen lag, sondern genauso an der Entkräftung und vielleicht auch am Hunger. Sie schien ausgezehrt, als habe sie schon eine ganze Weile nicht mehr ordentlich gegessen.

„Lass sie nicht herumlaufen", sagte Angus zu Ben. „Ihre Verletzungen sind schlimmer, als sie zugibt. Ist Zander auf dem Weg hierher?"

„Jap", erwiderte Ben. „Er war nicht besonders scharf drauf, hat aber Marlo kontaktiert und wird bald eintreffen." Marlo war ein Privatpilot für Frachtflugzeuge, der insgeheim Shifter durchs ganze Land transportierte. „Ich habe Zander erklärt, dass das alles deine Schuld ist und ich nur der Bote bin. Warum sprichst du über Tamsin, als wäre sie nicht im Zimmer?"

Angus' Antwort bestand aus einem Knurren.

„Ich bin eine Wilde", klärte Tamsin Ben auf. „Shifter mit Halsbändern erachten uns als minderwertig."

Angus hätte beinahe verächtlich geschnaubt. Warum entsprach sie nur so gar nicht dem Bild der zickigen, durchtriebenen Frau, die er sich zu Beginn seiner Jagd vorgestellt hatte? Damit hätte er umgehen können. Er hätte sie einfach betäubt, in den Kofferraum seines Leihwagens gelegt und wäre längst auf dem Weg zu dem seltsamen Treffpunkt, an dem die Übergabe stattfinden sollte. Haider hatte ihm den Ort mit einem breiten Grinsen verraten. Schön, dass hier wenigstens einer Spaß hatte.

Doch entgegen seinen Erwartungen war Tamsin witzig, tapfer, listig und in ernsten Schwierigkeiten. Warum wäre sie sonst allein auf der Flucht gewesen und hätte Poker gespielt, um Geld zu verdienen, noch dazu mit leerem Magen? Seit Angus sie eingefangen hatte und obwohl sie verletzt war, benahm sie sich, als wäre sie hier nur auf Stippvisite.

Angus bewunderte sie für ihren Mut, aber er hatte keine Wahl: Er musste sie der Shifterbehörde übergeben. Stünde nicht Ciarans Wohlergehen auf dem Spiel, wäre Angus schwer versucht gewesen, Tamsin bei ihrer Flucht zu helfen. Verdammt noch mal, er hätte sie längst in Sicherheit gebracht.

Doch Ciaran war in Gefahr, und Angus hätte sich mit der Göttin persönlich angelegt, um ihn zurückzubekommen.

Tamsin plauderte weiter mit Ben und fragte ihn aus, während Angus die Brotscheiben mit Fleisch, Käse, Salat, Tomaten und Zwiebeln belegte und sich an den Gewürzen bediente, die Jazz immer vorrätig hielt.

Das Haus war zu einer Zuflucht für Shifter geworden, die der Enge ihrer Shiftertown mal für eine Weile entkommen mussten. Eigentlich durften Shifter wie Angus den Bundesstaat, in dem sie gemeldet waren, nicht ohne behördliche Erlaubnis verlassen, und die musste lange im Voraus beantragt werden. Schließlich konnten die Menschen nicht zulassen, dass Shifter ungehindert überall frei herumliefen, wo sie doch jeden Augenblick zu gefährlichen Bestien werden konnten, die auf einen Schlag die gesamte Menschheit ausrotteten. Warum hätten die Shifter so etwas tun sollen? Angus hatte darauf keine Antwort, aber solche tief verwurzelten Ängste ließen sich wohl nur schwer überwinden.

Menschen kamen lediglich ins Haus, wenn sie eine Tour bei einer bestimmten Firma buchten, weil es hier spukte. Zumindest gab sich das Gebäude erfolgreich alle Mühe, diesen Anschein zu erwecken.

Angus war sich nicht sicher, was er von den Kräften des

Hauses halten sollte, auch wenn er einige ziemlich verrückte Dinge an diesem Ort erlebt hatte – Tore in andere Welten, Gegenstände, die sich eigenständig bewegten, Türen, die sich nach dem Willen des Hauses schlossen oder öffneten. Im Erdgeschoss hatte er das Haus gebeten, Tamsin nicht rauszulassen, und es war seinem Wunsch nachgekommen. Aus freien Stücken, das war Angus bewusst. Wenn es irgendwann beschließen sollte, Tamsin die Freiheit zu schenken, konnte er nichts dagegen unternehmen.

„Ein Heinzel", sagte Tamsin hinter seinem Rücken. „Wie cool ist das denn? Hey, Angus, wusstest du, dass Ben ein Heinzel ist?"

„Oder Goblin", warf Ben ein. „Doch das sind menschliche Bezeichnungen. Wir benutzen beide nicht."

„Ach wirklich?", bohrte Tamsin neugierig nach. „Wie nennt ihr euch denn?"

„Na ja, es gibt keine anderen außer mir, jedenfalls kenne ich keine, aber der Name unseres Volkes ist Ghallareknoiksnlealous."

„Oh." Tamsin schwieg, während Angus unterdessen die Sandwiches durchschnitt und sie auf bereitgestellte Teller legte. „Wie wäre es, wenn wir bei Goblin bleiben?"

Ben lächelte. „Das ist wahrscheinlich am besten."

„Warum gibt es nur dich?"

Angus trug Tamsins und Bens Teller zum Tisch und stellte sie vor ihnen ab, dann holte er sich seinen eigenen. Die Shifterin ignorierte ihr Sandwich komplett und schaute Ben fasziniert an.

„Die Feen haben uns ausgerottet." Ben nahm sein großzügig mit Roastbeef, Schinken und Käse belegtes Sandwich in beide Hände. Mayo tropfte von den Rändern. „Also fast."

Tamsin starrte ihn mit offenem Mund an. Ben war so auf sein Sandwich konzentriert, dass er es nicht merkte.

Tamsins Blick huschte zu Angus, der sich gerade setzte und kaum merklich den Kopf schüttelte. Ben tat vielleicht so, als ließe es ihn völlig kalt, dass die Feen beinahe sein gesamtes

Volk vernichtet und die wenigen Überlebenden in die Welt der Menschen verbannt hatten – diese Geschichte hatte er Angus mal erzählt –, doch in ihm sah es ganz anders aus. Vor Schmerz und Zorn war er während der letzten tausend Jahre fast wahnsinnig geworden.

Tamsin betrachtete Ben voller Mitgefühl, was ihm ebenfalls entging, dann nahm sie das Sandwich mit der unverletzten Hand. Die andere hielt sie weiter an die Brust gepresst, der Verband auffällig weiß vor ihrem T-Shirt.

Sie schloss die Augen, kaute den ersten Bissen und seufzte erleichtert auf. Angus hatte richtig gelegen – sie hatte furchtbaren Hunger, was auch nicht gerade beim Heilen half.

Warum zum Teufel war sie halb verhungert auf der Flucht vor der Shifterbehörde? Was hatte sie angestellt, dass die sie so unbedingt in ihre Gewalt bringen wollten? Haider hatte behauptet, sie habe einige seiner Agenten getötet, aber Tamsins kleine Pfoten passten nicht zu den enormen Krallenspuren auf den grausigen Fotos der Leichen, die Haider ihm unbedingt hatte zeigen müssen.

Angus' Entschluss, Tamsin einfach auszuliefern, bekam Risse. Genau das war sein Problem – er musste sich jedes Mal einmischen. Immer wollte er Leuten helfen und sie beschützen, in diesem Punkt konnte er einfach nicht aus seiner Haut.

Unterdessen genoss Tamsin ihr Sandwich. Sie biss noch einmal ab, schloss wieder die Augen und ließ sich das Fleisch, das Brot, den Salat und die Tomate sichtlich schmecken, als sei es das Beste, was sie je gegessen hatte. Langsam kauend lehnte sie sich auf ihrem Stuhl zurück, versunken in höchster Verzückung.

„Mmm." Der Laut hatte einen sinnlichen Unterton. Tamsin schluckte, öffnete die Augen und schenkte Angus ein glückliches kleines Lächeln. „Meine letzte richtige Mahlzeit ist eine ganze Weile her. Du hast echt Talent. Schon mal drüber nachgedacht, Koch zu werden?"

Ihre Augen blitzten dabei so übermütig, dass Angus am liebsten gegrinst hätte.

Er widerstand dem Drang. Sie versuchte alles, um sein Vertrauen zu gewinnen. Sobald ihr das gelungen war, würde sie Reißaus nehmen und einen völlig verwirrten Angus zurücklassen, der nicht wusste, wie ihm geschehen war. Und Haider würde Ciaran weiter bei sich behalten.

„Nein", antwortete er unwirsch.

Tamsin aß gemächlich und genüsslich, schien fest entschlossen, jeden Bissen voll auszukosten. Als sie fertig war, legte sie den Kopf in den Nacken, schloss die Augen und leckte sich aufreizend die letzten Mayo-Reste von den Fingerspitzen.

„Wow", hauchte sie. „Das war verdammt gut."

Ben lachte schnaubend. „Spar dir das, Süße. Ich bin zu alt, und Angus lässt sich nicht bezirzen. Er ist Türsteher in einem Club in New Orleans. Da machen sich jeden Abend spärlich bekleidete Damen an den armen Kerl ran."

„Türsteher?" Tamsin öffnete die Augen und sah Angus erstaunt an. „Ich dachte, du wärst bei der Behörde."

„Falsch gedacht", erwiderte Angus unwillig. „Ich arbeite nicht für diese Mistkerle."

„Heute Nacht schon." Tamsin beugte sich zu ihm, und rote Strähnen fielen ihr über die Schultern. „Warum?"

„Weil eine ziemlich nervige Frau ihnen Ärger macht", gab Angus zurück. Er stand auf, stapelte die leeren Teller und brachte sie zum Waschbecken.

„Ganz schön empfindlich, der Gute. Da habe ich wohl einen Nerv getroffen, was, Ben?"

„Ja, Angus, vielleicht erzählst du uns mal, was hier eigentlich los ist", sagte Ben. „Sie sieht zumindest nicht aus wie eine Schwerverbrecherin. Außerdem hasst du die Shifterbehörde. Warum steht ihr also auf verschiedenen Seiten, statt euch zusammenzutun? Jetzt mal raus mit der Sprache, alle beide."

Die Teller in der Spüle klirrten, während Angus sie abwusch. „Nimm's mir nicht übel, Ben, doch das geht dich nichts an."

„Mich geht alles etwas an. Ich bin jedermanns Freund.

Außerdem habe ich ein paar nützliche Fähigkeiten. Warum bist du auf der Flucht vor der Shifterbehörde, Tamsin?"

„Na schön", setzte Tamsin an. „Ich wurde in ein Rudel wilder Shifter geboren und habe mich seit meinem dritten Lebensjahr mit Diebstahl und Betrügereien durchgeschlagen. Ich werde in siebenundzwanzig Staaten gesucht, wegen unheimlich vieler Vergehen, an die ich mich kaum noch erinnere. Dank meiner Cleverness bin ich den Behörden stets einen Schritt voraus, und die Polizisten lassen mich immer laufen, weil ich es hervorragend verstehe, mich aus allem rauszureden."

„Das ist eine fette Lüge", widersprach Ben. „Mich führt man genauso wenig hinters Licht wie Shifter."

„Ich wette, das war nicht *alles* gelogen", spottete Angus und musterte Tamsin eindringlich. „Aber das ist mir völlig egal. Wir flicken dich wieder zusammen, und dann bin ich fertig mit dir."

Tamsin wurde blass um die Nase, versuchte allerdings, sich die Nervosität nicht anmerken zu lassen. „Oh, dabei fand ich dich langsam richtig nett."

„Du musst dich ausruhen." Angus kehrte an den Tisch zurück. „Es gibt mehr als genug Schlafzimmer, in die wir dich sperren können."

Er legte ihr eine Hand um die Schulter und zog sie hoch.

Sie stand bereitwillig auf. „Ach, Süßer, wir kennen uns doch kaum."

„Du gehst mir langsam auf die Nerven", knurrte Angus. „Wenn du deinen Hintern retten willst, hältst du besser die Klappe."

Tamsin warf ihm einen ängstlichen, aber auch berechnenden Blick zu. Ihr Geplapper und ihre Albernheit sollten die Tatsache überspielen, dass sie gedanklich gerade die Situation abschätzte und fieberhaft überlegte, wie sie am besten entkommen konnte, da war er sich sicher.

Angus musste sie so schnell wie möglich der Shifterbehörde übergeben, ehe er es sich anders überlegte und ihr zur Flucht verhalf.

———

Tamsin erwachte Stunden später trotz der weichen Matratze steif und mit Schmerzen. Ihr zerbissener Arm tat entsetzlich weh, doch der Schlaf hatte ihr gutgetan. Sie war nicht mehr so schrecklich erschöpft, und das Sandwich, ihre erste richtige Mahlzeit seit einer gefühlten Ewigkeit, hatte ihr neue Kraft geschenkt.

Im fahlen Grau der frühen Morgendämmerung setzte Tamsin sich auf und strich sich die Haare aus dem Gesicht. Sie hatte nicht vorgehabt, so tief einzuschlafen oder überhaupt zu schlafen.

Nachdem Angus sie ins Gästezimmer bugsiert, die Tür zugeworfen und abgesperrt hatte, hatte sie nach einem möglichen Fluchtweg gesucht. Das Fenster hatte sich nicht öffnen lassen, alle Versuche, es einzuschlagen, waren gescheitert. Das war mal verdammt hartes Glas. Selbst als sie mit einer Haarnadel aus einer Schublade das Schloss geknackt hatte, war die Tür zu geblieben. Es gab keinen Kamin in diesem Raum, also auch keinen Schornstein, und Geheimgänge hatte sie ebenfalls nicht gefunden. Welches alte Gemäuer, das etwas auf sich hielt, hatte denn bitte keine Geheimgänge?

Schließlich hatte sie sich erschöpft auf das Gästebett gelegt, nur um sich ein bisschen auszuruhen. Das sanfte Klingeln der Glocken an den Windspielen hatte sie eingelullt, und sie war in Rekordzeit eingeschlafen.

Ein Schlüssel drehte sich im Schloss, und Angus öffnete die Tür.

Er bewegte sich vorsichtig, als rechnete er insgeheim damit, dass Tamsin mit einem Schlagstock hinter der Tür auf ihn lauerte, und wirkte überrascht, als sie ihn vom Bett aus anblinzelte.

„Der Heiler ist da", verkündete er knapp. „Komm mit."

KAPITEL FÜNF

Tamsin rollte sich zur Seite und setzte sich auf die Bettkante. Ihre Hand brannte wie Feuer, und ihr Arm war so steif, dass sie ihn nicht bewegen konnte. Kompresse und Verband drückten schmerzhaft auf die Wunde.

„Kommen Heiler normalerweise nicht zum Patienten ans Bett?" Sie stand mit wackligen Beinen auf und stolperte prompt, wobei ihr ein Stöhnen entfuhr.

Angus eilte an ihre Seite und legte ihr einen warmen, starken Arm um die Taille, um zu verhindern, dass sie fiel.

Tamsin zog kurz in Erwägung, sich einfach von ihm halten zu lassen, dem Bedürfnis nachzugeben, das alles zu vergessen und normal zu sein. Freunde zu haben, einen Gefährten … Junge. Das Verlangen danach stieg unvermittelt und heftig in ihr auf und erdrückte sie förmlich.

Aber „normal" bedeutete auch, in einer Shiftertown zu leben, in der ihre Jungen Gefangene sein würden, sich nicht mehr frei bewegen zu können und ein Halsband zu tragen. Ihre Mutter lebte so in einer Shiftertown nahe der kanadischen Grenze, und es war sehr schwierig für Tamsin, mit ihr Kontakt zu halten, geschweige denn sie zu sehen. Sie hatten sich das letzte Mal vor fünf Jahren getroffen, und das heimlich und furchtbar kurz. Tamsins Schwester war zwanzig Jahre zuvor von einem Shifterjäger getötet worden, als wild lebende Shifter noch als Freiwild gegolten hatten. Es war nicht etwa verboten gewesen, sie zu töten, sondern im Gegenteil gern gesehen.

Angus hingegen hatte sich für ein Leben in Gefangenschaft und für die Jagd auf Shifter wie sie entschieden.

Er hatte irgendwann geduscht, während sie geschlafen hatte. Seine Haut roch nach Seife, sein schwarzes Haar war noch feucht. Er hatte sich rasiert, wodurch die Konturen seines Kinns deutlich sichtbar waren. Sie war ihm so nah, dass sie die Fältchen in seinen Augenwinkeln und das intensive Grau in seinen Augen sehen konnte, die jetzt ganz ernst und voller Sorge auf sie herabblickten.

Ben hatte ihr erzählt, Angus arbeite als Türsteher. Er hatte definitiv die Statur für den Job, außerdem waren ihm Leute wichtig. Türsteher sorgten schließlich in erster Linie für die Sicherheit der Gäste. Sie hielten Unruhestifter von ihnen fern und schmissen die Leute raus, die sich danebenbenahmen.

Tamsin spürte durch das T-Shirt die harten Muskeln, die sie nach ihrer gemeinsamen Flucht vor dem Krokodil schon hatte bewundern können. Er war gepflegt, gut gebaut und im Moment ihr Fels in der Brandung. All das machte ihn enorm attraktiv. Tamsin war im Gegensatz dazu verletzt, verschwitzt und sah insgesamt ziemlich zerzaust aus. Zu einem Bad hätte sie nicht Nein gesagt. Füchse waren nicht so besessen von Reinlichkeit wie Katzen, doch wirklich viel nahmen sie sich da nicht.

„Alles in Ordnung?", fragte Angus, und sie spürte seine Stimme unter ihrer Haut vibrieren.

Verdammt noch mal, ich darf mir von ihm nicht weismachen lassen, dass ihm an meinem Wohlergehen irgendetwas liegt. Er will mich nur wieder zusammenflicken, damit ich nicht abkratze, ehe er mich der Shifterbehörde übergeben kann.

„Hmm." Tamsin tat, als denke sie über die Frage nach. „Ich werde in einem seltsamen Haus gefangen gehalten, wo mich ein Wolf und ein Goblin bewachen, ein Alligator hat versucht, mich zu fressen, und du wirst mich früher oder später der Shifterbehörde ausliefern. Ich würde also sagen, nein, nichts ist in Ordnung."

Sie biss sich auf die Innenseite der Wange, um nicht loszuheulen. Das fehlte ihr gerade noch, ein Nervenzusammenbruch vor ihrem Häscher. Diese Genugtuung würde sie ihm nicht verschaffen.

„Zander kann dir zumindest die Schmerzen nehmen", versicherte Angus ihr. „Er will, dass du runterkommst, weil er Platz braucht."

„Wofür?"

Angus zuckte die Achseln. „Keine Ahnung. Ich kenne ihn nicht näher, aber er ist ein guter Heiler. Na, los."

Er brachte sie zur Tür. Sie atmete scharf ein, als sie ihren Arm bewegte, woraufhin Angus vorsichtig den Verband löste.

Die Verletzung sah nicht gut aus. Der Arm war bis auf den Knochen zerfetzt, und die Wunde hatte wieder geblutet, zudem klebte Eiter an der Kompresse. Tamsin zitterte, was die Schmerzen nicht gerade verbesserte.

Angus klappte den Verband wieder zu und führte sie, den Arm weiter um sie gelegt, aus dem Zimmer und die Treppe hinunter. Ben wartete unten und blickte ihnen voller Sorge entgegen.

Verdammt, warum waren die beiden nur so nett zu ihr? Ben und Angus waren ihre Feinde. Sie durfte sich auf keinen Fall auf sie einlassen oder gar mit ihnen anfreunden. Diesen Fehler hatte sie in ihrem Leben schon einmal gemacht.

Tamsin wusste, dass sie es ohne Angus' Hilfe nicht bis ins Erdgeschoss geschafft hätte. Ihr rechter Arm war taub, sie konnte sich kaum auf den Beinen halten und hätte sich auf der Stelle übergeben können.

Als sie unten ankamen, strich eine Bö um das Haus. Die Windspiele auf der rückwärtigen Veranda klirrten und klingelten, was Tamsin beruhigte und ihr ein Stück weit die Übelkeit nahm.

Angus geleitete sie durch einige Doppelflügeltüren in einen

Raum mit mehreren Kronleuchtern, die alle an waren. Die Vorhänge an den drei bodentiefen Fenstern waren aufgezogen, wodurch schwaches Licht in den Raum drang.

Dies war eigentlich das Esszimmer, doch Tisch und Stühle standen jetzt an der Wand. Hier hätte man problemlos Bälle veranstalten können, und vielleicht hatten die Besitzer das in früheren Zeiten sogar getan.

Ein Mann und eine Frau, beide Shifter, warteten auf sie. Der Mann war ein Riese. Einen so großen Shifter hatte Tamsin noch nie gesehen. Er hatte einen dunklen kurzen Bart, genau wie Angus, und schneeweißes Haar. Die Farbe schien allerdings nicht seinem Alter geschuldet, sondern war ein helles Weißblond, wie es unter Wikingern vorkam. Er trug es kurz, mit Ausnahme zweier langer geflochtener Zöpfe, in die Perlen eingearbeitet worden waren und die sein Gesicht einrahmten. Der Fremde trug einen langen schwarzen Mantel, Motorradstiefel und ein schwarzes T-Shirt. Obwohl er insgesamt eine imposante Erscheinung war, fiel Tamsin zuallererst ein Detail ins Auge: Der Mann trug kein Halsband.

Die Frau neben ihm hingegen schon. Sie hatte ihr dunkles Haar zu einem Zopf geflochten und war in einen ähnlichen Mantel gehüllt wie der Mann. Am auffälligsten war jedoch das Breitschwert auf ihrem Rücken, dessen Griff über ihre linke Schulter ragte.

Eine Wächterin.

„Ach du …", flüsterte Tamsin.

Wächter waren nicht dafür zuständig, lebende Shifter zu beschützen, sondern die Seelen der Toten. Wenn ein Shifter starb oder auf der Schwelle des Todes stand, ohne Hoffnung auf Genesung, kam ein Wächter und stieß ihm sein mit Feenmagie aufgeladenes Breitschwert ins Herz, wodurch der Körper zu Staub zerfiel und seine Seele befreit wurde, um ins Sommerland zu gelangen. Tamsin hatte gehört, dass sich die Wahl eines neuen Wächters in einer Shiftertown in Montana schwierig gestaltet hatte, und die Göttin schließlich zum ersten Mal überhaupt eine Frau erwählt hatte.

„Du bist … sie", rief Tamsin voller Erstaunen.

Die Frau hob die dunklen Augenbrauen. „Ich bin Rae Moncrieff. Meinst du das?"

„Ihr glaubt wirklich, ich bräuchte eine Wächterin?" Vor Angst wurde ihr ganz schwach. Tamsin ließ sich normalerweise vor anderen nicht so gehen, aber sie begann zu zittern. Musste sie jetzt ins Sommerland? Sie wollte noch von ihrer Mutter Abschied nehmen, ein paar Mitarbeitern der Shifterbehörde in den Hintern treten, alle Wandler befreien … Sie hatte noch viel zu viel vor, um heute zu sterben.

„Hab ein bisschen mehr Vertrauen in meine Fähigkeiten", brummte der Hüne neben Rae. „Du siehst übel aus, Süße, aber das kriege ich wieder hin. Rae ist nur mitgekommen, weil sie meine Gefährtin ist. Als ich das letzte Mal hier war, bin ich auf ein Abenteuer ausgezogen, und sie hat sich gesorgt, und na ja, du weißt schon …" Er machte eine vage Geste mit seiner großen Hand.

„Ich habe gesagt, das war das letzte Abenteuer ohne mich." Raes graue Augen funkelten. „Ich kann nicht zulassen, dass er dauernd allein Spaß hat. Aber keine Sorge. Zander ist der Beste. Lass sie sich doch wenigstens mal setzen, Angus. Die Arme kippt ja gleich um."

Tamsin konnte nicht umfallen, solange Angus sie so gut festhielt. Er führte sie Schritt für Schritt zu einem Stuhl unter einem der Kronleuchter, wo sie Platz nahm. Sie verspürte Angst und war Angus gleichzeitig für seine Hilfe dankbar.

Zander zog seinen Staubmantel aus und ließ ihn auf den Teppich fallen. Rae verdrehte die Augen, hob den Mantel auf, schüttelte ihn aus und legte ihn über einen Stuhl.

Plötzlich ganz ernst ging Zander neben Tamsin auf ein Knie. Er entfernte den Rest des Verbands und untersuchte ihren Arm, der weniger wie ein Körperteil aussah als vielmehr wie ein gut durchgekautes Stück Fleisch. Genau das hatte der Alligator ja auch getan, dachte Tamsin belustigt. Wenn sie das witzig fand, war sie offenbar schon im Delirium.

Zanders Berührung an ihrer Schulter oberhalb der Wunde war so sanft, dass sie sie kaum spürte.

„Was hast du draufgetan?", fragte er.

„Wasser und Desinfektionsmittel", erwiderte Angus. „Mehr habe ich auf die Schnelle nicht gefunden."

Der Lüster an der Decke knarzte ein wenig. Tamsin hob rasch den Kopf, doch das Kristallungetüm hing ganz still.

„Okay", sagte Zander. „Ich kann nicht versprechen, dass das nicht gleich ziemlich wehtun wird, Tamsin, aber es wird dir helfen."

Er legte behutsam eine Hand auf den verletzten Arm, dann schloss er die Augen und senkte den Kopf.

Angus stellte sich auf der anderen Seite dicht neben Tamsins Stuhl. Hätte er nicht Zander so genau beobachtet, hätte sie vermutet, dass er sichergehen wollte, dass sie nicht bei der ersten sich bietenden Gelegenheit aufsprang und davonrannte.

Zanders Berührung auf ihrer zerfetzten Haut tat Tamsin weh, und sie biss die Zähne zusammen, um den Schmerz besser aushalten zu können. Er war nichts im Vergleich zu den qualvollen Alligatorbissen, doch in der Summe war es kaum zu ertragen.

Zander summte leise vor sich hin, seltsame Worte kamen aus seinem Mund. Tamsin erkannte sie als Gebet an die Göttin. Sie erinnerte sich nicht an den genauen Wortlaut, aber ihre Mutter hatte an Tamsins Bett oft ein ähnliches Gebet geflüstert, als sie noch ein Junges gewesen war.

Tamsins Augen wurden feucht, als sie sich an die schöne Zeit mit ihrer Familie erinnerte, lange vor dem Tod ihres Vaters, als sie und ihre Schwester Glynis noch geglaubt hatten, dieses behütete Leben würde niemals enden. Manchmal hatten sie Hunger gelitten – es war nicht immer leicht gewesen, in den abgelegenen Regionen Kanadas, in denen sie zu Hause gewesen waren, Nahrung zu finden. Die meisten Shifter waren Menschen aus dem Weg gegangen, ehe die Existenz der

Wandler ans Licht gekommen war, doch Fuchs-Shifter hatten sich tatsächlich versteckt.

Ihr Vater war ein Fuchs gewesen, ihre Mutter eine kleine Felidin, die am ehesten einem Rotluchs ähnelte. Shifterjunge gemischter Abstammung nahmen die Gestalt eines Elternteils an, nicht beider, und Tamsin war eindeutig ein Fuchs. Glynis war ein Rotluchs wie ihre Mutter gewesen und nicht schnell genug für die Kugel des Shifterjägers.

Tamsin hörte, wie jemand flüsternd in Zanders Gebet einfiel, und bemerkte, dass Rae es halblaut mitsprach. Rae beobachtete ihren Gefährten voller Liebe und Anteilnahme, während sich ihre Lippen im Gebet bewegten. Zander schwankte, seine Zöpfe schwangen hin und her, seine Augen waren geschlossen, und er wirkte angestrengt. Draußen klangen die Windspiele im Takt von Zanders Gesang.

Tamsins Schmerzen ließen nach. Nicht sehr, doch sie bekam immerhin wieder Luft, und ihre Welt bestand nicht mehr ausschließlich daraus.

Zander nahm die Hand von ihrem Arm und streifte sein T-Shirt ab. Die Haut darunter war schweißnass, und er atmete schwer. Als er wieder nach Tamsins Arm griff, packte er fester zu, aber jetzt tat es nicht mehr so weh.

Über ihren Köpfen schwang der Lüster hin und her — diesmal ganz eindeutig. Die Schatten darunter bewegten sich, doch es ging kein Wind, kein Luftzug regte sich in dem Raum.

Zander brummte weiter. Angus drückte sich enger an Tamsin, wodurch es in dem ohnehin warmen Raum noch heißer wurde. Tamsin brach der Schweiß aus, Tropfen rannen ihr über die Schläfen und das Rückgrat hinunter.

Sie holte scharf Luft, als der Schmerz sie überrollte. Er schwoll zu Todesqual an, die ihren gesamten Körper erfüllte. Sie konnte nicht atmen, an nichts anderes mehr denken. Sie hätte geschrien, wenn sie dazu imstande gewesen wäre.

Zanders Gesang klang jetzt heiser, er brachte die Worte kaum noch heraus. Sein Umriss verschwamm, während sich

Tamsins Augen mit Tränen füllten, die ihr über die Wangen liefen, obwohl sie nicht einmal Kraft zum Schluchzen hatte.

„Was zum Teufel machst du da?", hörte sie Angus knurren.

„Lass ihn", sagte Ben drängend, und gleichzeitig warnte Rae besorgt: „Nein, fass ihn nicht an!"

Angus schloss den Mund, wich aber nicht von Tamsins Seite. Er war das Einzige, was sie durch den Schmerz hindurch spürte, ein Shifter als ihr Fels in der Brandung.

Erneut durchzuckte es sie wie ein Blitz, und dann schloss sich ihre Wunde jäh. Mit einem kurzen, qualvollen Auflodern von Schmerz fügten sich die Knochen wieder zusammen, dann ihre Muskeln, und die Haut war wieder heil. Die roten Streifen verschwanden, das Blut trocknete, und nur noch etwas rosa Narbengewebe erinnerte an ihre Verletzung. Und dann verblasste auch das einen Moment später, und lediglich ein paar weiße Streifen auf der Haut verrieten, dass da überhaupt was gewesen war.

Tamsin betrachtete keuchend ihren Arm, der wieder heil und stark war, und konnte es kaum glauben. Sie hob den Blick, um Zander zu danken, und erstarrte. Der Heiler hatte sich mit schmerzverzerrtem Gesicht erhoben und öffnete mühsam seinen Gürtel und den Hosenknopf seiner Jeans. Was zur …

„Zurück!", brüllte Rae.

Tamsin war zu perplex, um zu reagieren, doch Angus zerrte sie bereits samt Stuhl weg von Zander.

Der warf noch seine Unterwäsche ab, ehe er verschwand und an seiner Stelle ein mehrere Tonnen schwerer Eisbär stand.

Tamsin sprang auf und stürzte zur gegenüberliegenden Seite des Zimmers, dicht gefolgt von Angus. Sie begriff jetzt, warum die anderen die Möbel beiseite geräumt hatten und warum Zander behauptet hatte, er brauche „Platz". Nicht zum Meditieren, sondern damit er sich in einen unfassbar großen Eisbären verwandeln konnte.

Einen Eisbären, der vor Schmerz brüllte. Zander hatte die

schwarzen Augen fest zugekniffen, sodass sie in dem Meer aus weißem Fell praktisch verschwanden. Er presste sich die rechte Vorderpfote gegen die Brust und richtete sich auf die Hinterbeine auf, wobei sein riesiger Schädel beinahe die Kronleuchter gestreift hätte. Dann öffnete er das Maul und brüllte, wobei er das rechte Vorderbein genauso hielt wie Tamsin noch vor wenigen Minuten ihren verletzten Arm.

„Was ist mit ihm los?", überschrie Tamsin den Lärm.

Ein frischer Duft drang in ihre Nase, als Rae an ihre Seite eilte. „Er fühlt den Schmerz derer, die er heilt. Nicht nur den der Verletzung, sondern auch den emotionalen Teil." Sie warf ihrem Gefährten einen besorgten Blick zu. „Deiner war nicht so schlimm, er wird also nicht lange damit zu kämpfen haben."

Tamsin hatte die Verletzung als schlimm genug empfunden, vor allem aber als furchterregend. Ihr Schock und ihre Angst bei dem Angriff des Alligators waren fast so verheerend gewesen wie der Schmerz selbst.

In Zanders verzerrtem Gesicht spiegelten sich Tamsins Entsetzen, ihre Panik und die körperliche Qual. Er warf den Kopf in den Nacken, wobei er beinahe gegen die holzverkleidete Decke gestoßen wäre, und brüllte erneut.

Rae eilte an seine Seite. Tamsin wollte ihr folgen, denn sie hatte Angst, der tobende, brüllende Bär könnte die junge Frau verletzen, doch Angus hielt sie zurück.

Als Zander aufhörte, um sich zu schlagen, stürzte Rae zu ihm, schlang, soweit das möglich war, die Arme um ihn und versank in seinem weichen Fell.

Angus legte die Hand fest auf Tamsins Schulter. „Wir sollten sie allein lassen."

Ben wartete an der Doppeltür auf sie. Tamsin warf im Hinausgehen noch einen Blick zurück und sah, dass Zander sich ein wenig beruhigt hatte. Seine linke Pfote ruhte auf Raes Rücken, die die Wange an seinem Brustfell rieb.

Tamsins Eltern hatten ihr erzählt, die Berührung eines Gefährten könne heilen helfen. Rae redete leise auf Zander ein, und er beruhigte sich weiter und ließ sich auf alle viere fallen, allerdings ohne sein rechtes Vorderbein zu belasten. Rae schmiegte sich an seinen Rücken, streichelte seinen Kopf, küsste ihn.

Beim Anblick der beiden, die sich so liebevoll umeinander kümmerten, hatte Tamsin einen Kloß im Hals. Wie wundervoll wäre es gewesen, jemanden zu haben, auf den sie sich verlassen und stützen konnte. Ihr rastloses Leben hatte bisher verhindert, dass sie jemanden näher kennenlernte, sich jemandem öffnete. Ein paar Mal hatte sie es versucht und prompt den Preis dafür bezahlt. Aber Zander und Rae so zu sehen führte ihr vor Augen, was ihr entging.

Zander drehte den Kopf und rieb seine Schnauze an Rae, dann schob Angus Tamsin aus dem Zimmer und schloss die Tür.

„Ich schätze, jetzt fahren wir zur Shifterbehörde?", fragte Tamsin leichthin, um dann mit rasendem Herzen auf seine Antwort zu warten.

Angus drehte sie in Richtung Treppe. „Erst duschen. Wir frühstücken noch, dann machen wir uns auf den Weg."

Tamsin starrte ihn an und versuchte, ihre Verwirrung zu verbergen. „Meine Güte, bist du ein netter Gastgeber. Warum hast du mich hierhergebracht, Angus? Du hättest mich auch direkt bei der Shifterbehörde abliefern können, dann hätten die mich zusammengeflickt."

Angus sah sie stirnrunzelnd an. „Du warst verletzt. Menschliche Ärzte kennen sich nicht besonders gut mit Shiftern aus, und ich wusste, wie ich einen Heiler erreichen kann."

Bei ihm war immer alles logisch. Kopfschüttelnd schlängelte sich Tamsin an ihm vorbei und marschierte schnurstracks zur Hintertür.

Aber die bewegte sich keinen Zentimeter. Sie war nicht abgeschlossen – der Knauf ließ sich mühelos drehen –, doch wie auch schon zuvor konnte Tamsin sie trotzdem nicht öffnen.

Tamsin seufzte und drehte sich wieder zu Angus um, der sie mit seinem wütenden Blick förmlich an die Wand nagelte. Sie zuckte die Achseln. „Ich musste es wenigstens probieren."

Über seinen Gesichtsausdruck musste sie lachen, dann lief sie leichtfüßig die Treppe hoch, wieder schmerzfrei, stark und optimistisch.

———

ANGUS BEGLEITETE ZANDER UND RAE NACH DRAUSSEN. DAS Haus ließ sie ungehindert ziehen, die Vordertür öffnete sich bereitwillig. Angus befürchtete, das Haus könne auch Tamsin einfach so gehen lassen, und bat Ben, oben in der Küche Stellung zu beziehen, um sie im Auge zu behalten, während sie aß.

Tamsin hatte oben in dem großen Badezimmer geduscht und dabei aus vollem Hals gesungen, dann war sie herausgekommen und hatte sich direkt in die Küche begeben, wobei sie sich mit einem Handtuch ihr flammend rotes Haar trocknete. Ben hatte Frühstück gemacht, und Tamsin hatte sich gesetzt und war darüber hergefallen, während Zander und Rae die Einladung, noch zum Frühstück zu bleiben, abgelehnt hatten.

Draußen wartete unter einem Baum mit breiter Krone ein Motorrad. Zander hatte erzählt, Marlo habe sie eingeflogen, und sie hätten die Maschine für die Fahrt zum Haus gemietet. Zander, der kein Halsband trug, konnte problemlos Fahrzeuge mieten, während ein gezähmter Shifter vermutlich abgewiesen worden wäre. Angus vermutete, dass Menschen angesichts Zanders gewaltiger Größe und seiner intensiven, leicht irren Persönlichkeit ohnehin alles taten, was er wollte.

Während Rae zum Motorrad ging, nahm Zander Angus beiseite und drängte ihn gegen die unterste Stufe der Verandatreppe.

„Willst du sie wirklich der Shifterbehörde ausliefern?" Im Morgenlicht blitzten Zanders schwarze Augen zornig. „Mir ist schon klar, dass sie schwierig ist, aber … Na schön, reden wir nicht um den heißen Brei herum. Was soll der Scheiß?"

„Die halten mein Junges gefangen", erklärte Angus leise. „Ich habe keine Wahl."

„Oh." Zander trat einen Schritt zurück und wirkte jetzt gar

nicht mehr wütend auf Angus. „O Mann. Das tut mir leid. Hör zu. Wie wäre es, wenn du, ich, Rae und Ben dein Junges befreien gehen und mal für ordentlich Aufruhr in der Stadt sorgen? Ich schätze, dafür könnten wir ziemlich viele andere Shifter begeistern, sodass sie uns helfen."

Angus dachte an Haider und das seltsame kalte Glitzern in den Augen des Mannes. „Zu riskant. Er könnte Ciaran etwas antun."

„Wir machen das ganz heimlich. Niemand wird merken, dass wir da sind, bis ..."

Zander hörte abrupt auf zu sprechen, weil Angus ihn am Mantelkragen gepackt hatte. „Nein. Der Typ, der Ciaran gefangen hält, hat ihn ganz bestimmt an einem sicheren Ort versteckt, und er ist so skrupellos, dass er ihn, ohne mit der Wimper zu zucken, vor meinen Augen tötet. Denk nicht mal daran, ihn auf eigene Faust retten zu gehen. Wenn Ciaran durch deine Schuld auch nur ein Haar gekrümmt wird, bring ich dich um."

Zander sah Angus an. Er schien nicht mal wütend, dass dieser ihn gepackt hatte. „Ich hab's kapiert. Hör trotzdem mal zu, mein Freund ..." Er löste sanft, aber bestimmt Angus' Hand von seinem Kragen. „Wenn du unsere Hilfe brauchst, ruf einfach an. Ich werde eine Weile in der Gegend bleiben, vielleicht fahre ich mal nach Austin oder zu Kendrick. Ich bin jederzeit bereit, ein paar Agenten der Shifterbehörde in den Hintern zu treten."

Angus nickte knapp. „Ich behalte es im Hinterkopf. Danke."

Zander grinste plötzlich. „Es heißt, du seist ein wortkarger Mann, der gründlich nachdenkt. Ich schätze, das trifft's. Die Göttin sei mit dir."

„Mit dir auch", erwiderte Angus, „und mit deiner Gefährtin."

Zander warf einen Blick zu Rae, die bereits auf das Motorrad gestiegen war und den Motor angelassen hatte, dann beugte er sich zu Angus runter. „Sie hat bisher nichts gesagt, doch sie könnte schwanger sein." Der Hüne strahlte förmlich vor Glück. „Ich weiß also, wie du dich fühlst. Wenn irgendjemand Rae und das Junge in Gefahr bringen würde ..." Zander schauderte und schüttelte heftig den Kopf. „Vergiss nicht, du kannst einfach anrufen."

Er trat ein paar Schritte zurück, deutete auf Angus, wirbelte mit wehendem Staubmantel herum und ging zu seinem Motorrad. „Nein, nein, ich fahre", dröhnte seine Stimme, und Rae widersprach ihm sanft, aber bestimmt. Angus ahnte schon, wer sich am Ende durchsetzen würde.

Seine Vermutung bewahrheitete sich. Als er den Motor der Maschine aufheulen hörte, drehte er sich auf der Verandatreppe noch einmal um und sah sie davonfahren – Rae am Lenker, Zander hinter ihr. Zander hob den Arm und winkte ihm, dann waren sie fort.

Die Vordertür wurde aufgerissen, und Ben streckte panisch den Kopf nach draußen. „Keine Ahnung, wie sie das gemacht hat", japste er. „Aber sie ist verschwunden."

KAPITEL SECHS

Angus rannte wieder ins Haus und verfluchte dabei Tamsin, Ben und das alte Gemäuer.

Er war zu Recht davon ausgegangen, dass Tamsin Schmerzen hatte, verletzlich und verängstigt war, aber er hatte seinem Beschützerinstinkt zu viel Raum gelassen. Angus hatte gewusst, wie weh Zanders Heilmagie tun würde, und war an Tamsins Seite geblieben, bereit, sie aufzufangen, wenn sie fiel.

Sie hatte sich tapfer gehalten, hatte nicht geschrien oder laut geschluchzt, sondern nur ein paar stumme Tränen vergossen. Sie war Zander dankbar gewesen und hatte Mitgefühl gezeigt. Angus hatte gesehen, dass Tamsin ehrlich und mitfühlend war, und nicht die verrückte, mörderische Unruhestifterin, als die Haider sie hingestellt hatte, und er war nicht mehr so auf der Hut gewesen.

Das hatte er jetzt davon. Tamsin hatte auf die perfekte Gelegenheit gewartet und sie genutzt.

„Wo ist sie?", brüllte er das Haus an und rannte in die Eingangshalle. Vielleicht hatte sie das Gemäuer auf ihre Seite gezogen, und es hatte ihr gestattet, daraus zu entkommen, während er sich mit Zander unterhalten und Mitleid mit Tamsin gehabt hatte.

„Ich habe überall nachgeschaut", sagte Ben atemlos. „Beim Abräumen des Frühstückstischs habe ich mich irgendwann umgedreht, und weg war sie. Ich dachte, sie sei einfach nur in einem anderen Zimmer, aber nein. Tut mir leid, Angus."

„Ist nicht deine Schuld. Sie ist verdammt ausgebufft." Angus trat in die Mitte der holzvertäfelten Halle. „Zeig mir, wo sie ist, verdammt."

Ein Windstoß fegte durch das Haus und trug den frischen Geruch des Morgens mit sich. Fünf Bereiche der Wandvertäfelung flogen auf, und dahinter lagen Nischen, von winzig bis groß genug, dass ein Mann hindurch passte.

Angus spähte hinein, doch die meisten waren klein und leer. Die größte öffnete sich auf einen schmalen Gang.

Hektisch eilte Angus hinein, bog um eine Ecke und fand sich vor einer weiteren glatten Wandvertäfelung wieder. Er tastete sie nach verborgenen Öffnungsmechanismen ab und drückte schließlich ein Stück Profilleiste nach innen, woraufhin die Vertäfelung aufsprang.

Dahinter lag ein sehr kleiner Raum, etwa zwei Meter auf einen Meter zwanzig, in dem unter einem winzigen hohen Fenster, das die einzige Lichtquelle darstellte, ein alter, aber gut erhaltener Schreibtisch samt Stuhl stand.

Tamsin saß an dem Schreibtisch, den Kopf gesenkt, und ging methodisch den Inhalt eines Geldbeutels auf der Schreibunterlage vor ihr durch. Als Angus eintrat, las sie etwas von einer kleinen laminierten Karte ab.

„Angus Murray. Shifterart: Lupid. Geboren 1918. Gefährtin: Keine. Junge: 1, Ciaran Murray, Lupid. Shiftertown: New Orleans West. Arbeit: Türsteher, Dark Moon Club, New Orleans. Genehmigt. Wohnort: 1442 St. Charles Place. Schönes Foto."

Sie hatte seinen Shifterausweis in der Hand, den alle Gestaltwandler immer bei sich führen mussten. Auf dem Schreibtisch lagen ein Stapel Geldscheine, ein paar ausgedruckte Fotos und Kleinkram, den Angus ohne besonderen Grund in seinem Portemonnaie mit sich herumschleppte. Er wusste nicht wann, aber irgendwann im Laufe des Morgens musste sie ihn bestohlen haben.

Tamsin betrachtete ihn über den Ausweis hinweg mit einem Zorn in ihrer Miene, den er nicht deuten konnte. „Murray", wiederholte sie. „Wie in *Gavan* Murray?"

Angus hatte keinen Grund, sie zu belügen. „Mein Bruder. Früher jedenfalls, bevor seine dämlichen Aktionen ihn das Leben gekostet haben. Das müsstest du doch wissen – du hast ja zu seinen Anhängern gehört."

Wut und Mitleid glommen in ihren Augen. „Als seine Anhängerin würde ich mich nicht unbedingt bezeichnen. Ich war eher zur selben Zeit am selben Ort." Sie legte den Ausweis weg und rieb sich die Schläfen. „Das muss ich erst mal verdauen."

„Du musst aufstehen und mitkommen. Es ist Zeit zu gehen."

Tamsin ließ die Hände sinken. Ihre lohfarbenen Augen waren unbewegt, alle Wut und all ihr forsches Benehmen waren von ihr abgefallen. „Verdammt, du hättest mir sagen sollen, dass du Gavans Bruder bist. Ich hatte keine Ahnung … Göttin, es tut mir so leid."

„Was denn? Dass du seinen Mist geglaubt hast?", knurrte Angus, in dem Bitterkeit aufstieg. „Was ist mit den toten Mitarbeitern der Shifterbehörde in Shreveport? Warst du das?"

„Angus." Tamsin erhob sich und legte die Hände auf die Schreibtischplatte. „Ich habe diese Agenten nicht umgebracht. Das schwöre ich. Glaubst du mir?"

Sie begegnete seinem Blick, und etwas in ihren Augen verriet Verzweiflung, als wäre ihr seine Antwort sehr wichtig.

„Das weiß ich nicht, und dass du sie nicht umgebracht haben willst, heißt noch nicht, dass du nicht vor Ort warst."

Tamsin wirkte mitgenommen. „Ich war dort. Aber ich schwöre, ich habe diese Männer nicht umgebracht und ihre Ermordung auch nicht angeordnet. Es war schrecklich, und ich bin abgehauen."

„Erzähl mir, was passiert ist", verlangte Angus.

Einen Moment lang glaubte er, sie würde sich weigern, dann ließ sich Tamsin wieder auf den Schreibtischstuhl sinken und schlug die Hände vors Gesicht. „Ich war mit diesem Shifter zusammen – Dion. Damals dachte ich, wir hätten dieselben Ziele, nämlich Gestaltwandler aus Shiftertowns und von ihren Halsbändern zu befreien. Als ich ihn kennenlernte, schien er ein ganz vernünftiger Kerl zu sein."

Sie seufzte. „Doch nach einer Weile merkte ich, dass er vollkommen verrückt war. Ich wollte ihn verlassen, war aber noch bei ihm, als zwei Männer von der Shifterbehörde uns fanden. Sie haben versucht, uns gefangen zu nehmen, allerdings darauf verzichtet, Verstärkung zu rufen. Ich schätze, sie dachten, Shifter würden verängstigt reagieren, wenn man sie mit Betäubungsgewehren, Tasern und Halsbändern bedroht. Dion hingegen war völlig außer sich. Er hat seine Hybridgestalt angenommen und sie angegriffen. Ich habe versucht, ihn aufzuhalten, mich sogar auf ihn gestürzt, um ihn von ihnen wegzulocken. Aber er hat sie getötet, ich konnte nichts dagegen tun. Ich habe gewusst, wenn man mich in der Nähe des Tatorts finden würde, würde ich hingerichtet werden. Also bin ich abgehauen."

Ihre Stimme wurde mit jedem Wort zittriger, und als sie geendet hatte, zuckten ihre Schultern in stummem Schluchzen.

Verdammt, jetzt wollte Angus sie in den Arm nehmen, sie an sich drücken und trösten. Ihr sagen, dass es ihm leidtat, dass sie an einen mordlüsternen Felid geraten war.

„Was ist mit diesem Dion geschehen?", fragte er. „Haben sie ihn erwischt?"

„Keine Ahnung. Wahrscheinlich nicht, wenn sie mir dich auf den Hals gehetzt haben. Offenbar wissen sie nur, dass ich vor Ort war."

Tamsin blieb vornübergebeugt sitzen, und ihr feuchtes Haar fiel ihr in einer orangeroten Woge über die Schultern.

Angus unterdrückte ein Knurren, durchquerte die kleine

Kammer und legte ihr eine Hand auf den Rücken. Durch ihr Shirt hindurch spürte er ihre Körperwärme, ihr Zittern.

Er verstärkte die Berührung, sein Instinkt, sie zu trösten, gewann die Oberhand. Shifter verliehen einander durch Körperkontakt neue Kraft, weswegen es ihnen auch nicht seltsam vorkam, völlig fremde oder Wandler desselben Geschlechts lange zu umarmen, denn das war Heilung für die Seele.

Tamsins Entsetzen war nicht gespielt. Angus konnte sich vorstellen, dass sie die Agenten liebend gern an der Nase herumgeführt hätte und dann vor ihnen geflohen wäre, genau wie vor Angus, aber ihren Tod hatte sie sicher nicht gewollt. Wer auch immer dieser Dion war, wenn er noch lebte, würde Angus ihn finden und ihm mal ein paar Dinge erklären.

„Ich werde dir helfen, ihnen zu erzählen, was passiert ist", versprach Angus. „Wenn du nicht für die Morde verantwortlich warst, werde ich nicht zulassen, dass die Shifterbehörde sie dir anhängt."

Tamsin hob den Kopf. Sie schniefte und wühlte dann in ihren Jeanstaschen nach einem Taschentuch. „Schöne Grüße von der Wirklichkeitsfee: Es wird ihnen völlig egal sein, ob ich die Morde tatsächlich begangen habe. Ich bin eine ungezähmte Shifterin. Das reicht, um mich einzusperren und hinzurichten."

Sie hatte recht. Wenn Shifter wie sie aufgespürt wurden, zwang man vielen einfach ein Halsband auf und steckte sie in eine Shiftertown. Doch wenn einer als gewalttätig und gefährlich galt, wurde er üblicherweise exekutiert.

„Ich kenne Leute", versuchte Angus zu widersprechen. „Mächtige Shifter aus Texas, mit Halsband und ohne. Sie können dir helfen. Aber zuerst muss ich dich dort abliefern."

Tamsin wandte sich ihm zu, versuchte jedoch nicht, seine Hand abzuschütteln. Er spürte, dass seine Berührung ihr half, denn sie zitterte jetzt weniger, und ihre Stimme bebte nicht mehr. „Ich kann es dir nicht begreiflich machen, oder?"

Ihr Gesicht lief leicht spitz zu wie das ihrer Tiergestalt, ihre Nase war ein wenig zu lang, um dem Schönheitsideal der meisten Menschen zu entsprechen. Angus fand sie perfekt. Er bemerkte auch, dass ihre Ohren ebenfalls leicht spitz zuliefen. „Ich kann dich nicht laufen lassen, Tamsin. Es tut mir leid." Er holte scharf Luft. „Sie haben mein Junges."

Tamsin riss die Augen auf. „Was?" Ihre Lippen blieben leicht geöffnet.

„Sie zwingen mich, mich zwischen dir und meinem Jungen zu entscheiden, und ich muss mein Junges wählen. Deshalb kann ich dich nicht gehen lassen. Ich habe mir schon zu viel Zeit gelassen, aber du warst verletzt ..."

Tamsin schluckte. Ihr Atem strich über seine Haut. „Das hättest du mir sagen sollen."

„Hätte es denn einen Unterschied gemacht?"

Sie nickte, wobei ihr warmes Haar seine Hand streifte. „Ich hätte mich noch mehr angestrengt, dir zu entkommen. Nicht deine Schuld, wenn du mich nicht erwischst."

Angus legte die Stirn in Falten. „Willst du damit sagen, dass du dir gar keine besondere Mühe gegeben hast zu fliehen?"

„Nicht so sehr, wie ich gekonnt hätte. Das Haus fängt an, mich zu mögen. Es hat mir dieses Zimmer gezeigt. Ich *wusste*, dass es hier Geheimgänge gibt. Es wird mich irgendwann gehen lassen, wenn ich es davon überzeugen kann, dass das in unserem besten Interesse liegt."

„Es scheint dich kein bisschen zu beunruhigen, dass du in einem Spukhaus bist."

„In einem Haus mit Bewusstsein", verbesserte ihn Tamsin. „Das ist ein großer Unterschied. Ich hatte schon davon gehört, allerdings noch nie eins gesehen. Es gibt nur ganz, ganz wenige davon. Personen mit einer bestimmten magischen Begabung müssten solche Bauten auf einer Leylinie errichten, und dann braucht es Zeit."

„Ach, und das alles weißt du, weil ..."

„Ich Bücher lese." Tamsin hatte wieder diesen spitzbübischen Blick. „Weißt du, diese Dinger mit dem Umschlag und dem Papier dazwischen. Die Zeilen können auch wie von

Zauberhand auf deinem Handy erscheinen. Zumindest auf meinem, denn es stammt aus diesem Jahrhundert. Zumindest hatte ich mal so eins. Zu riskant, etwas mit sich herumzuschleppen, das ständig den aktuellen Standort prüft.“

Angus machte sich nicht die Mühe zu antworten. Es gelang ihm nicht, sich zu erheben und einfach zu gehen.

Seit April ihm anvertraut hatte, dass sie Gavan schon immer bevorzugt und Angus' Gefährtenantrag bloß akzeptiert hatte, um seinem Bruder nahe zu sein, hatte er praktisch kein Interesse mehr an Shifterinnen gehabt. Zwischen ihm und April war nie ein Gefährtenbund entstanden, und den Grund dafür hatte er an dem Tag verstanden, an dem sie mit Gavan durchgebrannt war und ihm nur einen Zettel dagelassen hatte, für den Fall, dass er sich Sorgen um Ciaran machte. Angus hatte sie aufgespürt – er war einer der besten Tracker seiner Shiftertown, weit besser, als Gavan es je gewesen war –, Ciaran zu sich genommen und sie ziehen lassen.

Seit diesem Tag war er vollauf damit beschäftigt, seinen Sohn großzuziehen und sich die Shifterbehörde vom Hals zu halten.

Aber vielleicht hätte er seine Bedürfnisse mit ein paar Shifterfrauen stillen sollen, vielleicht auch mit einem der Groupies, die versucht hatten, ihn im Club zu verführen. Dann hätte er jetzt nicht Tamsin Calloways Muskatduft eingeatmet und sie in seine Arme schließen wollen.

Er trat noch näher, und sie wich nicht zurück. Ihr Blick fiel auf seine Lippen. Angus' Körper stand in Flammen, sein Herz raste.

Der Moment zog sich wie eine Ewigkeit, ihre Gesichter waren nur noch eine Haaresbreite voneinander entfernt, ihr Atem mischte sich. Tamsins Wimpern hoben und senkten sich, dann sah sie ihm in die Augen, und ihm fiel auf, dass ihre whiskyfarbenen Iris grüne Flecken hatten.

Angus wartete auf die Rückkehr seines angeborenen Zynismus, rechnete damit, dass sein gesunder Shifterverstand jeden Moment diese Impulse unterdrücken würde. Doch er spürte, wie sich das Verlangen in ihm aufbaute, die Raserei, in die alle Shifter verfallen konnten, wenn sie sich paaren wollten.

Er wusste, Tamsin war nicht abgeneigt. Eine Shifterin machte keinen Hehl daraus, wenn sie einen Mann nicht wollte, wenn nötig mit sehr unmissverständlichen Worten, oft unterstützt von Zähnen und Klauen. Wenn die Menschen keine totalen Idioten waren, kapierten sie diese Botschaft und ließen es. Die anderen endeten normalerweise blutverschmiert oder fielen auf den Kopf, so wie der Typ, der sich im Club an die Shifterin herangemacht hatte.

Tamsin sah Angus nur an, als wartete sie darauf, dass er den ersten Schritt tat. Wenn Angus sie jetzt küsste, würde daraus mehr und immer mehr werden, und die Situation würde sehr schnell nichts mehr mit Jäger und Gefangener zu tun haben. Genau das wollte sie wahrscheinlich.

Angus hätte auf Abstand achten sollen. Aufstehen, hinausgehen, verlangen, dass sie ihm folgte, und sich mit ihr bis zu ihrem Aufbruch in einem Raum einschließen. Der Aufbruch stand ja unmittelbar bevor …

Während er noch innerlich mit sich im Widerstreit lag, beugte sich Tamsin vor und strich mit den Lippen über seine.

Wie ein Stromstoß fuhr es durch seinen Körper, und für eine Sekunde dachte er, sie hätte ihn mit einem Taser erwischt. Aber ihre Hände waren leer, ihre Augen geschlossen, und einzig ihre Münder berührten sich.

Ihre Lippen waren weich, glatt, perfekt. Der halbherzige Kuss riss etwas in ihm auf, und aus der Wunde flutete Wärme.

Angus versuchte zurückzuweichen, doch der Schmerz, der damit verbunden gewesen wäre, ließ es nicht zu. Seine Hände bewegten sich, ehe er es verhindern konnte, legten sich an ihr Gesicht und zogen sie näher heran, damit er sie leidenschaftlicher küssen konnte.

Tamsin hielt inne, dann fiel alles Zögern von ihr ab. Sie schmiegte sich an ihn und erwiderte seinen Kuss voller Begehren.

Eine weiche, süße und doch starke Frau in seinen Armen.

Tamsins Lippen auf seinen, suchend und gleichzeitig schenkend. Vielleicht hatte sie anfangs versucht, ihn abzulenken, jetzt wollte sie ihn allerdings einfach nur noch küssen.

Angus reagierte entsprechend. Er zog sie näher, presste den Mund auf ihren und stöhnte auf. Sie war eine Mordverdächtige, die er ausliefern musste, aber im Augenblick war sie für ihn nur eine Frau, schön und duftend. Ihr Haar war wie lebendige Flammen in seiner Handfläche, erwärmte sie, ohne sie zu verbrennen.

Hätte er in diesem Moment die Welt ausblenden können, er hätte Tamsin an sich gepresst, auf den Schreibtisch gehoben, sie erkundet, indem er ihr die Kleider vom Leibe riss.

Er teilte ihre Lippen mit seiner Zunge, schmeckte einen Hauch ihrer Zahnpasta, die ihr eigenes Aroma beinahe überlagerte. Sie hieß ihn willkommen, presste die Fäuste auf seinen Rücken, während sie ihn auf sich herabzog.

Der Kuss dauerte an, ihre Münder verschmolzen, und nichts zählte mehr außer ihrer Verbindung. Die Welt drehte sich ohne sie weiter, die Jahre des Schmerzes und der Einsamkeit, in denen sich Angus Vorwürfe wegen des Verlusts seiner Gefährtin gemacht hatte, verflüchtigten sich wie Nebel in der Sonne. Allein diese Frau und ihr feuriger Kuss zählten, ihre Arme, die ihn umschlungen hielten, ihre Körper, die eins wurden, als gäbe es nur noch sie beide in Zeit und Raum.

Ein Windhauch streifte Angus, aber er fragte sich nicht, wo der herkam. Tamsin lag real und warm in seinen Armen, ihr Kuss wurde immer intensiver. Sie gab ein leises kehliges Geräusch von sich, das Geräusch der Kapitulation.

Sie fielen, schwebten und hatten sich doch nicht bewegt. Der Boden befand sich noch immer unter Angus' Füßen, sein Knie presste sich hart gegen den Schreibtisch. Aber er spürte nichts, fühlte nur die Stellen, wo er und Tamsin einander berührten.

Aus dem Foyer ertönte eine dröhnende Stimme. „Hast du sie gefunden?"

Tamsin keuchte, und er spürte ihre Reaktion auf seiner

Zunge. Sie entzog sich ihm, beendete mit puterrotem Gesicht den Kuss.

Mit einem Schlag war er zurück in der Realität. Angus hätte ihr Kerkermeister sein, sie gegen sein Junges austauschen müssen. Er hätte sie nicht küssen sollen, nicht berühren, nicht kosten – und vor allem sollte er es nicht wieder tun wollen. Es stand ihm nicht an, sie zu genießen, jede Sekunde davon.

„Ja!", brüllte er zurück. „Wir können los."

———

TAMSIN BEKAM NICHT GENUG LUFT. NACH ATEM RINGEND ließ sie sich von Angus hochziehen, dann schnappte er sich sein Geld und sein Portemonnaie und zerrte sie durch den Geheimgang in die Diele, wo Ben mit besorgter Miene wartete.

Sie bekam noch immer keine Luft, während er sie zum Eingang schleifte, wobei er unterwegs eine Kapuzenjacke von einem Kleiderhaken nahm. Er hatte die Schlüssel zu dem schrecklichen Kombi in der Hand. Tamsin hoffte, das Haus würde auch ihn gefangen setzen, aber nein, die Tür flog auf, sobald Angus sie berührte.

Er würde sie doch nicht allen Ernstes der Shifterbehörde übergeben, oder? Sie hatten einen intimen Moment geteilt. Einen Kuss – und was für einen. Es waren die Nachwehen dieses Kusses und nicht etwa Angus' zügiges Tempo, die dafür sorgten, dass Tamsin weiter nicht richtig atmen konnte.

Viele Männer in Tamsins Leben hatten versucht, sie zu küssen oder mehr, aber den meisten von ihnen war sie ausgewichen. Bei Angus hatte sie das nicht gewollt. Sie hatte ihre Lippen auf seine gedrückt, weil sie den plötzlichen Drang verspürt hatte zu entdecken, wie sich das anfühlte.

Und jetzt bekam sie nicht genug Luft in ihre Lunge. Sein Kuss war drängend, aber nicht brutal gewesen. Angus hatte Tamsin in seiner Gewalt und wusste es, obgleich sie sich weigerte, sich ihm zu unterwerfen. Doch er hatte sie nicht auf den Boden gepresst und sich genommen, was er wollte.

Er hatte sie geküsst, als habe er sie genauso spüren wollen wie sie ihn. Sie wollte das immer noch. Ungeachtet der Tatsache, dass er sie zu ihrer Hinrichtung brachte und Gavan Murrays Bruder war.

Tamsins Verstand drängte sie dazu, sich gegen ihn zu wehren, sich zu befreien und so schnell wegzurennen, wie sie nur konnte. Ihre Libido aber folterte sie mit Fantasien darüber, wie es wohl wäre, wenn er sich mit seinem harten Körper auf sie gelegt hätte.

Ihr Herz sagte …

Ihr Herz war wie immer völlig durcheinander. Es hatte keinen Sinn, ihr Herz zu befragen.

Als sie sich dem Auto näherten, begann Tamsin, Widerstand zu leisten. Ben war ihnen nach draußen gefolgt, der Ausdruck in seinen dunklen Augen rätselhaft. Ihm gefiel nicht, was Angus da tat, aber er unternahm auch nichts, um es zu verhindern.

Sie versuchte, sich aus Angus' Griff zu befreien, doch er ließ sie nicht los. „Das darfst du nicht." Tamsin zerrte weiter an seinem Arm, konnte sich aber genauso wenig aus seinem Griff befreien wie zuvor in Fuchsgestalt aus dem Maul des Alligators. „Komm schon, Angus."

Ben schloss mit sorgenvoll gerunzelter Stirn zu ihnen auf. „Du weißt, die werden sie umbringen, Angus. Gib sie mir. Ich werde sie so weit wegschaffen, dass die Shifterbehörde sie niemals finden wird, und dann bist du aus dem Schneider. Sie können von dir nicht erwarten, jemanden aufzuspüren, der Tausende und Abertausende Kilometer von jedem Außenposten der Zivilisation entfernt ist."

Diese Lösung klang auch nicht viel besser. Tamsin wusste nicht genau, was Ben war, trotz seiner wortgewandten Erklärung, er sei ein Heinzel oder Goblin – je nachdem, welchen Begriff sie bevorzugte. Die Flucht an einen tausende und abertausende Kilometer entfernten Ort, wo niemand sie je finden würde, war nicht gerade das, was ihr vorschwebte.

Angus knurrte und packte sie fester. „Sie kommt mit mir. Ich liefere sie aus und nehme Ciaran mit nach Hause. Wenn Haider danach zu inkompetent ist, um sie festzuhalten, wenn sie direkt nach meinem Weggang flieht, wozu sie, wie ich weiß, in der Lage ist, und wenn um die Ecke ein Shifter wartet, um sie zu retten, dann hat Haider halt Pech gehabt."

Als Tamsin das hörte, gab sie den Widerstand auf, und ihr Mund formte ein großes O. Angus sah sie aus seinen grauen Augen lange an.

Warte, bis ich mein Junges in Sicherheit habe. Dann kann mir dieser Haider gestohlen bleiben, versuchte er ihr zu sagen. *Du musst blitzschnell abhauen, aber direkt hinter der nächsten Ecke wird Verstärkung warten.*

Angus wollte nicht Haider helfen, es ging ihm allein darum, sein Junges zu retten. Wenn Tamsin der gesamten Shifterbehörde in die Eier trat und dann den Abgang machte, hatte er nichts dagegen. Solange er zuvor sein Junges wiedererhielt, war Angus glücklich.

Tamsin nickte kaum merklich und hoffte, ihn richtig verstanden zu haben.

Sie drehte sich zu Ben um und strahlte ihn an. „Bis dann, Ben. Wer weiß, vielleicht muss ich eines Tages auf dein Angebot zurückkommen, mich weit weg von hier zu bringen. Hast du an einen exotischen Ort gedacht?"

Ben dachte darüber nach. „Einigermaßen exotisch zumindest."

Tamsin umarmte ihn – mit einem Arm, weil Angus nicht daran dachte, sie loszulassen. „Du bist so ein lieber Kerl. Warum hast du keine Gefährtin? Oder hast du etwa eine? Die du an diesem einigermaßen exotischen Ort versteckt hältst?"

„Schön wär's." Ben erwiderte die Umarmung, dann wich er zurück und streckte die Hände aus, wie um Angus zu beweisen, dass er ihr nichts zugesteckt hatte. „Einen alten Knacker wie mich will ja niemand."

„Verkauf dich nicht unter Wert. Du bist verflucht sexy. Schon gut, schon gut, nicht drängeln." Das Letzte hatte Angus gegolten, der die Beifahrertür geöffnet hatte und versuchte, Tamsin in den Wagen zu verfrachten.

Sie nahm Platz und begann wieder zu zittern. Angus schloss die Tür, und Tamsin kurbelte das Fenster herunter und hauchte Ben einen Kuss zu.

„Danke für das Frühstück, Ben. Ich schick dir eine Postkarte."

Angus sagte kein Wort. Das Auto schaukelte, als er sich auf den Fahrersitz fallen ließ und den Motor startete.

Ein heftiger Wind kam auf, unter dem sich die Bäume bogen und die Ranken am Haus tanzten. Die Windspiele auf der Veranda klingelten und klirrten.

Tamsin lachte glücklich. „Es sagt mir Lebewohl." Sie winkte dem Haus zu, während Angus den Wagen die lange Auffahrt entlang lenkte. „Ich komme wieder, keine Sorge."

Ben schaute ihnen von der Verandatreppe aus mit verschränkten Armen hinterher. Tamsin winkte ihm so lange, bis Angus in einer Kurve um eine Baumgruppe fuhr und sie Ben und das Haus nicht mehr sehen konnte.

Angus lenkte den Kombi durch das rostige Tor auf die schmale Straße, die am Fluss entlangführte. Er war tief übers Steuerrad gebeugt, ein schweigender Klotz von einem Lupid, dessen graue Augen in der Morgensonne hell schimmerten.

Er schwieg, erwähnte den Kuss nicht und gab ihr auch keine weiteren Ratschläge mehr, wie sie sich in den Klauen der Shifterbehörde verhalten sollte. Angus ignorierte sie so vollständig, dass er genauso gut allein im Auto hätte sein können.

Tamsin lehnte sich in ihrem Sitz zurück und legte die Füße auf Armaturenbrett. „Also, wo geht's hin?"

KAPITEL SIEBEN

New Orleans", knurrte Angus zur Antwort.

„Oh, das klingt gut", entgegnete Tamsin und tat, als würde ihre Angst nicht sekündlich schlimmer. „Dann kann ich shoppen gehen. Und es gibt leckeres Essen. Das Essen ist das Beste an New Orleans, findest du nicht? Ich liebe zwar Spaziergänge auf dem Jackson Square und die Musikszene, aber hauptsächlich ist es das Essen, das mich immer wieder dorthin zurückkehren lässt."

Angus sah sie an. „Bist du oft dort?"

„Wenn zweimal im Leben oft ist, dann ja. Das letzte Mal mit meiner Schwester …"

Die Worte schnürten Tamsin die Kehle zu. Wenn sie an ihre Schwester dachte, konnte sie nicht weiter die Unbekümmerte spielen.

Angus schaute sie wieder an. Göttin, er würde jetzt nicht nach Glynis fragen, oder?

„Was ist aus deiner Schwester geworden?"

Offenbar doch. „Sie ist gestorben", erwiderte Tamsin kurz angebunden. „Shifterjäger. Bei dem Versuch, sich dem Zusammentrieb zu entziehen. Glücklich?"

„Warum zum Teufel sollte ich glücklich sein, wenn ich

höre, dass ein beschissener Shifterjäger deine Schwester getötet hat?", fragte er mit einem Lupidknurren. „Solche Scheiße ist uns allen passiert. Als wir Shifter aufgeflogen sind, haben wir alle persönliche Tragödien erlebt."

„Deshalb müssen wir Widerstand leisten", sagte Tamsin und richtete sich auf. „Aus den Shiftertowns abhauen, die Halsbänder, die Regeln, die Shifterbehörde loswerden. Das weißt du ganz genau."

Angus funkelte sie an. „Wenn du in diesem Auto mit diesem Freiheitskämpfermist anfängst, schmeiß ich dich raus. Während der Fahrt."

„Du willst also nicht, dass wir Shifter frei sind?", hakte Tamsin mit großen Augen nach.

„Das habe ich nicht gesagt. Darüber sind auch Gavan und ich uns nie einig geworden. Sein dummes Gequatsche und seine Raserei haben nur dazu geführt, dass Shifter gestorben sind. Sogar Junge. Willst du das?"

„Nein", musste Tamsin zugeben. „Aber ..."

Angus fuhr Richtung Seitenstreifen und ließ den Motor aufheulen. „Ich meine es ernst. Haider sage ich, du bist bei einem Fluchtversuch aus dem Auto gestürzt. Ich konnte nichts dagegen tun. Klar?"

Tamsin sah die Wut in seinen Augen und begriff, dass sie einen Nerv getroffen hatte. Einen schrecklich blank liegenden Nerv, der ihm großen Schmerz bereitete. Sie schaute aus dem Fenster, wo die Landschaft vorbeirauschte, und traf eine Entscheidung: Sie hielt die Klappe.

———

In New Orleans war selbst am Morgen viel los. Die Touristen waren auf dem Weg in die Bourbon Street und zum Jackson Square in der Hoffnung, dort einen Blick auf die Klischees vom Leben der größten Stadt im Bundesstaat Louisiana zu erhaschen. Gab es hier wirklich Voodoopriesterinnen, knapp bekleidete Frauen und ohrenbetäubend laute Dixieland-Jazzbands?

Ja, und zwar extra für die Touristen. Tamsin erinnerte sich, wie sie mit Glynis hier gewesen war, wie sie Arm in Arm durch die warmen Nächte spaziert waren, in den Restaurants fabelhafte Shrimp- und Flusskrebsgerichte gegessen und zur Musik der Straßenbands getanzt hatten.

Das war sehr lange her, damals hatten die Shifter noch im Verborgenen existiert. Tamsin und Glynis hatten sich als menschliche Touristinnen ausgegeben, sich nicht verwandelt, keine Zähne und Klauen gezeigt.

„Außer einmal." Tamsin hatte begonnen, Angus die Geschichte zu erzählen, sobald sie die Hauptstraßen der Stadt erreicht hatten, als hätten die Erinnerungen die Herrschaft über ihre Zunge übernommen. „So ein Typ und seine Freunde haben versucht, uns anzubaggern. Sie waren zu viert, wir zu zweit. Unser Nein haben sie nicht akzeptiert. Also sind wir vor ihnen in eine dunkle Gasse geflohen – so richtig dunkel, völlig unbeleuchtet. Glynis hat ihre Rotluchsgestalt angenommen und ist ihnen fauchend entgegengetreten. Der eine Typ hatte eine Taschenlampe und hat diese krass aussehende Wildkatze mit den gelben Augen und den gefletschten Zähnen angeleuchtet. Während er und seine Freunde vor Angst schlotterten, bin ich hinter sie gerannt und habe sie in den Hintern gebissen. Sie haben Zeter und Mordio geschrien. Wir hatten noch nie jemanden so schnell rennen sehen ...."

Tamsin lachte, doch sie hatte Tränen in den Augen.

Nach längerem Schweigen räusperte sich Angus. „Tut mir leid, was mit deiner Schwester passiert ist."

Tamsin wischte sich die Tränen weg. „Hey, war nicht deine Schuld. Die Shifterbehörde hat damals die Jagd auf wilde Wandler genehmigt."

„Meinen Bruder haben sie auch umgebracht", erklärte Angus leise.

Das wusste Tamsin. Man hatte Gavan Murray geschnappt,

eingesperrt, verhört und exekutiert. Angeblich hatte er seine Geheimnisse mit ins Sommerland genommen.

Sie machte eine unbestimmte Geste mit der Hand. „Da siehst du's."

Angus knurrte. „Süße, ich hätte absolut kein Problem damit, wenn alle Agenten der Behörde verschwinden würden, zusammen mit sämtlichen Shiftertowns, und wir diese dämlichen Halsbänder endlich los wären. Aber wir müssen vorsichtig sein. Vor Kurzem wollte eine Gruppe von Shiftern so unbedingt frei sein, dass sie einen Pakt mit den Feen geschlossen haben. Ja, du hast richtig gehört. Den Feen. Sie waren bereit, eine Sklaverei gegen eine andere einzutauschen. Ich habe mit einigen anderen zusammen versucht, diese Shifter wieder heimzuholen, doch das wollten die meisten von ihnen gar nicht. Sie wollten im Feenreich bleiben, als Kampfbestien der Feen. Wie kaputt ist das denn bitte?"

Tamsin runzelte die Stirn. „Dein Bruder hatte nie etwas mit Feen zu tun."

„Ich weiß." Angus' Stimme war jetzt deutlich zu laut. „Das war ein Beispiel. Um dir zu zeigen, was passieren kann."

„Was passieren kann, wenn man dumm und leichtgläubig ist."

„Exakt", stieß Angus hervor. „Und wer wird jetzt zur Shifterbehörde gebracht, statt daheim in ihrer Shiftertown zu sitzen?"

„Mit einem Halsband und mit Ausgangssperre", erinnerte ihn Tamsin.

„Du könntest dich um deine Familie kümmern!", erwiderte Angus heftig. „Das tun wir. Wir kümmern uns um die Leute, die wir lieben, und wenn irgendein Mist passiert, wenn es zu einem neuen Krieg der Shifter gegen die Feen kommt, wenn die Shifterbehörde gegen uns zu Felde zieht, können wir da sein und sie verteidigen."

Tamsin dachte an ihre Mutter und zuckte zusammen. Wenn sie sanftmütig das Halsband akzeptiert und mit ihr in eine Shiftertown gezogen wäre, könnte sie jetzt bei ihr sein.

Aber manche Clans und Familien hatte man auch auseinandergerissen. Sie hätte sich nicht darauf verlassen können, dass man sie zusammen mit ihrer Mutter untergebracht hätte.

„Ich hätte Glynis' Tod nicht verhindern können", erklärte Tamsin, „falls es das ist, was du mir vorwirfst. Glynis ist abgehauen, als die Shifterbehörde massenhaft Wandler zusammengetrieben, verhört und ,erkennungsdienstlich behandelt' hat. Ich war nicht dabei, habe also auch nichts tun können."

„Habe ich das behauptet?" Ein weiterer aufgebrachter Blick. „Hör auf, mir Worte in den Mund zu legen. Ich habe das ganz allgemein gemeint. Wir halten zusammen. Helfen einander."

Tamsin fühlte, wie ihr die Wangen heiß wurden. „Weißt du was? Du bist ein totaler Mistkerl. Ich bedaure, dich geküsst zu haben."

„Tja, ich nicht."

Tamsin öffnete den Mund, um ihm Kontra zu geben, doch die Worte erstarben ihr auf den Lippen. „Was?"

„Ich bedaure nicht, dass du mich geküsst hast." Angus streckte sich und stemmte die Hände gegen das Lenkrad. „Es war ein guter Kuss."

Tamsin versuchte, sich eine geharnischte Antwort einfallen zu lassen – sie hatte sonst immer eine parat –, aber es gelang ihr nicht. Sie konnte nur zaghaft nachfragen: „Ja?"

Verdammt, sie klang wie ein Shiftermädchen direkt nach dem Übergang, das glücklich war, weil ein heißer Typ ein Auge auf sie geworfen hatte.

„Ja." Angus runzelte wieder die Stirn. „Definitiv."

Tamsin räusperte sich. „Du bewertest deine Küsse? Hast du Kategorien wie großartig, ziemlich gut und na ja?" Das klang schon eher nach ihr.

„Nein." Sein Ton wurde wieder schroff. „Nimm das Kompliment einfach an. Mach es nicht kaputt."

Da hatte er nicht unrecht. Tamsin presste die Lippen aufeinander und schaute aus dem Fenster.

Straßen zogen draußen vorbei und weckten Erinnerungen.

Seit sie mit Glynis hier gewesen war, hatte diese Stadt großen Schaden genommen, doch ihr Geist war ungebrochen. Gerade fuhren sie gemächlich durch eine Gegend, wo schmiedeeiserne Balkone an mit Stuck verzierten Gebäuden über den gepflasterten Bürgersteigen hingen.

Es waren Wolken aufgezogen, und nun fiel ein sanfter Herbstregen. Als Nächstes kamen sie an Parks und öffentlichen Gärten vorbei, wo das Pflaster feucht war und farbenfrohe Blumenbeete die Rasenflächen einfassten.

Angus hielt Tamsin also für eine gute Küsserin? Ein warmer Schauer durchlief sie.

Was ist los mit mir? Er bringt mich zu diesem Haider, dem ich in die Eier treten werde, um abzuhauen, wenn Angus' Junges in Sicherheit ist. Ich werde den Kerl nie wiedersehen. Ist auch besser für ihn.

Das Bedauern, das sie bei diesem Gedanken erfüllte, beunruhigte sie. In einem Leben wie dem, für das sie sich entschieden hatte, konnte es nur flüchtige Beziehungen geben. Das wusste sie. Mittlerweile hätte sie eigentlich daran gewöhnt sein müssen.

War sie aber nicht. Sie war einsam und mutlos, hatte genug davon, dass alle Leute, die sie traf und die ihre Wut teilten, sich als völlig durchgeknallt erwiesen. Tamsin wollte Freiheit und Sicherheit für die Shifter, wollte, dass sie nach ihren eigenen Maßgaben leben konnten. Sie wollte weder die Regierungen der Menschen stürzen noch mit den Feen paktieren oder alle Mitarbeiter der Shifterbehörde abschlachten. Ein bisschen aufmischen war vertretbar, weil sie schlimme Dinge getan hatten, doch mehr auch nicht.

Vor allem aber wollte sie echte Freiheit für die Shifter – sie sollten leben dürfen, wo sie wollten, mit wem sie wollten, und überall hingehen können.

Viele gezähmte Shifter, denen sie begegnet war, hielten sie für eine Träumerin. Schau, hatten sie gesagt, wir verhungern nicht mehr, unsere Frauen sterben nicht mehr im Kindbett, die Jungen haben eine bessere Chance, aufzuwachsen, und wir leben ohnehin länger als die Menschen um uns herum. Eines Tages werden wir kriegen, was wir wollen.

Vielleicht. Aber sie hasste es, wenn Junge schon als Teenager ihre Halsbänder verpasst bekamen, verabscheute die Shiftertown-Regeln, die verhinderten, dass eine Mutter ihre eigene Tochter sehen konnte. Tamsin war überzeugt, dass Warten der Behörde nur Zeit verschaffen würde, neue Methoden zu ersinnen, mit deren Hilfe sie die Shifter für immer unter ihrer Fuchtel halten würden.

Sie verdrängte diese Gedanken. Was sie jetzt brauchte, war ein Fluchtplan. Für Idealismus war später noch Zeit.

„Wo treffen wir diesen Drecksack Haider?", fragte sie.

„Wir sollen auf den Friedhof im Garden District kommen." Angus konzentrierte sich auf den Verkehr und lenkte das übergroße Fahrzeug durch die engen Straßen. Überall waren Touristen, trotz des Regens. Sie gingen spazieren, waren in Pferdekutschen unterwegs und saßen sogar in den Straßencafés.

„Klingt merkwürdig", meinte Tamsin.

„Ihn selbst treffen wir dort nicht. Ich soll ihn von dort aus anrufen."

„Klingt trotzdem merkwürdig."

„Ich weiß", sagte Angus knapp.

Tamsin blieb stumm, während Angus weiterfuhr. Die Spaziergänger in dem alten Viertel starrten ihr unpassendes Fahrzeug ebenso an wie die hübschen, gut erhaltenen Häuser ringsum.

Tamsin hatte keine Ahnung, wie Angus einen Parkplatz finden wollte, aber irgendwie gelang es ihm, den Kombi am Randstein zwischen zwei Autos zu quetschen.

Neben ihnen befand sich die Mauer des historischen Friedhofs. Auf der gegenüberliegenden Seite der von Bäumen gesäumten Straße erhoben sich große repräsentative Häuser mit gepflegten Rasenflächen und Gärten.

„Muss doch voll unheimlich sein, gegenüber einem Friedhof zu wohnen", meinte Tamsin, als Angus den Motor ausschaltete. Dass sein Brummen verstummt war, bedeutete nicht, dass Stille herrschte – es fuhren zahlreiche Autos vorbei, und auch sonst waren Menschenmassen unterwegs, während Radfahrer entspannt durch die Gegend radelten. „Nachts muss das beklemmend sein."

Angus antwortete nicht. Als der Verkehr es erlaubte, stieg er aus und ging ums Auto herum, um Tamsin herauszuhelfen.

In diesem Augenblick hätte sie fliehen können. Sie hätte die Beine in die Hand nehmen können, ehe Angus sie auf den Friedhof brachte, zwischen den Leuten hindurchschlüpfen, die durch dieses Viertel streiften, in einen Bus springen und im Gewühl der Innenstadt von New Orleans untertauchen.

Dann hätte sie einen Weg finden können, um aus der Stadt zu verschwinden, aus dem Bundesstaat, wenn nötig aus dem Land. Sie hätte nach Mexiko gehen und dort für eine Weile die Füße stillhalten können. Mexiko hatte genügend Probleme mit Drogenkartellen und Gewalt an der Grenze und achtete deshalb nicht auf streunende Shifter. Klar, sie hätte den Drogenkurieren und Menschenhändlern aus dem Weg gehen müssen, aber alles zu seiner Zeit.

Doch wenn sie geflohen wäre, hätte die Shifterbehörde Angus vermutlich gezwungen, sie zu verfolgen, und vielleicht hätten sie dem Kleinen wehgetan, um Angus zu bestrafen. Tamsin hatte die schreckliche Angst in Angus' Augen gesehen – die Shifterbehörde hielt Ciaran offenbar wirklich als Geisel. Warum quälte dieser Haider Angus so? Vergeltung für den Aufruhr, den sein Bruder gestiftet hatte?

Tamsin traf eine Entscheidung. Sie würde sich von Angus auf den Friedhof bringen lassen, und von dort sollte er Haider anrufen, damit er sein Junges zurückbekam. Zumindest so lange würde sie warten. Sobald das Junge und Angus weg waren, würde sie fliehen und hoffen, dass die von Angus versprochene Verstärkung auch wirklich auftauchte. Vielleicht hatte er Zander überredet, ihr zu helfen. Der Gedanke erfüllte sie mit Mut.

Als sie durch ein halb offenes Tor schritten, verblasste der Straßenlärm hinter ihnen.

Der Hauptweg war gesäumt von kleinen Steingebäuden, deren Fassaden mit Ziergiebeln bestückt waren – einige abgerundet, andere dreieckig. Plaketten mit verblassten Namen und Daten oder Worten über Tod und Vergänglichkeit zierten die Mauern. Einige der Mausoleen waren zerfallen, andere mutwillig beschädigt. Sie erschauerte. Wer war denn so schräg drauf, ein Grab zu schänden?

Tamsin hatte wie alle Shifter Probleme mit Erdbestattungen und spürte die Geister, die hier verweilten, die Eiseskälte von Seelen, die in unmittelbarer Nähe zu ihren Gebeinen verblieben waren.

„Dann doch lieber ein Wächter", flüsterte sie Angus zu, der nickte.

Eine Touristengruppe kam ihnen auf einem der Wege entgegen. Sie hielten sich dicht beieinander, als suchten sie darin Trost. Friedhöfe konnten unheimlich oder friedvoll wirken. Dieser hier hatte von beidem etwas.

Angus führte Tamsin einen verlassenen Pfad entlang, wo die Mausoleen eng beisammenstanden. Einige der Grabstätten hier waren schlicht und flach mit Gedenksteinen, was noch einsamer und ungeschützter wirkte als die großen Grabmäler. Wenigstens hatten Menschen hier Blumen hergebracht, um einige der Gräber zu schmücken, obgleich die Sterbedaten auf den Steinen fast zweihundert Jahre zurücklagen.

Angus schien sich ebenso unbehaglich wie Tamsin zu fühlen. „Da sagst du was", bestätigte er mit einiger Verspätung.

„In New Orleans müssen die Toten oberirdisch bestattet werden", erzählte Tamsin, die hauptsächlich sprach, um die modrige Stille zu vertreiben. „Der Grundwasserspiegel ist zu hoch, um Gräber auszuheben. Deshalb mauern die Familien ihre Verstorbenen in diesen Mausoleen ein." Sie erschauerte.

„Ich weiß." Angus' Antwort klang bedrückt. „Seit zwanzig

Jahren lebe ich jetzt im Süden Louisianas. Ich weiß alles über den Grundwasserspiegel."

„Ich kann es kaum erwarten, wieder nach Norden zu kommen", plapperte Tamsin weiter. „Ich wette, du fühlst dich in trockenen Wäldern auch wohler. Die ganze Feuchtigkeit ist doch bestimmt Gift für dein Fell."

Angus' dunkles Haar war feucht von Schweiß und Nieselregen. „Man gewöhnt sich daran. Wenn du die Wälder im Norden so magst, was hast du dann in den Sümpfen hier zu suchen?"

Tamsin zuckte die Achseln, aber ihr Herz schlug schneller. „Wenn ich es dir nicht erzähle, können sie es später nicht aus dir herausprügeln."

Angus gab einen unbestimmten Laut von sich. „Wie du meinst."

Tamsin hatte nicht vor, ihm den wahren Grund zu verraten, warum sie mit Dion in Shreveport gewesen war. Dieses Wissen konnte tatsächlich gefährlich sein, für Angus ebenso wie für sein Junges. Außerdem war Angus Gavans Bruder. Angus kam ihr ganz anders vor als Gavan, der ein totaler Mistkerl gewesen war, doch vielleicht hatte sie diese Seite von Angus' Persönlichkeit einfach noch nicht erlebt.

Dion hatte behauptet, Gavans Pläne zu kennen, und sie hatte ihn nicht unterstützen wollen, sondern versucht zu verhindern, dass er herausfand, ob er richtiglag. Dann war er plötzlich durchgedreht und hatte Agenten der Behörde angegriffen, die sich ihm wohl an die Fersen geheftet hatten, anstatt sie einfach abzuhängen und zu verschwinden. Sie hatte fliehen müssen, ehe sie überprüfen konnte, ob ihre Informationen noch zutreffend waren. Jetzt, wo die Shifterbehörde ihr im Nacken saß, würde sie dazu keine Gelegenheit mehr erhalten.

Die Stille wurde immer drückender. Angus blieb unter einem Baum stehen, von dem es auf sie herabtröpfelte. In dem Mausoleum direkt neben dem Baum lagen sieben Personen, las Tamsin, eine ganze Familie, hier bestattet zwischen 1878 und 1934. Ihre Namen waren verblasst, vergessen. Traurig.

„Wie gesagt, wenn mein letztes Stündchen schlägt, will ich das Schwert des Wächters", flüsterte Tamsin.

Angus klappte sein Handy auf. Die Tastentöne hatten an diesem Ort irgendwie etwas Pietätloses.

„Ich bin hier", erwiderte Angus kurz angebunden. „Wo ist mein Junges?"

Er lauschte mit zusammengekniffenen Augen. Tamsin konnte denjenigen, der am anderen Ende sprach, nicht verstehen, was seltsam war. Gab es Apps zum Schutz gegen das Gehör von Shiftern?

„Gut." Angus' Stimme klang scharf. „Aber beeilen Sie sich. Ich werde langsam nass."

Er klappte das Handy zu, ohne sich zu verabschieden, und schaute Tamsin an.

„Und?", fragte sie.

„Haider will, dass wir hier warten. Er kommt her."

„Der Kerl bringt dein Junges hierher?" Tamsin verschränkte die Arme, um ihr Zittern zu verbergen. „Das ist fies."

„Mir egal. Solange er ihn mir bringt."

Er schloss den Mund und wandte den Blick ab.

Eine weitere Gelegenheit zur Flucht. Sie hätte sich in eine Füchsin verwandeln und um diese Mausoleen herum und über die Mauer in die Stadt huschen können, ehe Angus sich auch nur umdrehen und ihre Flucht bemerken konnte. Menschen erschreckt es nicht, einen Fuchs zu sehen, selbst wenn er größer war als die meisten wilden Füchse. Bei einem Wolf, einem Leoparden oder einem riesigen Grizzly verhielt sich das ganz anderes. Wie viele Grizzlys rannten wohl durch die Sümpfe Louisianas? Füchse kamen in freier Wildbahn weit häufiger vor.

Der Nachteil davon war, dass Menschen vor Füchsen keine Angst hatten, sondern sie schlicht abzuknallen versuchten. Füchse stahlen Hühner und waren ganz allgemein nervig. In England war es jahrhundertelang ein beliebter Sport gewesen, in schicken Reitklamotten und in Begleitung von etwa fünfzig Hunden zu Pferd Jagd auf einen winzigen Fuchs zu machen.

Tamsin hatte sich immer gefragt, ob die Feen es als eine Art großartigen Witz betrachtet hatten, ein paar Fuchs-Shifter zu erschaffen. Es war genau ihr Humor, Fuchs-Shifter auf englische Jagdgesellschaften loszulassen.

Das alles schoss ihr durch den Kopf, damit sie nicht ständig an das denken musste, was ihr bevorstand. Ihre Instinkte erwachten, und sie suchte aktiv nach Fluchtmöglichkeiten. Auch wenn sie warten würde, bis Angus' Junges in Sicherheit war, und dann abhauen.

Doch wer wusste schon, was Haider tun würde? Würde er versuchen, sie sofort zu betäuben, oder ihr magische Handschellen anlegen, damit sie sich nicht verwandeln konnte? Hatten seine Leute Halsbänder dabei? Oder würden sie sich gar nicht erst mit einem Halsband aufhalten und sie direkt erschießen?

Vier Männer traten zwischen den Bäumen hervor, einer in einem Anzug, drei in schwarzen Overalls. Im Anzug? Echt jetzt? Bei diesem Wetter?

Aber ja, der Befehlshaber trug einen Anzug samt Jackett mit Krawatte und Schuhen, die aussahen, als hätten sie den Monatslohn eines einfachen Arbeiters gekostet. Selbst schuld, wenn der Regen und der Schlamm sie ruinierten. Der Anzugträger hatte dunkles Haar und blaue Augen, und in einem Holster unter seinem Jackett befand sich eindeutig eine Pistole.

Die drei Typen in den Overalls waren mit Betäubungspistolen in Hüftholstern ausgerüstet und wahrscheinlich mit weiteren Waffen, die irgendwo an ihren Körpern verborgen waren. Außerdem hatten alle vier Funkgeräte bei sich.

Der Anführer blieb zwei Meter von Angus und Tamsin entfernt stehen. Die Männer in den Overalls bezogen im Kreis um sie herum Stellung.

Angus starrte den Anführer durchdringend an. „Wo ist mein Junges, Haider?"

Der schwarze Wolf kam direkt zur Sache. Haider erwiderte seinen Blick, dann nickte er einem der Typen in den Overalls kurz zu. Der Mann wandte sich ab, und sein Funkgerät erwachte knisternd zum Leben. „Bringt ihn her", befahl er.

Hinter ihnen, ein Stück den Weg entlang, öffnete sich die Tür eines der größeren Mausoleen. Zwei weitere Männer in schwarzen Overalls traten heraus. Zwischen ihnen ging ein Junge von etwa elf Jahren mit dunklem Haar, grauen Augen und den kantigen Gesichtszügen seines Vaters. *Der wird später mal ein Herzensbrecher,* dachte Tamsin. Selbst sein finsterer Blick war schon so durchdringend wie der von Angus.

Der starrte derweil Haider an. „Sie haben meinen Sohn in einem Mausoleum eingesperrt? Was zum Teufel stimmt mit Ihnen nicht?"

„Entspannen Sie sich, es ist leer. Wir haben ein Bett reingestellt, und Ciaran durfte Computer spielen und Filme schauen."

„Lahme Filme", murmelte Ciaran.

Tamsin wäre am liebsten in nervöses Gelächter ausgebrochen. Er klang genau wie sein Vater.

„Lassen Sie ihn frei." Angus' Augen waren jetzt von einem helleren Grau, der Wolf in ihm wollte herauskommen. Wenn er seine Hybridgestalt annahm und schnell und hart genug zuschlug, könnte er ohne Weiteres alle sechs Männer ausschalten.

Sein Halsband würde in diesem Fall auslösen und ihm schreckliche Schmerzen bereiten. Danach würden ihn die Typen mit den Betäubungspistolen niederschießen, und man würde ihn in Ketten legen und abtransportieren. Tamsin wollte gar nicht darüber nachdenken, was dann aus Ciaran werden würde.

Sie hob die Hand und winkte ihm freundlich zu. „Hi. Ich bin Tamsin, die große, furchterregende Shifterin, hinter der die Typen hier alle her sind."

Ciaran musterte sie von Kopf bis Fuß, zog die dunklen

Brauen hoch und wandte sich an seinen Vater. „Du meinst, ich habe die ganze Nacht mit Agenten der Shifterbehörde in einer Gruft festgesessen, und du warst mit ihr zusammen? Unfair."

„Ich hatte keine andere Wahl, mein Sohn." Angus' Stimme klang so sanft, wie Tamsin es bei ihm bisher nicht gehört hatte.

Ciaran musterte Tamsin erneut von Kopf bis Fuß. „Guter Geschmack, Dad. Sie ist rattenscharf."

„Hey." Tamsin funkelte ihn mit spöttisch gerunzelter Stirn an. „Ich bin alt genug, um deine … Tante zu sein."

„Ja. Meine rattenscharfe Tante."

Tamsin zwinkerte ihm zu. „Ich hatte recht. Du wirst mal ein richtiger Herzensbrecher. Ich wette, das bist du sogar schon."

Damit schien Ciaran wenig anfangen zu können, doch er wandte sich wieder an Angus. „Mir geht's gut, Dad. Mir ist nur langweilig."

Außerdem hatte er Angst. Tamsin roch es, aber er würde sich gegenüber den Trotteln von der Shifterbehörde niemals anmerken lassen, wie sehr er sich fürchtete.

„Lassen Sie ihn hier rüberkommen", verlangte Angus. „Dann verschwinden wir. Ich habe getan, was Sie wollten. Jetzt gehe ich mit meinem Sohn nach Hause."

„Sie haben sich reichlich Zeit gelassen." Haider bedeutete den beiden Männern, die Ciaran flankierten, ihn zu seinem Vater zu führen. „Wo waren Sie denn?"

„Ich habe sie verfolgt." Angus wies mit dem Daumen auf Tamsin. „Was dachten Sie denn?"

„Hm." Haider wirkte skeptisch, hakte allerdings nicht nach.

Ciaran erreichte Angus. Die beiden Schergen wichen zurück, und Angus ging in die Hocke und umarmte seinen Sohn liebevoll. „Alles in Ordnung, Großer?"

Es schnürte Tamsin die Kehle zu, die Erleichterung und Liebe in Angus' Miene zu sehen. Ciaran, der sich lange an Angus klammerte, liebte seinen Vater eindeutig und vertraute ihm. Sie erinnerte sich, wie es gewesen war, als Junges mit ihrem Vater und ihrer Mutter zusammenzuleben, an die Familienumarmungen, unter denen jedes Problem dahinschmolz, und ihr tat das Herz weh.

Angus löste sich von Ciaran und richtete sich auf, ohne die Hand seines Jungen loszulassen. „Ich fahre mit dem Kombi zum Club zurück", informierte er Haider. „Dort steht mein Motorrad, und ich werde nicht mit meinem Jungen zu Fuß quer durch die Stadt gehen. Sie können die Karre dort abholen."

Haider nickte, als sei ihm das Auto vollkommen egal. „Lassen Sie den Schlüssel auf dem Fahrersitz liegen. Ich bezweifle, dass jemand den Wagen stehlen wird." Seine Lippen zuckten.

Angus war nicht amüsiert. Er fasste Ciarans Hand fester und führte ihn an Haider und den Männern in den Overalls vorbei über den Weg zwischen den Mausoleen von hier fort.

Ciaran warf einen besorgten Blick zurück zu Tamsin, aber Angus drehte sich nicht um.

Weil er fürchtete, damit zu verraten, was er mit Tamsin verabredet hatte? Oder weil er ganz auf Ciaran konzentriert war und diese Situation endlich hinter sich lassen wollte?

Jedenfalls bogen sie um eine Ecke, Vater und Sohn Hand in Hand, und verschwanden.

Tamsin mochte das Gefühl nicht, das dieser Anblick in ihr auslöste. Leere. Einsamkeit. Trauer, weil sie Angus nie wiedersehen würde.

Sie analysierte diese Gefühle nicht weiter, sondern konzentrierte sich auf die Tatsache, dass sie mit sechs Typen von der Shifterbehörde allein war.

Ihr wurde die Brust eng, und ihre Kampf-oder-Flucht-Instinkte regten sich. Eines von beiden würde sie sehr bald tun. Wahrscheinlich sogar beides.

„Miss Calloway", sagte Haider. „Sollen wir nach drinnen gehen?" Er deutete auf das Mausoleum, in dem sie Ciaran gefangen gehalten hatten.

„Nein, mir gefällt es hier draußen ganz gut." Tamsin schob

die Hände in die Jackentaschen. Auf keinen Fall würde sie mit Haider einen geschlossenen Raum betreten. Wenn sie im Freien blieb, würde sie viel leichter fliehen können.

Als Haider sich nicht rührte, fuhr sie fort: „Warum haben Sie einen so guten Tracker wie Angus auf eine harmlose kleine Frau wie mich angesetzt? Was habe ich getan? Diesmal, meine ich."

Haiders Lippen zuckten noch immer amüsiert. Tamsin hasste Menschen, deren Blick verriet, dass sie mehr wussten als sie selbst.

„Sie interessieren mich", antwortete Haider. „Ich könnte jetzt die Liste Ihrer Verbrechen und Ihrer Kontakte zu bekannten Aufrührern herunterbeten, doch dazu kommen wir später. Sie werden früher oder später damit rausrücken, wo ich sie alle finde. Außerdem wissen Sie ein paar Dinge über Gavan Murray, die ich Ihnen entlocken werde. Aber ich bin auch hierauf sehr neugierig."

Er griff in die Tasche, und Tamsin spannte sich an, doch er zückte nur ein Smartphone. Haider berührte ein Icon, wischte ein paar Mal, berührte erneut den Bildschirm und hielt es ihr hin.

Für einen Augenblick blieb das Display dunkel, dann breitete sich ein grünliches Licht darauf aus, in dem die Bäume und sonstigen Pflanzen, die jetzt zu sehen waren, seltsam unscharf wirkten. Inmitten der Bäume stand Tamsin, ihre Haut leuchtete geradezu im grünen Licht. Sie war nackt.

Ehe sie ihrer Empörung darüber Ausdruck verleihen konnte, dass jemand sie mit einem Nachtsichtgerät beobachtet und gefilmt hatte, verwandelte sich die Tamsin auf dem Display schnell und geschmeidig in eine Füchsin.

Verdammt.

Haider lächelte, als er das Telefon wieder zu sich drehte und mit einer Berührung den Bildschirm dunkel werden ließ.

„Was haben Sie damit vor?", fragte Tamsin Nonchalance heuchelnd. „Wollen Sie es auf einer Hundepornoplattform posten?"

„Ich werde herausfinden, wie Sie ticken", kündigte Haider an. „Ich will wissen, warum es Fuchs-Shifter gibt, von denen niemand etwas gewusst hat, und wie sie entstanden sind. Ich werde alles über Sie herausfinden."

„Wie, indem Sie mich sezieren?" Tamsins Stimme klang schriller als beabsichtigt.

„Nicht sofort", antwortete Haider ruhig. „Ich möchte erst mit Ihnen reden. Über Gavan und seine kleine Anhängerschaft. Über alles. Wir werden uns sehr ausführlich unterhalten."

Er meinte ein Verhör. Mit Folter, Drogen und was auch immer erforderlich war, um alles aus ihr herauszuholen.

Dann würde er sie sezieren und herausfinden, was sie ausmachte.

Er war verrückt genug dazu – das las Tamsin in seinen Augen. Sie hatte bemerkt, dass einigen seiner Schergen seine Worte nicht behagten, aber sie würden seinen Befehlen wohl trotzdem gehorchen. Wenn sie wirklich Skrupel gehabt hätten, wären sie gar nicht hier gewesen.

Ihr blieb nur ein Ausweg. Sie war nicht sicher, ob Angus und Ciaran bereits außer Gefahr waren, doch sie konnte nicht länger warten.

Tamsin stürzte sich auf Haider.

Sie wusste, dass er mit so etwas gerechnet hatte, deshalb drehte sie sich mitten im Sprung und wandte sich stattdessen gegen den Typen, der anderthalb Meter von ihm entfernt stand. Tamsin prallte gegen den überraschten Mann im Overall und stieß sich wieder von ihm ab, hatte jetzt aber seine Betäubungspistole in den Händen.

Das Problem mit diesen Dingern war, dass man immer nur einen Schuss hatte. Tamsin visierte ihr Ziel an und jagte Haider den Betäubungspfeil in den Hals.

Er fluchte und brach bewusstlos zusammen, und in derselben Sekunde verschwand sie.

Tamsin duckte sich zwischen den Schergen hindurch, bevor die sich ausreichend gesammelt hatten, um sie zu packen. Sie hörte, wie sie ihre Betäubungswaffen abfeuerten, doch die Pfeile trafen nicht. Dann folgten Pistolenschüsse.

Tamsin schob die Betäubungspistole in ihre Jackentasche und sprang leichtfüßig auf ein Ziersims und von dort aufs Dach eines Mausoleums. Sie rannte los und setzte von Grabmal zu Grabmal, um am Ende der Reihe auf den Weg hinunterzuspringen. Die großen Männer in den Kampfstiefeln mussten außen herumrennen, aber sie waren gut ausgebildet und schnell.

Tamsin stürmte den Hauptweg entlang in Richtung des offenen Tors. Keuchend erreichte sie die Straße, an der Angus geparkt hatte. Der Kombi stand da noch, Angus und Ciaran waren etwa drei Meter davon entfernt.

Die Agenten der Shifterbehörde waren direkt hinter ihr. Sie hatte keine Zeit, nach jemanden zu suchen, den Angus angewiesen hatte, sie abzuholen.

„Planänderung!", rief Tamsin und stürmte auf die beiden und das Auto zu.

Angus und Ciaran sahen einander überrascht an und sprinteten dann ebenfalls los.

Sie erreichten den Wagen alle drei im selben Moment. Tamsin riss die hintere Tür auf und hechte hinein. Sie ging in Deckung, während Angus und Ciaran sich auf die vorderen Sitze warfen, und sandte ein Stoßgebet an die Göttin.

„Großartig!", rief Ciaran. „Fahr los, Dad! Los!"

KAPITEL ACHT

Angus setzte sich vor einen SUV, der zu schnell unterwegs war und ihretwegen bremsen musste. Der Fahrer hupte und zeigte Angus den Mittelfinger. Der bremste nicht, sondern ließ die schmale Straße so schnell wie möglich hinter sich.

„Was zur Hölle war das denn eben?", verlangte er von der immer noch zusammengerollten Frau auf dem Rücksitz zu wissen.

„Ich habe deine Mission vereitelt." Tamsins Stimme klang gedämpft. „Mir ist egal, wo ihr mich absetzt, aber bringt mich bitte nicht zurück zu Haider."

„Wo soll ich dich denn dann hinbringen? Mit dieser Dreckskarre. Während uns die gesamte Shifterbehörde am Hintern klebt."

„Du weißt doch gar nicht, ob es wirklich die *gesamte* Shifterbehörde ist, Dad." Ciarans Tonfall war ruhig, aber seine Augen leuchteten vor Aufregung. Sein Gesicht und seine Arme waren schmutzig. Wenn ihn einer dieser Schergen geschlagen hatte ...

„Spätestens wenn Haider Bericht erstattet, haben wir die alle am Hals", knurrte Angus.

„Dann müssen wir das Auto loswerden." Es raschelte, als

Tamsin sich aufrichtete, wobei sie trotzdem versuchte, einigermaßen geduckt sitzen zu bleiben. „Die Karre ist furchtbar auffällig, und ich wette, sie hat einen Peilsender."

„Warum hätte Haider sie denn verwanzen sollen?"

Ciaran rief, noch ehe Angus' Frage ganz verklungen war: „Du meinst, du hast nicht nach einem Peilsender gesucht? Ehrlich, Dad."

Tamsin nickte. „Erinnerst du dich, wie er gefragt hat, wohin du verschwunden warst? Das bedeutet wahrscheinlich, dass er irgendwann dein Signal verloren hat. Ich wette, das war, als wir uns in dem Haus aufgehalten haben. Leylinie, Haus mit Bewusstsein. Ergibt Sinn."

Ciaran drehte sich um und musterte Tamsin interessiert. „Du hast sie ins Spukhaus gebracht? Guter Schachzug, Dad."

Angus umklammerte verärgert über sich selbst das Lenkrad. Sein Sohn und Tamsin hatten zweifellos recht. Er hatte sich nicht die Mühe gemacht, nach einem Peilsender zu suchen, weil es keine Rolle gespielt hatte. Er hatte sowieso vorgehabt, Haiders Anweisungen Folge zu leisten. Warum hätte er das heimlich tun sollen?

Doch nun mussten sie unsichtbar sein – was in einem holzgetäfelten Kombi aus den 1970er Jahren schwierig war.

Angus fuhr so schnell, wie er sich traute, durch die schmalen, belebten Straßen auf die breite St. Charles Avenue zu.

Ciaran spähte interessiert übers Armaturenbrett. „Was hast du vor? Willst du jemandem das Auto klauen?"

„Nein." Angus sah seinen Sohn durchdringend an. „Wir sind keine Verbrecher. Ich habe Ben aufgetragen, Unterstützung für Tamsin zu organisieren, falls sie sie braucht."

„Ist er nicht süß?", fragte Tamsin aus den Tiefen der Rückbank. „Versteckt sich Zander hier irgendwo und wartet darauf, mich in Sicherheit zu bringen? Er ist nicht gerade unauffällig."

„Du hast Zander und Ben kennengelernt?" Ciaran riss bewundernd die Augen auf. „Mann, mir entgeht ständig der ganze Spaß."

Angus schaute zu seinem Sohn hinüber und bemerkte, dass

Ciaran trotz seiner vor Faszination großen Augen zitterte. Er legte einen Arm um ihn und zog ihn an sich.

„Wenn die dir wehgetan haben, Ciaran, sag es mir, okay? Wenn es so ist, werde ich sie töten." Er legte seinem Sohn die Hand auf den Rücken, glücklich, dass sein Junges in Sicherheit war. „Das werde ich wahrscheinlich sowieso, aber dann tue ich es etwas schmerzhafter."

Er bemerkte, dass Tamsin ihn im Rückspiegel verwundert betrachtete. Hatte sie gedacht, Angus würde der Shifterbehörde widerstandslos die Kehle bieten? Er würde Haider seine Eier auf einem Silbertablett servieren, weil der seinen Sohn entführt hatte.

„Haben sie nicht", erwiderte Ciaran. „Höchstens Angst gemacht. Oder haben es zumindest versucht. Doch eigentlich hatte ich gar keine Angst, Dad. Ich wusste, du kommst mich holen."

Ciarans Zittern verriet Angus, dass das so nicht stimmte, denn sein Sohn hatte sich gefürchtet. Dafür würde Haider bezahlen.

„Du warst sehr tapfer, Großer. Lass diese Scheißkerle von der Behörde nie merken, dass es ihnen gelungen ist, dich ins Bockshorn zu jagen."

„Hab ich nicht."

„Guter Junge."

Angus bog auf die St. Charles Avenue ab, einen breiten Boulevard, auf dessen Mittelstreifen die Straßenbahn fuhr. Er war von großen und kleinen Häusern gesäumt, allesamt alt und prächtig.

Ein unauffälliger beiger SUV, der all den anderen SUVs auf dieser Straße so ähnelte, dass er fast schon getarnt war, wartete in einer Seitenstraße, die zurück zum Friedhof führte.

Angus brachte den Kombi dahinter zum Stehen. Rasch stieg er aus und blickte sich um, ob Haider und Genossen ihnen vielleicht schon dicht auf den Fersen waren. Angus schätzte, dass ihnen etwa eine Minute blieb, um von hier zu verschwinden.

Ein großer Schwarzer mit dem Körper eines Läufers stieg aus dem SUV und warf Angus einen Schlüsselbund zu.

„Danke, Reg", sagte Angus. „Du hast uns nie gesehen, klar?"

Reg verschränkte die Arme, als zuerst Ciaran und dann Tamsin aus dem Kombi hechteten und zum SUV eilten.

Ciaran riss eine der hinteren Türen auf. „Ich sitze hinten. Du nimmst den Beifahrersitz", rief er Tamsin zu.

Er nannte ihren Namen nicht. Der Junge lernte schnell.

„Ich habe gar nichts gesehen", antwortete Reg. „Eigentlich bin ich nicht mal hier. Ich jogge unten am See."

Er wandte sich in Richtung Kombi, aber Angus schüttelte den Kopf. „Das Ding hat wahrscheinlich einen Peilsender. Lass den Wagen stehen. Können wir dich irgendwo absetzen?"

„Klar. Am See."

Ohne ein weiteres Wort stieg Reg hinten zu Ciaran ein und schloss die Tür. Tamsin saß bereits auf dem Beifahrersitz, als sich Angus hinters Steuer klemmte. Sie wühlte im Handschuhfach herum und entnahm ihm eine Sonnenbrille.

„Cooles Teil", sagte sie zu Reg. „Darf ich?"

Reg zuckte die Achseln. Angus merkte, dass er unbedingt wissen wollte, wer sie war und was zum Teufel hier lief, doch als guter Tracker wusste er, wann er die Klappe zu halten hatte.

Tamsin setzte die Sonnenbrille auf, blickte in den Spiegel, lächelte ihr Spiegelbild an und kauerte sich auf dem Sitz zusammen.

Angus ließ den Kombi an und wendete schnell und leise. Er fuhr gemächlich bis zum Ende des Blocks, obwohl sein Herz raste, weil er sich viel lieber beeilt hätte, dann bog er wieder auf die St. Charles Avenue ab. Diesmal ordnete er sich in den Verkehr ein, bremste, wenn die anderen bremsten, und blieb stehen, wenn die anderen es taten.

All seine Instinkte drängten ihn, Vollgas zu geben, davonzubrausen und zu fahren, als sei der Leibhaftige hinter ihm her, aber Angus kämpfte dagegen an. Verfolgern entging man am besten, indem man keine Aufmerksamkeit erregte. Dieser SUV unterschied sich durch nichts von jedem anderen auf der Straße, allerdings waren die Fenster so stark getönt, dass man nicht hineinsehen konnte. Das hatte Reg gut gemacht.

„Wo hast du den her?", fragte Angus seinen Freund, während er den Wagen gemächlich die Straße entlangsteuerte. „Er ist perfekt."

„Wie meinst du das, wo ich ihn herhabe? Er gehört mir."

Angus trat hart auf die Bremse, drehte sich um und funkelte Reg an. „Ist er bei der Shifterbehörde registriert?" Dann wäre es ein Leichtes gewesen, sie anhand der Nummernschilder aufzuspüren.

Reg erwiderte seinen Blick stirnrunzelnd. „Nein, nein. Ich bin doch kein Idiot. Ich habe ihn unter der Hand erworben und umgebaut. Du hast gesagt, du brauchst etwas Unauffälliges."

„Das ist unser gemeinsamer zweiter Vorname", erklärte Tamsin grinsend. „Unauffällig. Ich bin übrigens Tamsin." Sie streckte ihm die Hand hin. „Die Shifterbehörde jagt mich. Nett, dass du uns hilfst."

Reg schüttelte ihr verwirrt die Hand. „Ich bin Reg McKee", stellte er sich vor, während Angus weiterfuhr. „Angus ist ein Freund und Trackerkollege von mir. Wenn er sagt, ich soll zum Lafayette-Friedhof kommen und eine flüchtige rothaarige Shifterin in Sicherheit bringen, dann tu ich das. Er hat gemeint, du wärst nicht zu übersehen. Jetzt verstehe ich, was er gemeint hat." Er schenkte Tamsin ein Lächeln, bei dem sich Angus' Nackenhaare aufstellten.

Tamsin erwiderte das Lächeln und entzog ihm ihre Hand. „Ich mag ihn", teilte sie Angus mit.

Angus knurrte und fragte sich dann, warum er so heftig reagierte.

„Sind sie das?" Ciaran deutete über den Rücksitz durch die verdunkelte Heckscheibe nach draußen.

Ein schnittiger schwarzer SUV war aus der St. Charles

Avenue in die Gasse abgebogen, in der sie den Kombi stehen gelassen hatten.

„Wahrscheinlich", mutmaßte Angus. Bloß die Shifterbehörde fuhr so protzige Autos und versuchte gleichzeitig, nicht aufzufallen. „Folgen sie uns?"

Ciaran schaute eine Weile durch die Heckscheibe, während Angus langsam weiterfuhr. „Nein", antwortete er und setzte sich aufrecht hin. „Ich wette, Haider brüllt sie gerade zusammen. Einer der Typen war nett – er hat mir erlaubt, noch länger zu spielen, obwohl die anderen wollten, dass ich einfach nur still dasitze –, aber die anderen ..." Er stieß das leise Knurren eines wütenden Wolfsjungen aus. „Dreckskerle."

Angus entspannte sich ein wenig. Sie hatten ihn nicht gebrochen. Die Agenten mochten ihm gedroht haben, doch Ciaran hatte sich nicht einschüchtern lassen.

Er fuhr weiter und benahm sich dabei wie jeder andere Verkehrsteilnehmer, der versuchte, ein Ziel zu erreichen. Bloß keine Aufmerksamkeit erregen.

Die Frage war, wo er mit Tamsin hinsollte. Auch wenn sie Haider abgehängt hatten, konnte Angus weder nach Hause noch in den Club zurückkehren. An den Toren zur Shiftertown und an der Tür des Clubs würde Haider Männer positionieren. Angus musste seinen Sohn und Tamsin woanders hinbringen – für immer, oder zumindest, bis Haider eines natürlichen Todes gestorben war.

Es war seine eigene Schuld. Als Tamsin hinter ihnen hergerannt und in den Kombi gesprungen war, hätte Angus sie einfach ignorieren können. Die Schlüssel hatten gesteckt, und er hatte Ciaran bereits wiedergehabt. Angus hätte mit ihm weitergehen, Reg treffen und sich von ihm in die Shiftertown zurückfahren lassen können, und dann hätte Tamsin eben sehen müssen, wo sie blieb.

Aber nein, Angus hatte sich mit Ciaran in den Wagen geschwungen und damit sein Schicksal besiegelt. Er hatte aus unerfindlichen Gründen beschlossen, sein ruhiges Leben aufzugeben, um einer halsbandlosen Fuchs-Shifterin auf der

Flucht zu helfen, die eine Anhängerin seines verrückten Bruders gewesen war.

Tamsin beobachtete ihn durch ihre Sonnenbrille vom Beifahrersitz aus, als könne sie seine Gedanken lesen.

„Du kannst mich irgendwo absetzen", meinte sie. „Sag Haider, ich hätte dich gezwungen, mich wegzubringen, hätte dein Junges bedroht oder so. Er wird dir glauben. Ich habe eine ihrer Betäubungspistolen geklaut."

Sie zog sie aus der Jackentasche.

Angus kam leicht ins Schleudern, als er sie beäugte. „Ist das Ding geladen?"

„Nicht mehr. Den Pfeil hat Haider abgekriegt." Sie lachte, ein schönes Geräusch. „Lass mich irgendwo aussteigen, sag Haider, ich hätte dich gezwungen, und dann bist du raus aus der Sache."

Reg und Ciaran hinter ihm blieben still. Angus spürte die drückende Last ihres Schweigens, während sie auf seine Antwort warteten.

Tamsin hatte recht – Angus konnte sie irgendwo zwischen hier und der Shiftertown absetzen oder sie wieder in die Sümpfe bringen und dann zum Club fahren, sein Motorrad holen und mit Ciaran nach Hause zurückkehren. Nachher konnte er immer behaupten, sie hätte ihn gezwungen, sie mitzunehmen.

Angus wäre sie los, hätte diese Situation hinter sich und könnte endlich mit Ciaran nach Hause. Sich vergewissern, dass es dem Jungen gut ging, sich ausschlafen und am Abend rechtzeitig zu Dienstbeginn im Club sein.

Tamsin würde dann allein vor Haider und der Shifterbehörde fliehen und sich mit dem nächsten Tracker auseinandersetzen müssen, den Haider ihr auf den Hals hetzte.

Kam nicht infrage.

Angus gab Gas und raste eine Seitenstraße entlang, die zu einer Auffahrt auf die Schnellstraße Richtung Norden führte. Er würde Tamsin in Sicherheit bringen, dafür sorgen, dass sie ein gutes Versteck hatte, und dann nach Hause zurückkehren.

Darüber, was er Haider und der Shifterbehörde erzählen wollte, würde er sich später Gedanken machen. Angus hatte Ciaran bei sich, was ihm einen großen Vorteil verschaffte: Es gab nichts anderes auf der Welt, mit dem Haider Angus' Gehorsam erzwingen konnte.

Ciaran erfasste Angus' Entscheidung, auch ohne dass dieser etwas sagte. Er jubelte: „Juhu, jetzt sind wir richtig krasse Typen!"

Reg wirkte erleichtert. Der Mann hatte keine Ahnung, was hier vor sich ging, doch er hasste die Shifterbehörde ebenso sehr wie jeder andere Wandler auch und war grundsätzlich immer dafür, ihr Ärger zu machen.

Nur Tamsin wirkte besorgt. „Ehrlich, Angus, du musst dir meinetwegen nicht noch mehr Probleme einhandeln. Ich komm schon klar."

„Zu spät." Angus sah sie nicht an, sondern hielt den Blick auf die Autos gerichtet, mit denen er nicht zusammenstoßen wollte. „Also lehn dich zurück, entspann dich, und finde dich damit ab, dass ich dir helfe. Okay?"

———

Tamsin lehnte sich zurück, doch sie entspannte sich nicht. Angus fuhr mit wilder Entschlossenheit, seine Augen waren grau wie der wolkenverhangene Himmel draußen. Am Morgen war er noch ihr Häscher gewesen, bereit, sie um jeden Preis zur Shifterbehörde zu schaffen. Jetzt half er ihr und riskierte dabei, wie sie als Flüchtiger abgestempelt zu werden. Nur seine grimmige Miene hatte sich nicht verändert.

Das Letzte, was Tamsin wollte, war, Angus und Ciaran in ihre Probleme hineinzuziehen. Das hatten sie nicht verdient.

Aber warum war ihr dann ganz leicht ums Herz, warum war sie so erleichtert, dass sie sich nicht so schnell von Angus und seinem Jungen würde verabschieden müssen?

Sie unterdrückte diese Gedanken. Für Bedauern und für Innenschau war später noch Zeit genug. Im Augenblick half

Angus ihr, und er hatte recht – sie sollte den Mund halten und sich darüber freuen.

Nach etwa einer Viertelstunde auf der Schnellstraße nahm Angus eine Ausfahrt zum See. Hübsche, ältere Häuschen mit gepflegten Rasenflächen säumten die Straße, die sich nach Norden schlängelte. Tamsin überlegte, was für Menschen wohl hier wohnten – vermutlich in erster Linie Rentner, die gerne im Garten arbeiteten, lasen, kochten und sich um ihre Enkel kümmerten. Während Angus entspannt durch ihr Viertel fuhr, beneidete Tamsin sie.

Das steht auch Shiftern zu, dachte sie.

Angus hatte behauptet, Wandler könnten bereits jetzt so leben – in Shiftertowns. Doch da irrte er. Dort gab es die Illusion eines geregelten Lebens, aber keine echte Freiheit.

Angus brachte sie über einen Feldweg zu einem Park am Ufer des riesigen Lake Pontchartrain, der blaugrau und still unter dem wolkenverhangenen Himmel lag. Jogger liefen auf dem Uferweg, Pärchen schlenderten Hand in Hand hinter ihnen her, und Kinder spielten im Gras. Die andere Straßenseite war gesäumt von kleinen, schmalen Häusern, idyllisch und einladend.

„Hier steige ich aus." Reg hatte die Tür geöffnet. „Es sei denn, ihr wollt, dass ich mitkomme." Er schaute Angus fragend an.

„Ich möchte nicht, dass du irgendwas damit zu tun hast", entgegnete Angus entschieden. „Dein Auto stelle ich an einem sicheren Ort ab und gebe dir Bescheid, wo es ist. Kommst du von hier aus sicher nach Hause?"

Reg stieg aus, trat an Angus' Fenster und nickte unbesorgt. „Ich lasse mich von Casey abholen. Der braucht ohnehin etwas zu tun." Er warf Angus einen gequälten Blick zu. „Mach bitte keine Kratzer rein, ja? Für dich sieht er vielleicht langweilig aus, doch er läuft gut und ist super als Transporter geeignet."

Tamsin fragte sich, was der Felid zu transportieren hatte. Reg wirkte so harmlos und normal, drehte also sicher keine krummen Dinger.

„Ich verspreche, du kriegst ihn in einem Stück wieder." Durch das Fenster legte Angus Reg die Hand auf die Schulter. Shifter umarmten einander normalerweise zum Abschied, vor allem wenn sie befreundet waren, aber dafür hatte Angus jetzt keine Zeit, und zwei hochgewachsene Männer, die sich mitten in einem Park liebevoll umarmten, wären aufgefallen. „Sag Spence, er soll sich meinetwegen keine Sorgen machen. Falls er überhaupt merkt, dass ich weg bin." Der letzte Satz klang trocken und bitter.

Reg drückte seinerseits Angus' Schulter, hob den Daumen in Richtung Ciaran, wandte sich ab und joggte auf dem Weg am Ufer entlang. Tamsin beobachtete, wie Reg zu rennen begann, seine dunkelhäutigen Beine in der kurzen Sporthose bewegten sich immer schneller.

„Wow, schaut euch das an", staunte sie, und ihr blieb der Mund offen stehen. „Was für ein Shifter ist er?"

Ciaran beugte sich zwischen den Vordersitzen nach vorne. „Serval. Reg kann echt toll rennen."

„Das sehe ich." Reg überholte locker mehrere Jogger. Sein Shirt mit dem hohen Kragen verbarg sein Halsband, und die Jogger machten ihm einfach Platz, ohne einen weiteren Gedanken daran zu verschwenden. „Was hat er denn zu transportieren?", fragte Tamsin neugierig, während Angus den SUV aus dem Park steuerte.

„Schreinerarbeiten", lautete die knappe Antwort.

Ciaran ergänzte: „Darin ist er richtig gut. Er baut Möbel. Jedes einzelne ist ein kleines Kunstwerk."

Tamsin drehte sich noch einmal nach Reg um, doch er war bereits verschwunden. „Serval, hm? Wie ungewöhnlich. Aber es erklärt vieles. Die kleineren Katzen sind üblicherweise schnell." Sie verschränkte die Finger und beugte sich vor, froh, dass ihre Hand wieder gesund und einsatzfähig war. „Genau wie Füchse."

Mit finsterem Blick lenkte Angus den SUV auf die Straße. Ciaran hielt sich an beiden Vordersitzen fest und starrte

Tamsin an. „Moment mal, du bist eine Füchsin? Ich wusste gar nicht, dass es Fuchs-Shifter gibt."

„Wir sind echt selten." Tamsin zwinkerte ihm zu.

„Dad, du musst mich wirklich mal auf den neuesten Stand bringen. Als ich in diesem Mausoleum festgesessen habe, haben die mir kein Sterbenswörtchen erzählt."

„Es war einmal eine Füchsin", begann Tamsin, als Angus nur die Stirn runzelte, „die von bösen Agenten der Shifterbehörde gejagt wurde. Doch sie konnten sie nicht fassen, deshalb hetzten sie ihr einen Lupid-Tracker auf den Hals." Sie deutete auf Angus. „Aber die Füchsin war so süß und so nett, dass er es nicht übers Herz brachte, sie den bösen Agenten auszuliefern. Also befreite er seinen Sohn aus der Gewalt der Agenten, und jetzt bringt er die Fuchs-Shifterin … irgendwohin, und wenn sie nicht sterben, dann leben sie vielleicht alle glücklich und zufrieden bis ans Ende ihrer Tage." Sie lächelte Ciaran breit an. „Ich schätze, wir werden es herausfinden."

KAPITEL NEUN

Tamsin kannte sich in New Orleans nicht gut genug aus, um zu wissen, wo genau sie sich befanden, doch Angus hatte dieses Problem nicht. Er war auf eine Straße nach Westen abgebogen, und bald ließen sie die Stadt hinter sich, kurz darauf auch die Vororte.

Die Autobahn wich einer Brücke, die sich über die Bayou-Landschaft spannte. Flaches Sumpfland erstreckte sich zwischen grauen Wasserflächen, gelegentlich rauschte unter ihnen ein Boot vorbei. Über ihnen waren Wolken aufgezogen, ballten sich zusammen und verdunkelten den Himmel, und die Scheibenwischer schoben in einem stetigen Rhythmus den niederprasselnden Regen von der Windschutzscheibe.

Tamsin lehnte sich im Sitz zurück und summte vor sich hin, war aber nach wie vor angespannt.

Ciaran war als Einziger von ihnen richtig aufgeregt. Er spähte aufmerksam nach draußen in den Regen und den Verkehr.

„Fahren wir ins Spukhaus, Dad? Ich wette, Tamsin hat recht, und es hat den Peilsender des Autos gestört. Dort können wir uns verstecken."

Angus schüttelte den Kopf. „Früher oder später würde

Haider das Haus finden. Er wird seine Suche in immer größer werdenden Kreisen um den Punkt herum durchführen, von dem das letzte Signal des Peilsenders kam."

„Oh", sagte Ciaran enttäuscht. „Wahrscheinlich hast du recht."

„Ben ist dort", gab Tamsin besorgt zu bedenken. „Sollten wir ihn warnen?"

„Er und das Haus können auf sich aufpassen", antwortete Angus. „Ben ist kein Shifter. Die Shifterbehörde ist nicht für ihn zuständig, und das Haus gehört einer Menschenfrau. Sie werden dort nichts ausrichten können."

„Was ist Ben genau?", fragte Tamsin, um sich abzulenken. „Er meinte Heinzel oder Goblin, aber das sind ja nur Menschenwörter als Ersatz für diesen unaussprechlichen Namen, den er mir genannt hat."

„Er gehört einer vergessenen Rasse aus dem Feenreich an", erwiderte Ciaran mit dem selbstbewussten Ton eines Eingeweihten. „Sie wurde vor tausend Jahren von dort verbannt. Die Feen haben fast sein gesamtes Volk ausgerottet und den Rest ins Exil in die Menschenwelt geschickt. Die meisten davon sind gestorben, nur Ben ist noch übrig."

Tamsin hörte ihm mit wachsendem Mitleid und Entsetzen zu. „Blöde Feendrecksäcke."

„Exakt." Ciaran musterte Angus. „Wo fahren wir denn dann hin, Dad?"

Angus wandte den Blick nicht von der Straße. „An einen Ort, an dem du sicher sein wirst."

Ciaran starrte ihn bestürzt an. „Lass mich bitte nicht zurück. Ich möchte mitkommen."

„Ich lass dich nicht zurück. Wir fahren zu Kendricks Ranch, da kannst du ein bisschen Zeit verbringen. Du besuchst Dimitri und Jaycee doch gern, oder?"

„Ja, aber ich würde lieber bei euch bleiben." Ciaran runzelte die Stirn und biss störrisch die Zähne zusammen.

„Es wäre mir lieber, wenn du bei Shiftern in Sicherheit wärst, die dich im Zweifelsfall verstecken können", sagte

Angus. „Die Shifterbehörde hat dich schließlich schon einmal geschnappt. Wie oft soll das noch passieren?"

Die finsteren Mienen von Vater und Sohn waren sich so ähnlich, dass Tamsin beinahe laut gelacht hätte.

„Tamsin kann auch dortbleiben", verkündete Ciaran. „Da verstecken sich wilde Shifter", erklärte er ihr. „Sie haben eine Riesenranch. Das ist voll cool."

„Eigentlich ist das streng geheim", knurrte Angus.

„Tamsin darf das ruhig wissen. Sie hat schließlich auch kein Halsband. Außerdem hast du ja gerade gesagt, dass wir da hinfahren."

„Aber ich habe keine Details genannt."

Ciaran seufzte tief und warf sich bockig in seinen Sitz. „Von mir aus. Wie du meinst."

Tamsin nahm die Sonnenbrille ab und sah ihn verständnisvoll an. „Wo ist denn diese supergeheime Enklave ungezähmter Shifter?", fragte sie Angus.

Ehe der etwas sagen konnte, kam von hinten die Antwort. „Irgendwo im Nirgendwo in Texas."

„Toll. Ich wollte schon immer mal nach Texas."

Angus schwieg. Er war extrem angespannt, umklammerte mit beiden Händen das Lenkrad und konzentrierte sich auf die Straße.

Er war ein harter Mann, zäh. Tamsin hatte seine weiche Seite gesehen, als er auf dem Friedhof vor Ciaran in die Hocke gegangen war, um sich zu überzeugen, dass der Junge unverletzt war, und dann noch einmal, als er Ciaran im Kombi an sich gedrückt hatte. Auch als er Tamsin erklärt hatte, er habe ihren Kuss genossen, hatte er sich von einer etwas zugänglicheren Seite gezeigt. Diese Worte hatten ihr einen Schauer über die Haut gejagt.

Sie betrachtete seine muskulösen Arme und das T-Shirt, das seine Brust eng umschloss. Sein gestutzter Bart rahmte ein kantiges Gesicht ein, und sein dunkles Haar war zwar kurz geschnitten, aber trotzdem struppig wie Wolfsfell.

Seine Augen waren so grau wie der Himmel über ihnen. Hellgrau, regengrau.

Ihr Jäger und Häscher hatte sich in ihren Retter verwandelt. Tamsin war sich nicht sicher, warum. Mitleid war eine Sache, sie vor der Shifterbehörde zu retten eine ganz andere.

Sie war verblüfft gewesen, als sie erfahren hatte, dass Angus Gavan Murrays Bruder war. Die beiden Männer hätten unterschiedlicher nicht sein können. Gavan war extrovertiert gewesen, charismatisch, mutig und letztlich absolut selbstsüchtig. Angus war schweigsam und mürrisch, doch die Liebe zu seinem Jungen leuchtete aus ihm wie ein Licht in dunkler Nacht.

Seine Gefährtin hatte Angus für Gavan verlassen? Sie musste verrückt gewesen sein. Tamsin kannte Angus erst seit Kurzem und hatte ihn unter schwierigen Umständen kennengelernt, aber ihr war schon jetzt klar, dass er der bei Weitem bessere der beiden Männer war.

„Also wer ist Spence?", fragte sie ihn.

„Der Anführer unserer Shiftertown." Angus schloss den Mund sofort wieder und stellte damit klar, dass er auch dieses Thema nicht näher zu erörtern gedachte.

„Er hat Dad gefeuert", erklang die weiterführende Antwort vom Rücksitz. „Dad war sein Stellvertreter. Dann ist Onkel Gavan durchgedreht, und die Shifterbehörde hat Jagd auf Dad und Spence gemacht. Spence hat Dad als Stellvertreter geschasst, um seinen eigenen Hintern zu retten."

„Er hatte keine andere Wahl", sagte Angus gepresst. „Sonst hätte man ihn als Anführer abgesetzt und das Amt einem totalen Vollidioten gegeben. Ich habe das verstanden und abgedankt."

„Das ist acht Jahre her. Da war ich noch ein Baby", warf Ciaran ein. „Aber Spence hat Dad nie wieder zu seinem Stellvertreter ernannt, hat ihn nicht einmal zum Tracker der Shiftertown gemacht. Reg ist jetzt der zweite Mann – er ist gut, und alle mögen ihn –, doch das Amt steht eigentlich Dad zu."

„Na schön", unterbrach ihn Angus mit fester Stimme. „Das reicht jetzt."

„Dad gehört zu Spences Clan", fuhr Ciaran unbeeindruckt fort. „Regs steht weit unten in der Hackordnung, obwohl er selbst ziemlich dominant ist. Aber sogar Reg findet, Dad sollte der zweite Mann sein und er selbst der dritte."

„Genug, habe ich gesagt", beharrte Angus mit harter Stimme. „So ist das nun mal. Darüber zu quatschen ändert gar nichts."

„Ach, ich weiß nicht", widersprach Tamsin. „Ich glaube, man kann total viel verändern, indem man darüber spricht. Mir hat das schon oft aus Zwangslagen herausgeholfen. Vielleicht solltest du Spence mal wissen lassen, wie du das empfindest."

Der Blick, den Angus ihr zuwarf, ließ keinen Zweifel daran, was er von ihrem Vorschlag hielt. „Ich rede darüber nicht mit Spence. Er wird mich nicht wieder zu seinem Stellvertreter ernennen, nur weil wir ganz kuschlig werden und am Lagerfeuer Lieder singen. So läuft das in einer Shiftertown nicht."

„Konnte ich nicht wissen." Tamsin machte eine große Geste. „Von denen halte ich mich fern."

„Deshalb bist du auf der Flucht und lässt dir von einem Lupid helfen, den du erst gestern Nacht kennengelernt hast. Soll das dein ganzes restliches Leben so weitergehen?"

„Wenn es sein muss. Willst du dich dein ganzes restliches Leben von der Shifterbehörde herumkommandieren lassen?"

„Wenn es sein muss." Angus sah sie finster an. „Um Ciarans Sicherheit zu gewährleisten, würde ich alles tun."

„Na vielen Dank", murmelte Ciaran. „Jetzt bin ich wieder schuld."

„Ciaran hat was Besseres verdient", sagte Tamsin. „Meine Mutter glaubte, die Shiftertown sei der sicherste Ort für ihre Familie. Glynis ist weggerannt, weil man an Shiftern experimentiert hat. Da war Flucht die bessere Option, das dachte sie zumindest. Ich bin auch abgehauen, aber in eine andere Richtung." Weil sie an jenem schicksalhaften Tag nicht an der Seite ihrer Schwester gewesen war, fühlte sie sich schuldig und war wütend auf sich.

„Tut mir leid." Angus' Blick verriet Mitgefühl, doch seine Stimme klang barsch. „Aber wenn du meinen Umgang mit meinem Sohn infrage stellst, kannst du dich verpissen."

Tamsin setzte sich auf und sah sich nach einer passenden Stelle um. „Da", erklärte sie und deutete auf eine Haltebucht am Straßenrand. „Lass mich da raus. Dann mache ich mich zu Fuß zu dieser Ranch irgendwo im Nirgendwo in Texas auf und behaupte, du hättest mich geschickt."

Angus fuhr nicht langsamer. „Bleib, wo du bist."

„Hey, du hast gesagt, ich soll mich verpissen." Tamsin umklammerte den Türgriff. „Wenn ich bleibe, werde ich weiter Fragen stellen, also geh ich lieber."

Tamsin hatte nicht vor, auf dem Highway bei voller Fahrt aus einem Auto zu springen, doch sie wollte wissen, wie weit Angus seine Drohung durchziehen würde. Sie drückte den Türentriegelungsknopf.

Angus streckte alarmierend schnell den Arm aus, legte ihn um sie und zog sie an sich, ohne langsamer zu werden und ohne dass der SUV auch nur einmal kurz schlingerte. Tamsins Nase presste sich in seine Seite, und sie atmete seine Wärme und seinen männlichen Duft ein.

„Oh, das ist nett."

Angus wollte sich wieder von ihr lösen, aber Tamsin schmiegte sich enger an ihn, rieb die Wange an ihm und schloss die Augen. Trotz der Mittelkonsole konnte sie sich an seine Schulter kuscheln und seine Kraft genießen.

Sie hatte eine lange Nacht und einen langen Tag hinter sich und dazwischen wenig geschlafen. Das Gefühl von Angus' Körper an ihrem, das beruhigende Schaukeln des SUVs und Angus' gleichmäßiges Atmen unter ihrer Wange lösten alle Anspannung in ihr. Tamsin hatte ihn eigentlich nur ein wenig aufziehen und sich dann wieder aufrecht hinsetzen wollen, doch die Erschöpfung übermannte sie, und sie schlief fast augenblicklich ein.

———

„ICH GLAUBE, SIE MAG DICH", BEMERKTE CIARAN LEISE.

Angus hatte den Arm um Tamsins Schultern gelegt und steuerte den Wagen mit einer Hand. Ihr rotes Haar ergoss sich über seinen Schoß wie ein Lavastrom, ihr Kopf ruhte bequem an seiner Seite.

Ihm fiel keine gute Erwiderung ein, also begnügte er sich mit „Hmpf."

Soweit Angus das sagen konnte, war ihnen aus New Orleans heraus niemand gefolgt. Den Kombi stehen zu lassen und in Regs unauffälligem SUV das Weite zu suchen schien funktioniert zu haben.

Tamsin war nirgends besser aufgehoben als in Kendricks fähigen weißen Tigerpfoten. Kendrick konnte mit wilden Shiftern umgehen, denn er war selbst der wildeste halsbandlose Shifter weit und breit. Er hielt seit über zwanzig Jahren eine in Freiheit lebende Shiftergruppe zusammen.

Kendricks Leute lebten im Verborgenen und interagierten nur sehr vorsichtig mit Menschen. Ihre Mitglieder trugen außerdem falsche Halsbänder, wenn sie Shiftertowns besuchten, damit niemand von Wandlern ohne Halsband, die sich dort bewegten, berichten konnte.

Kendrick würde Angus nicht gerade dankbar sein, wenn er dort mit einer von der Shifterbehörde gesuchten Frau aufkreuzte. Das Ganze würde überhaupt nur möglich sein, wenn ihnen niemand folgte.

Irgendwo vor der Grenze nach Texas würden sie Regs SUV stehen lassen müssen. Reg hatte gesagt, der Wagen sei nicht bei der Shifterbehörde registriert, aber andere Shifter wussten, dass er ihm gehörte, und wenn die Shifterbehörde in der Shiftertown von New Orleans herumschnüffelte, würde das vielleicht jemand rausfinden. Nicht alle Shifter waren

Spence und Reg gegenüber loyal. Es gab ständig Dominanzkämpfe, und wenn ein Clan der Auffassung war, dass es nur vorteilhaft war, sich mit der Shifterbehörde gut zu stellen, würde er den Agenten vielleicht verraten, wie eng Reg und Angus befreundet waren, und auch von Regs verschwundenem SUV erzählen.

Angus zog sein Handy aus der Tasche und reichte es nach hinten zu Ciaran durch. „Ruf Dimitri an. Frag ihn, ob er ein Fahrzeug hat, das wir uns leihen können. So wenig Details wie möglich."

Ciaran nahm das Handy, und sein Gesichtsausdruck verriet, wie stolz er auf diese Aufgabe war. Er klappte das Mobiltelefon auf, scrollte geschickt durch Angus' Kontakte und drückte einen Knopf.

Gleich darauf hörte er Dimitri Kashnikovs Stimme.

„Dimitri hier. Was kann ich für dich tun, Angus?"

„Hier spricht Ciaran." Der Junge lümmelte sich beim Sprechen lässig in den Sitz. „Wir brauchen ein Fahrzeug, Dimitri. Kannst du uns eins besorgen? Wir sind zu dritt – mein Vater, so eine heiße Tussi, die er sich angelacht hat, und ich. Sie ist auf der Flucht, und er hilft ihr. Können wir uns an der Grenze treffen, auf der Seite von Louisiana?"

Dimitris unbesorgter Tonfall verschwand. „Was?"

„Ich habe gesagt, wir brauchen …"

„Ja, das habe ich verstanden, Kleiner. Ich bin nur verblüfft. Gib mir mal Angus."

„Der fährt gerade. Wir rennen praktisch um unser Leben."

Angus knurrte. „So wenige Details wie möglich, hab ich gesagt."

„Dimitri ist cool", beruhigte ihn Ciaran. „Kriegst du das hin, Dimitri? Wo sollen wir uns treffen?"

„Stell das Handy auf laut", verlangte Dimitri.

Ciaran drückte eine Taste, ohne groß suchen zu müssen. Angus staunte immer, wie technisch begabt sein Junges war.

Dimitris Stimme erklang. „Angus, was zum T-Teufel treibst du?"

Dimitri, ein Rotwolf, hatte früher ziemlich schlimm gestottert, doch seit er und Jaycee, eine schöne Leoparden-Shifterin, ein Paar waren, hatte sich das fast ganz gelegt. Dass sein Stottern jetzt wieder zu hören war, verriet eine gewisse Anspannung.

„Ich bin auf der Flucht vor der Shifterbehörde", erklärte Angus. „Lange Geschichte. Ich muss das Fahrzeug wechseln. Wir haben einen Vorsprung, aber früher oder später werden sie herausfinden, worin wir unterwegs sind und wo wir stecken."

„Okay." Dimitris Stimme wurde für einen Moment leiser, und Angus war klar, dass er mit jemandem im Hintergrund sprach. Dann war er wieder da. „In Lake Charles gibt es ein Diner, etwas abseits der ausgetretenen Pfade, in der Nähe des Busbahnhofs. Wartet dort auf mich. Die haben großartige Po'boy-Sandwiches."

„Super." Ciaran hielt es kaum noch auf dem Platz. Er liebte seit seinen ersten Milchzähnen Cajun-Essen. Eigentlich liebte er sogar jedes Essen. Ciaran konnte Unmengen verdrücken.

Dimitri gab ihnen eine genauere Wegbeschreibung zu dem Diner, dann fügte er hinzu: „Bis dann, Ciaran. Sorg dafür, dass dein alter Herr nicht in Schwierigkeiten gerät."

„Das ist leichter gesagt als getan, aber ich werde es versuchen", versprach Ciaran. „Bis dann, Dimitri. Gib Jaycee einen Kuss von mir."

„Mit dem größten Vergnügen." Dimitri lachte, dann brach sein Gelächter abrupt ab, als er auflegte.

„Mmm." Tamsin bewegte sich in Angus' Arm. „Po'boy-Sandwiches. Ich könnte jetzt ein gutes Sandwich vertragen."

„Wir gehen nicht in dieses Diner", verkündete Angus knapp. „Wir wechseln auf dem Parkplatz das Auto und machen, dass wir weiterkommen."

Tamsin richtete sich auf, streckte sich und gähnte. „Klar, wie du meinst. Wer war das? Der klang süß."

„Dimitri Kashnikov", antwortete Ciaran. „Ein Rotwolf, der mit seiner Gefährtin Jaycee in dem Geheimversteck in Texas lebt. Sie ist sehr hübsch und wirklich schnell, außerdem eine echt gute Kämpferin. Ich wette, wenn sie sie im Fight-Club kämpfen ließen, würde sie alle besiegen."

Tamsin hörte interessiert zu. „Was ist denn der Fight-Club?"

„Nicht wichtig ...", versuchte Angus, das Gespräch zu beenden, doch Ciaran war nicht zu stoppen.

„Da kämpfen Shifter zum Spaß und wegen Geld gegeneinander. In jeder Shiftertown oder zumindest in der Nähe gibt es einen. Das ist zwar verboten, aber die Anführer der Shiftertowns tun so, als hätten sie keinen blassen Schimmer, was da läuft. Sie nehmen nie daran teil, damit sie nicht wissen, wo und wann die Kämpfe abgehalten werden, und sie wechseln von Zeit zu Zeit den Ort. So haben die Anführer der Shifter tatsächlich keine Ahnung, wo er stattfindet oder wie viele Shifter da mitmachen, wenn man sie befragt."

Angus mischte sich ein. „Ciaran, wir müssen wirklich mal über Diskretion reden."

„Schon gut", beruhigte ihn Tamsin. „Ciaran weiß alles über ‚Kenntnis nur bei Bedarf'. Aber ich muss das wissen." Sie drehte sich auf dem Sitz zu ihm um. „Warum darf Jaycee nicht kämpfen, wenn sie so gut ist? Weil sie alle besiegen würde?"

Ciaran schien überrascht, dass Tamsin das überhaupt fragen musste. „Weil sie eine Frau ist. Die dürfen nicht im Fight-Club antreten. Sie könnten verletzt werden."

„Ja und? Männer doch auch."

„Ja, aber die kriegen keine Kinder. Was passiert, wenn ein Weibchen so schwer verletzt wird, dass es keine Jungen mehr gebären kann? Das wäre schrecklich."

Tamsin betrachtete ihn nachdenklich. „Seh ich genauso. Aber auch Männer können so schwer verletzt werden, dass sie keine Jungen mehr zeugen können. Was passiert, wenn jemandem die Eier abgerissen werden? Oder jemand einen so harten Treffer abbekommt, dass er nicht mehr funktioniert?"

Angus musste dieses Gespräch sofort unterbinden. „Um der Göttin willen ..."

„Es gibt natürlich Regeln", fuhr Ciaran ungebremst fort. „Töten verboten. Keine Einmischung von außen – niemand darf den Ring betreten, um einem der Kämpfenden zu helfen. Keine Schläge gegen Hoden und Penisse, weder in Menschen- noch in Tiergestalt."

Tamsin grinste. „Keine Schläge unter die Gürtellinie, meinst du."

„Es trägt doch gar niemand einen Gürtel", sagte Ciaran verwirrt. „Alle kämpfen nackt, um sich jederzeit verwandeln zu können."

„Ich muss mir das unbedingt mal persönlich anschauen", erklärte Tamsin mit einem breiten Grinsen. „Besteht dafür in der Nähe unseres Ziels eine Möglichkeit?"

„Es gibt überall welche", entgegnete Ciaran. „Man muss bloß wissen, wo man suchen muss. Aber es finden nicht jede Nacht Kämpfe statt. Nur etwa einmal die Woche, manchmal auch alle zwei Wochen, damit die Shifter sich dazwischen erholen können."

Tamsin richtete ihren flehenden Blick auf Angus. „Nimmst du uns bitte zu einem Fight-Club mit, Angus? Warum nicht? Wenn sie so geheim sind, dass selbst ich noch nie davon gehört hatte, wette ich, dass die Shifterbehörde keine Ahnung davon hat."

Angus hob die Stimme, um sie zu übertönen. „Nein. Ich unterbreche unsere Flucht vor Haider nicht, um einen Fight-Club zu besuchen. Junge haben dort sowieso keinen Zutritt."

„Vielleicht nicht offiziell", stellte Ciaran fest. „Mein Vater ist einer der besten Kämpfer des Fight-Clubs von New Orleans. Ich habe es selbst gesehen. Er ist unbesiegt."

Angus schaute wütend in den Rückspiegel. „Willst du mir damit sagen, du warst im Fight-Club?"

Ciaran setzte eine Unschuldsmiene auf. „Nur, um dir zuzusehen, Dad. Reg nimmt mich manchmal mit."

Das hatte Angus nicht gewusst. Angus ging in den Fight-Club, um seine Frustration über die Verluste in seinem Leben abzubauen: den seiner Gefährtin, den seines Platzes in der

Hierarchie, den des Vertrauens anderer Shifter und den seines Bruders. Ciaran hätte mit seinem Babysitter zu Hause sein sollen, während Angus seinen Aggressionen freien Lauf ließ – dem Babysitter, der Angus' bester Freund war und dem er rückhaltlos vertraute. Reg.

„Echt jetzt?" Angus schlug mit dem Handballen aufs Lenkrad. „Ich muss mal ein ernstes Wörtchen mit ihm reden."

„Warum?", fragte Tamsin. Sie klappte ihren Sitz zurück und setzte die Sonnenbrille wieder auf. „Reg scheint doch ein netter Kerl zu sein. Der Mann lässt dich sein Auto benutzen, ohne lästige Fragen zu stellen, und war bereit, mich in Sicherheit zu bringen, obwohl er nichts über mich wusste. Er muss ein wirklich guter Freund sein."

„Ist er." Angus' Stimme klang plötzlich nicht mehr ganz so hart. „Als man mich beschuldigt hat, Gavans Komplize zu sein, hat er zu mir gehalten."

„Siehst du?" Ciaran spreizte die Finger. „Also kann ich auch mit Reg in den Fight-Club gehen. Er passt schon auf mich auf."

„Ich werde trotzdem mit ihm darüber reden. Wenn wir im Übrigen nicht gerade auf der Autobahn auf dem Weg zu einem geheimen Treffen auf dem Parkplatz eines Diners wären, hättest du ab sofort Hausarrest."

Ciarans Gesicht verzog sich zu dem finsteren Ausdruck, der so dem von Angus glich, doch seine gute Laune stellte sich rasch wieder ein. „Dann ist es ja gut, dass wir auf der Flucht sind."

Tamsin lachte. „Angus, ich mag dein Junges wirklich."

„Ich mag dich auch." Ciaran klang überrascht, aber auch erfreut über diese Aussage.

„Oh." Tamsin drehte sich auf dem Sitz um und griff nach Ciarans Hand. Der hielt ihre für einen Augenblick fest und entspannte sich, wie er es auch tat, wenn Angus ihn umarmte.

Die beiden lächelten einander an. Angus beobachtete es und machte sich auf das Schlimmste gefasst.

———

DAS STÄDTCHEN LAKE CHARLES LAG AM GLEICHNAMIGEN See, eine Ansammlung von Häusern, Läden und Tankstellen, die sich nicht von den meisten anderen Kleinstädten in den Bundesstaaten, die Tamsin im Laufe ihres Lebens bisher kennengelernt hatte, unterschied. Die Landschaft hier war eben und grün, in den Gärten standen ordentlich gestutzte Bäume, und die einzelnen Häuser waren durch gepflegte Rasenflächen voneinander getrennt.

Das Diner befand sich in einer Seitenstraße mit zahlreichen Läden, einer Kirche mit quadratischem Turm, ein paar Lokalen, einem Mietlager und einem Sägewerk.

Der Tag neigte sich dem Ende entgegen, als Angus auf den Parkplatz hinter einem Diner auf der Rückseite des Häuserblocks einbog. Er war klein, wurde von mehreren Geschäften gemeinsam genutzt und beherbergte außerdem einen großen Müllcontainer.

Angus parkte den SUV in der letzten freien Parklücke, machte den Motor aus und seufzte müde.

Der Mann musste völlig erschöpft sein. Tamsin hatte im Spukhaus und dann auf der Fahrt noch einmal geschlafen, bei Angus war sie sich da nicht so sicher. Er hatte in dem Haus geduscht, doch die dunklen Ringe unter seinen Augen und seine zusammengesunkene Körperhaltung verrieten ihr, dass es möglicherweise schon ziemlich lange her war, dass er sich ausgeruht hatte.

Shifter brauchten weniger Schlaf als Menschen – sie konnten, wenn es nötig war, tagelang wach bleiben –, aber ganz ohne kamen auch sie nicht aus. Tamsin vermutete, dass Angus auf den Beinen war, seit Haider ihn rekrutiert hatte.

Tamsin öffnete ihren Sicherheitsgurt und die Tür. Als Angus sich nicht regte, fragte sie: „Kommst du mit?"

Angus richtete den Blick seiner grauen Augen auf sie. „Ich sagte doch, wir gehen da jetzt nicht rein."

„Oh, ich schon", widersprach Tamsin. „Ich habe einen

Bärenhunger. Ciaran auch. Ich wette, Haider hat ihm in diesem Mausoleum nichts zu essen gegeben."

„Zumindest nichts Ordentliches", bestätigte Ciaran schaudernd.

„Zu gefährlich", knurrte Angus. „Wir warten."

Tamsin sprang aus dem SUV und schaute zu Angus hinein. „Wir Füchse haben ein altes Sprichwort: Du bist nicht mein Chef. Also, wonach ist mir? Roastbeef? Vielleicht ein paar Shrimps? Oder ein Restesandwich?" Dabei handelte es sich um zerrupftes Rindfleisch in einer köstlichen Soße. Tamsin hatte bisher nur einmal ein Reste-Po'boy gehabt, aber es war ihr unvergesslich geblieben.

„Mmm." Ciaran stöhnte beinahe. „Komm schon, Dad, bitte? Ich hab Hunger, und Haider haben wir abgehängt. Dimitri wird eine Weile brauchen, bis er hier ist, möglicherweise etwas weniger, wenn er Jaycee fahren lässt. Wenn du deine Jacke anziehst und den Reißverschluss nicht aufmachst, sieht niemand dein Halsband."

Angus musterte ihn lange stirnrunzelnd, doch Tamsin konnte erkennen, wie das Blatt sich wendete. Ciaran brauchte etwas zu essen, Tamsin war ohnehin nicht aufzuhalten, und Angus erkannte, dass weitere Gegenwehr sinnlos war.

Knurrend seufzte er: „Na schön." Er schnappte sich seine Jacke vom Rücksitz und streifte sie sich über. „Wir gehen rein. Aber verhaltet euch unauffällig, und nicht reden." Dabei deutete er zuerst auf Ciaran und dann auf Tamsin.

„Super!" Tamsin schlug ihre Tür zu und öffnete die hintere für Ciaran. „Komm, Ciaran. Wir essen alles, was nicht bei drei auf den Bäumen ist. Anschließend gibt es dann Nachtisch."

KAPITEL ZEHN

Tamsin folgte Angus ins Diner. Wie alle männlichen Shifter ging er gern voraus. Sie hielt Ciaran an der Hand und freute sich unsagbar, dass er das zuließ.

Angus zog die Kapuze vom Kopf, als sie eintraten, aber die Jacke bedeckte weiter seinen Hals. Auch andere Männer in diesem Diner trugen Hoodies, denn draußen schüttete es.

Ciaran sah aus wie ein ganz normaler Junge, auch wenn er drahtig war und die grauen, durchdringenden Augen seines Vaters geerbt hatte. Wenn die Leute hier sich mit Shiftern nicht auskannten, würde niemand darauf kommen, dass Angus und Ciaran keine Menschen waren.

Angus erntete aufgrund seiner Größe ein paar überraschte Blicke, außerdem strahlten alle männlichen Shifter etwas Animalisches aus. Doch die Tatsache, dass ihn Tamsin, die nicht besonders groß war, und der niedliche Ciaran begleiteten, wirkte dem Misstrauen entgegen. Der große böse Mann konnte so böse nicht sein, wenn ihm eine harmlos aussehende Frau und ein süßer kleiner Junge ohne jede Angst folgten.

In diesem Diner konnte man sich seinen Tisch selbst aussuchen, also führte Angus sie in den hinteren Bereich und setzte sich mit dem Rücken zur Wand. Von dort hatte er den Eingang ebenso im Blick wie den kurzen Korridor, der zu den Toiletten und zum Notausgang führte.

Tamsin, die seit Jahren ohne Halsband lebte und die Tatsache verbergen musste, dass sie eine Shifterin war, achtete weniger auf ihre Umgebung. Die meisten Leute waren zum Abendessen mit der Familie oder mit Freunden hier, und weil dies kein Touristenlokal war, kannten viele Gäste sich. Die Kleinstadt lag aber an einer Fernstraße, die nur ein paar Häuserblocks entfernt war, weswegen die Einheimischen es gewohnt waren, dass Fremde auf dem Weg durch die Stadt oder zum See hier einen Happen aßen.

Ciaran nahm sich die Speisekarte, die fast so groß war wie er selbst. „Darf ich bestellen, was ich will?"

„Klar", sagte Tamsin im selben Moment, in dem Angus „Nein" knurrte.

Angus warf Tamsin einen genervten Blick zu. „Wenn du zu viel isst und dir hinterher schlecht ist, hältst du uns damit bloß auf", erklärte er Ciaran.

„Ich werde nicht zu viel essen", versicherte Ciaran empört. „Ein Po'boy mit Steak und Shrimps und eine Wurst reichen völlig. Fürs Erste. Die Typen haben mir echt nicht viel zu essen gegeben." Er blickte Angus über die Karte hinweg mit traurigen Wolfsjungenaugen an.

Tamsin unterdrückte ein Lachen. Ciaran wusste, wie man eine Situation ausnutzte, auch eine unangenehme. Gut. Das schützte vor Traumata. Mit denen kannte Tamsin sich aus.

„Nimm erst mal den Po'boy mit Steak und Shrimps", bestimmte Angus. „Wenn du das aufgegessen hast, können wir noch mehr bestellen."

Ciaran seufzte bekümmert. „Na gut."

Die Kellnerin kam und strahlte das Trio an. „Wie geht's, Leute? Was möchten Sie trinken?"

Ehe Ciaran etwas sagen konnte, orderte Angus Wasser, das eine Aushilfskellnerin im selben Augenblick schon an den Tisch brachte, und für sich Kaffee.

„Für mich einen riesigen Eistee", bestellte Tamsin. „Je größer, desto besser. Mit viel Eis."

„Oh, Dad, das will ich auch. Es ist ja keine Cola. Die lässt mich Dad nicht trinken", vertraute er Tamsin an.

Die Kellnerin sah „Dad" Bestätigung heischend an. Angus nickte unwillig. „Nicht zu viel."

Die Kellnerin eilte davon, um die Getränke zu holen, kehrte gleich darauf zurück und servierte sie. Die Gläser waren an diesem feuchtwarmen Abend mit Kondenswasser beschlagen.

Sie bestellten die Po'boys, und die gut gelaunte Kellnerin entfernte sich in Richtung Küche.

Tamsin musterte Angus, tat aber, als sähe sie sich im Diner um. Angus' graue Augen waren auf die Tür gerichtet, als rechne er jeden Moment mit Ärger. Sein Körper war angespannt, und er hatte die Fäuste auf dem Tisch geballt. Wenn jetzt ein Agent der Shifterbehörde durch diese Tür trat, würde Angus sie und Ciaran schneller durch den Hinterausgang nach draußen schaffen, als der Mann sich umschauen konnte, das spürte Tamsin.

Doch Tamsin hätte gewettet, dass kein Agent hier auftauchen würde. Sie hatte inzwischen ein gutes Gespür dafür entwickelt, wann sie verfolgt wurde und wann nicht. Fürs Erste hatten sie Haider abgehängt.

Trotzdem würde er irgendwann wieder ihre Fährte aufnehmen, das war ihr durchaus bewusst. Hoffentlich würden Angus und Ciaran bis dahin vor dem Mann in Sicherheit sein.

Wie Tamsin sich bereits selbst hatte überzeugen können, war Angus ein ausgezeichneter Kämpfer. Außerdem war er wirklich attraktiv. Sein Gesicht hatte klare Linien, auch wenn seine Nase vielleicht ein wenig zu lang war – aber das war bei Wölfen häufig der Fall.

Als hätte Angus gespürt, dass sie ihn beobachtete, drehte er den Kopf und sah ihr in die Augen. Tamsin errötete und schlug rasch den Blick nieder.

Das Essen kam: lange Sandwiches, bestehend aus

Baguettes, die dick mit Fleisch belegt waren und von denen Soße auf die Teller tropfte. Dazu stellte die Kellnerin einen großen Korb mit Kartoffelchips für alle auf den Tisch.

„Tamsin", sagte Ciaran. „So esse ich das. Guck." Er hob den Deckel von seinem Sandwich, griff sich eine Handvoll Chips und verteilte sie auf dem Roastbeef. Unter dem Fleisch rutschten gebratene Shrimps hervor, aber Ciaran stopfte sie geduldig zurück. Dann packte er den Deckel wieder obenauf und riss den Mund ganz weit auf, um genüsslich abzubeißen.

Soße, Shrimps und einige Chips quollen aus dem Sandwich. Tamsin brach in Gelächter aus. Sie rechnete damit, dass Angus seinen Sohn zurechtweisen würde, doch dessen Lippen zuckten, und er schwieg.

Tamsin nahm sich ihr Sandwich mit Wurst und scharfer Soße und biss ab. Sobald das Essen ihre Zunge berührte, begannen ihre Augen zu tränen, aber sie kaute begeistert. Es war lecker, und sie hatte Hunger. Bens Frühstück am frühen Morgen war lange her.

Angus beobachtete sie. Er hatte ein Roastbeef-Sandwich mit Soße bestellt, das allerdings noch unangerührt vor ihm lag.

Tamsin merkte, dass ihr Soße übers Kinn lief. Sie griff nach dem Stapel Servietten, den die Kellnerin gebracht hatte, doch Angus hatte bereits eine in der Hand und tupfte ihr damit den Mund ab.

Tamsin erstarrte, spürte das Brennen der scharfen Würze und die Wärme der unerwarteten Berührung. Ihr fiel auf, wie sanft Angus sein konnte, während er ihr vorsichtig die Lippen und das Kinn abwischte und dann einen Tropfen auffing, der ihr über die Kehle zu laufen drohte.

Tamsins Herz raste. Sie fragte sich, ob Angus ihren Puls wohl unter den Fingerspitzen fühlte.

Es ist bei mir einfach eine ganze Weile her, sagte sie sich. Shifter mochten Sex – es war für sie ein Urinstinkt. Aber Tamsin traute selten einem männlichen Shifter oder einem Menschenmann ausreichend, um ihm diese verletzliche Seite von sich zu zeigen, deshalb lag das letzte Mal schon lange zurück. Jahre, wie ihr klar wurde.

Angus bot ihr keinen Sex an. Verdammt noch mal, sie hatte ihn sogar dazu überreden müssen, mit ihr hier einzukehren und ihr etwas zu essen zu kaufen.

Er wischte ihr einfach den Mund ab, wie er es bei Ciaran getan hätte. Nur dass er nicht nach einer Serviette gegriffen hatte, um seinem Sohn zu helfen – der hatte sich ungefähr die Hälfte des Stapels geschnappt und fuhr sich gerade damit übers Gesicht. Angus beugte sich zu Tamsin vor, die Lider halb gesenkt, während er konzentriert die Soße auffing.

Er sah auf, und ihre Blicke trafen sich wie in der Geheimkammer in dem alten Haus. Unmittelbar vor ihrem Kuss.

Tamsin wollte ihn wieder küssen. Nein, sie *wollte* es nicht nur. Sie *verzehrte* sich danach. Sie wollte ihn küssen, die Arme um ihn legen und ihn dann noch ein bisschen mehr küssen. Sie würde mit den Händen seinen Körper erforschen, die Muskeln unter seinem Shirt, seinen straffen Bauch, den knackigen Hintern. Tamsin wollte ihn auf sich spüren, wollte ihre Lippen seiner Zunge öffnen, wollte fühlen, wie seine Hände sie erkundeten, seine Daumen ihren Busen streichelten und ihre Leidenschaft weckte.

Sie keuchte auf. Angus' Blick fiel auf ihre Lippen, doch im nächsten Moment richtete er sich auf und ließ die zerknüllte Serviette auf den Tisch fallen.

Ciaran hatte aufgehört zu essen und beobachtete sie mit hoffnungsvollem Gesichtsausdruck.

Tamsin lächelte Ciaran schwach an, aber als sie ihr Sandwich diesmal anhob, zitterten ihre Hände so, dass sie es wieder hinlegen und mit der Gabel weiteressen musste.

———

SIE WAREN BEINAHE FERTIG – CIARAN HATTE BESCHLOSSEN, das zweite Sandwich doch nicht zu bestellen, nachdem er das erste verspeist hatte –, als Dimitri und Jaycee das Diner betraten.

Angus gab sich keine besondere Mühe, die beiden auf sich aufmerksam zu machen. Sie hatten die anderen Shifter sicher sofort bemerkt, obwohl die Luft hier drinnen mit den Düften von scharfer Soße, Fleischsaft und Röstaromen angereichert war. Diese Gerüche würden für immer in diesem Diner hängen, vermutete Angus, selbst dann noch, wenn Archäologen in tausend Jahren seine Überreste ausgruben.

Dimitri, ein großer rothaariger Mann mit lässigem Gang, war ein Rotwolf. Seine Shiftergestalt war schnell und stark zugleich. Jaycee, die ihm folgte, war für eine Shifterin recht klein, bewegte sich aber noch geschmeidiger als ihr Gefährte, auch wenn sie etwas Ruheloses an sich hatte. Sie trug das dunkelblonde Haar zum Pferdeschwanz gebunden und hatte die lohfarbenen Augen einer Leopardin. Sie und Dimitri waren die besten Tracker, die Angus je getroffen hatte, er selbst eingeschlossen.

Sofort war jegliche Diskretion beim Teufel. Sobald das Paar eintrat, sprang Ciaran auf und breitete die Arme aus. „Dimitri!"

Er rannte auf Dimitri zu, der ihn auffing, hochhob und einmal im Kreis herumwirbelte, ehe er das Junge umarmte.

Jaycee sah den beiden mit nachsichtigem Lächeln zu, dann fiel ihr Blick auf Tamsin. Ihr Lächeln verblasste und wich einer wachsamen Miene.

Jaycee hatte gewusst, dass Tamsin dort saß – sie hatte sie bewusst genau in diesem Moment angeschaut, allerdings nicht aggressiv. Dafür war Jaycee viel zu vorsichtig. Sie musterte die andere Frau in aller Ruhe, eine Trackerin, die herauszufinden versuchte, ob die neue Bekanntschaft eine mögliche Verbündete war oder eher eine Bedrohung darstellte.

Angus war überrascht, dass Jaycee Dimitri überhaupt begleitet hatte. Sie war schwanger, und Dimitri hatte einen heftigen Beschützerinstinkt ihr gegenüber entwickelt. Natürlich ließ sich Jaycee von keinem männlichen Shifter etwas vorschreiben, nicht einmal von ihrem Gefährten. Angus konnte sich vorstellen, dass sie schlicht verkündet hatte, dass sie mitkommen würde – Ende der Diskussion.

Dimitri zog sich einen Stuhl heran, setzte sich neben Tamsin und stützte die Ellbogen auf den Tisch. Dimitris Haar war fast so rot wie Tamsins, schimmerte aber in einem anderen Farbton. Ein Rotwolf und ein Fuchs. Beide nicht ganz einfache Charaktere.

„Also, wer bist du?", wollte Dimitri wissen.

Jaycee nahm neben Ciaran Tamsin gegenüber Platz. „Bitte entschuldige das Benehmen meines Gefährten. Er ist unglaublich unhöflich. Ich bin Jaycee." Sie nickte Tamsin freundlich zu.

Tamsin richtete ihren Blick auf Jaycees Kehle und brachte damit ohne Worte zum Ausdruck, dass ihr das Fehlen eines Halsbands aufgefallen war. Jaycee unterzog Tamsin ihrerseits ebenfalls einer genauen Musterung und dachte offenbar ziemlich genau das Gleiche.

„Ich bin Tamsin", erwiderte sie. „Eine Streunerin, die Angus aufgegabelt hat."

Jaycee schenkte ihr ein flüchtiges Grinsen. „Typisch Angus. Dimitri und mich hat er auch mal aufgegabelt."

„Das war legendär", stimmte ihr Dimitri zu. „Lass dir die Geschichte irgendwann mal von ihm erzählen. Ich bin mir sicher, er hat sie bisher noch nicht zum Besten gegeben. Er redet ja nicht gern viel."

Das war vollkommen richtig. Angus war ein glühender Anhänger des alten Sprichworts „Reden ist Silber, Schweigen ist Gold". Dimitri, ein Mann, der fast sein ganzes Leben lang unter einer Sprachbehinderung gelitten hatte, redete hingegen wie ein Wasserfall.

„Oh, die will ich hören", rief Tamsin.

Angus unterbrach das fröhliche Kennenlernen. „Hast du es mitgebracht?"

Dimitri schien seine schroffe Art nicht zu stören. „Sonst wären wir ja wohl nicht hier." Er legte die Hand mit dem

Handrücken nach oben vor Angus auf den Tisch. Als er sie wegnahm, lag neben Angus' Teller ein Schlüsselring mit zwei Schlüsseln.

Kein elektronischer Zündschlüssel, es musste sich also um ein älteres Auto handeln. Auch gut.

„Tut mir leid, dass es so lange gedauert hat", entschuldigte sich Dimitri. „Es ist nicht das schnellste Fahrzeug aller Zeiten. Doch ich habe den Motor aufgemotzt, und jetzt ist es einigermaßen erträglich. Allerdings noch immer nicht gerade ein Ferrari."

„So wie du fährst, ist alles langsam." Jaycee verdrehte die Augen. „Ich bin ihm auf meinem Motorrad gefolgt, um ihn nachher heimbringen zu können. Er wollte trampen oder den Bus nehmen, könnt ihr euch das vorstellen? Ich hätte ihn etwa zwanzigmal beinahe überholt, so ist er geschlichen. Aber er hat darauf bestanden, dass ich hinter ihm bleibe."

„So läuft das bei Shiftern", erklärte Dimitri und sah seine Gefährtin vielsagend an. „Die Männer gehen voran, um zu checken, ob auch alles sicher ist."

„Du gehst voran, um mich zu nerven."

„Ja, aber du schaust mir gern auf den Hintern, also beschwer dich nicht."

Jaycee funkelte ihn an, widersprach jedoch nicht.

Angus hatte von seiner ersten Begegnung mit Jaycee und Dimitri an gewusst, dass die beiden einander über alles liebten. Als Dimitri in Gefangenschaft geraten war, hatte sich Angus mit Jaycee auf die Suche nach ihm gemacht, denn er wusste, Jaycee wäre ihn sonst auch allein suchen gegangen, egal, wie viele Leute ihr davon abgeraten hätten. Angus hatte sie nicht sterben sehen wollen, also hatte er sie zu ihrem Schutz begleitet.

Der Drang, andere zu beschützen, war so etwas wie sein Fluch. Eines Tages würde ihn das noch umbringen. Es wäre schon mehrfach beinahe so weit gekommen.

„Habt ihr schon gegessen?", fragte Tamsin. „Die Po'boys sind erstklassig."

Ciaran nickte zustimmend und sammelte mit den Fingern die letzten Chips-Krümel und Fleischreste auf. „Einfach fantastisch."

„Jetzt, wo du es sagst – wir haben Hunger." Dimitri warf der Kellnerin einen auffordernden Blick zu, die sofort herbeigeeilt kam.

Nachdem sie die Bestellung aufgenommen hatte – ein Sandwich mit Flusskrebsen, eins mit Roastbeef – schaute Angus stirnrunzelnd in die Runde. „Wir versuchen, unauffällig zu sein."

„Das bedeutet doch nicht, dass wir nichts essen können", wandte Dimitri ein. „Dies ist ein Restaurant. Es wäre viel auffälliger, wenn wir nichts essen würden."

„Entspann dich", riet ihm Jaycee. „Je normaler du dich verhältst, desto weniger Aufmerksamkeit erregst du. Für die anderen Gäste dieses Diners sieht es so, als träfen sich hier alte Freunde."

„Sie hat recht", beschied Tamsin Angus und wandte sich dann wieder an Jaycee. „Du machst das nicht zum ersten Mal."

„Ich mache das schon mein ganzes Leben", bestätigte Jaycee. „Unauffälligkeit muss man lernen, Angus. Nach einer Weile wirst du es voll draufhaben."

„Jaycee, ich bin Tracker", erwiderte Angus. „Ich weiß, was ich tue."

Die Leopardin streckte die Hand aus und tätschelte ihm den Arm, was Angus Gelegenheit gab, die Schlüssel einzustecken, als sie ihn losließ. „Er ist mein Held, Tamsin. Er hat sich mit mir einigen echt üblen Gestalten entgegenstellt und Dimitri und mir geholfen, wieder sicher nach Hause zu kommen."

„So ist mein Vater." Ciaran strahlte vor Stolz.

Das Restaurant füllte sich, denn es war jetzt für die Menschen Abendessenszeit, und sie mussten eine Weile auf Dimitris und Jaycees Bestellung warten. Aber Jaycee hatte nicht unrecht. Während sie sich über belangloses Zeug unterhielten, wobei Tamsin entspannt mit Jaycee und Dimitri plauderte, ignorierten die anderen Gäste sie völlig. Angus und seine Gruppe verhielten sich genau wie die Menschen, die sich hier um die Tische drängten.

Jaycee und Dimitri genossen ihr Essen, lobten es und gaben Ciaran noch etwas davon ab, der erklärt hatte, er hätte inzwischen durchaus wieder Platz im Magen. Dann bestellte Tamsin ein Stück Käsekuchen, das sie sich mit Ciaran und Dimitri teilte.

Endlich, *endlich* war dann alles aufgegessen, und sie konnten zahlen. Angus wühlte in seinen Taschen nach Geld, doch Dimitri kam ihm zuvor, warf ein paar Scheine auf das kleine Tablett, auf dem die Kellnerin die Rechnung gebracht hatte, und teilte ihr mit, der Rest sei für sie. Sie dankte ihm höflich.

Als Gruppe verließen sie das Restaurant und gingen auf den Parkplatz, als hätten sie alle heute Abend nichts anderes mehr vor, als nach Hause zu fahren und fernzusehen. Angus achtete allerdings darauf, dass sich Tamsin und Ciaran in der Mitte des Rudels befanden.

Jaycees Motorrad parkte neben Regs SUV, aber darauf hielt Dimitri nicht zu. Stattdessen führte er sie zu einem Fahrzeug, das tief im Schatten auf der Straße stand und so groß war, dass es nicht auf den kleinen Parkplatz gepasst hätte.

„Bitte sehr." Dimitri wies mit der Hand darauf. „Euer Gefährt."

„Cool!", flüsterte Ciaran begeistert. Auch Tamsin sah zufrieden aus, nur Angus blieb bestürzt stehen.

„Echt jetzt?" Er fuhr zu Dimitri herum. „*Das* ist mein Fluchtwagen?"

KAPITEL ELF

Neben Tamsin erklang Angus' Wolfsknurren und erfüllte die Luft.

Das Fahrzeug, das Dimitri ihnen mitgebracht hatte, war ein großer schwarzer Kasten, der auf Zwillingsreifen hoch über der Straße thronte und dunkel getönte Scheiben hatte. Es war eine Zugmaschine, die selbst in den Schatten wie frisch poliert schimmerte.

„In so was bin ich mal als Tramperin mitgefahren", erzählte Tamsin. „Ich fand's toll. Der Fahrer wollte mir allerdings unbedingt das Bett im hinteren Bereich zeigen, deshalb bin ich rausgehüpft, sobald er mal bremsen musste."

Sie erzählte es in unbekümmertem Tonfall, aber dieser Drecksack hatte ihr Angst eingejagt. Deswegen war sie in der Kleinstadt, bei deren Durchfahrt er die Geschwindigkeit hatte verringern müssen, abgesprungen, war zur nächsten Tankstelle gelaufen und hatte sich auf der Damentoilette versteckt, bis er weg war. Doch sein Truck hatte ihr gefallen – der konnte ja nichts dafür, dass ihn ein solcher Mistkerl fuhr.

„Wir versuchen eigentlich, nicht aufzufallen", erinnerte Angus Dimitri.

Der zuckte die Achseln, und das Licht der Straßenlaternen

schimmerte auf seinem hellen Haar. „Niemand wird erwarten, dass ein Shifter so etwas fährt. Du wirst unter all den anderen Lkw-Fahrern gar nicht auffallen. Wenn jemand fragt, gehört das Teil dir, und du hast gerade einen Transport abgeschlossen und bist mit deiner Familie irgendwohin unterwegs."

„Seine Vorstellung von Heimlichkeit", stellte Jaycee klar und legte den Kopf schief.

„Es geht darum, sich vor aller Augen zu verstecken", führte Dimitri aus. „Wer auf Zehenspitzen herumschleicht und ständig verstohlen über seine Schulter schaut, ist auffälliger als jemand, der sich einfach normal verhält. Deshalb haben wir auch im Restaurant was gegessen."

Angus wirkte ziemlich genervt, doch Tamsin sah, dass er seine Wut im Zaum hielt. „Danke, Dimitri. Ich weiß eure Hilfe zu schätzen."

Jaycee lachte. „Es ist dir nicht leichtgefallen, das auszusprechen. Ich wollte es ihm ausreden, Angus, aber Dimitri hat erzählt, dass die Zugmaschine ganz offiziell eine Zulassung bei den Behörden der Menschen hat und auf eine kleine Spedition eingetragen ist. Sie heißt Rufus. Rufus wie in Canis Rufus, Rotwolf. Saukomisch, was?"

„Das gefällt mir", rief Ciaran. „Onkel Dimitri ist echt schlau."

„Der Wagen kann nicht zu irgendwelchen Shiftern zurückverfolgt werden", versicherte Dimitri. „Ich habe die Fahrerkabine auf dem Schrottplatz gefunden und selbst ausgebaut." Er warf einen besorgten Blick auf das glänzend schwarze Chassis. „Mach ihn nicht kaputt, okay?"

Tamsin nahm Angus den Schlüssel aus der Hand. „Wir werden ihn pfleglich behandeln. Komm, Ciaran. Schauen wir mal rein."

Die beiden setzten sich in Bewegung, ehe Angus sie daran hindern konnte, und Tamsin entriegelte und öffnete die Beifahrertür. Sie hob Ciaran hinein und folgte ihm.

Mehrere Stufen führten zur Fahrerkabine hinauf. Die Sitzbank war breit und verfügte über gepolsterte Nackenstützen, und vor ihnen befanden sich ein großes Radio und ein Armaturenbrett mit zahllosen Drehschaltern und Knöpfen. Im hinteren Bereich der Kabine gab es eine weitere Sitzbank und eine geräumige Ladefläche, auf der tatsächlich eine Matratze lag. Es handelte sich um eine große für ein Doppelbett, auf der zur Not auch eine dritte Person Platz finden konnte, wenn sie so klein wie Ciaran war.

„Ich wette, ich weiß, warum Dimitri sich für eine so große Matratze entschieden hat", meinte Tamsin zu Jaycee, die die rückwärtige Tür geöffnet hatte. „Dass du so errötest, verrät mir, dass ich richtig liege."

Jaycee kletterte ebenfalls rein und nahm auf dem Rücksitz Platz. Sie war eine wunderschöne Frau, kurvenreich und mit glattem Haar, und ihre lederne Motorradhose und das dunkle Oberteil schmiegten sich eng an ihren Körper. Sie sah Tamsin aus ihren goldfarbenen Augen offen an. „Ich möchte ja nicht zu neugierig erscheinen, aber wer genau bist du? Angus riskiert für dich eine Menge."

Tamsin seufzte. „Ich weiß. Leider mache ich allen immer nur Ärger, und zwar so richtig. Ich kann dir nicht alles erzählen, was du gern wissen möchtest, doch ich verspreche dir, dass ich Angus, so schnell ich kann, wieder aus meinen Problemen heraushalten werde."

„Du könntest jetzt gehen", meinte Jaycee. „Nimm, solange er noch mit Dimitri quatscht, das Auto, mit dem ihr gekommen seid, und verschwinde. Wenn du untertauchen musst, werde ich dir verraten, wie du Kontakt mit Shiftern aufnehmen kannst, die gut darin sind, Leute zu verstecken – zum Beispiel Zander oder Dylan."

Von Dylan hatte Tamsin noch nie gehört. „Zander habe ich schon kennengelernt."

Jaycee zückte ihr Handy, das sehr modern war, kein zehn Jahre altes Modell wie das von Angus. „Dann wird er sicher bereit sein, dir zu helfen. Dylan wäre zwar besser, aber der ist zickig. Bei dem weiß man nie."

Jaycees leicht besorgter Blick bei der Erwähnung von

Dylans Namen war beunruhigend. Der Gedanke an Zander und seine zupackende Art hingegen machte ihr Mut. Zander hatte allerdings eine Gefährtin mit Halsband, und Tamsin wollte sie nicht in Gefahr bringen. Das Paar hatte bereits viel riskiert, um ihr zu helfen.

Aber sie konnte es sich nicht leisten, von vornherein auf die Möglichkeit seiner Unterstützung zu verzichten. „Na schön, gib mir Zanders Nummer", lenkte sie zögernd ein. „Für alle Fälle. Du wirst sie mir auf die gute alte Art und Weise aufschreiben müssen, denn ich habe schon lange kein Handy mehr."

Jaycee kramte in ihren Taschen nach einem Zettel, und Tamsin fand in der Mulde des Armaturenbretts, wo sich immer Kram aller Art ansammelte, einen Stift. Ciaran sah Jaycee mit offenem Mund beim Schreiben zu.

„Nein", sagte er abrupt zu Tamsin. „Du darfst nicht gehen."

Jaycee schaute mit hochgezogenen Brauen auf, und Tamsin setzte sich auf die vordere Sitzbank und legte einen Arm um Ciaran. „Vielleicht werde ich das müssen, Süßer. Ich will nicht, dass ihr Ärger mit der Shifterbehörde kriegt, dein Vater und du."

„Nein, wir bleiben zusammen." Ciarans Stimme hatte einen weinerlichen Unterton. „Wir halten zusammen, egal, was kommt, dann kann uns nichts passieren. Das hat mein Vater gesagt."

Jaycee warf Tamsin einen Blick zu und schrieb dann weiter.

Tamsin strich Ciaran übers Haar. „Schatz, das lässt sich in meinem Fall vielleicht nicht vermeiden. Die Shifterbehörde hat dich schon einmal entführt und dir große Angst eingejagt. Ich weiß, das würdest du niemals zugeben, aber du hast dich gefürchtet, und dein Vater noch mehr. Willst du, dass das noch mal passiert?"

Ciaran riss sich von Tamsin los und kniete sich auf die Bank. „Jetzt, wo ich bei meinem Vater bin, wird das nicht noch mal passieren. Er wird sich um dich kümmern. Um uns. Du darfst nicht gehen."

„Ciaran ..."

„Dad!" Ciaran wirbelte auf der Bank herum, als Angus die Fahrertür öffnete. „Tamsin will weg. Sag ihr, sie muss bleiben."

„Tamsin, du musst bleiben", erklärte Angus prompt. „Jace, fährst du mit Dimitri, oder sollen wir dich bei Kendrick absetzen?"

Jaycee richtete sich auf und stieg aus der Zugmaschine, nachdem sie Tamsin unauffällig den Zettel in die Hand gedrückt hatte. „Ich bin dann mal weg. Bis bald."

„Stellt Regs SUV irgendwo ab, wo er sicher ist", bat Angus noch, ehe sie verschwand. „Richte Dimitri aus, dass er ihm die Schlüssel schicken soll."

Jaycee landete leichtfüßig auf dem Boden. „Keine Sorge. Dimitri und ich erledigen das. Wir sind gut in so was." Sie warf Tamsin einen Blick zu. „Pass auf dich auf." Dann schlug sie die Tür zu und war verschwunden.

Gleichzeitig ließ Angus den Motor an, der erstaunlich leise war, aber leistungsfähig genug, um das Führerhaus merklich vibrieren zu lassen.

Angus schloss die Fahrertür. „Ciaran, setz dich auf die Rückbank und schnall dich an. Tamsin, Finger vom Türgriff. Wenn du aus dem Wagen zu springen versuchst, pack ich dich hinten rein und binde dich fest."

Tamsin warf einen Blick auf das Bett, und ihr Herz schlug schneller. „Versprochen?"

„Ja. Und stell dir das nicht zu schön vor." Angus sah sie streng an, aber seine Wangen hatten sich gerötet.

Ein schüchterner Wolf. War das nicht süß?

Er war sicher ein kraftvoller und doch zärtlicher Liebhaber. Angus' große Hände würden sie streicheln, während er auf ihr lag und sie sanft und dennoch stürmisch küsste.

Tamsin schluckte und schaute weg. Mechanisch schnallte sie sich an, hätte allerdings hinterher nicht sagen können, wie sie das geschafft hatte. Der Gedanke daran, mit Angus im Bett zu sein, seinen nackten Körper zu berühren, zu küssen, verdrängte alles andere aus ihrem Gehirn.

Eindeutig zu lange her. Eine kalte Dusche, und alles ist wieder gut.

Doch als Angus anfuhr und Jaycee und Dimitri ihnen Arm in Arm nachwinkten, spürte Tamsin, dass es so schnell nicht wieder gut werden würde. Angus hatte tief in ihr eine Saite zum Klingen gebracht, die noch sehr lange nachhallen würde.

———

ANGUS FUHR VORSICHTIG DURCH DIE NACHT. DIMITRI HATTE recht gehabt – niemand nahm besonders Notiz von dem Fahrzeug, es sei denn, um ihm Platz zu machen. Viele Trucker waren ständig mit ihren Zugmaschinen von einem Auftrag zum anderen unterwegs oder kamen zwischendrin nach Hause, um zu schlafen. Sobald sie den Highway erreichten, würden sie praktisch unsichtbar sein.

„Kennst du dich mit Trucks überhaupt aus?", fragte Tamsin Angus.

Sie hatte sich aufgerichtet, saß jetzt im Schneidersitz auf der breiten Bank und beschäftigte sich damit, die Fächer, Knöpfe und Hebel am Armaturenbrett zu untersuchen.

„Ja", antwortete Angus und schaltete herunter, weil die Straße eine Kurve beschrieb. „Ich war eine Weile Fernfahrer, in der Zeit, als die Menschen noch nichts von den Shiftern wussten. Ein guter Job."

„Wirklich?", fragte Ciaran. „Das hast du mir nie erzählt."

Angus zuckte die Achseln. „Das ist lange her, mein Sohn. Heute geht das nicht mehr."

Er hatte nicht darüber reden wollen. Aber es fühlte sich gut an, wieder so hoch über der Straße zu thronen, das große Lenkrad in den Händen zu halten. Angus war mehrere Jahre lang kreuz und quer durchs Land gefahren und hatte genug verdient, um zuerst sich allein und dann auch seine Gefährtin zu ernähren, damals, als sich Shifter noch hatten verborgen halten müssen. Inzwischen durften sie solche Berufe nicht mehr ausüben, denn die Menschen fürchteten, die Wandler könnten ihnen mit ihrer Kraft und Ausdauer die Arbeitsplätze wegnehmen.

Und sie hatten wahrscheinlich sogar recht. Shifter waren klug, unermüdlich und ehrgeizig. Zumindest einige. Andere waren völlige Idioten. Es gab Shifter jeglicher Ausprägung, genau wie bei den Menschen.

Vielleicht würden die Menschen das eines Tages begreifen. Vielleicht würden sie erkennen, dass Shifter auch nur leben wollten und keine Bedrohung darstellten.

„Fahren wir nach wie vor zu Kendrick?", riss ihn Ciaran aus seinen Gedanken.

Angus lenkte den Sattelschlepper auf die I-10 Richtung Westen. Wenn Dimitri und Jaycee ihnen auf dem Motorrad der Leopardin folgten, so sah Angus sie nicht.

„Ein besserer Ort fällt mir nicht ein", antwortete Angus, doch im Stillen hegte er Zweifel.

Tamsin würde bei Kendrick zweifellos in Sicherheit sein. Sie würde sich inmitten einer Horde wilder Shifter befinden, die seit zwanzig Jahren im Verborgenen existierten und wussten, wie man unter dem Radar blieb. Dimitri und Jaycee würden sich um sie kümmern.

Aber wenn die Shifterbehörde wirklich nach ihr suchte, führte Angus ihre Agenten vielleicht direkt zu Kendrick und seinen Schutzbefohlenen. Obwohl Dimitri ihm versichert hatte, sein Gefährt sei nicht zurückzuverfolgen, und obwohl Angus aus erster Hand wusste, wie gut Kendricks Ranch gesichert war, hatte er zunehmend ein ungutes Gefühl.

Er warf einen Blick zu Tamsin. Sie drehte an einem Schalter, und das Radio plärrte los. Glücklich lächelnd drückte sie wahllos Knöpfe und probierte Sender um Sender aus, bis ein Country-Song aus den Lautsprechern dröhnte.

„Hey, ich liebe dieses Lied." Sie lehnte sich zurück und sang aus vollem Hals mit.

Angus kannte das Lied nicht, in dem es darum zu gehen schien, dass eine Frau und ein Mann sich im Mondlicht küssten und dann beide die ganze Nacht allein über den Kuss nachdachten. Tamsin sang ziemlich schief, aber mit viel Begeisterung und schmetterte mit geschlossenen Augen die hochemotionalen Zeilen. Ciaran beugte sich vor und lauschte ihr fasziniert.

Angus erkannte, dass sich Tamsin an jeder Sekunde ihres Lebens erfreute. Sie war auf der Flucht, wurde von der Shifterbehörde gejagt, die sie im Zusammenhang mit den Aktivitäten von Angus' Bruder und einem aktuellen Mordfall suchte, und doch fand sie an einem einfachen Liebeslied Spaß.

Früher hatte Angus diese Freude ebenfalls in sich getragen. Bei Ciarans Geburt, als er sein winziges Junges in Händen gehalten und darüber gestaunt hatte, dass dies sein Sohn war, hatte sie ihren Höhepunkt erreicht.

Das Lied verklang. Das nächste hatte einen kraftvollen Rockbeat und erzählte von einem Mann und seiner Frau, die sich irgendwo an einer abgelegenen Landstraße liebten.

Tamsin sang es Wort für Wort mit, und Ciaran stimmte mit ein, übertönte mit seinem Knabensopran teilweise Tamsins schrägen Alt. Angus hatte nicht gewusst, dass Ciaran Country mochte, schon gar nicht Songs mit solch anzüglichen Texten.

Gesang und Gelächter, als sowohl Tamsin als auch Ciaran in der Mitte des Liedes ein sexy „Mmm-hmm" einflochten, erfüllten die Fahrerkabine. Tamsins Lachen klang genauso melodisch wie die Musik aus dem Radio.

Etwas in Angus löste sich, als er durch die Dunkelheit fuhr und die Stimmen seines Sohnes und der lebenssprühenden Frau, die er gerettet hatte, verschmolzen und sich in seinem Herzen einnisteten.

TEXAS WAR VIEL GRÖSSER, ALS TAMSIN GEDACHT HATTE. Weniger als eine Stunde nach ihrem Aufbruch aus Lake Charles überquerten sie die Grenze, was sie nur an einem grünen Schild mit der Aufschrift „Willkommen in Texas" erkannten. Sie passierten eine Ausfahrt zu einem Reiseinformationszentrum, vor dem am Rand des Highways hohe Fahnenmasten aufragten. Tamsin wollte Rast machen, aber Angus rauschte einfach daran vorbei.

Weitere anderthalb Stunden später erreichten sie Houston, eine riesige Stadt, die sich endlos vor ihnen ausbreitete. Zwei Stunden, nachdem sie die Innenstadt durchquert hatten, befanden sie sich mitten in einer dunklen Ebene, die sich bis zum Horizont erstreckte. Noch immer Texas, sagte Angus. Sie hatten erst einen kleinen Teil des Staates durchquert.

Tamsin staunte nicht nur über die Größe des Staates, sondern betrachtete auch neugierig die sich verändernde Umgebung. Um sie herum öffnete sich das Land. Links und rechts der Straße gab es kein künstliches Licht, keine Gebäude und keine Bäume. Hoch über ihnen spannte sich das Firmament, dunkel und stumm. Dies war ein Ort endloser Weite und tiefer Stille.

Nachdem Tamsin und Ciaran jedes Lied, das sie kannten, mitgesungen hatten – manche davon sogar zweimal –, war das Radio aus. Als bloß noch Werbung gelaufen war, hatte Tamsin die Berieselung ausgeschaltet, und Ciaran war eingeschlafen.

„Du siehst nicht glücklich aus", stellte Tamsin fest.

Angus wandte den Blick nicht von der Straße, seine rechte Hand lag locker auf dem großen Lenkrad. Sie glaubte ihm, dass er früher mal Berufskraftfahrer gewesen war. Er steuerte das große Fahrzeug entspannt, als sei er es viel eher gewohnt, einen Truck über Land zu lenken, als gesuchte Verbrecher durch Sümpfe zu jagen.

Er schaute sie kurz an. „Warum sollte ich auch glücklich aussehen? Mein Junges sollte daheim im Bett sein und darauf warten, dass ich aus dem Club nach Hause komme. Stattdessen sitze ich in einer geliehenen Zugmaschine und fahre auf dem Highway in die Gegenrichtung."

„Ich meine, du wirkst nicht erleichtert, obwohl du mich an einen sicheren Ort bringst. Was ist los?"

Angus seufzte, nicht überrascht, dass sie das völlig richtig gespürt hatte. „Ich weiß nicht. Vielleicht erscheint es mir bloß ein bisschen zu einfach."

„Hm." Tamsin betrachtete die Straße vor ihnen. Ihnen begegneten jetzt kaum noch andere Fahrzeuge. „Ich glaube, das ist nicht alles."

„Du hast recht." Angus rutschte auf seinem Sitz hin und her und legte jetzt auch die linke Hand ans Steuer. „Es widerspricht meinen Instinkten, zu Kendrick zu fahren. Was, wenn uns die Shifterbehörde dorthin folgt? Dann hätten wir eine große Menge unschuldiger Wandler in Gefahr gebracht."

„Aber wir werden nicht verfolgt", meinte Tamsin. Schon seit New Orleans gab es dafür keine Anzeichen mehr.

„Ich weiß – und auch das ist für meinen Geschmack zu glatt gegangen. Wieso konnten wir Haider so leicht abhängen? Warum hat es an der texanischen Grenze nicht nur so von Beamten der Shifterbehörde gewimmelt? Wir dürfen ohne offizielle Genehmigung unseren Staat nicht verlassen, das wäre also ein hervorragender Ort für einen Kontrollpunkt gewesen."

Tamsin hatte dasselbe gedacht, doch versucht, ihren Argwohn zu verdrängen. Sie hatte gelernt, sich bloß über die Gegenwart Gedanken zu machen, statt irgendwelchen Hypothesen nachzuhängen, hatte sich angewöhnt, vorsichtig, aber nicht paranoid zu sein.

„Vielleicht verfolgen sie uns elektronisch und beobachten lediglich, wo wir hinwollen. Hat das Teil hier GPS? Oder vielleicht Regs SUV?"

„Dimitri hätte alle GPS-Geräte ausgeschaltet, ehe er das Führerhaus vom Schrottplatz geholt hat. Reg hätte gewusst, wenn jemand einen Peilsender an seinem SUV angebracht hätte, und mir Bescheid gesagt. Er hätte ihn uns dann gar nicht erst gegeben. Man kann das Fahrzeug eines Shifters nicht unauffällig mit einem Peilsender versehen – alle Wandler kennen ihre Autos, Pick-ups und Motorräder wie ihre Westentasche. Wir müssen ständig an ihnen werkeln, um sie in Schuss zu halten." Angus stieß ein kurzes Lachen aus. „Shiftertowns eignen sich hervorragend zur Automechanikerausbildung."

„Oder Haider weiß über diesen Typen, diesen Kendrick, schon Bescheid und wartet auf seiner Ranch auf uns.“

Angus schüttelte den Kopf. „Kendrick ist extrem wachsam. Ich habe noch nie jemanden getroffen, der solche Vorsicht walten lässt. Dimitri und Jaycee mussten ihn vor ein paar Monaten überreden, mir zu gestatten, das Gelände zu betreten, als sie ihre Zeremonie unter der Sonne und dem Mond hatten. Kendrick vertraut niemandem. Ich musste bei meinem Leben schwören, die Lage der Ranch absolut geheim zu halten. Das habe ich auch getan.“

„Aber jetzt willst du mich dort hinbringen. Vielleicht schlagen deine Instinkte genau deswegen Alarm. Ich könnte eine Spionin sein, die die Shifterbehörde direkt zu deinen Freunden führt.“

„Könntest du“, räumte Angus ohne echte Sorge ein. „Doch ich habe deine Angst gesehen, als ich dich zu Haider gebracht habe. Du hast sie dir nicht anmerken lassen, aber ich weiß, wie sehr du dich gefürchtet hast.“

Tamsin erschauerte. Man hatte sie schon früher festgenommen, Agenten der Behörde hatten sie verhört, doch sie hatte noch nie jemanden getroffen, dessen Augen so eisig waren wie die von Haider. „Ich weiß nicht, was es mit ihm auf sich hat, aber in seinen Adern fließt purer Hass. Mehr als die Tatsache rechtfertigt, dass er mich für die Mörderin dieser Agenten in Shreveport hält.“

„Die du ja laut eigener Aussage gar nicht bist.“ Angus sah sie an, seine grauen Augen blitzten. „Ich glaube dir.“

Tamsin erinnerte sich, wie sie ihm unmittelbar vor ihrem Kuss von Dion erzählt hatte. Ihre Lippen kribbelten, und sie fuhr hastig fort: „Ach ja? Woher weißt du, dass ich dich nicht belogen habe?“

„Auch das verraten mir meine Instinkte. Sie sind ziemlich gut. Ich kann mir vorstellen, dass du Agenten der Shifterbehörde anspuckst, beschimpfst oder dir die Hosen herunterziehst und ihnen den blanken Hintern zeigst, doch ich kann nicht glauben, dass du durchdrehst und sie mit Zähnen und

Klauen zerreißt. Außerdem war das ein größerer Shifter, ein Felid oder Lupid. Deine Krallen sind nicht groß genug für die Wunden, die ich auf den Fotos gesehen habe."

Tamsin schaute ihre Hand an, die blassen Finger, die niemals Sonnenbräune annahmen. „Nein, sind sie nicht."

„Warum ist Haider so interessiert an dir?", fragte Angus.

„Er weiß, was ich bin." Tamsin verschränkte die Arme vor dem Bauch und rutschte unbehaglich hin und her. Es hatte sie nicht gestört, dass Angus jetzt ihr wahres Wesen kannte, aber es hatte sie hart getroffen, als Haider ihr das Video gezeigt hatte. „Er hat Aufnahmen, auf denen ich mich in eine Füchsin verwandle. Sie waren auf seinem Handy, und er hat sie mir mit einem breiten Grinsen vorgespielt. Er will mich sezieren. Deshalb bin ich abgehauen, deshalb sind wir jetzt hier."

Angus wandte den Kopf und starrte sie an, doch Tamsin blickte stur geradeaus. Sie vermutete, dass Haider nicht nur Tamsins, sondern auch Gavans Geheimnisse erfahren wollte, die Tamsin definitiv niemandem anzuvertrauen gedachte.

Angus richtete seine Aufmerksamkeit wieder auf die Straße. „Ich bin froh, dass du abgehauen bist. Wenn ich Haider je wiedersehe, werde *ich ihn* sezieren."

„Du hättest mir nicht helfen müssen. Ich sage dir ständig, du sollst mich rauslassen, dann reise ich auf eigene Faust weiter."

Angus schaute sie finster an. „Ich wollte nicht, dass Haider dich wieder erwischt. So ein Mistkerl bin ich auch wieder nicht."

„Aber das ist *mein* Problem. Mein ganzes Leben ist *mein* Problem. Es hat nichts mit dir zu tun."

„Es ist zu meinem Problem geworden, als Haider im Club aufgetaucht ist und mir befohlen hat, dich zu finden", brummte Angus. „Als er mir Ciaran weggenommen hat. Als er gesagt hat, du hättest mit meinem Bruder zusammengearbeitet. Da habe ich beschlossen, es zu meinem Problem zu machen."

Tamsin hob die Brauen, bemühte sich, ihre Angst zu überspielen. „Ich spüre hier eine ausgeprägte Geschwisterrivalität.

Ich meine, abgesehen davon, dass deine Gefährtin mit ihm durchgebrannt ist, die undankbare Kuh. Möchtest du darüber reden?"

„Nein", sagte Angus knapp.

„Ich habe wohl schon wieder einen Nerv getroffen? Ist leicht bei dir."

„Warum bist du so interessiert daran, mich mit guten Tipps zu versorgen? Ich könnte dich fragen …"

Das Klingeln seines Handys unterbrach ihn. Angus knurrte, zog es aus der Gürteltasche und klappte es auf. Das Gute an altmodischen Handys war, dass man sie nicht orten konnte. Tamsin hatte ihr Smartphone weggeworfen und nutzte Prepaid-Handys, wenn sie welche brauchte.

Angus las die Anruferkennung vom Display ab, ehe er vorsichtig fragte: „Was?"

Eine Männerstimme mit irischem Akzent erklang. „Sean hier. Mein Vater will mit dir sprechen."

„Ach ja? Warum ruft er mich dann nicht an? Ach, egal – reich mich weiter."

„Er ist nicht hier bei mir. So einfach ist es bei unserem Vater nie. Er will dich treffen."

„Keine Zeit. Bin beschäftigt. Ich melde mich später bei ihm."

Der entspannte Unterton in Seans Stimme verschwand, und Tamsin nahm die Dominanz des Mannes wahr. „Das ist kein Vorschlag. Dylan sagt, es ist dringend, und ich soll mich nicht abwimmeln lassen. Genau so hat er es ausgedrückt. Ich weiß, du fährst zurzeit Dimitris aufgemotzten Truck und bist auf dem Weg zu Kendrick, also bieg nach Norden ab, und wir treffen uns an der üblichen Stelle. Bitte zwing mich nicht, ihm mitteilen zu müssen, dass du nicht auftauchen wirst."

„Ciaran ist bei mir. Ich komme auf keinen Fall mit meinem Jungen zu einem Treffen mit ihm gerannt."

„Dylan weiß, dass Ciaran bei dir ist", fuhr Sean fort. „Du sollst ihn mitbringen. Ihn und die Rothaarige. Tu es für mich, Angus. Wenn ich dich nicht überreden kann, werde ich das den Rest meiner Tage zu hören kriegen. Tu mir das nicht an, mein Freund. Bitte hab Mitleid mit mir."

Angus biss die Zähne so fest zusammen, dass Tamsin fürchtete, sie würden splittern. „Also gut", knurrte er. „Ich werde da sein."

Er klappte das Handy zu und warf es zur Seite, dann umklammerte er wieder das Lenkrad, als müsse er dem Drang widerstehen, das Telefon zu zerquetschen.

KAPITEL ZWÖLF

„Jaycee hat einen Dylan erwähnt", meinte Tamsin beiläufig. „Wer ist das?"

Angus sah sie nicht an. Er gab Gas, wollte schneller vorankommen. „Dylan Morrissey. Ein ziemlich arroganter, viel zu mächtiger Shifter."

Bei Seans Aussage, dass Dylan, der frühere Anführer der Shiftertown von Austin und jetzt Vermittler zwischen allen Shiftertowns im Süden von Texas, über Tamsin Bescheid wusste, stellten sich Angus die Nackenhaare auf. Sofort hatte er wieder ein ungutes Gefühl.

Andererseits wusste er, dass er Dylan nicht so leicht würde abschütteln können wie Haider, und im Moment war Angus nicht sicher, wen von den beiden er für gefährlicher hielt.

„Du hast dich einverstanden erklärt, dich mit ihm zu treffen", stellte Tamsin fest. „Warum, wenn du ihn nicht magst?"

„Weil es sich um Dylan handelt. Wenn er mich treffen will, findet er mich sowieso."

„Dad arbeitet für ihn", erklang Ciarans schläfrige Stimme vom Rücksitz. „Zumindest gewissermaßen. Ich weiß nicht, was er für ihn tut."

Angus sagte kein Wort. Dylan hatte Angus vor ein paar

Monaten angesprochen, unmittelbar nach Dimitris und Jaycees Gefährtenzeremonie, und ihm einen Vorschlag unterbreitet. Er sammelte in aller Stille Shifter um sich, um sie für den Kampf gegen die Feen auszubilden, die auf ihrer Seite der Tore für einen Vernichtungskrieg mobilmachten. Die Feen brachten Shifter dazu, für sie zu kämpfen, indem sie ihnen jede Menge Mist versprachen, wenn sie ihnen wie früher als Kampfbestien dienten.

Dylan, seine Söhne und andere Shifteroberhäupter wie Kendrick glaubten, die Feen hätten sie damals an die Menschen verraten und dafür gesorgt, dass man ihnen die Halsbänder aufzwang und sie in Shiftertowns pferchte. Spezielle, von den Feen gefertigte Schwerter konnten die Halsbänder auslösen, eine weitere Methode, die Shifter unter Kontrolle zu halten.

Unter Dylans Führung legten Shifter heimlich ihre Halsbänder ab – ein langsamer, mühsamer Vorgang – und ersetzten sie durch Fälschungen. Die schwächeren, weniger dominanten Shifter wurden zuerst befreit, da sie am schlimmsten leiden würden, falls die Feen kamen.

Die Feen hatten aber noch andere Asse in ihren weiten Ärmeln. Sie rekrutierten eifrig Shifter, die treue Anhänger der Göttin waren, und flüsterten ihnen ein, die Göttin wolle, dass sie sich wieder vereinten, was natürlich völliger Blödsinn war.

Angus hatte bei seinen Abenteuern mit Jaycee und Dimitri Zeit im Feenreich verbracht und wusste aus erster Hand, dass die Feen grausame, wahnsinnige Dreckschweine waren, die für einen Sieg alles zu tun bereit waren.

Angus hatte mit niemandem darüber gesprochen, was er für Dylan machte, schon gar nicht mit Ciaran. Er wollte vermeiden, dass Personen, die er liebte, gefoltert wurden, weil jemand Informationen über seine illegalen Aktivitäten aus ihnen herauspressen wollte. Je weniger davon wussten, desto besser.

„Interessant." Tamsin musterte Angus. Die Lichter des Armaturenbretts beleuchteten ihr Gesicht. „Vertraust du ihm?"

„Dylan war früher der Anführer der Shiftertown von Austin. Er hat abgedankt und das Amt seinem Sohn überlassen. Ist im Ruhestand.“

Tamsin legte den Kopf schief. „Im Ruhestand? Ich wusste gar nicht, dass die Anführer von Shiftertowns in Rente gehen können. Früher in der Wildnis ließ sich ein Clanoberhaupt von seinem Sohn töten, wenn es zu alt wurde, und der Wächter sandte ihn ins Sommerland.“

„Die Zeiten haben sich geändert.“

„Offensichtlich. Der Göttin sei Dank. Ich bin nur überrascht. Vielleicht sollte ich diesen Dylan mal kennenlernen. Ich mag Shifter, die die Regeln ändern.“

„Er ändert die Regeln zu seinem Vorteil. Vertrau ihm nicht.“

„Ich habe nicht gesagt, dass ich das vorhabe. Nein, ich möchte ihn lediglich kennenlernen. Das ist ein großer Unterschied.“

Tamsin lehnte sich seitlich an den Sitz, um Angus zu beobachten, und sank dabei ein wenig in sich zusammen. Es war ein langer Tag und eine lange Nacht für sie gewesen – für sie alle. Sie brauchten beide Ruhe. Ein weiterer Grund, warum Angus Dylans Terminanfrage nicht schmeckte.

Er fuhr von der I-10 ab und hielt sich nordwärts. Der Highway, den er gewählt hatte, schlängelte sich in Richtung des Ortes Bastrop östlich von Austin. Die Nacht tauchte das Farmland ringsum in tiefes Schwarz, es waren nur wenige Gebäude zu sehen, doch im Westen und Süden zeichnete sich am Himmel schwach die Lichtverschmutzung größerer Städte ab.

In einer Ortschaft, die nahe genug bei Austin lag, dass man die Lichter der Großstadt von dort erkennen konnte, aber weit genug von der dortigen Shiftertown und der Shifterbehörde für das südliche Texas entfernt, um eine gewisse Anonymität zu gewährleisten, fuhr Angus auf den Parkplatz der kleinen, zweistöckigen Niederlassung einer Motelkette.

Er schaltete den Motor und die Lichter aus, und Stille

erfüllte das Führerhaus. „Ich gehe mal rein und schaue nach, was er will. Leg dich mit Ciaran hin, versucht, ein wenig zu schlafen."

„Kommt nicht infrage", widersprach Ciaran sofort, und Tamsin sagte im selben Augenblick: „Vergiss es."

„Wir bleiben zusammen", verkündete Ciaran.

„Er hat recht." Tamsin löste ihren Sicherheitsgurt. „Was immer dieser Dylan will, wir müssen uns damit auseinandersetzen. Außerdem wissen wir nicht, ob er nicht hier draußen irgendwelche Leute stationiert hat, die uns ergreifen sollen, während du drinnen mit ihm redest. Dylan klingt wie ein Mann, der Handlanger hat, richtig? Loyale Tracker?"

Tamsin hatte völlig recht. Angus war jetzt einer dieser Handlanger, und Dylan erwartete Gehorsam von ihm.

„Außerdem", fügte Tamsin hinzu, die nicht ahnte, dass Angus bereits eingelenkt hatte, „sieht das hier nach einem guten Ort für ein kleines Schläfchen aus. Ich hätte allerdings lieber ein Bett außerhalb des Wagens."

„Na gut. Wir gehen alle." Angus warf Ciaran einen eindringlichen Blick zu. „Aber ihr haltet beide den Mund. Niemand redet, bis wir wissen, was Dylan will. Das meine ich ernst, Ciaran. Er ist mit allen Wassern gewaschen, und seine Motive sind nicht immer leicht zu durchschauen."

Ciaran wirkte irritiert. „Aber er ist doch einer von den Guten, oder? Er mag die Shifterbehörde auch nicht."

„Dylan ist speziell." Das wusste Angus sehr genau. „Ja, er steht auf der Seite der Shifter, aber das bedeutet nicht, dass wir ihm uneingeschränkt vertrauen können."

Es war bekannt, dass Dylan bereits Shifter und sogar Menschen getötet hatte, die andere Wandler in Gefahr gebracht hatten, vor allem wenn seine Familie bedroht war.

Sie folgten Seans Beschreibung zu einem Zimmer im ersten Obergeschoss im rückwärtigen Bereich des Motels. Genau dort hätte Angus das Treffen auch anberaumt. Das Motel erstreckte sich U-förmig um einen Swimmingpool, alle Türen öffneten sich nach innen. Von dem Zimmer hinten in der Mitte aus hatte Dylan genau im Blick, wer kam und wer ging.

Angus hielt Ciaran fest an einer Hand, Tamsin hatte den Jungen an der anderen. Auch wenn Angus nicht befürchtete, dass Dylan einem Jungen etwas tun würde – er war den Jungen seiner Söhne ein liebevoller Großvater –, wollte er Ciaran dicht an seiner Seite wissen.

Er klopfte an. Die Tür wurde vorsichtig geöffnet, nicht von Dylan, sondern von seinem Sohn Sean, einem Shifter mit tiefschwarzem Haar und sehr blauen Augen. Das Heft eines Wächterschwerts ragte über seine Schulter auf.

Sean war etwas entspannter als sein älterer Bruder Liam und weit lockerer als sein Vater Dylan. Wächter waren oft umsichtiger als andere Shifter, weil sie häufiger mit dem Tod in Berührung kamen und ihm nicht noch unnötige Avancen machen wollten.

Seans Anwesenheit bedeutete entweder, dass Dylan in Verhandlungslaune war oder dass er jemanden brauchte, der ihre Leichen schnell ins Sommerland senden konnte.

Niemand sprach ein Wort, bis die drei auswärtigen Shifter das Zimmer betreten hatten und Sean die Tür geschlossen hatte.

„Dylan", grüßte Angus seinen Boss.

Dylan, der genau in der Raummitte stand, hatte ebenso dunkles Haar wie Sean und die gleichen blauen Augen. Nur die grauen Schläfen verrieten sein hohes Alter – er hatte dreihundert Jahre auf dem Buckel.

„Angus", erwiderte Dylan. Er nickte auch Ciaran freundlich zu, denn er gehörte nicht zu denen, die Junge ignorierten.

Sean öffnete das Schränkchen unter dem Fernseher, in dem sich ein kleiner Kühlschrank befand. „Möchtet ihr was zu trinken? Ich habe Wasser und … Wasser. Schade, in diesem Zimmer gibt es keine Minibar."

„Ciaran nimmt ein Wasser", brummte Angus.

Sean entnahm dem Kühlschrank zwei mit Kondenswasser benetzte Flaschen. Eine reichte er Ciaran, dem es zu gefallen schien, von Sean, einem Shifter, den er bewunderte, bedient zu werden.

Die zweite Flasche hielt Sean Tamsin hin und sah sie fragend an.

„Ich hätte gern einen großen Latte mit Schlagsahne und jeder Menge Schokostreuseln", scherzte sie. Dann zuckte sie die Achsen. „Oder ein Wasser." Sie schenkte Sean ein strahlendes Lächeln und nahm ihm die Flasche aus der Hand. Nach dem Öffnen legte sie den Kopf in den Nacken und trank sie zur Hälfte aus. „Ahhh", seufzte sie, nachdem sie sie abgesetzt und sich den Mund mit dem Handrücken abgewischt hatte. „Das habe ich gebraucht."

Ciaran beobachtete sie fasziniert und ahmte sie dann nach: „Ahhh. Ich auch."

Seans Augen funkelten, aber Dylan wurde plötzlich wachsamer.

Was hatte er erwartet? Eine sanftmütige, ängstliche kleine Shifterin, die sich ihm zu Füßen warf und ihn anflehte, nicht zu streng zu ihr zu sein?

Vielleicht nicht, doch Dylan hatte offenbar damit gerechnet, dass Tamsin eingeschüchtert und nervös sein würde. Tamsin war nervös, das sah Angus daran, wie sie die Flasche umklammerte, aber das würde sie sich Dylan und Sean gegenüber nicht anmerken lassen.

„Was willst du?", fragte er ohne Vorrede. „Wir sind müde, und Ciaran sollte etwas schlafen."

„Wir müssen reden." Dylan deutete auf eins der Betten. „Ciaran kann sich hinlegen, wenn er will."

„Ich bin nicht müde." Ciarans Körperhaltung verriet etwas anderes, doch er reckte trotzig das Kinn.

Tamsin spazierte an Sean vorbei und warf sich dann so aufs Bett, dass sie mit dem Rücken zum Kopfteil zu liegen kam. „Komm, setz dich zu mir, Ciaran", forderte sie den Jungen auf und klopfte neben sich auf die Decke. „Wir lassen die großen bösen Shifter sich unterhalten."

Ciaran ging bereitwillig zum Bett, stellte seine Flasche auf den Nachttisch und legte sich neben Tamsin. Tamsin lächelte Ciaran an, als er sich an sie schmiegte, und schlang den Arm um ihn.

Sean nahm den Schreibtischstuhl, setzte sich rittlings darauf und stützte die Arme auf die Rückenlehne. Dylan und Angus blieben stehen.

„Ich will nur reden, Junge." Dylans Stimme klang täuschend sanft. Er konnte sich wie der vernünftigste Mann auf der Welt anhören, dessen einziger Lebensinhalt darin bestand, mit seinen Söhnen und Freunden Bier zu trinken. Dann sah er einem in die Augen und sagte, was er wirklich wollte. „Ich habe gerüchteweise gehört, dass du einer wilden Shifterin hilfst, der Behörde zu entkommen."

„Das bin ich", meldete sich Tamsin.

Sean warf ihr einen amüsierten Blick zu. „Das haben wir uns schon gedacht. Mit gerüchteweise meint er Ben, der das mir gegenüber erwähnt hat. Er wollte euch keinen Ärger bereiten", fügte er zu Tamsin gewandt hinzu. „Er hat sich Sorgen um dich gemacht. Dieser Scheißkerl von der Behörde hat also Ciaran entführt?"

Ciaran antwortete: „Ja. Er hat mich in einem Mausoleum eingesperrt. Ich wusste nicht mal, was ein Mausoleum ist, bis ich mich plötzlich in einem wiederfand. Wenigstens gab es einen Fernseher. Aber den haben sie meist als Computerbildschirm missbraucht. Komisches Versteck."

„Gut gewähltes Versteck", widersprach Dylan. „Menschen haben mit dem Anblick von Monumenten für die Toten kein Problem, doch sie betreten sie nicht gerne, schon gar nicht nachts. Die Agenten wussten, dass sie auf diese Weise ihre Ruhe haben würden."

Dann wandte er sich Tamsin zu und starrte sie an. Die schaute ihm kühn in die Augen, statt sie unterwürfig niederzuschlagen. Tamsin hatte entweder gelernt, die allen Shiftern gemeinsamen Instinkte zu unterdrücken, niemals Blickkontakt mit einem dominanteren Wandler herzustellen, oder war selbst dominant. Vielleicht hatten Fuchs-Shifter auch ein anderes Hierarchieverständnis.

„Du warst also mit Gavan unterwegs?", fragte Dylan sie.

Angus zuckte zusammen. Er erinnerte sich nicht, mit jemandem darüber gesprochen zu haben, außer mit Tamsin und Haider.

„Für eine kurze Zeit, und das ist lange her", erwiderte Tamsin. „Warum?"

Dylan sah Angus an. „Man könnte sagen, Gavan war ein wenig extrem. Ich habe dich sorgfältig überprüft, ehe ich mit dir geredet habe, Angus, wegen der Dinge, die ich über deinen Bruder gehört hatte. Er hat in bester Absicht gehandelt, aber seine Taktik war miserabel."

„Er hatte überhaupt keine Taktik", konterte Angus ungeduldig. „Außer dass er entschlossen war, Dinge auf seine Weise zu tun oder bei dem Versuch alle anderen umzubringen. Am Ende war er tot, richtig?"

Dylan räumte das nickend ein. Keiner von beiden erwähnte die Person, die Gavans wegen auch gestorben war – Angus' Gefährtin April. Angus wollte das vor Ciaran nicht zur Sprache bringen.

„Du hast nicht viel über Gavans Aktivitäten gewusst", fuhr Dylan fort. „Das hast du von Anfang an gesagt, und ich habe dir geglaubt. Aber sie weiß Bescheid."

Er drehte seinen Körper so, dass er Tamsin betrachten konnte, ohne Angus eine Angriffsfläche zu bieten. Dylan hatte sein gesamtes Leben lang stets dafür gesorgt, dass er die beste Position im Raum innehatte.

Tamsin strahlte ihn an. „Möchtest du Gavans Lieblingsfarbe wissen oder welche Filme ihn zum Weinen gebracht haben? Ich enttäusche euch nur ungern, doch ich habe Gavan nicht halb so nahegestanden, wie alle immer denken. Als ich mich ihm angeschlossen habe, war ich idealistisch und naiv, und als mein Idealismus aufgebraucht war, habe ich ihn wieder verlassen. Ich war weder seine beste Freundin noch seine Geliebte, nicht mal sein größter Fan."

„Egal", sagte Dylan und nagelte sie mit dem Blick seiner blauen Augen fest. „Du bist eine der wenigen Überlebenden, die ihn gekannt haben und wissen, was er getan hat. Erzähl mir alles, woran du dich erinnerst."

Tamsin berührte ihr Kinn. „Schauen wir mal. Seine Lieblingsfarbe war Braunrot, und er stand total auf den Film ‚Meine Lieder – meine Träume'. Er hat jedes Mal geweint, wenn die Kinder auf der Treppe gestanden und gesungen haben, bevor sie nach oben ins Bett gegangen sind."

„Oh, he, den Film kenne ich", sagte Ciaran. „Es hat mir gefallen, wie die Nonnen die Autos sabotiert haben, damit die Familie den Nazis entkommen konnte."

„Ja, das fand ich auch gut", stimmte ihm Tamsin zu. „Aus diesem Lied kenne ich den Ausdruck ‚Auf Wiedersehen'. Was für eine schöne, knappe Formulierung."

Ciaran versuchte sich ein paar Mal an den deutschen Worten, und Tamsin korrigierte behutsam seine Aussprache.

Dylan, der sich im Laufe eines langen Lebens mit Shiftern aller Couleur auseinandergesetzt haben musste, wartete geduldig, bis sie und Ciaran so weit waren.

„Alles, was du mir erzählen kannst, wird mir helfen", erklärte er mit ruhiger Stimme.

„Göttin, warum glaubt mir denn niemand, wenn ich sage, dass ich keine Ahnung habe? Gavan hat sich mir nie anvertraut." Tamsin setzte sich aufrecht hin und presste sich eine Hand auf die Brust. „Ich weiß gar nichts."

Dylan sah sie nur ruhig an. „Ich bin ein alter Shifter, woran mich meine Söhne gerne erinnern. Für mich bedeutet das, du bist kaum mehr als ein Junges, und ich habe dir mehrere Jahrhunderte Erfahrung voraus. Ich habe außerdem einen gut entwickelten Geruchssinn, selbst in Menschengestalt. Lügen rieche ich auf hundert Schritte. Du weißt mehr, als zu zugibst, Tamsin Calloway."

Sie blinzelte nicht einmal. „Ich lüge ständig und über alles Mögliche. Was davon hast du genau gewittert?"

Ciaran kicherte belustigt. Angus wusste, diesen Spruch

hatte er sich gemerkt, um ihn später selbst mal zum Einsatz zu bringen.

Sehr bewusst trat Angus zwischen Dylan und das Bett. „Es reicht. Sie hat meinen Bruder gekannt, aber er hat sich ihr nicht anvertraut. Das alles hat sie mir schon erzählt. Du hättest mich einfach fragen können, statt sie zu einem Verhör zu holen. Ciaran ist müde, und wir müssen gehen."

Dylan regte sich nicht. „Das sehe ich auch so. Du solltest deinen Sohn heimbringen oder zumindest an einen Ort, wo er schlafen kann. Das Haus, das ich mit Sean teile, steht dir offen, und ich werde dir die Shifterbehörde vom Hals halten, damit du unsere Gastfreundschaft genießen kannst."

„Wir könnten auch hierbleiben", schlug Angus vor. „Ein Motelzimmer kann ich mir gerade noch leisten."

„Lass dir von einem Vater, der drei Söhne großgezogen hat, sagen, dass man seine Jungen am besten in einem richtigen Wohnhaus schlafen lässt. In einer Shiftertown ist er sicherer, und außerdem kriegt er da eine selbstgekochte Mahlzeit. Sean und seine Gefährtin kümmern sich darum."

Mehrere Dinge an dieser kleinen Ansprache fielen Angus auf. Zum einen, dass Dylan drei Söhne erwähnte – Sean, Liam und Kenny. Parias hatten Kenny vor vielen Jahren getötet, und Dylan sprach nur selten von ihm. Dylan signalisierte Angus durch seine indirekte Erwähnung unverkennbar Vertrauen.

Zum zweiten, dass Dylan nicht gesagt hatte, seine Gefährtin würde kochen. Seine Gefährtin Glory war eine mächtige Lupidin, eine Clananführerin, und übernahm keine Hausfrauenpflichten wie das Kochen. Bei Familie Morrissey kochte Sean.

Das dritte, was Angus auffiel, war, dass Dylan Tamsin nicht erwähnt hatte. Dylan wollte eindeutig, dass Angus Ciaran weit von diesem Motel wegbrachte, möglicherweise zusammen mit Sean, während er mit Tamsin zurückblieb.

Angus verschränkte die Arme. „Hübsch hier. Mir sind

draußen keine Leute von der Shifterbehörde aufgefallen, und es ist ruhig und abgelegen."

„Dylan will dich loswerden, damit er mich in Ruhe verhören kann", stellte Tamsin unbesorgt fest. „Teilen wir uns ein Zimmer, wenn wir hierbleiben, Angus? Ich hätte nichts dagegen, aber andere könnten auf falsche Gedanken kommen."

Der Gedanke, sich in diesem Bett an Tamsin zu schmiegen, ihren Körper an seinem zu spüren, ihre Wärme an seiner Haut, erfüllte Angus mit plötzlicher Hitze. Er merkte, wie er errötete.

Tamsin grinste. „Ist er nicht süß, wenn er rot wird? Entschuldigt mich, ich muss mal aufs Klo. Ich muss immer pinkeln, wenn ich verhört werden soll."

Sean erhob sich und deutete höflich auf die offene Tür der dunklen Toilette. Dylan verengte die Augen zu schmalen Schlitzen.

Angus sah ihn finster an. „Lass sie, Dylan. Was soll sie denn machen, sich im Klo runterspülen?"

„Das Badezimmer hat ein Fenster", sagte Dylan.

Sean lachte schnaubend. „Ein winzig kleines ganz oben unter der Decke, zur Belüftung. Nicht mal das kleinste Felidjunge würde da durchpassen, und Tamsin ist keine Felidin." Er schnupperte in ihre Richtung. „Ich bin schon mein ganzes Leben lang Felid und erkenne einen Artgenossen, wenn ich ihn wittere. Es gibt auch in der Decke keine riesigen Kriechgänge, durch die sie fliehen könnte. Das habe ich überprüft."

Sean, der selbst ein guter Tracker war, hatte zweifellos alle Zu- und Ausgänge dieses Raumes überprüft, ehe er sie hereingelassen hatte.

Tamsin schwang die Beine vom Bett und erhob sich geschmeidig. „Ihr solltet mich wirklich nicht länger aufhalten, meine Herren. Die Fahrt war lang, und Angus hat keine Pinkelpausen gemacht."

Mit diesen Worten spazierte Tamsin an Sean vorbei in die Toilette, schaltete das Licht an und schloss die Tür.

„Sean", befahl Dylan. „Du bleibst hier und passt auf."

Tamsins Stimme ertönte aus dem Bad. „Nur wenn er singt!"

Sean verschränkte die Arme, lehnte sich an den Türrahmen und stimmte eine Melodie an. „Sie war ein hübsches Mädel mit rotem Haar, wir wissen nicht, woher sie kam …"

Tamsins Lachen drang an ihr Ohr. Sean erfand sein Lied, aber Tamsin begann hinter der Tür ein ganz ähnliches, eine echte irische Ballade. Sean stimmte mit ein.

Jetzt, wo Tamsin nicht mehr auf dem Bett lag, stand auch Ciaran wieder auf und trat zu Angus. Er stand eng an seiner Seite, schlang jedoch nicht die Arme um sein Bein, wie er es vor ein paar Jahren noch getan hätte.

Tamsin und Sean sangen weiter ihre Ballade über eine Dame, die ihre große Liebe verloren hatte und zu einem Geist geworden war. Dylan wartete schweigend.

Die Toilettenspülung rauschte, dann lief der Wasserhahn, aber Tamsin sang weiter.

„Ich lasse sie nicht hier bei dir", beschied Angus Dylan. „Ob wir deine Gastfreundschaft in Anspruch nehmen oder nicht, Tamsin bleibt bei mir."

„Was weißt du über sie?", fragte Dylan, dessen blaue Augen völlig ausdruckslos waren.

„Genauso viel wie du. Sie heißt Tamsin Calloway, und mein Bruder hat sie mit Tricks dazu gebracht, seinem ‚Freiheit für die Shifter'-Club beizutreten. Dann hat sie erkannt, was er für ein Idiot war, und hat die Gruppe verlassen, ehe Gavan so blöd war, sich erwischen zu lassen."

„Wie praktisch, dass sie da schon weg war."

„Willst du damit sagen, sie hätte ihn verraten?", fragte Angus überrascht. „Das bezweifle ich. Gavan war unvorsichtig genug, um sich auch ohne fremde Hilfe erwischen zu lassen. Es sähe ihr außerdem gar nicht ähnlich."

„Obwohl du sie erst seit gestern Nacht kennst und damit ungefähr genauso viel über sie weißt wie ich", stellte Dylan ruhig fest.

„Ja." Mit harter Stimme fuhr Angus fort: „Wenn du nicht …"

„Dad", rief Sean. Er rüttelte an der Klinke der Badezimmertür.

Der Wasserhahn lief noch, aber Tamsin sang nicht mehr. Es war alles still.

Dylan eilte zu Sean. „Mach die Tür auf."

Ciaran legte die Hand um die seines Vaters und blickte ängstlich zu ihm hoch, als Sean mit der Schulter die dünne Tür einrannte.

Das Licht war aus. Sean schaltete es an, und sie sahen, dass aus dem Hahn Wasser ins Waschbecken lief.

Das Fenster über der Dusche, das nur etwa zehn Zentimeter hoch war, stand offen, und ein paar Motten flatterten angelockt vom Licht herein. Tamsins Klamotten lagen auf dem Boden, doch sie selbst war fort.

KAPITEL DREIZEHN

Angus verkniff sich ein Lachen. Dylans Gesichtsausdruck war unbezahlbar. Es passierte nicht häufig, dass ein anderer Shifter ihm eins auswischte.

Ciaran verbarg seine Freude nicht. Er riss die Faust hoch. „Sie ist entkommen! Tamsin ist entkommen!"

„Wie das denn?" Sean klang eher erstaunt als wütend. „In was kann sie sich verwandeln? In einen Vogel?"

„Es gibt keine Vogel-Shifter", knurrte Dylan. Er funkelte Angus an. „Was ist sie?"

„Gut im Entkommen." Angus schob sich an Sean vorbei und hob Tamsins Klamotten auf. Sie waren noch körperwarm – lange konnte sie nicht weg sein.

„Ich hätte geschworen, dass sie keine Felidin ist", sagte Sean. „Aber kein Lupid oder Bär hätten durch dieses Fenster gepasst. Oh, wartet – eine Schlange." Heiterkeit funkelte in seinem Blick. „Sie ist eine Schlangen-Shifterin, richtig? Dann passt sie ja gut nach Texas."

„Sie hat erzählt, ihre Mutter sei ein Rotluchs." Angus trug Tamsins Jeans, ihr Shirt und ihre seidige Unterwäsche zu dem Bett, auf dem sie gesessen hatte, um alles fein säuberlich zusammenzulegen. Es kam ihm komisch vor, ihre Unterwäsche zu berühren, doch er würde ganz bestimmt weder Sean noch Dylan in deren Nähe lassen.

„Aha", sagte Sean. „Das mag sein. Ich habe bisher noch keine Rotluchs-Felidin getroffen. Aber trotzdem." Er schüttelte den Kopf. „Der Geruch stimmt nicht, das ist nicht mal eine außergewöhnliche Felidin."

Dylans Blick war hart geworden. „Finde sie, Angus, und bring sie in die Shiftertown."

„Du bist nicht mein Clananführer." Angus strich Tamsins gefaltete Jeans glatt. Er schob die Unterwäsche dazwischen, sodass man sie nicht mehr sah. „Das ist Spence. Ihm schulde ich Gehorsam."

Dylan knurrte so zornig, dass Ciaran hinter Angus Schutz suchte, und diesmal klammerte er sich an die Beine seines Vaters.

„Was sie weiß, könnte uns helfen", erklärte Dylan mit mühsam beherrschter Wut. „Gavan hatte etwas Großes vor – davon bin ich überzeugt. Aber ich weiß nicht, was. Wir müssen das herausfinden, bevor die Shifterbehörde Wind davon bekommt, verstehst du? Es könnte mir bei meinen Plänen helfen. Bring sie wenigstens dazu, es dir zu erzählen."

„Ich werde sie nicht verhören." Angus erwiderte Dylans Blick, auch wenn es ihm nicht leichtfiel. Dylan stand in jeder Hierarchie weit über Angus, doch die Tatsache, dass er ihm nicht direkt unterstellt war, half. „Seit ich sie kennengelernt habe, wollen Leute sie ständig einfangen, in Fallen locken und einer hochnotpeinlichen Befragung unterziehen – und ich nehme mich da gar nicht aus. Lass die arme Frau in Ruhe."

„Sie ist keine arme Frau. Tamsin riecht nach Ärger. Ich kenne diesen Gestank. Ja, Gavan hat viele Dinge falsch gesehen, aber das ist nur ein weiterer Grund herauszufinden, wozu diese falsche Sicht geführt hat."

„Du willst sie in deine Gewalt bringen", antwortete Angus ausdruckslos. „Du willst mich aus dem Weg haben, damit du sie in die Shiftertown von Austin eingliedern kannst. Dann unterstünde sie dir und Liam. Du versicherst der Shifterbehörde, dass du sie unter Kontrolle hast, und sie überlassen sie dir. Ich fahre heim und bekomme sie nie wieder zu Gesicht. Stellst du dir das so vor?"

Dylan war ein großer, breitschultriger Mann. Er war ein wenig größer als Angus und nutzte jeden Mikrometer dieses Größenunterschiedes aus. „Teilweise. Ich kann dafür sorgen, dass du mit deinem Sohn nach Hause zurückkehren kannst und nicht dafür bestraft wirst, was sie getan hat. Du wärst komplett aus der Nummer raus, dein Junges wäre sicher. Dafür kann ich garantieren. Wenn du Tamsin wiedersehen möchtest, darfst du sie gerne besuchen. Ich bin mir allerdings nicht sicher, warum du das wollen solltest. Sie hat dich ganz schön an der Nase herumgeführt."

Angus' Finger zuckten. Er glaubte Dylan, wenn er behauptete, dafür sorgen zu können, dass die Shifterbehörde ihn in Ruhe ließ. Der Leiter des militärischen Arms der Shifterbehörde für das südliche Texas war mit einer Bären-Shifterin aus Austin zusammen, und Dylan nahm über ihn Einfluss auf die Agenten in dieser Außenstelle der Behörde.

„Du magst in Texas ein überaus mächtiger Mann sein, aber ich bin aus Louisiana, und da laufen die Dinge anders", sagte Angus. „Dieser Haider – wo auch immer er herkommt – sieht nicht aus, als würde er so leicht aufgeben. Während wir uns hier streiten, ist sie da draußen allein, und Haider wird in allen Richtungen, die wir nach unserem Aufbruch hätten einschlagen können, nach ihr suchen und hat wahrscheinlich Agenten der Behörde überall alarmiert, damit sie die Augen nach ihr offen halten."

„Ein Grund mehr, sie zu finden und zu mir zu bringen. Ich werde sie vor diesem Mann beschützen. Das kann ich, Angus."

Aber war Dylan besser für sie als Haider? Vielleicht würde Dylan Tamsin nicht töten, doch Angus traute ihm zu, auf Betäubungsmittel oder massive Einschüchterungsmethoden zurückzugreifen, um ihr so viel Angst einzujagen, dass sie ihm verriet, was er wissen wollte.

Der Gedanke an eine zitternde, bis unter die Halskrause

mit Drogen vollgepumpte Tamsin, auf der Dylans durchdringender Blick ruhte, brachte ihn so zum Knurren, dass sein ganzer Körper vibrierte.

„Ich werde sie finden, und ich werde sie beschützen", verkündete Angus. „Vor Haider und vor dir."

Sean behielt die Szene im Auge, besorgt und bereit, seinen Vater zu unterstützen, aber auch interessiert, als wolle er sehen, wer diese Auseinandersetzung für sich entscheiden würde.

„Würde es helfen, wenn ich ‚bitte' sage?" Dylans trockener Tonfall machte deutlich, dass er eher sterben würde, als das zu tun.

„Nein."

„Also gut." Dylan wandte sich an Sean. „Häng dich ans Telefon. Ich brauche so viele Tracker, wie du auftreiben kannst. Die besten. Spike, Ronan … Tiger."

Sean hob die Brauen, zückte jedoch sein Handy und klappte es auf.

Angus gefror das Blut in den Adern. Dylan hatte Zugriff auf die besten Shifter-Tracker, vor allem auf Tiger, der mit unglaublicher Präzision einfach jeden finden konnte. Wenn Tiger Tamsins Spur aufnahm, würde sie nicht entkommen.

Angus fuhr zu Sean herum. „Sean. Leg auf. Niemand folgt Tamsin, denn wer das versuchen will, muss zuerst an mir vorbei." Er holte tief Luft, und die Überzeugung, dass er dabei war, das Richtige zu tun, gab ihm Kraft. „Ich beanspruche Tamsin Calloway als meine Gefährtin."

Die Worte hallten in dem Motelzimmer wider. Sean senkte überrascht sein Handy und klappte es dann wortlos wieder zu. Dylan starrte Angus nur ausdruckslos an.

Ciaran hingegen ließ Angus los und schlug ein Rad, wobei er mit seinen langen Beinen gegen einen Stuhl stieß. „Klasse!", rief er. „Ich mag Tamsin. Sie wird die perfekte Mutter für mich sein."

„Sie ist nicht hier." Dylans knappe Worte gingen beinahe in Ciarans Triumphgeheul unter. „Sie kann nichts dazu sagen."

„Trotzdem kann ich vor Zeugen meinen Anspruch anmelden." Angus' Herz hämmerte, doch er blieb ganz ruhig. „Wenn du also Tamsin willst, musst du zuerst an mir vorbei."

„Na schön." Dylan schlug schnell zu wie die Katze, die er nun einmal war, und seine Faust traf Angus an der Schläfe, ehe der sich ducken konnte.

Ciaran kreischte auf. Angus blockte Dylans nächsten Hieb und schlug zurück.

Dylan war einer der besten Kämpfer des Fight-Clubs von Austin. Nicht *der* beste, aber es war knapp. Nur war dies nicht der Fight-Club mit seinen Regeln, so minimalistisch diese auch sein mochten.

Die Regel „Nicht töten" galt in einem Motelzimmer mitten in Texas nicht. Dylan hatte einen Wächter mitgebracht, um Angus ins Sommerland zu schicken, und den Rest würde ein Staubsauger übernehmen.

Doch Angus würde auf keinen Fall zulassen, dass Dylan Tamsin suchen ging. Sie war kein USB-Stick voller Informationen, den man von Hand zu Hand weitergeben konnte. Tamsin war eine lebende, fühlende Frau, und Angus war jetzt ihr Beschützer.

Er schlug immer weiter zu. Dylan wich seinen Schlägen aus und landete selbst ein paar heftige – gegen Schulter, Brustkorb und Kinn. Ciarans Schreie verwandelten sich in Geheul, als er seine Wolfsgestalt annahm. Seine Verzweiflung schrillte durch das Zimmer.

Sean packte seinen Vater an den Armen und zerrte ihn zurück. „Dad! Hör auf! Sonst haben wir gleich die Bullen am Hals. Ciaran! Halt den Mund, Junge!"

Dylan ließ sich von Sean von Angus wegzerren. Sein Gesicht war blutüberströmt, er atmete schwer, und auch Angus schmeckte Blut auf der Zunge.

Er schloss den sich windenden Ciaran in die Arme. Das flauschige schwarze Junge hörte auf zu heulen und wimmerte jetzt, hatte die grauen Augen vor Entsetzen weit aufgerissen.

Dylan atmete schwer. „Das also ist deine Antwort."

Er löste sich von Sean, wischte sich mit dem Handrücken das Blut aus dem Gesicht. Dylan war ganz versessen auf die Einhaltung der Shiftergesetze, eines alten Kodex, den es seit Jahrhunderten gab und der entstanden war, lange bevor die Menschen ihnen ihre Beschränkungen auferlegt hatten. Er war wütend auf Angus, aber er würde dessen Entscheidung respektieren.

Seine lakonischen Worte bestätigten den Gefährtenantrag. Angus und Tamsin waren dadurch zwar noch nicht offiziell ein Paar – und Tamsin würde Angus, wenn er sie denn je fand, wahrscheinlich wissen lassen, dass er sich seinen Antrag sonst wo hinschieben konnte –, aber Angus war jetzt ihr Beschützer. Jedes andere männliche Wesen auf dem Planeten – Vater, Bruder, Sohn, Onkel, Clananführer, Shiftertown-Oberhaupt, Dylan – würde sich Angus' Zorn stellen müssen, wenn es auch nur in ihre Nähe kam.

Sean betrachtete sie gequält. „Bei der Göttin, ihr beiden nervt wirklich. Angus, folge ihr, und pass auf sie auf. Ich kann nicht für Dad garantieren, doch ich werde versuchen, ihn im Zaum zu halten. Dieses Mädel braucht dich offensichtlich."

Dylan zog sich während Seans Worten ins Bad zurück und kam mit zwei Handtüchern zurück, von denen er eins Angus reichte. „Es ist wichtig, dass du sie findest", sagte er und wischte sich das Gesicht ab. „Ich hoffe, du begreifst, *wie* wichtig. Ich werde ihr nicht wehtun. Aber bitte bring sie zu mir."

Ciaran heulte erneut. Angus wusch sich mit dem Handtuch das Blut vom Mund und küsste ihn auf den Scheitel. „Schon gut, Großer. Wir werden sie finden und für ihre Sicherheit sorgen."

Ciaran schmiegte sich in die Armbeuge seines Vaters. Sean half Angus, Tamsins und Ciarans Klamotten aufzusammeln, dann öffnete er mit einem teilnahmsvollen Blick die Tür des Motelzimmers.

„Geh sie suchen", sagte er ruhig zu Angus. „Mach sie wirklich zu deiner Gefährtin. Vertrau mir. Eine bessere Entscheidung kannst du nicht treffen."

TAMSIN HIELT AM RAND EINES FELDES INNE UND SCHAUTE zum Motel zurück. Durch die Spalten zwischen den Vorhängen schimmerte Licht und verriet, dass die Menschen langsam ins Bett gingen, noch fernsahen oder schon schliefen, ehe sie am nächsten Tag ihre Reise fortsetzten.

Sie kauerte im kühlen Wind, der in ihrem Fell spielte. Es regnete nicht mehr, und über ihr spannte sich das sternenübersäte Firmament.

Warum hockte sie hier im Nachtwind, statt so schnell wie möglich abzuhauen? Angus hatte genau gewusst, was sie tun würde, sobald Sean das Badezimmerfenster erwähnt hatte, aber er hatte nichts getan oder gesagt. Selbst über seine Körpersprache, die Shifter sehr gut lesen konnten, hatte er nichts verraten.

Tamsin war tatsächlich auf halbem Weg im Fenster stecken geblieben und hatte sich dafür verflucht, dass sie den Po'boy komplett verspeist und hinterher noch den Käsekuchen gegessen hatte.

Sie hatte sich panisch gewunden und es nicht zuletzt aufgrund ihres seidigen Fells durch das Fenster geschafft, und dann hatte sie die Krallen tief in die Betonwand gegraben, um nicht sechs Meter tiefer auf dem Gesicht zu landen.

Einige Sekunden später war sie auf dem Boden gewesen und über den Asphalt und die Mauer zu den dahinterliegenden Felder gesprungen, während Seans Rufe hinter ihr verhallten.

Jetzt kauerte sie dreißig Meter vom Parkplatz entfernt im Schatten einer Baumgruppe an einem kleinen Bach. Hinter ihr auf dem Feld duckten sich Hasen lautlos gegen den Boden und warteten, bis das Raubtier wieder verschwunden war.

Verschwinden sollte sie tatsächlich. Tamsin musste sich davonmachen, und zwar schnell, ehe Dylan aus diesem Motel kam. Er würde seine Felid-Gestalt annehmen – was auch immer genau er war – und sie problemlos aufspüren. Sein Sohn und Angus würden ihn unterstützen.

Sie sagte sich, sie wartete nur noch, um festzustellen, ob sie sich hineinschleichen und ihre Klamotten und ihr Geld holen konnte, sobald die anderen herausgerannt kamen, um sie zu jagen, doch sie wusste, das war Unsinn.

Tamsin hatte schon mehrfach ihre Klamotten und ihr Geld zurücklassen müssen und trotzdem überlebt. Sie war gut darin, sich durchzuschlagen, und hatte noch nie stehlen müssen. Man konnte Leute überzeugen, einem Kleidung zu überlassen, die sie nicht mehr brauchten. Manche zahlten dafür, dass sie wieder verschwand, wenn sie ausreichend nervte. Manchmal arbeitete sie auch ganz regulär und verschwand dann fröhlich winkend, sobald sie ihren ersten Lohn erhalten hatte. Wenn irgendwo ein Pokerspiel stattfand, umso besser.

Sie betrog dabei nie. Das hatte sie nicht nötig. Wenn Menschen blufften, veränderte sich ihr Körpergeruch ganz leicht. So wusste Tamsin immer genau, wann sie die beste Hand am Tisch hatte.

Es gab also keine Erklärung dafür, warum sie dasaß, statt zu fliehen. Sie war nicht sicher, warum sie nicht schon lange weg war – wenn man den Stich in ihrem Herzen ignorierte, als ihr klar geworden war, dass sie Angus möglicherweise nie wiedersehen würde.

Ja und? Sie konnte sich doch mit ihm verabreden – irgendwann, wenn keine Agenten der Shifterbehörde und keine überdominanten Shifter sie mehr jagten. Das würde vielleicht erst in zwanzig Jahren der Fall sein, aber hey, war das vielleicht ihre Schuld?

Angus würde bis dahin eine andere Gefährtin gefunden haben. Er war attraktiv, nett und stark, wenn auch etwas mürrisch. Er verdiente eine Gefährtin, die ihn liebte.

Tamsin wurde die Brust eng, bis sie keine Luft mehr bekam. Kein Wunder, dass sie nicht floh – ihr Ausbruch musste sie mehr Kraft gekostet haben, als ihr klar gewesen war.

Sie erstarrte, als drei Männer aus dem Motel traten, bei denen es sich unübersehbar um Shifter handelte. Einer davon war definitiv Angus. Kein schimmernder Schwertgriff verriet, welcher Sean war. Wahrscheinlich hatte er die Waffe im Zimmer eingeschlossen, um keine Menschen zu erschrecken.

Sie gingen zusammen zu der schwarzen Zugmaschine, Angus mit einem kleinen, sich windenden Wolfsjungen auf dem Arm. Dylan und Sean verhinderten nicht, dass Angus einstieg. Sean öffnete sogar noch die Beifahrertür und stellte etwas auf die Bank.

Dann zogen sich die beiden Morrisseys zurück. Sie winkten nicht und verabschiedeten sich nicht, sondern standen lediglich da, während Angus den Motor anließ, das Licht einschaltete und vom Parkplatz fuhr.

Mist.

Tamsin wartete noch einen Augenblick, um sicher zu sein, welche Richtung Angus einschlug. Dylan und Sean blieben auf dem Parkplatz stehen und schauten ihm nach.

In der nächsten Sekunde war Tamsin unterwegs. Sie raste zwischen den Bäumen hindurch, sprang über den Bach und hetzte auf der anderen Seite durchs Unterholz. Dann sprang sie ohne Anlauf über einen Stacheldrahtzaun, wobei sie sich den Bauch aufkratzte, was sie aber kaum spürte. Kaum gelandet, rannte sie in Richtung des Highways, auf den Angus eingebogen war.

Tamsin war in der Schule nicht gut in Geometrie gewesen, doch sie konnte den Winkel abschätzen, in dem sie zur Fahrbahn rennen musste, um den Truck einzuholen, den Angus in gleichmäßiger Geschwindigkeit über den Highway steuerte.

Ihre Beine bewegten sich immer schneller, ihr Bauch direkt über den Pflugfurchen, die Stoppeln des geernteten Getreides stachen sie. Sie rannte mitten durch eine Schlammpfütze und glitt aus, fing sich aber wieder. Doch der Schlamm bremste sie, und die Zugmaschine fuhr an ihr vorbei.

Verdammt. Tamsin änderte ihre Richtung, um das auszugleichen, vergaß fast zu atmen, während sie über das Feld schoss und ihre Pfoten sich alle Mühe gaben, den Asphalt zu erreichen, just als der schwarze Truck an ihr vorbeirauschte.

Sie sprang auf den Seitenstreifen der Straße und rannte weiter, folgte verzweifelt dem Sattelschlepper, den sie niemals einholen würde. *Wie ein überoptimistischer Hund*, dachte sie. *Ich hoffe, das sieht jetzt niemand und lacht mich aus …*

Ihre Lungen schrien nach Sauerstoff und zwangen sie stehen zu bleiben, obwohl sie es nicht wollte. Atemluft strömte in ihre Lungen, und gleichzeitig erfasste sie Verzweiflung.

Die Reifen des Fahrzeugs quietschten auf dem Asphalt, und die Zugmaschine schlitterte seitwärts. Das rote Licht von Bremsleuchten fiel auf Tamsin, und der riesige Wagen kam zum Stehen.

Die Fahrertür öffnete sich, und Angus sprang heraus. Hinter ihm brummte der Motor im Leerlauf, während er auf Tamsin zurannte.

Sie rang nach Luft, als Angus sie erreichte, sie hochhob, als wöge sie gar nichts, und sie an sich drückte.

„Alles in Ordnung. Ich hab dich."

Diese schlichten Worte führten dazu, dass Tamsin zusammenbrach. Sie erschlaffte an Angus' Brust, und er trug sie zur Fahrerkabine, hob sie auf die Sitzbank und sprang rasch ebenfalls hinein.

Keuchend lag Tamsin still da, die Beine ausgestreckt, das Fell schlammverklebt.

Angus lenkte den Truck zurück auf die Straße und gab Gas. Es herrschte kein Verkehr, er musste seine Geschwindigkeit für niemanden drosseln.

„Ciaran, gib ihr die Decke."

Ciaran beugte sich vom Rücksitz nach vorn, eine Wolldecke in den Händen. Er breitete sie vorsichtig und mit besorgter Miene über Tamsin.

Er passte auf, dass Tamsins Kopf noch herausschaute – ihr schlammverschmierter Kopf mit der leicht geöffneten Schnauze. Sie musste fürchterlich aussehen.

Tamsin lag nur da, ein hilfloses Häufchen Elend mit nassem Fell, und konnte nicht aufhören zu zittern. Ciaran streichelte ihr den Kopf und murmelte etwas Tröstendes. Seine sanfte, liebevolle Berührung beruhigte sie.

Schließlich fand Tamsin die Kraft, sich zu verwandeln. Ciaran zog die Hand weg, als Tamsin Menschengestalt annahm, und sie hüllte ihren nackten Körper eng in die Decke.

„Hey, Süßer", flüsterte sie Angus heiser zu. „Nimmst du mich ein Stück mit?"

———

ANGUS FUHR EINFACH GERADEAUS, DIE HÄNDE AM Lenkrad. Er hatte keine klare Vorstellung davon, wohin er unterwegs war, und das bereitete ihm Sorgen – gleichzeitig wusste er aber, er durfte nicht anhalten.

Tamsin kroch nach hinten auf die Matratze und zog die Vorhänge drumherum zu. Ein paar Minuten später kam sie voll bekleidet wieder nach vorn.

„Was glaubst du, warum Dimitri diese Vorhänge angebracht hat?", fragte Tamsin Angus, während sie überraschend mühelos auf den Vordersitz glitt. „Ich glaube, sie dienen dazu, dass Jaycee und er sich dahinter verbergen und die Welt aussperren können. Wenn die Kabine wackelt, sollte man nicht stören."

Angus ignorierte ihre Worte. „Wie geht es dir?"

„Ich würde gern duschen, und meine Frisur ist ruiniert." Ihre Stimme klang schwach. „Mitten in der Nacht in vollem Tempo über ein Stoppelfeld zu rennen ist schwerer, als es aussieht. Ansonsten gut. Wie ist die Sache mit Dylan ausgegangen? Hat er gesagt: ‚Na schön, ich gebe auf. Bis demnächst mal?'"

„Dad hat ihn geschlagen", berichtete Ciaran müde, aber voller Stolz. „Ihn abgewehrt. Sean musste die beiden trennen."

Angus spürte Tamsins Blick auf sich lasten. „Dann sollte ich vielleicht besser fragen, ob es *dir* gut geht", sagte sie. „Ich habe noch nie einen Shifter wie Dylan getroffen. Er ist sehr mächtig."

„Wir haben uns geeinigt", erklärte Angus ruhig.

„Hm." Tamsin zog die Füße auf die Sitzfläche und schlang die Arme um ihre Knie. „Das muss eine krasse Einigung gewesen sein."

„Dad hat dich als seine Gefährtin beansprucht", berichtete Ciaran ihr. „Im Lichte des Mondes hat er den Gefährtenantrag ausgesprochen, und Sean, Dylan und ich sind seine Zeugen. Du wirst doch Ja sagen, oder, Tamsin? Du wirst doch die Gefährtin meines Vaters werden und für immer bei uns bleiben?"

KAPITEL VIERZEHN

Angus machte sich innerlich darauf gefasst, dass Tamsin wutentbrannt knurren, ihn mit Fragen bombardieren und ihn mit bissigen Bemerkungen überhäufen würde, doch seltsamerweise blieb sie einfach stumm.

Er sah sie an. Tamsin starrte stur geradeaus, behielt die Straße im Auge, die punktuell von Laternen erleuchtet war. Unter den schmutzigen Striemen auf ihren Wangen war sie ganz blass.

„Anders konnte ich dir Dylan nicht vom Hals halten", platzte es aus Angus heraus. Er, der normalerweise nicht viele Worte verlor, redete nun drauflos. „Du bist im Jargon der Shifter quasi Freiwild. Niemand beschützt dich, kein Gefährte, kein Vater, kein Clananführer. Wenn ich dir einen Gefährtenantrag stelle, darf dir niemand mehr auf die Nerven gehen. Nicht Dylan, nicht mein Clananführer, nicht die Anführer der Shiftertown, niemand. Selbst die Shifterbehörde muss erst an mir vorbei, wenn sie etwas von dir will."

Sie hatte die Lippen leicht geöffnet und hörte ihm zu. Ihre gelbbraunen Augen ruhten mit eindringlichem Blick auf ihm, ohne den Schalk und die Leichtigkeit, die Angus sonst darin sah.

„Ich war nicht da", wandte sie leise ein. „Wie kannst du einem Weibchen, das nicht einmal im Raum ist, das Gefährtenversprechen geben?"

„Es war ja noch nicht das Versprechen. Es war nur der Antrag. Ich habe dich vor Zeugen und im Angesicht der Göttin als meine Gefährtin beansprucht. Für Dylan hat das gereicht, deshalb hat er mich gehen lassen und nicht die Verfolgung aufgenommen."

„Bis jetzt", erwiderte Tamsin. „Er hat *bis jetzt* nicht die Verfolgung aufgenommen. Doch das wird er noch."

„Ist mir klar", sagte Angus. „Aber nun, da ich den Gefährtenantrag gestellt habe, werden uns seine Tracker in Ruhe lassen, weil sie sich mit mir anlegen müssten, um an dich ranzukommen. Sie kennen mich und wissen, dass ich nicht tatenlos zusehen werde. Mit manchen von ihnen bin ich befreundet, sie verweigern Dylan also möglicherweise sogar den Gehorsam."

Ciaran beugte sich über die Rückenlehne ihres Sitzes. „Jetzt musst du nur noch Ja sagen, Tamsin."

Er klang hoffnungsvoll. Als April ihn mit Ciaran verlassen hatte, war der Junge erst zwei Jahre alt gewesen. Wenige Monate nachdem Angus seinen Sohn zurückgeholt hatte, war sie auch schon tot. Ciaran erinnerte sich kaum noch an sie, doch das Verlustgefühl war geblieben. Er hatte nie eine richtige Mutter gehabt, und das war ihm schmerzlich bewusst.

Tamsin blickte flüchtig zu ihm, dann sah sie wieder Angus an. „Mir hat schon mal jemand einen Gefährtenantrag gestellt. Zweimal sogar. Beide Male habe ich abgelehnt."

„Warum?", wollte Angus wissen. „Waren sie von Vollidioten?"

Ein schwaches Lächeln huschte über Tamsins Gesicht. „Ja, irgendwie schon."

„Ich habe es für dich getan, um das Schild zwischen dir und der Welt zu sein", fuhr Angus fort. „Du machst so viele verrückte Dinge, du brauchst jemanden, der für dich kämpft."

Wieder rechnete Angus damit, dass sie ihn verspotten, ihn auslachen würde, weil er etwas so Dämliches getan hatte.

„Es ist wirklich nicht nötig, dass du dich für mich in Gefahr begibst", erklärte sie leise. „Ich bin ständig auf der Flucht vor fiesen Typen – offenbar ziehe ich die an wie ein Magnet. Aber manche sind dazu noch gefährlich, wie beispielsweise Haider. Ich meine es ernst: Mach sie dir nicht auch noch offiziell zum Feind."

„Ich habe es nicht getan, um als Held dazustehen." Angus überholte ein langsam fahrendes Auto. „Ich habe es getan, um dir den Hintern zu retten. Dylan hätte dir all seine Tracker auf den Hals gehetzt, sogar Tiger. Das ist ein großer, völlig durchgeknallter Shifter, der in einem Labor in Area 51 gezüchtet wurde. Er ist nicht wie andere Shifter. Wenn Dylan ihn auf dich ansetzt, bist du geliefert. Er kriegt dich, egal, wie lange du wegrennst oder wo du dich versteckst. Zwar ist Tiger im Grunde seines Herzens ein guter Kerl, er hat sogar eine Gefährtin und ein Junges und wird meinen Gefährtenantrag respektieren, doch das heißt nicht, dass er dich nicht findet. Allerdings wird er respektieren, dass ich dein Beschützer bin, und dich nicht einfach schnappen. Er ist ein Tracker von Dylans Sohn Liam, aber Tiger gehorcht niemandem blind. Er trifft seine eigenen Entscheidungen."

Tamsin ließ sich mit ihrer Antwort einen Augenblick Zeit. Als sie wieder zu sprechen begann, klang sie sehr nachdenklich. „Bisher hat noch niemand versucht, mich mit einem Supertracker-Shifter aus Area 51 einzuschüchtern, damit ich seinen Gefährtenantrag annehme." Sie schaute wieder durch die Windschutzscheibe. „Ich muss darüber nachdenken."

„Willigst du nicht ein, weil er schon ein Junges hat?", erkundigte sich Ciaran ängstlich. „Ich benehme mich meistens. Ich räume manchmal sogar mein Zimmer auf, bevor Dad mich daran erinnern muss."

Tamsin drehte sich um, ergriff Ciarans Hände und küsste sie. „Oh, Süßer. Ich fände es toll, dich als mein Junges anzunehmen. Ich mache mir keine Sorgen wegen dir, sondern wegen deinem Vater. Schließlich müsste ich mit ihm zusammenleben."

„Nein", fiel ihr Angus beinahe ins Wort. „Du könntest tun und lassen, was du willst. Aber wenn ich dein Gefährte wäre, rührt dich niemand mehr an."

Tamsin drückte Ciaran noch einmal die Hände und ließ sie los. „Das ist der seltsamste Gefährtenantrag, den ich je gehört habe. Bist du sicher, dass du nicht einfach nur vollkommen übermüdet bist, Angus? Du musst mal eine Runde schlafen. Ich wette, wenn du aufwachst, wirst du furchtbar erschrocken darüber sein, dass du es wirklich in Erwägung gezogen hast, mich zu deiner Gefährtin zu machen. Du wirst dir wünschen, dass wir es alle einfach vergessen."

„Falsch." Er schüttelte den Kopf. „An meiner Entschlossenheit wird sich nichts ändern. Ein Gefährtenantrag ist bindend. Alle anderen Männchen werden die Finger von dir lassen. Aus der Nummer kommst du erst wieder raus, wenn du Nein sagst."

Angus biss sich auf die Zunge, um sich daran zu hindern, weiterzusprechen. Er rechnete fest damit, dass Tamsin als Nächstes sagen würde: *Alles klar, nein.*

Sie schwieg.

Sie fuhren weiter, im Süden an Austin vorbei, um San Marcos herum und dann durch die Dunkelheit in Richtung Norden. Ciaran döste hinter ihnen, er war von der ganzen Aufregung und der Sorge, Tamsin verlieren zu können, vollkommen erschöpft. Er hatte Tamsin vom Feld hechten sehen und Angus angebrüllt, dass er bremsen sollte.

„Wir müssen irgendwo anhalten, wo du mal schlafen kannst", sagte Tamsin, als die Lichter Austins hinter ihnen verschwunden waren. „Ciaran auch. Ich werde über euch wachen."

Angus warf ihr einen skeptischen Blick zu. „Ist das dein Ernst? Erstens werde ich unter keinen Umständen riskieren, dass du dich doch zur Flucht entscheidest, während ich schlafe. Zweitens können wir hier nirgends anhalten. Bei

Kendrick können wir nicht unterkommen, weil Dylan uns dort sofort finden würde. Mittlerweile wird jeder Shifter aus Kendricks Gruppe und der Shiftertown in Austin gehört haben, dass Dimitri mir seinen Wagen geliehen hat, also wissen sie, wonach sie Ausschau halten müssen. Wir müssen uns erst ein anderes Fahrzeug besorgen, dann können wir einen Rastplatz suchen – und zwar ganz weit weg von hier."

„Wo auch immer wir gerade sind", erwiderte Tamsin und spähte angestrengt in die Dunkelheit. „Das ist echt schade, ich mag diesen Truck. Er ist echt gemütlich."

„Er ist viel zu auffällig. Die Shifterbehörde mag keine Ahnung haben, aber in jeder Shiftertown in Texas werden es bald die Spatzen von den Dächern pfeifen."

„Vom Regen in die Traufe. So sagt man das doch, oder? Was glaubst du, wo wir sind?"

„River Country, westlich von Austin. Das behaupten jedenfalls die Straßenschilder. Im Handschuhfach liegt eine Karte."

Tamsin zog eine dicke, zusammengefaltete Landkarte heraus. „Oh, ich liebe Karten. Es ist viel cooler, eine echte in der Hand zu halten und damit den Weg zu finden, als sich von seinem Handy leiten zu lassen, oder?" Es raschelte, als sie die Karte auseinanderfaltete, dann schaltete sie ein Licht ein, um sie eingehend zu studieren, während der mittlerweile wieder wache Ciaran ihr über die Schulter sah. „Mal schauen. Hier ist Austin. Da ist der See. Der Fluss verläuft hier entlang nach … Llano?"

„Daran sind wir schon vorbei. Wir sind auf der 71." Ein Straßenschild, das sie passierten, bestätigte diese Annahme.

„Die nächste Stadt ist Brady." Tamsin legte auf der Karte den Finger darauf. „Diese Gegend ist nicht gerade dicht besiedelt. Hier gibt es nur winzige Städtchen. Ich mag die ja, aber ich falle da immer so sehr auf."

„Was du nicht sagst." Tamsins leuchtend rotes Haar, ihr typisches Lachen, die Art, wie sie einfach so in das Leben von Leuten schneite und wieder verschwand, blieben einem definitiv im Gedächtnis. „Wir fahren nach San Angelo", entschied

Angus. „Die Stadt ist groß genug, um sich ungesehen dort zu bewegen, und wir können das Fahrzeug wechseln."

Tamsin zeichnete mit dem Finger auf der Karte die Route nach. „Ja, dahin führt die Straße. Warum kennst du dich im Nirgendwo von Texas so gut aus?"

„Ich bin Tracker. Ich kenne mich an vielen Orten ziemlich gut aus. Außerdem bin ich früher mit dem Truck kreuz und quer durch das ganze Land gegurkt. Und wenn das nicht reicht, wäre da ja immer noch das Schild, an dem wir gerade vorbeigekommen sind, auf dem stand, dass San Angelo 85 Meilen von hier entfernt ist."

„Klugscheißer", meinte Tamsin. „Schaffst du es, noch so lange wach zu bleiben? Ich könnte auch mal fahren." Ihrem Blick nach zu erteilen war sie sogar ziemlich erpicht darauf.

„Ja, kann ich, und nein, ich lasse dich nicht ans Steuer. Du solltest dich genau wie Ciaran jetzt ein bisschen ausruhen. Ich wecke euch, wenn wir da sind."

„Na schön", lenkte Tamsin ein. Sie schüttelte die Karte aus, legte sie akkurat zusammen – was Angus noch nie in seinem Leben gelungen war – und kletterte zu Ciaran nach hinten.

„Nicht in der Koje", protestierte Angus. „Das ist zu gefährlich. Wenn ich abrupt bremsen muss oder jemand in uns reinfährt, fliegt ihr raus."

„Uiuiui", erwiderte Tamsin gespielt schockiert. „Ich habe deinen Gefährtenantrag noch nicht mal angenommen, da schwingst du dich schon zu meinem Herrn und Meister auf." Sie schnallte sich auf dem Sitz neben Ciaran an. „Lass dir gesagt sein, Mr Allmächtig, selbst wenn ich deinen Gefährtenantrag annehme und die Zeremonie unter der Sonne und dem Mond mit dir feiere, werde ich ganz bestimmt niemals eine gefügsame kleine Gefährtin sein und alles tun, was du von mir verlangst."

„Schön." Angus trat aufs Gaspedal. „Das wäre auch echt zum Kotzen."

„Ich wollte nur darauf hingewiesen haben, damit keine Missverständnisse aufkommen", rechtfertigte sich Tamsin.

„Ach, ich glaube, wir stehen da auf derselben Seite."

Ein Teil seiner Anspannung fiel von Angus ab, als Tamsin ihm die Zunge herausstreckte, bevor sie Ciaran eng an sich zog, sich zurücklehnte und die Lider schloss. Das Junge kuschelte sich glücklich an sie und öffnete ein Auge, um seinem Vater einen tadelnden Blick zuzuwerfen.

Sie hatte den Antrag nicht rundheraus abgelehnt. Angus wusste nicht, warum, aber bei dem Gedanken daran wurde ihm warm ums Herz, und er verspürte etwas, das er seit Jahren nicht mehr empfunden hatte: Hoffnung. Und Verlangen. Er freute sich schon darauf, in San Angelo einen Rastplatz zu finden und ihre Unterhaltung fortzusetzen.

GRELLE LICHTER BLENDETEN TAMSIN. SIE WAR schlagartig wach und rechnete panisch damit, dass die Polizei und die Shifterbehörde sie umzingelt hatten. Der Anblick, der sich ihr stattdessen bot, ließ sie sich aufrecht hinsetzen und über Angus' Schulter zeigen.

„Hey, da können wir uns prima verstecken."

Auf einem großen Festplatz fand ein Jahrmarkt statt mit lauter Fahrgeschäften, die kreischende Leute in die Lüfte beförderten, blinkenden Lichtern und so lauter Musik, dass sie trotz der geschlossenen Fenster unüberhörbar war.

Zahlreiche Trucks mit Fahrerkabinen in den unterschiedlichsten Farben standen um das Spektakel herum, dazwischen die Wohnmobile und -wagen der Schausteller.

Angus schwieg, als suche er gedanklich nach Argumenten, die gegen Tamsins Vorschlag sprachen. Davon gab es einige: Die Schausteller würden es sicher merken, wenn sie neben ihnen parkten, sie hatten keinen Anhänger, Ciaran würde wahrscheinlich zu viel Zuckerwatte essen …

Angus trat auf die Bremse, drehte um und fuhr über ein Viehgitter auf den Feldweg, der zum Parkplatz der Jahrmarktsfahrzeuge führte. Er stellte den Truck gewissenhaft zwischen einem roten und einem braunen Sattelschlepper ab und schaltete den Motor aus.

Am Rande des Jahrmarkts war aufgrund der Uhrzeit kaum etwas los, aber die Lichter waren an, und Nachzügler genossen den Abend noch in vollen Zügen.

„Spätestens wenn sie abbauen, werden sie uns bemerken", sagte Angus brummig.

„Werden sie nicht." Tamsin beobachtete die Leute, die zwischen den Fahrgeschäften umherschlenderten, und legte kurzerhand ihr Kinn auf Angus' Schulter. „Das Volksfest dauert sicher das ganze Wochenende, wahrscheinlich bauen sie erst am Montagmorgen ab. Wir könnten uns mit den Schaustellern anfreunden und sie zum nächsten Ort begleiten."

Angus wirkte skeptisch, deshalb lächelte Tamsin ihn zuversichtlich an.

Sie hatte sich noch nicht ganz von dem Schock erholt, dass er ihr einen Gefährtenantrag gestellt hatte. Es hätte eigentlich gar nicht zählen dürfen, wo sie doch nicht mal vor Ort gewesen war. Früher wäre es genau so abgelaufen. Vor hundert Jahren hatten sich die männlichen Shifter ihre Gefährtinnen einfach ausgesucht und anschließend der Welt verkündet, auf wen ihre Wahl gefallen war. Die Anwesenheit der Auserwählten hatte keine Rolle gespielt. Die Frau hatte den Antrag ablehnen können, aber für den männlichen Shifter war es zweifellos besser gewesen, das Versprechen erst einmal abzugeben, bevor es ein anderer tat.

Ein Gefährtenbund mit Angus. An seiner Seite zu leben, für immer.

Sie kannte ihn kaum. Sie wusste nicht, welche Filme er mochte oder ob er überhaupt gerne welche schaute. Sie hatte keine Ahnung, was er am liebsten aß, ob er sonntags gerne ausschlief oder im Morgengrauen aufstand und während des Sonnenaufgangs zur Göttin betete.

Andererseits wusste Tamsin alles über ihn, was zählte. Er war ein liebevoller Vater, der alles für seinen Sohn getan hätte. Er machte sich für Außenseiter stark. Er beschützte diejenigen, für die er sich verantwortlich fühlte. Er gab sich grimmig und knurrig, handelte jedoch stets zum Wohl der anderen. Er ließ sich weder von mächtigen Shiftern noch von den Wichsern der Shifterbehörde einschüchtern.

Alles in allem war Angus stark, selbstsicher, fürsorglich und intelligent und rundum ein toller Typ. Außerdem war er heiß.

Wie konnte sie das vorher ausgelassen haben? Sein durchtrainierter Körper war unglaublich sexy. Tamsin hatte nicht weggesehen, als sie sich im Bayou aus ihren Tiergestalten in nackte Menschen verwandelt hatten, und sie war voll und ganz auf ihre Kosten gekommen.

Wenn sie seinen Gefährtenantrag annahm, würden ihre Fantasien – wie er sie liebte, und ihren Mund mit heißen Küssen bedeckte – vermutlich Wirklichkeit werden.

Zudem brachte es der Gefährtenbund mit sich, dass ihr rechtlich niemand etwas anhaben konnte, solange Angus lebte. Blöderweise hatte sie das dumpfe Gefühl, dass Haider dieses Problem einfach lösen würde, indem er Angus umlegte.

Bei dem Gedanken blieb ihr fast die Luft weg. Das war das Dumme daran, wenn einem jemand ans Herz wuchs: Man hatte ständig Angst, ihn wieder zu verlieren.

Das ließ sich nur vermeiden, wenn sie seinen Antrag ablehnte und sich in der Wüste von Texas versteckte. Sie musste also wieder abhauen, und dann würde sie Angus und Ciaran den Rest ihres Lebens bitterlich vermissen.

Sie hätte am liebsten geweint.

Angus legte seine große Hand an ihre Wange. „Du und Ciaran, ihr solltet euch hinlegen und eine Runde schlafen. Ich schau mich hier mal um."

Tamsin küsste seine Handfläche und mochte es, wie rau sie sich anfühlte. „Die Schausteller könnten uns rausschmeißen. Oder dich ins Jahrmarktsgefängnis werfen. Gibt es so etwas überhaupt?"

„Ich wollte mich eigentlich nicht erwischen lassen." Angus

strich mit dem Daumen über ihre Lippen. „Leg dich ein bisschen hin. Und pass auf Ciaran auf.“

Tamsin nickte. Wenn er sie in diesem Moment ermahnt hätte, sich ja nicht davonzumachen, hätte sie darauf gepfiffen und ihre eigene Entscheidung getroffen. Ciaran in ihre Obhut zu übergeben war ein schlauer Schachzug, weil sie das Junge niemals allein lassen würde.

Angus legte die Hand an ihren Hinterkopf, zog sie eng an sich und küsste sie.

Ein wohliger Schauer überlief Tamsin. Sie kam Angus noch ein Stück näher, als er seine Zunge in ihren Mund gleiten ließ, und spürte die Lust in sich auflodern. Sie ließ ihn bereitwillig ein, saugte an seiner Zunge und nahm seine Wärme ganz tief in sich auf.

Angus löste sich langsam von ihr und wich zurück. Er strich ihr ein weiteres Mal mit der Fingerspitze über die Lippen und grinste, als Tamsin ihn spielerisch biss.

„Ruh dich aus“, flüsterte er.

Tamsin knabberte an seinem Finger und leckte daran. Im Schein der blinkenden Lichter des Jahrmarkts sah sie, dass seine Wangen sich röteten, doch er verharrte an Ort und Stelle. Tamsin küsste seine Fingerspitze ausgiebig und spürte, wie sich glühende Hitze in ihrer Brust ausbreitete.

Angus streichelte ihr die Wange, dann wandte er sich ab, schnappte sich seine Jacke und sprang aus dem Truck. Draußen schüttelte er sich kurz, zog sich die Jacke über und verschmolz mit der Dunkelheit.

Tamsin atmete tief aus. Auch sie schüttelte sich und versuchte, das Verlangen unter Kontrolle zu bringen, das sie durchströmte.

Eine Füchsin und ein Lupid. Das würde niemals funktionieren.

Ciaran war noch nicht eingeschlafen, stattdessen warf er ihr einen wissenden Blick zu. „Du wirst seine Gefährtin“, verkündete er im Brustton der Überzeugung.

„Vielleicht.“ Tamsin zog ihn an sich und küsste ihn auf die

Stirn. „Hauen wir uns aufs Ohr. Dein Dad sorgt da draußen für unsere Sicherheit."

Sie war sich dessen ganz sicher, musste nicht wie sonst erst mal ewig darüber nachdenken. Angus würde sie und Ciaran immer beschützen und nicht zulassen, dass ihnen jemand zu nahekam, der es nicht gut mit ihnen meinte.

Ciaran kuschelte sich ein, Tamsin legte sich neben ihn und deckte sich ebenfalls zu. Das Junge fühlte sich in ihrer Gegenwart offenbar so geborgen, dass es binnen Sekunden einschlief.

Tamsin lag noch eine Weile neben ihm, starrte an die Decke und versuchte, nicht mehr so konzentriert auf jeden kleinen Mucks von draußen zu lauschen, sondern die durcheinanderschießenden Gedanken in ihrem Kopf zu sortieren.

———

Angus trat ruhig, aber zielstrebig aus dem Schatten zwischen den Anhängern und ging auf die Buden zu. Er hatte gelernt, in der Welt der Menschen nicht aufzufallen, jedenfalls so gut das einem hünenhaften Mann in Kapuzenpullover und mit Halsband überhaupt gelingen konnte.

Er würde sich einfach unter die Leute mischen und versuchen, als ganz normaler Besucher des Jahrmarkts mit der Welt der Menschen zu verschmelzen, während er sich durch die Lücken zwischen den geparkten Fahrzeugen schlängelte.

Der Jahrmarkt fand offenbar auf einer Festwiese statt, die Fahrgeschäfte reihten sich auf einer feldgroßen Fläche aneinander. Weiter hinten sah Angus eine fest installierte Tribüne, die wahrscheinlich für Rodeos dort errichtet worden war. Überall gab es Zelte und Stände, von denen die meisten bereits geschlossen hatten. Ungefähr die Hälfte der gesamten Fläche war belegt, es handelte sich also wahrscheinlich um eine eher kleine Gruppe Schausteller, die für jedes Platzangebot dankbar war.

Angus hielt sich in den tieferen Schatten, versuchte nicht aufzufallen und sich wie die anderen Arbeiter zu verhalten, die

Dinge vom Jahrmarkt zu den Wohnwagen und Trucks trugen, Stände abschlossen, Fahrgeschäfte für die Nacht dichtmachten. Die letzten Besucher waren gerade dabei, das Gelände zu verlassen.

Es war ein gutes Versteck, sowohl vor Haider als auch vor Dylan. Letzterer erwartete, dass Angus Informationen über Gavan aus Tamsin herauspresste, doch er konnte ihn mal kreuzweise. Es war Angus scheißegal, was Tamsin über Gavan wusste. Wahrscheinlich war es ohnehin nicht besonders viel.

Angus hatte Gavan besser gekannt als jeder andere. Sosehr sich sein Bruder auch aufgespielt hatte, es war immer nur heiße Luft gewesen. Große Klappe und nichts dahinter, besser konnte man Gavan nicht beschreiben. Er und seine Anhänger waren aus eigener Dummheit aufgespürt und getötet worden, und Angus hätte ihn am liebsten vergessen. Was auch immer Tamsin über ihn wusste – wenn sie denn überhaupt etwas wusste –, konnte sie für sich behalten. Dylan würde sich eine andere Informationsquelle suchen müssen.

Angus hörte Schritte hinter sich. Sein erster Gedanke war: *Tamsin. Was zum Teufel?* Aber es war nicht Tamsin.

Er hörte ein Knurren und nahm plötzlich den Geruch eines Raubtiers wahr. Angus fuhr herum und duckte sich. Rotglühende Augen funkelten ihn aus der Finsternis an. Er las unbändigen Zorn darin und wusste instinktiv, dass es seinem Gegenüber um territoriale Ansprüche ging.

Die Augen gehörten einem ausnehmend muskulösen Bären, der die Zähne gefletscht hatte und Angus wutentbrannt anknurrte. Selbst wenn er kein Halsband bei seinem Gegner entdecken konnte, wusste Angus ganz genau, was er vor sich hatte. Es war ein Shifter.

KAPITEL FÜNFZEHN

Der Bär griff an. Angus sprang zur Seite, wirbelte herum und zog noch in der Bewegung seine Jacke aus.

Geschickt wich er den Prankenhieben seines Gegners aus. *Braunbär*, schoss ihm durch den Kopf. *Kein Grizzly*. Angus wollte sich nicht verwandeln, doch der Wolf in ihm drängte an die Oberfläche. Nur mit Mühe gelang es Angus, die Oberhand zu behalten.

„Es reicht!", brüllte er mit einer Stimme, die selbst Ciaran derart erschreckt hätte, dass er auf der Stelle verstummt wäre.

Der Bär hielt kurz vor dem nächsten Hieb inne, brummte aber unbeirrt weiter.

„Ich bin auf der Durchreise." Angus zeigte ihm seine Hände, um zu verdeutlichen, dass er die Klauen nicht ausgefahren hatte. „Ich brauche einen Platz zum Ausruhen." Er gestikulierte sehr vorsichtig in Richtung des Bärenhalses. „Du trägst kein Halsband. Das ist kein Problem für mich. Ich bin kein Tracker der Shifterbehörde. Ich arbeite für niemanden."

Der Bär hörte auf zu knurren und begann, sich mit einem kehligen Schnauben zu verwandeln. Wie viele Shifter war er eher von der langsamen Sorte, und die Transformation seiner Gliedmaßen schien sehr schmerzvoll vonstattenzugehen.

Nach einer ganzen Weile stand der Mann endlich als Mensch vor ihm. Er war drahtiger als die meisten anderen eher massigen Bärenshifter, doch die Größe stimmte. Sein Haar war rotbraun und stand wirr in alle Richtungen ab, in seinen dunkelbraunen Augen glühte noch der Zorn. Er hatte ein längliches Gesicht mit markantem Kinn und muskelbepackte Arme und Beine. Das dichte Haar auf seiner Brust hatte wie bei den meisten Shiftern dieselbe Farbe wie sein Fell in Tiergestalt.

„Wer zum Teufel bist du, und was willst du hier?", verlangte der Mann mit der tiefen, poltrigen Stimme zu wissen, die so typisch für Bärenshifter war.

„Wie gesagt, ich bin bloß auf der Durchreise. Ich wollte mich hier nur mal ausschlafen." Angus war nicht dumm, deshalb erwähnte er dem Fremden gegenüber weder seine Gefährtin noch sein Junges, bis er wusste, was hier gespielt wurde.

„Wie bist du hergekommen?"

„Mit dem Truck. Ich habe ihn da drüben abgestellt." Angus nickte in Richtung des Schaustellerparkplatzes. Die Nase des Bären würde ihm sowieso früher oder später verraten, dass eines der Fahrzeuge einem Shifter gehörte, es war also sinnlos, ihm diese Information vorzuenthalten.

Der Mann musterte ihn und schnupperte, um herauszufinden, ob Angus log. Dann stemmte er die Hände in die Hüften, wodurch er weniger angriffslustig wirkte, doch seine finstere Miene zeugte nicht unbedingt davon, dass er ihm vertraute.

„Name?"

„Angus Murray. Bist du auch auf der Durchreise, oder arbeitest du hier?"

„Angus Murray ... Von welchem Clan?"

Das konnte nur jemand fragen, der frei lebte. Shifter fragten dieser Tage für gewöhnlich eher, aus welcher Shiftertown jemand kam und wer dort Anführer war.

„Mein Clan ist weit verstreut", antwortete Angus. „Mich haben sie nach New Orleans geschickt."

Der Bär kniff die Augen zusammen. „New Orleans? Ich schätze, wenn man sich schon in einer Shiftertown einsperren lässt, ist New Orleans kein schlechtes Los."

„Wir leben nicht in der Stadt, sondern etwa eine Stunde entfernt."

„Hmm." Der Laut erinnerte an das knurrige Brummen seines Bären. „Was zum Teufel hast du mitten in Texas verloren?"

„Wie gesagt, ich suche einen Schlafplatz."

„Bist du auf der Flucht? Muss wohl. Warum solltest du sonst als Shifter mit Halsband mitten in der Nacht auf meinem Jahrmarkt herumschnüffeln? Ich hab gehört, ihr armen Hunde dürft nicht mal euren Staat verlassen, bevor ihr nicht seitenweise Anträge ausgefüllt habt."

Angus ging darauf nicht ein. „Ich schlafe, dann zieh ich weiter."

„Ärger ist wirklich das Allerletzte, was ich hier brauchen kann. Wie dicht sind sie dir auf den Fersen?"

„Kann ich schwer abschätzen. Hab sie seit New Orleans nicht mehr gesehen." Angus beschloss, Dylan, der ein viel besserer Tracker war, als Haider es jemals sein würde, einfach nicht in die Antwort miteinzubeziehen.

„Zugegeben, hier kann man sich ziemlich gut verstecken", sagte der Bär. „Ich mache das seit zweiundzwanzig Jahren."

Obwohl seine Körperhaltung jetzt weniger feindselig war, entspannte sich Angus nicht. „Du hast *mein* Jahrmarkt gesagt. Bist du hier der Manager?"

„Er gehört mir." Der Bär verschränkte die Arme vor der Brust und ließ die Muskeln spielen. „Ich hab ihn gekauft, ehe uns die Menschen weggesperrt haben. Schausteller halten zusammen. Bisher hat mich niemand verraten."

„Das heißt, sie wissen, dass du ein Shifter bist?"

„Die meisten schon. Die neuen nicht unbedingt. Ich halte immer erst mal den Ball flach."

„Außer wenn du nachts in Bärengestalt Fremde anfällst?"

„Das ist das erste Mal, dass ein Shifter völlig ungeniert auf meinen Jahrmarkt spaziert", erklärte der Bär. „Ich heiße Dante. Wie der Dichter. Du kannst hier schlafen. Morgen früh bekommst du vielleicht Frühstück, aber spiel nicht verrückt, nur weil ich meinen Leuten auftrage, dich nicht aus den Augen zu lassen."

„Ich würde das nicht anders machen. War nett, dich zu treffen, Dante. Die Göttin segne dich."

Das war eine gängige Abschiedsformel für Shifter, die wie Angus ohne Vorwarnung in ein fremdes Territorium eindrangen. Wenn Dante ihn tatsächlich akzeptiert hatte, würde er Angus gleich flüchtig umarmen und ihm damit zeigen, dass er nicht mehr befürchtete, von ihm mit Zähnen und Klauen attackiert zu werden. Er konnte sich allerdings auch wieder in einen Bären verwandeln und den Eindringling in Stücke reißen.

Dante blieb zurückhaltend und packte Angus lediglich am Unterarm. Als Angus die Geste erwiderte, schlang Dante den linken Arm um ihn und drückte ihm die Schulter.

Er akzeptierte ihn, traute ihm jedoch noch nicht ganz über den Weg.

„Geh morgen früh zu dem Zelt." Dante zeigte auf ein weißes, verhältnismäßig großes Exemplar am Ende der Reihe. Angus war klar, dass der Bär nicht dort wohnte, sondern dass es sich um neutralen Boden handelte. „Da bekommst du was zu essen. Gute Nacht. Grüß deine Gefährtin und dein Junges von mir."

Dante grinste, als er merkte, wie wenig Angus die Situation behagte, aber natürlich hatte der Bär Ciaran und Tamsin an ihm gerochen. Dass er nicht darauf bestand, mehr über sie zu erfahren, war eine Geste der Höflichkeit.

Die Tatsache, dass er Tamsin als Angus' Gefährtin bezeichnet hatte, war ein sicheres Zeichen, dass der Gefährtenantrag bereits Wirkung zeigte, denn Shifter konnten riechen, wenn jemand einen Gefährten für sich beansprucht hatte.

Sie verabschiedeten sich ohne viele Worte. Angus zog sich als Erster zurück, achtete jedoch darauf, Dante erst den

Rücken zuzudrehen, als er etwa fünf Meter von ihm entfernt war. Angus zeigte dadurch seinen Respekt, schließlich war er im Revier des Bären.

Er merkte, dass ihm mehrere schemenhafte Figuren folgten, dem Geruch nach zu urteilen Menschen, höchstwahrscheinlich Dantes Leute, die ihn im Auge behielten. Er ging gemessenen Schrittes zurück zum Truck, damit seine Verfolger ihn nicht verloren und bestätigen konnten, dass er keinen Ärger gemacht hatte.

Angus glaubte nicht, dass Dante ihn an die Shifterbehörde verraten würde. Schließlich trug der Bär kein Halsband, es war also nicht in seinem Interesse, schlafende Hunde zu wecken. Er gehörte zu den wenigen, die der Gefangenschaft entkommen waren, wie Tamsin oder Kendrick und seine Gruppe. Doch im Gegensatz zu Letzterem hatte sich Dante dafür entschieden, unter Menschen zu leben, nicht unter seinesgleichen.

Leise öffnete Angus die Tür des Führerhauses und stieg hinein. Er hörte die ruhigen, tiefen Atemzüge seines schlafenden Sohnes und die etwas schnelleren, aber ebenso gleichmäßigen von Tamsin.

Er zog den Vorhang der Koje beiseite und sah seine beiden liebsten Wesen aneinandergeschmiegt auf der Matratze schlafen.

Langsam fiel die Anspannung von ihm ab. Tamsin war hier, beschützte Ciaran und schlief den Schlaf der Gerechten.

Und der Erschöpften. Angus ließ den Vorhang fallen, dann schloss er den Truck ab, ehe er sich auf der Sitzbank ausstreckte. Er hatte nicht vor zu schlafen, doch die Müdigkeit war stärker. Als er die Augen wieder aufschlug, war es helllichter Tag.

Die Vorhänge zwischen der Fahrerkabine und der Koje waren beiseitegeschoben worden, und von Tamsin und Ciaran fehlte jede Spur.

Tamsin hielt Ciaran an der Hand, als sie das weiße Zelt betraten, in dem sich ungefähr vierzig Leute und ein Buffet befanden. Das war der allsonntägliche Brunch, wie ihr ein sehr großer Mann namens Dante mitteilte.

Als Tamsin allein aus dem Truck gesprungen war, weil sie so dringend auf die Toilette gemusst hatte, dass sie nicht darauf hatte warten können, bis Angus aufwachte, hatten sie fünf Männer in Empfang genommen, alles Menschen, die sie wenn schon nicht freundlich, so doch zumindest höflich begrüßt hatten. Zwei davon hatten sie und Ciaran, der ihr gefolgt war, zu einem Wohnmobil mit einem gut ausgestatteten Bad gebracht. Tamsin hatte sich so gründlich gewaschen, wie das an einem Waschbecken möglich war, aber sie sehnte sich immer noch nach einer Dusche.

Als auch Ciaran fertig war, der nach ihr reingegangen war, waren sie von ihren neuen Freunden zum Zelt geführt worden.

Dante hatte vor der aufgeschlagenen Zeltklappe gestanden. „Wo ist Angus?", hatte er statt einer Begrüßung gefragt.

Tamsin und Ciaran starrten ihn an, und zwar nicht so sehr, weil er ein Shifter ohne Halsband war, sondern wegen seiner Kleidung. Er trug ein schwarzes Seidenhemd und darüber ein gold-lila-silber gestreiftes Jackett, das ihm bis über die Hüfte reichte. Schwarze Jeans und graue Cowboy-Stiefel komplettierten sein Outfit, sowie ein violetter Zylinder mit einem breiten schwarzen Band, aus dem schwarze Federn ragten, den er in der Hand hielt.

Er beobachtete, wie Tamsin realisierte, einen Shifter vor sich zu haben, dann nickte er ihr kurz zu, um zu demonstrieren, dass er sie und Ciaran als ebensolche erkannt hatte.

„Ich bin Angus gestern Abend begegnet", fuhr er fort. „Samstag- und sonntagmorgens gibt es Brunch, an den anderen Tagen müsst ihr euch selbst um euer Essen kümmern." Er machte eine einladende Geste in Richtung Zelt. „Hereinspaziert."

Angus musste Dante am Vorabend für sich gewonnen

haben, denn der Shifter hätte sie niemals reingelassen, wenn er ihnen nicht vertraut hätte.

Die Leute im Zelt musterten Tamsin neugierig, reagierten insgesamt aber durchaus freundlich. Sie machten Tamsin in der Schlange am Buffet Platz, und kurze Zeit später hielt sie einen vollen Teller in den Händen, Ciaran sogar einen noch volleren. Spiegeleier, krosser Speck, ein Türmchen Pancakes, Toast, Saft, Kaffee – Tamsin und Ciaran konnten sich schon an dem Anblick kaum sattsehen.

Der Koch war ein großer Mann, der nicht das beste Verhältnis zu Duschen zu haben schien, doch das Essen schmeckte köstlich, wie Tamsin herausfand. Sie brauchte nicht lange, bis ihr Teller leer war, und ging sich sofort Nachschlag holen, Ciaran im Schlepptau.

Als sie sich den Teller schon wieder halb gefüllt hatte, kam Angus ins Zelt gestürmt. Er erspähte Tamsin und Ciaran, und die tiefe Sorge in seinem Gesicht wich Verärgerung.

„Das wird ja aber auch mal Zeit", begrüßte ihn Tamsin und leckte Sirup von ihrer Gabel. „Du hast sehr tief geschlafen. Du schnarchst, weißt du. Ziemlich laut."

Ciaran hatte den Mund voll Würstchen, lachte und sagte einigermaßen verständlich: „Das stimmt."

Angus schaute mürrisch, verzichtete allerdings auf die Retourkutsche, weil er viel zu erleichtert war, sie gefunden zu haben.

„Hol dir einen Teller", wies Tamsin ihn an. „Das Essen ist gut. Später frage ich Dante mal, wo man hier duschen kann."

„Ihr habt euch also schon kennengelernt."

„Er steht gleich da drüben." Tamsin zeigte mit der Gabel in seine Richtung. „Ich wäre gar nicht an ihm vorbeigekommen."

„Mich interessiert viel mehr, was du von ihm hältst."

Tamsin musterte den Bären-Shifter, dessen Jackett glitzerte, wenn er sich bewegte. „So auf den ersten Blick? Zu selbstsicher. Aber wenn er wirklich die ganze Zeit unter dem Radar der Shifterbehörde geblieben ist, wundert mich das nicht. Ob ich ihm vertraue? Das weiß ich noch nicht."

Angus nickte. „Geht mir genauso." Er sah zu den bereits zur Hälfte geleerten Tabletts auf dem langen Buffettisch. „Ich könnte auch mal was essen."

Doch dann entfernte er sich, als wäre ihm das Frühstück egal. Genauso hatte er seine Müdigkeit abgetan, und dann so tief geschlafen, als Tamsin und Ciaran den Truck verlassen hatten, dass er nichts gemerkt hatte. Seine Gesichtszüge hatten vollkommen entspannt gewirkt, und sein Haar war zerzaust gewesen. Er war total erschöpft gewesen, der Arme. Tamsin fragte sich, wie er wohl reagieren würde, wenn sie ihm verriet, dass sie sich am liebsten zu ihm gelegt und sich an ihn geschmiegt, seine starken Arme um sich gespürt hätte. Er würde wahrscheinlich mürrisch vor sich hin knurren und dann rot werden. Sie liebte es, wenn das geschah.

Angus hatte sich mittlerweile den Teller vollgeladen, stellte ihn jedoch prompt ab, als er Dante auf sich zukommen sah. Er hatte eine Frau im Schlepptau, bei deren Anblick Tamsin vom Stuhl sprang, um an Angus' Seite zu eilen.

Die Frau hatte hellblondes Haar, das ihr in einem geflochtenen Zopf bis zur Hüfte hing, und dunkle Augen, darüber schmale Brauen. Sie war beinahe so groß wie Dante, eher schmal und hatte ein spitzes Kinn.

Tamsin kam dicht gefolgt von Ciaran gerade noch rechtzeitig an, um Dante sagen zu hören: „Das ist Celene."

Angus' Antwort hatte einen knurrigen Unterton. „Sie ist eine Fee."

Der besondere Gestank der Feen, eine Mischung aus Schwefel und Minze, drang an Tamsins Nase, wenn auch nur sehr schwach. Die Frau trug enge Jeans und ein gebatiktes T-Shirt, nicht gerade typische Klamotten für eine Fee.

„Sie ist meine Gefährtin", stellte Dante klar. „Vorurteile sind da völlig fehl am Platz."

Celene wandte sich mit einem interessierten Lächeln an Tamsin. „Ich bin eine Halbfee. Macht dir das was aus? Meistens vergesse ich das sogar, ich kann schließlich nichts für meine Eltern. Alle halten mich für einen Menschen, also bin ich jetzt einer."

Tamsin zuckte zögerlich die Achseln. „Na ja, wir haben alle eine Vergangenheit."

Celene schaute ungeniert zuerst auf Tamsins nackten Hals und dann auf das schwarz-silberne Band, das unter Angus' Jackenkragen hervorblitzte. „Da hast du wohl recht."

Dante richtete seine braunen Augen prüfend auf Ciaran und krauste kaum merkbar die Nase, während er den Duft des Jungen in sich aufnahm. Tamsin sah, dass er begriff, dass Ciaran Angus', aber nicht ihr Sohn war. „Hallo, du", begrüßte der Bär den Jungen herzlich. „Keine Sorge, ich werde dich nicht fressen."

Ciaran hob das Kinn. „Das würde mein Dad auch niemals zulassen."

Dante stieß das tiefe Lachen eines Bären-Shifters aus. „Da hast du wahrscheinlich recht. High-five, Kleiner."

„Das ist total out." Ciaran versuchte, ganz lässig und unbeeindruckt zu wirken, dann sprintete er trotzdem um Tamsin herum und klatschte mit Dante ab.

„Unser Junges ist ungefähr so alt wie du", sagte Celene zu Ciaran. „Vielleicht könnt ihr beide ja mal zusammen spielen, während ihr hier seid. Sie hilft dem Kartenabreißer bei den Vorbereitungen, weil ihr das großen Spaß macht. Sie kann dich herumführen."

„Ein Mädchen?", fragte Ciaran skeptisch.

Celene sah ihn amüsiert an. „Sie wird dich überraschen, glaub mir."

„Wir werden nicht lange bleiben ...", setzte Angus gerade zu einer Antwort an, während Tamsin die Hände in die Gesäßtaschen steckte und Dante zunickte.

„Wir müssen aber auch nicht unbedingt heute weiterfahren, solange unser Truck gut versteckt ist. Das gilt allerdings nur, wenn ihr hier Duschen habt. Das wäre meine Bedingung."

———

Angus musste zugeben, dass er sich nach der Dusche und mit der frischen Kleidung, die Dimitri ihm freundlicherweise in einem Seesack in den Truck gelegt hatte, wesentlich besser fühlte. Die Klamotten passten einigermaßen, rochen jedoch nach Felid, was darauf schließen ließ, dass Dimitri sie sich irgendwo geliehen hatte, vielleicht von Kendrick, der ungefähr Angus' Statur hatte.

Tamsin hatte als Erste in dem langen Wohnwagen geduscht, zu dem Dante sie gebracht hatte. Innen roch es nach Mensch, was nur bedeuten konnte, dass Dante ihnen noch nicht genug vertraute, um sie – und vor allem einen anderen männlichen Shifter – allein in sein Zuhause zu lassen. Ein kluger Schachzug.

Der Mensch, der den Anhänger bewohnte, war bereits bei der Arbeit. Als Angus wieder ins Freie trat, sah er, wie Dante seinen absonderlichen Hut aufsetzte und rief: „Alle mal herhören! Die guten Leute aus San Angelo werden jeden Augenblick in Scharen hier eintreffen. Sorgen wir also dafür, dass sie jede Menge Spaß haben."

Die Lichter entlang des Wegs in der Mitte leuchteten auf, Musik dröhnte aus den Lautsprechern erst eines Fahrgeschäfts, dann der Reihe nach aus allen anderen.

Tamsin, die Ciaran an der Hand hielt, hatte sich in der Zwischenzeit mit Celene unterhalten. Sie wurden von Dante unterbrochen, als der seine Frau zur Arbeit rief, was auch immer das genau war, und Tamsin schirmte mit der Hand ihre Augen vor der Sonne ab, um Angus entgegenzusehen, der auf sie zu joggte.

Der Duft gebratenen Fleischs wehte aus einem der Imbissstände herüber, der Gestank von verbrannter Zuckerwatte aus einem anderen. Mancherorts konnte man billige Souvenirs erstehen, außerdem gab es Buden, an denen man riesige Stofftiere gewinnen konnte, die zusammengepfercht auf Regalen saßen.

„Die Sonne knallt ziemlich vom Himmel", sagte Tamsin, als Angus sie und Ciaran erreichte. „Ich brauche unbedingt einen

Hut." Sie schaute sich um und zeigte schließlich auf einen Stand. „Ah. Da."

Zusammen mit Ciaran trat sie unter das Vordach einer bunt dekorierten Bude, in der ein Mann mit dunklem Haar, das zu einem Pferdeschwanz zusammengebunden war, gerade die Waren auf den Regalbrettern sortierte. Ciaran war mitgekommen, Angus folgte ihnen langsamer.

„Was kostet der?", Tamsin deutete auf einen krummen Hexenhut mit orangefarbenen und roten Streifen, der mitten auf einem Regal lag.

Der Mann schenkte ihr ein schwaches Lächeln. „Den kannst du nicht kaufen, Süße. Den musst du gewinnen." Er zeigte auf eine Reihe Glasflaschen in unterschiedlichen Formen und Größen, die auf dem Boden standen, ehe er drei Gummiringe auf die Auslage vor ihr legte. „Fünf Dollar für drei Ringe. Zwanzig für fünfzehn."

Tamsin zog einen Zwanzig-Dollar-Schein aus der Hosentasche und warf ihn auf die Auslage. Ciaran kam aufgeregt zu ihr. „Was hast du vor?"

„Ich gewinne jetzt meinen Hut. Wie oft muss ich treffen?", fragte sie den Mann.

„Acht Mal."

„Klingt fair." Tamsin nahm die Ringe in die linke Hand und betrachtete die leeren Glasflaschen ganz genau. Es gab große, kleine, lange schmale und breite mit dicken Hälsen.

Tamsins erster Wurf ging daneben, doch gleich den zweiten Ring platzierte sie perfekt um eine Flasche. Ciaran jubelte. Tamsin kniff die Augen zusammen und legte den Kopf schief. Immer wenn sie das tat, sah Angus die Füchsin in ihr, die den nächsten Coup plante, der sie ganz bestimmt in Schwierigkeiten bringen würde.

Tamsin warf in rascher Folge drei weitere Ringe. Alle drei landeten auf den Flaschen und rutschten mit einem leisen Klirren daran herunter. Tamsin verfehlte ein oder zwei weitere Würfe, schaffte es aber locker, die acht geforderten Treffer zu landen, ehe sie alle Ringe verbraucht hatte. Ciaran tanzte derweil um sie herum und rief: „Du schaffst das, Tamsin, du schaffst das!"

Der Standbetreiber schaute zunächst mit offenem Mund zu, wie sie ein ums andere Mal traf, dann presste er die Lippen aufeinander und wirkte plötzlich ziemlich genervt. Tamsin warf den letzten Ring und drehte sich mit einem breiten Lächeln zu ihm um.

„Meinen Hut, bitte."

Der Mann seufzte, nahm ihn von der Auslage und gab ihn ihr. Tamsin klopfte den Staub ab und setzte ihn sich auf den Kopf.

Der Hut war sehr groß und hatte einen Knick auf halbem Weg zur Spitze, schien jedoch auf wundersame Weise hervorragend auf ihren Kopf zu passen.

„Mega", rief Ciaran. „Hol mir auch einen, Tamsin."

Tamsin warf einen Blick auf die anderen ziemlich lächerlich aussehenden Kopfbedeckungen und zückte dann einen weiteren Zwanziger.

Am Ende gewann sie nicht nur einen Hut, der große Ähnlichkeit mit dem des verrückten Hutmachers aus Alice im Wunderland hatte, sondern auch eine Baseballkappe für Angus. Der wehrte sich natürlich vehement dagegen, sie aufzusetzen, aber Tamsin glitt in einer fließenden Bewegung zwischen seinen abwehrend erhobenen Händen hindurch und setzte ihm die Kappe mit dem Logo der Texas Rangers einfach auf. „Bitte schön. Jetzt siehst du aus wie ein ganz normaler Mann. Na ja, wenigstens im Großen und Ganzen."

Angus griff mit einem genervten Schnauben nach der unerwünschten Kopfbedeckung und versuchte, nicht darauf zu achten, wie sehr er Tamsins Nähe genoss. Ihre Wärme hüllte ihn ein, ihr Atem strich kitzelnd über seine Wange, sogar noch, als sie sich längst wieder abgewandt hatte.

Tamsins Erfolgsserie hatte eine Gruppe Schaulustiger an den Stand gezogen, was die Verärgerung des Mannes hinter dem Tresen schnell abklingen ließ. Immer mehr Leute kauften

Ringe bei ihm, weil sie auch was gewinnen wollten. Bei Tamsin hatte es so leicht gewirkt.

Der Betreiber schob sich durch die Hintertür aus der Bude, als sie gerade gehen wollten. „Hey, komm doch später wieder und wirf noch ein paar Ringe", schlug er Tamsin vor. „Du bist gut fürs Geschäft. Es wäre eine kleine Beteiligung für dich drin."

Tamsin blieb kurz stehen und schürzte die Lippen. „Mal sehen. Ein Job wäre vielleicht wirklich nicht schlecht."

Der Mann nickte und eilte zurück in seine Bude, um die ungeduldigen Kinder und ihre Eltern zufriedenzustellen, die es kaum erwarten konnten, auch mal an der Reihe zu sein.

Tamsin hielt wieder Ciarans Hand, und das Junge fasste immer wieder nach oben, um seinen neuen Hut zu betasten.

Der Rummelplatz füllte sich nach und nach mit Menschen, die nach dem sonntäglichen Kirchgang auf ein bisschen Spaß aus waren, und Angus blickte sich voller Unbehagen um.

„Wir gehen wohl langsam mal besser", meinte er.

„Warum?" Tamsin spähte unter der Krempe ihres albernen Huts hervor zu ihm auf. „Dieser Ort ist das perfekte Versteck. Ich glaube nicht, dass Haider oder Dylan auf die Idee kommen, uns hier zu suchen."

Das war vermutlich richtig, aber Angus versteckte sich lieber im Schatten der Wälder, wo ein Wolf fast unsichtbar werden konnte.

Der Jahrmarkt stand auf einem weiten, offenen Feld, es war ein Durcheinander aus Lichtern, Musik, Menschen, Essen, grellen Farben. Es war unmöglich, sämtliche Zugänge im Auge zu behalten.

Man musste zugeben, dass sie in diesem Umfeld fast wie eine normale Familie wirkten, Mutter und Vater, die wie so viele andere ihrem Kind mit dem Besuch eine Freude machten. Selbst Tamsins und Ciarans alberne Hüte erregten hier keine Aufmerksamkeit, weil alle möglichen Leute hier alle möglichen seltsamen Dinge auf dem Kopf mit sich herumtrugen, darunter Luftballons, Plastikkronen, Antennen und Metallfedern.

„Wir könnten uns hier einige Zeit versteckt halten", fuhr Tamsin fort. „Celene meint, sie würden immer Leute suchen, die mit anpacken. Der Jahrmarkt gehört Dante und Celene, aber ein Teil der Fahrgeschäfte wird von selbstständigen Schaustellern betrieben. Sie alle brauchen Hilfe beim Be- und Entladen, Personal an den Attraktionen, Kartenabreißer oder Akrobaten. Wir könnten in einer der vielen Shows auftreten, ich könnte als Füchsin zum Beispiel durch Reifen springen oder so etwas, und du könntest so tun, als hättest du mir das beigebracht. Dann würde ich eine Runde auf stur schalten und überhaupt nicht mehr auf dich hören, und die Leute würden sich totlachen. Du kennst das doch, von solchen Nummern im Zirkus."

Angus lauschte ihr mit wachsender Verärgerung. „Das wäre keine Show, das wäre das wahre Leben. Du wirst unter keinen Umständen als Füchsin vor Publikum auftreten. Es würde sich in Windeseile rumsprechen, wenn auf einem kleinen Jahrmarkt plötzlich der weltklügste Fuchs zu begaffen wäre."

Tamsin runzelte die Stirn. „Da hast du recht. Schade." Ihre Miene hellte sich gleich wieder auf. „Aber mach dir keine Sorgen. Ich überlege mir einfach was anderes."

„Ich werde mich mal umhören, ob ich Dimitris Truck gegen den von jemand anderem tauschen kann", sagte Angus, während Tamsin gedankenverloren in die Ferne starrte, zweifellos, um sich eine neue wahnwitzige Idee einfallen zu lassen. „Einen weniger auffälligen. Ich werde Dimitri dafür entschädigen."

„Nur keine Eile." Tamsin wich einer Menschentraube aus und stand jetzt näher bei Angus. „Ich habe mich schon lange nicht mehr so sicher gefühlt. Oder so viel Spaß gehabt." Ihr Blick wanderte zu der Stelle, wo die Riesenarme eines Fahrgeschäfts gerade in die Höhe stiegen und mit wild blinkenden Lichtern begannen, sich in alle Richtungen zu drehen. „Mit welchem möchtest du fahren, Ciaran?"

„Kommt nicht in die Tüte", versuchte Angus sie zu bremsen, obwohl er wusste, dass er diesen Kampf bereits verloren hatte, bevor er richtig begann.

„Wir können uns irgendeins aussuchen", verkündete Tamsin und ignorierte ihn dabei völlig. „Celene hat mir ein paar Tickets geschenkt. Du bestimmst, Ciaran."

Ciaran schaute sich mit weit aufgerissenen Augen um. Er war nie zuvor auf einem Jahrmarkt gewesen. Obgleich er in der Nähe von New Orleans lebte, hatte Ciaran fast sein gesamtes Leben in der Shiftertown verbracht und sie nur für die Schule verlassen. Angus hielt New Orleans weder für einen geeigneten noch für einen sicheren Ort für Junge.

„Das da."

Ciaran deutete auf ein großes Gebilde mit einzelnen Kabinen, die an einer großen Metallkonstruktion in die Höhe fuhren und dann auf der anderen Seite wieder hinabrasten. Bis zu diesem Moment sah alles eigentlich nicht so schlimm aus, doch dann begannen sich die Kabinen mit wachsender Geschwindigkeit um die eigene Achse zu drehen. Zu allem Übel neigte sich schließlich auch noch die Hauptsäule, kippte auf den Kopf und überschlug sich, während die Kabinen weiter um sie herumrotierten.

„Der Zipper", bemerkte Tamsin voller Begeisterung. „Gute Wahl."

Sie wollten loslaufen, aber Angus packte Ciaran gerade noch rechtzeitig und riss ihn zurück. „Du wirst mein Jung… meinen Sohn nicht in diese Todesfalle setzen."

Tamsin blickte Angus mitleidig an. „Ich bin schon oft damit gefahren. Es dauert nur zwei Minuten. Komm doch mit, wenn du dir solche Sorgen machst."

Angus beobachtete, wie sich der Zipper nach links und rechts neigte, während sich die Kabinen wie wild drehten. „Erwartest du ernsthaft von mir, dass ich mich in dieses Ding setze?"

„Bitte, Dad?" Ciaran schaute hoffnungsvoll zu ihm empor. „Bitte. Die anderen Väter machen das auch alle mit ihren Kindern. Dann sind wir wie …"

Ciaran beendete den Satz nicht, aber Angus wusste, was er hatte sagen wollen: eine richtige Familie.

Ciaran hatte seinem Vater nie vorgehalten, dass seine Mutter ihn verlassen hatte, und ihm nie die Schuld an ihrem Tod gegeben. Angus hatte sich deswegen auch nichts vorzuwerfen, denn einzig Gavan und April waren für die ganze Misere verantwortlich gewesen. Allerdings hatte Angus seinem Sohn gegenüber keinen Zweifel daran gelassen, dass er April nie verziehen hatte, und das musste für Ciaran ganz schön hart sein.

Ciaran hatte Tamsin schnell in sein Herz geschlossen und vertraute ihr wie keinem anderen Shifter zuvor. Wenn Tamsin sie irgendwann verließ, würde es den Kleinen schwer treffen.

„Todesfalle", brummte Angus erneut.

„Siehst du, es hält gleich wieder an", sagte Tamsin. „Den Leuten geht es gut, und da steigen auch schon neue ein." Sie nahm Angus an der einen und Ciaran an der anderen Hand und zog sie in Richtung des Zippers. „Gib dir einen Ruck, Angus. Das ist ein Heidenspaß. Du weißt doch, was Spaß bedeutet, oder?"

„Ich weiß jetzt schon, dass ich das später bereuen werde", knurrte Angus.

Ciaran hüpfte vor Begeisterung auf und ab. „Juhu! Auf geht's!"

Er bahnte sich aufgeregt einen Weg durch die Menge und zog Angus und Tamsin hinter sich her.

———

Tamsin verspürte ein Kribbeln, als die Mitarbeiterin des Fahrgeschäfts, eine forsche junge Frau mit vollständig tätowierten Armen, die Metalltür ihrer Kabine schloss und einrasten ließ. Ciaran saß zappelnd vor Aufregung zwischen Angus und Tamsin. Er hatte sich große Sorgen gemacht, die erforderliche Mindestgröße noch nicht erreicht zu haben, doch das war unnötig gewesen.

Angus klammerte sich an den Bügel seitlich von ihm, biss die Zähne zusammen und schaute finster drein.

Aber er war mitgekommen. Tamsin hatte das heftige Unbehagen in seinen Augen gesehen, als er den Zipper beobachtet hatte. Der große böse Wolf, der sie durch den Bayou gejagt hatte, erweckte irgendwie den Eindruck, als hätte er am liebsten den Schwanz eingezogen und wäre nach Hause gerannt. Stattdessen riss er sich zusammen und bestieg das Fahrgeschäft – für Ciaran.

„Das wäre also das perfekte Versteck vor dir gewesen", spöttelte Tamsin, die gerade ihren Hut abnahm und ihn sich zur Sicherheit zwischen die Knie klemmte. Ciaran tat es ihr nach. „Ich hätte einfach nur den nächsten Jahrmarkt suchen und in ein möglichst spektakuläres Fahrgeschäft steigen müssen."

Angus hatte jeden Muskel seines Körpers angespannt und schüttelte den Kopf. „Irgendwann hättest du ja auch wieder aussteigen müssen."

„Das stimmt wohl. Oh, oh. Es geht los."

Der Motor des Fahrgeschäfts begann leise zu dröhnen, die Kabine stieg sanft in die Höhe, und sie hätten bis dahin genauso gut in einem Riesenrad sitzen können. Angus atmete erleichtert auf und entspannte sich ein wenig.

Dann legte der Zipper einen Zahn zu, sie kamen oben an, und die Kabine drehte sich auf den Kopf. Angus stöhnte auf und klammerte sich an den Bügel.

Sie bewegten sich immer schneller, die Kabine rotierte erst vorwärts, dann rückwärts um die eigene Achse. Tamsin lachte, Ciaran schrie vor Begeisterung. Jetzt drehte sich auch die Hauptsäule, und sie wurden immer schneller, die Richtungswechsel abrupter.

Tamsin wurde abwechselnd in ihren Sitz gepresst und davon weggezogen. Obwohl sie als Shifterin normalerweise Angst davor hatte, in einen Käfig gesperrt zu werden, fühlte sie sich in diesem, neben Angus und Ciaran, plötzlich frei.

Freier als jemals zuvor in ihrem Leben. Sie war vor den

Halsbändern, vor der Shifterbehörde, vor Shiftertowns und vor Shiftern geflohen, nur um ihre Eigenständigkeit nicht aufgeben zu müssen, um ein selbstbestimmtes Leben führen zu können. Sie war immer nur weggerannt.

Nun saß sie eingequetscht zwischen Ciaran und Angus, dem Lupid-Shifter, der sie erst für die Shifterbehörde gefangen und dann eine Kehrtwende vollzogen und ihr das Leben gerettet hatte.

Angus, der knurrige Lupid, der niemandem vertraute und seinen Sohn über alles liebte, schloss entsetzt die Augen. Die Baseballkappe fiel ihm vom Kopf, und darunter kam sein widerspenstiges kurzes Haar zum Vorschein.

„Ich sterbe hier drin", brüllte er über Ciarans entzücktes Gekreische hinweg. „Ich hasse dich, Tamsin!"

Tamsin lächelte, und ihr wurde ganz warm ums Herz, als Angus plötzlich die Lider hob, den Kopf drehte und sie wütend anfunkelte.

Seine grauen Augen, die in dem durch die Gitterstäbe der Kabine fallenden Sonnenlicht glänzten, waren das Schönste, was sie je in ihrem Leben gesehen hatte.

„Ja!", schrie sie.

Er musterte sie misstrauisch. „Was?"

„Ich habe Ja gesagt! Angus Murray, vor Zeugen, unter dem Licht unseres Vatergottes, nehme ich deinen Gefährtenantrag an."

KAPITEL SECHZEHN

Angus' Körper wurde von innen nach außen gekehrt, als sich die Kabine unablässig um sich selbst drehte.

Aber nein, die Fahrt wurde langsamer, die Kabinen richteten sich auf und blieben so. Zwei Minuten, hatte Tamsin versprochen. Zwei Minuten blanken Entsetzens.

Tamsin sah ihm in die Augen. Aus ihren eigenen lohfarbenen leuchtete Begeisterung, allerdings auch verhaltene Sorge darüber, welche Wirkung ihre Worte auf ihn haben würden.

Sie hatte gerade erklärt, dass sie seine Gefährtin sein wollte.

Ein schrilles Kreischen zerriss die Luft und vertrieb alle anderen Gedanken. Es war Ciarans Freudengeheul.

„Dad, hast du das gehört? Sie hat den Gefährtenantrag angenommen!"

Tamsin schluckte. Sie umklammerte den Bügel vor sich, obwohl die Kabine überhaupt nicht mehr schwankte. „Ich werde es vor Dante noch mal sagen müssen. Man braucht mehr als einen Shifter als Zeugen, richtig?"

Angus war sich dessen im Augenblick überhaupt nicht

sicher. Zählte ein Junges, noch dazu sein eigenes, überhaupt als Zeuge?

Aber andererseits – wen interessierte das? Das Gefährtenversprechen war eine sehr persönliche Angelegenheit. Das mit den Zeugen war ein Brauch aus der Zeit, als die Shifter sich gerade von den Feen befreit hatten und die Männchen sich jedes Weibchen schnappten, dessen sie habhaft werden konnten. Wurde ein Gefährtenantrag vor Zeugen ausgesprochen, wussten alle Shifter, dass das Weibchen kein Freiwild mehr war.

„Ich habe es gehört." Angus' Stimme klang kehlig, irgendwie falsch. „Ich habe es gehört, mein Sohn."

„Ja, und?" Tamsins Lippen bebten. „Akzeptierst du meine Annahme deines Gefährtenantrags?"

Angus hatte plötzlich einen riesigen Kloß im Hals. „Ja", brachte er krächzend hervor.

Ciaran jubelte erneut. Die Frau von dem Fahrgeschäft entriegelte die Kabine und öffnete sie, damit sie sie verlassen konnten.

„Klingt, als hättest du Spaß gehabt", sagte sie zu Ciaran.

„Und wie. Darf ich noch mal?"

„Nein!" Angus hob Ciaran herunter und zog ihn weg. Er hörte Tamsin und die Frau lachen.

Das heißt, Angus versuchte, Ciaran wegzuführen. Seine Beine waren zittrig, und er konnte plötzlich nicht mehr richtig laufen.

Tamsin taumelte zu ihm hin. „Man weiß, dass ein Fahrgeschäft gut ist, wenn man hinterher keine Ahnung mehr hat, wo oben und wo unten ist."

„Ich bedaure gerade, gefrühstückt zu haben." Warum zur Hölle hatte Angus bloß all die Pfannkuchen essen müssen?

Tamsin stützte Angus mit einer Hand und fand selbst rasch ihr Gleichgewicht wieder. „Suchen wir Dante. Wir haben viel zu erzählen."

Angus wusste gar nicht mehr, was. Er wusste nur, dass es

sich richtig anfühlte, als er Tamsins Hand hielt, dass es ihm das Herz erwärmte und sein Magen zur Ruhe kam.

Vergiss Dante. Angus wollte einfach einen abgeschiedenen Platz, an dem er mit Tamsin allein sein konnte.

Auf dem Jahrmarkt war jetzt jede Menge los. Menschenmengen waren unterwegs, Leute unterhielten sich lautstark, lachten, quietschten und schrien. Als der Zipper seine nächsten Opfer durch die Luft wirbelte, ertönte weiteres Kreischen. Der Oktopus ließ seine Arme in Richtung der Trennwände zum Publikum wirbeln, bloß um sie in letzter Sekunde abrupt zurückzuziehen.

Angus spürte nur Tamsins schmale Hand in seiner, genoss die Verbindung, die aus ihrer Berührung entsprang.

Er hatte eine Gefährtin. Nach all den Jahren der Einsamkeit, in denen ihn Shifterinnen wegen der Umtriebe seines Bruders gemieden hatten, hatte Tamsin eben einfach gelächelt und versprochen, bei ihm zu bleiben. Verflucht, um ehrlich zu sein, war auch er den meisten Shifterinnen aus dem Weg gegangen. Es war schwer, mit Frauen zusammen zu sein, die wussten, dass seine Gefährtin ihn verlassen hatte.

Tamsin war das egal. Sie zeigte Mitgefühl, gab ihm jedoch nicht die Schuld an Aprils Untreue. Tamsin sah Angus, so wie er war, und wollte mit ihm zusammen sein.

Angus wusste, dass das unmöglich war. Auf ihrem Weg gab es zu viele Hürden, die sie überwinden mussten, zum Beispiel sein Halsband, die Shifterbehörde, die Tamsin in ihre Gewalt bringen wollte, Dylan, der sie für seine Zwecke zu benutzen versuchte, und die Tatsache, dass sie keinen sicheren Ort zum Leben hatten. Für einen Tag war der Jahrmarkt okay, vielleicht sogar für zwei, aber was dann?

Er verstaute diese praktischen Überlegungen in seinen Hinterkopf. All das war im Moment völlig unwichtig.

Seine Gedanken drehten sich um die Tatsache, dass Tamsin jetzt seine Gefährtin war. Eine schöne Frau, mit der er Spaß im Bett haben und an die er vielleicht auch sein Herz verlieren konnte.

Tamsin blieb neben dem verwirrten Angus stehen, trat dicht vor ihn hin und küsste ihn.

Die Menge zerstreute sich. Angus legte die Arme um Tamsin, zog sie an sich und vergrub die Finger in der Wärme ihres Shirts. Ihr alberner Hut, den sie sich wieder aufgesetzt hatte, fiel ihr vom Kopf, doch Ciaran fing ihn auf, bevor er im Staub landete.

Angus fuhr ihr mit der Hand ins Haar, strich mit den Fingern durch die seidigen Strähnen. Er zog Tamsin an sich, öffnete ihren Mund, kostete ihr Lachen, ihre Erregung.

Ihre Lippen teilten seine, ihre Zunge war heiß und süß, ihr Mund liebkoste seinen. Tamsin schmiegte sich an ihn, und ihre Brüste in dem dünnen Batikshirt, das sie sich von Dantes Gefährtin geliehen hatte, pressten sich gegen seinen Oberkörper. Er spürte ihre harten Brustspitzen, die ihm verrieten, wie sehr sie ihn wollte.

Angus widerstand dem Drang, ihr eine Hand auf den Hintern zu legen, weil er sich vage erinnerte, dass sie sich inmitten von Tausenden von Menschen befanden und auch sein Sohn ganz in der Nähe stand. Aber eigentlich war ihm nicht nach Zurückhaltung, er wurde vor Lust hart wie schon lange nicht mehr.

Er hatte nichts dagegen. Die Welt hatte aufgehört, sich zu drehen, sodass er den Kuss ohne Eile intensivieren konnte. Tamsins Haut war weich, fasste sich schön an, ein krasser Kontrast zu seinen Bartstoppeln.

Ihre Lippen und Zähne prallten aufeinander, denn der Kuss war etwas ungeschickt, doch zum ersten Mal seit Jahren spürte Angus, wie Druck von ihm abfiel und ihm ganz leicht ums Herz wurde. Nur Tamsin in seinen Armen und dieser Kuss zählten, außerdem sein Sohn, dessen Körperwärme er an seinen Oberschenkeln spürte, was ihm verriet, dass Ciaran noch bei ihm und in Sicherheit war.

Ein Jugendlicher johlte. Eine Frau rief in gutmütigem Spott: „Nehmt euch ein Zimmer!"

Die wahre Welt mit all ihren Farben und Geräuschen setzte wieder ein, aber irgendwie war das Schwere verflogen, die Farben waren strahlender, und alle Klänge waren wie Musik.

Angus küsste Tamsin weiter, während Ciaran der Menschenmenge zurief: „Sie hat Ja gesagt! Sie hat Ja gesagt!"

Das führte zu weiterem Jubel und zu Begeisterungsrufen, wobei manche Angus auch warnten, er solle besser die Beine in die Hand nehmen – Tamsin erhielt denselben Ratschlag, begleitet von Applaus und Gelächter.

Tamsin unterbrach den Kuss, löste sich allerdings nicht aus Angus' Umarmung. Er sah sie an und hätte am liebsten den Blick nie wieder abgewandt, doch sie zog amüsiert die Nase kraus.

Ein Lautsprecher erwachte knarzend zum Leben, und Dantes Stimme erdröhnte. „Wir haben ein verschwundenes Kind, Leute. Schaut euch nach Natalie um, sie trägt ein rotes Oberteil und einen schwarzen Rock. Sie ist neun, hat braune Zöpfe und ebensolche Augen. Zuletzt gesehen wurde sie beim Erstaunlichen Louis – das ist der Typ mit den drei Köpfen. Wer Natalie findet, bringt sie bitte ins Büro am Westrand des Geländes. Natalie, deine Mutter sucht dich. Sie macht sich Sorgen und wird nicht mit dir schimpfen."

„Doch, wird sie", widersprach Ciaran, als der Lautsprecher verstummte und alle sich nach einem Mädchen mit einem roten Shirt umblickten. „Mein Vater ist immer echt sauer, wenn er mich nicht finden kann. Dann brüllt er mich an, wenn ich heimkomme."

„Das tun Leute manchmal, wenn sie besorgt sind", erklärte Tamsin. „Aber ich kann sie finden. Wir müssen nur zuerst kurz mit ihrer Mutter sprechen."

Sie schnappte sich ihren Hut und rannte zur Westseite des Platzes, dicht gefolgt von Ciaran. Angus knurrte kehlig und folgte ihnen.

———

Die Mutter war nicht besorgt – sie war panisch.

Tamsin fand das Büro, einen kleinen Wohnwagen, der zum Festplatz gehörte und den Dante für die Dauer des kurzen Gastspiels des Jahrmarkts hier nutzte.

Über einem Tisch, auf dem allerlei Dinge lagen – Plastikspielzeug, Hundeleinen, billiger Schmuck –, prangte ein Schild mit der Aufschrift „Fundbüro".

Dante, der sein buntes Jackett trug, versuchte, Natalies Eltern zu beruhigen, die sich bemühten, ihre Angst zu verbergen. Natalies Mutter blinzelte ihre Tränen weg, um einem Mädchen von etwa elf Jahren zu danken, das ihr eine Tasse Kaffee gebracht hatte.

Das Mädchen hatte honigblondes Haar und die zarten Knochen und dunklen Augen von Celene, aber Dantes Beweglichkeit. *Zu einem Viertel Fee und zu einer Hälfte Shifterin,* mutmaßte Tamsin. *Das muss eine interessante Kombination sein. Ich wette, sie ist wirklich erstaunlich.*

„Was kann ich für dich tun?", begann Dante, als Tamsin hereinkam, doch sie ignorierte ihn und begab sich direkt zu Natalies Mutter.

„Ich werde sie finden, keine Sorge", versprach sie und ging neben der Frau in die Hocke. „Bleiben Sie hier sitzen und trinken Sie Dantes Kaffee, ich bin gleich mit Natalie zurück."

Während Tamsin weiter freundlich plauderte, witterte sie – Seife, Schweiß, warme Klamotten und Angst. Irgendwo da drin war Natalie, die stark nach ihren Eltern riechen würde.

Schließlich wandte sie sich ab und lief zur Tür, wobei sie beinahe über Angus gestolpert wäre, der mit Ciaran auf dem Tritt vor dem Wohnwagen wartete.

„Unauffällig sein", ermahnte er sie, als sie sich entfernten.

„Ich werde so unauffällig sein, dass man mich nicht einmal wahrnehmen wird", beteuerte Tamsin. „Aber ich kann Natalie aufspüren. Mein Geruchssinn ist großartig. Je kürzer die Eltern sich Sorgen machen müssen, desto besser. Falls irgendein kranker Drecksack sie entführt hat, werde ich auch das erfahren. Dann kannst du ihm den Hintern aufreißen." Sie grinste ihn an. „Siehst du? Wir sind ein tolles Team. Ich muss mich irgendwo verwandeln, wo mich keiner beobachten kann."

„Ich will mitkommen", erklärte Ciaran.

Ausnahmsweise sagte Tamsin Nein. „Ich werde mich zu schnell bewegen, und ich kann nicht auf dich warten. Warum bleibst du nicht hier und lernst Dantes Tochter besser kennen? Sie ist süß."

Ciaran schaute finster. „Ich kann mit dir Schritt halten. Ich schwöre es."

„Wir werden dir beide folgen", verkündete Angus entschlossen. „Vielleicht hat Natalie weniger Angst, wenn sie einen Jungen in ihrem Alter sieht."

„Als ob ich furchterregend wäre", murrte Tamsin ungläubig, lenkte aber ein.

Sobald Tamsin als Füchsin am Rand des Jahrmarkts entlangrannte, fühlte ihre Umgebung sich wie ein ganz anderer Ort an. Sie witterte eine Duftwolke nach der nächsten – den fettigen Geruch von heißen Würstchen, die Schärfe von Senf und Würzsoße, die aufdringliche Süße von Zuckerwatte. Schlamm, verschüttete Cola, Einwickelpapier mit geschmolzenen Schokoladeresten, der Gestank der Dixi-Klos. Schweiß, Angst, Erregung, Glück, Hoffnung, Lust.

Jede Emotion hatte einen Duft, und die Körper der Menschen hier verströmten die gesamte Bandbreite davon.

Irgendwo in diesem Durcheinander von Gerüchen befand sich ein junges Mädchen. Hatte es Angst und war allein? Versteckte es sich aus Übermut vor seinen Eltern? Oder fürchtete es sich, weil jemand es entführt hatte?

Falls dies der Fall war, würde Tamsin nicht ruhen, ehe sie sie aufgespürt hatte, und dann würde sie ihren Entführer in Stücke reißen. Sie hatte zwar versprochen, das Angus zu überlassen, doch Tamsin wusste, sie würde sich nicht beherrschen können, wenn sie es mit einem Kindesentführer zu tun bekam.

Angus folgte ihr mit Ciaran in gebührendem Abstand. Er

hatte gesagt, er würde sie nicht aus den Augen lassen und wahrscheinlich auch nicht aus der Nase, denn Wölfe waren fantastische Spurensucher, sogar in Menschengestalt. Das war Tamsin an Angus schon aufgefallen, als sie ihn beim Pokern am gegenüberliegenden Ende des Raumes in dem Plantagenhaus gesehen hatte.

Angus hatte sie gejagt und gefangen, und jetzt würde Tamsin seine Gefährtin sein. Das nannte sie mal einen hervorragenden Spurensucher.

Dantes Sicherheitskräfte suchten das Gelände ab, hatten allerdings bisher nichts gefunden. Tamsin verwandelte sich hinter den Dixi-Klos, während Angus Wache stand, dann schob sie sich durchs Gebüsch und suchte den Rand des Platzes ab. Es handelte sich um ein stacheliges Gestrüpp, und zahlreiche Dornen blieben in ihrem Fell hängen. Sie widerstand dem Drang, stehen zu bleiben, um sie mit den Zähnen zu entfernen, obwohl sie sie wahnsinnig machten.

Dante schien nett zu sein, doch Tamsin war aufgefallen, wie wachsam er war. War er eingeschleust – ein wilder Shifter, der für die Shifterbehörde oder für Haider arbeitete? Sie hätte es beiden zugetraut, Shifter zu rekrutieren oder zur Mitarbeit zu zwingen. Man musste sich nur anschauen, was Haider Angus angetan hatte.

Dante roch nicht heuchlerisch, würde sich aber möglicherweise sehr für Tamsin interessieren, wenn er herausfand, wie außergewöhnlich sie war. Er war Opportunist, das spürte sie, was erklären mochte, wie es ihm gelungen war, all die Jahre nicht aufzufallen.

Tamsin witterte ganz schwach Furcht. Das riss sie aus ihren Gedanken, und sie drehte bei, um der Duftspur zu folgen.

Sie führte sie vom Jahrmarkt weg und über einen staubigen, grasbestandenen Hügel. Weitere Dornen blieben in ihrem Fell hängen.

Tamsin witterte weiter Furcht, konnte sie deutlich von den Rummelplatzgerüchen unterscheiden, fand aber die Quelle nicht. Sie hockte sich auf dem Hügel hin und schaute zurück zu der Ansammlung von Zelten und wirbelnden Fahrgeschäften und zu Angus und Ciaran, die beide in Menschengestalt im Gras am Rand des Geschehens warteten.

Als der Geruch stärker denn je an ihre Nase drang, stellte sich ihr Fell auf. Die Furcht hatte sich in Panik verwandelt.

Wortlos drehte sich Tamsin um und rannte auf der lang gezogenen, schmalen Hügelkuppe entlang. Sie hatte geglaubt, der Erdwall bilde die Grenze der Felder des Farmers, doch als sie jetzt sein Ende erreichte, erkannte sie, dass er eine andere Funktion hatte.

Tamsin wäre beinahe über eine schroffe Kante gestürzt, weil sie nicht gesehen hatte, wo der Hügel aufhörte. Sie duckte sich auf den Boden und spähte vorsichtig darüber.

Unter ihr öffnete sich ein Abflusskanal, der mit einem rostigen Eisengitter verschlossen war. Am Grund des Kanals stand etwa zweieinhalb Zentimeter hoch Wasser. Es roch brackig und muffig. Eine große Schlange schlängelte sich hindurch und auf ein Kind zu, das sich hinter dem Gitter zusammenkauerte. Das Kind wimmerte, weil es zu viel Angst hatte, um ein anderes Geräusch von sich zu geben.

Wenn es eine Tierart gab, vor der Tamsin Angst hatte, dann waren es Schlangen. Na ja, und Alligatoren. Große Shifter mochten über Schlangen nur herablassend lächeln, aber eine Klapperschlange konnte ein kleines Tier mit ihrem Biss töten. Oder es fressen. Oder komplett verschlucken.

Igitt. Der totale Albtraum.

Tamsin hatte keine Zeit, auf Angus zu warten, der die Schlange einfach beiläufig hätte beiseite treten können. Sie stürmte mit klopfendem Herzen los und setzte darauf, dass ihre Schnelligkeit ihre beste Waffe darstellte.

Sie sprintete platschend durchs Wasser, und das Mädchen hob den Kopf. Ihr Keuchen hallte durch den Kanal. Der Schlange war das egal – sie näherte sich der Kleinen weiter. Ob sie das Mädchen für Beute hielt, einfach nur auf der

Durchreise war oder auf einen warmen Herzschlag in der Dunkelheit zuhielt, wusste Tamsin nicht.

Doch das war auch egal. Tamsin sprang, stieß sich mit allen vier Pfoten von der Metallschräge ab und landete direkt auf der Schlange.

KAPITEL SIEBZEHN

D ie Schlange schoss mit offenem Maul herum, bereit zum Biss, doch Tamsin war längst fort. Sie sprang senkrecht nach oben und zugleich anderthalb Meter nach hinten. Als sie landete, huschte sie in Deckung.

Die Schlange hatte sie als neues Ziel identifiziert – vielleicht war sie ihrer Reptilmeinung nach lohnendere Beute. Sie schoss auf sie zu, und Tamsin machte kehrt und sauste davon.

Sie sah das Beinpaar in den blauen Jeans am Ende des Abflusskanals zu spät, um auszuweichen. Der Besitzer der Beine brüllte: „Verdammt!", und Tamsin flitzte dazwischen durch in die Wüste hinaus.

Zitternd rannte sie weiter, von ihrem Fluchtinstinkt beherrscht.

„Tamsin!"

Angus musste aus vollem Halse brüllen, um sie zu stoppen. Tamsin drehte sich keuchend um und schaute zurück.

Er hatte das Reptil direkt hinter dem Kopf gepackt. Das Tier lebte noch und wickelte seinen Schlangenleib um den Arm des Shifters.

„Wahrscheinlich gibt es da draußen noch mehr von der

Sorte." Angus deutete mit der freien Hand in die Richtung, in die sie gerannt war.

Göttin, er hatte recht. Tamsin sah jetzt ringsum im Boden kleine Löcher, perfekt für Erdhörnchen – oder Schlangen.

Sie wirbelte auf den Hinterbeinen herum und stürmte in Richtung Abflusskanal. Angus verschwand unterdessen ein gutes Stück weit im Unterholz, wo er die Schlange freiließ, der Verräter.

Ciaran hatte sich hingekauert, um in den Abflusskanal zu spähen. „Bist du Natalie?", fragte er ruhig. „Ich kann dich zu deinen Eltern bringen. Sie suchen dich."

Natalie antwortete etwas, das Tamsin nicht verstand. Sie war zu sehr damit beschäftigt, im Kreis herumzurennen, um das Entsetzen ihrer Begegnung mit der Schlange abzuschütteln.

Während Angus auf sie zuging, nahm sie Menschengestalt an. „Ich hasse Schlangen." Sie drehte sich weiter im Kreis, stampfte mit den Füßen auf und sprang hoch, als sie dabei auf Kletten trat. „Ich hasse sie, ich hasse sie. Warte … Ich hasse auch Alligatoren. Okay, ich hasse alle Reptilien."

Angus legte ihr die Hände auf die Schultern und hielt sie fest. Tamsin schaute hoch in das strahlendste Lächeln, das sie je bei ihm gesehen hatte.

Fasziniert blieb sie stehen. Angus' Augen funkelten vor Belustigung, sein Mund verzog sich zu einem breiten Grinsen, und dann lachte er.

Tamsin regte sich nicht. Sie hatte ihn noch nie lachen hören. Das Lachen war laut und kräftig, kam aus tiefstem Herzen.

Vielleicht lohnte es sich, ein bisschen durch die Hölle zu gehen, wenn man mit so was belohnt wurde.

Nein. Nichts war es wert, dass man sich mit Schlangen anlegte. „Verdammt, das ist nicht witzig."

„Nein, aber du." Angus nahm Tamsin in die Arme und hob sie hoch, damit ihre Füße vor Verletzungen durch die spitzen Steine und die Dornen des Wüstenbodens sicher waren.

„Meine tapfere, kühne Gefährtin. Du hast sie gefunden, Süße. Du hast sie gefunden."

Glücklich lag sie in Angus' Armen – kein schlechter Ort. Das Gefühl seiner Klamotten an ihrer Haut führte dazu, dass sie sich an ihm festhalten und sich vielleicht an ihm reiben wollte. Küssen klang auch wie eine gute Idee.

Angus' Augen wurden ganz dunkel und sein Gesicht rot. Sein Verlangen strahlte förmlich von ihm aus, hüllte Tamsin ein und brachte sie zum Zittern. In diesem Moment wurde ihr bewusst, dass sie sich seit ihrer ersten Begegnung nach Angus sehnte. Sie war vor ihm geflohen, doch sie war mit ihren Blicken den Linien seines Körpers gefolgt, hatte alles getan, um ihm in die Augen sehen zu können, um seine Hände auf ihrer Haut zu spüren. Etwas anderes zu behaupten wäre gelogen gewesen.

Kinderstimmen drangen an ihr Ohr. Angus schaute Tamsin noch einmal lange an und setzte sie dann ganz vorsichtig ab.

Sie küsste ihn flüchtig auf den Mund und beobachtete über seine Schulter hinweg, wie Ciaran aus dem Abflusskanal kam, die kleine Natalie an der Hand.

Natalie stand dicht neben Ciaran und sah ihn an, als sei sie Prinzessin Buttercup und er ihr Westley, der sie gerade gerettet hatte.

Dann bemerkte sie Angus und Tamsin, die sich hinter dem breiten Rücken ihres Gefährten versteckte.

„Ciaran, warum ist die Frau nackt?", fragte sie leise.

„Das weiß keiner so genau", antwortete Ciaran ernst.

IM BÜRO SCHLOSSEN DIE ERLEICHTERTEN ELTERN DAS kleine Mädchen in ihre Arme, drückten sie wieder und wieder und fragten sie, was geschehen war. Dann erkundigten sie sich bei Tamsin – die sich wieder angezogen hatte –, wie sie sie gefunden hatten. Ciaran berichtete ausführlich über Tamsins Rolle bei der Suche und betonte, wie geschickt sie vorgegangen war, erwähnte aber natürlich weder Shifter noch Füchse.

Natalie erzählte, sie sei einem Hasen hinaus aufs Feld gefolgt und hätte sich dabei verirrt. Weil ihr heiß gewesen war, habe sie sich in den Schatten des Abflusskanals zurückgezogen. Eine Schlange sei auf sie zugekrochen, doch ein Fuchs habe diese angegriffen und abgelenkt, und dann sei der Fuchs weggerannt, und Ciaran sei gekommen und habe sie gerettet.

Natalies Mutter lauschte dieser Erklärung verständnislos, dann schalt sie Natalie, weil diese nicht in ihrer Nähe geblieben war, ehe sie zur Verblüffung ihrer Tochter in Tränen ausbrach. Natalies Vater geleitete beide nach draußen, um sie nach Hause zu bringen, und Dante erstattete ihnen ihr Eintrittsgeld zurück.

Natalie warf Ciaran einen letzten sehnsuchtsvollen Blick zu, aber er winkte nur fröhlich, während er, Angus, Dante und Tamsin die drei zum Eingang begleiteten.

„Ich habe dir doch gesagt, ihre Mutter schimpft mit ihr“, rief Ciaran triumphierend, nachdem die Familie eng umschlungen zu ihrem Auto gegangen war. „Genau wie mein Vater.“

„Ende gut, alles gut.“ Tamsin winkte Natalie ein letztes Mal zu. „Das hat meine Mutter immer gesagt.“

Die letzten Worte ließen sie stocken, und sie wandte sich ab, damit Angus nicht sah, dass sie plötzlich Tränen in den Augen hatte.

Sie merkte, dass Dante sie aufmerksam beobachtete. Er war von Tamsins und Ciarans Geschichte beeindruckt gewesen und hatte Ciaran für seine Rolle bei der Rettung des Mädchens gelobt, aber er wusste, sie hatten nicht alles erzählt.

Tamsin erwiderte seinen Blick ausdruckslos. War Dante nur neugierig? Oder hatte sein Interesse unlauterere Motive? Wie war er all die Zeit unbemerkt geblieben?

„Du hast recht“, räumte Dante ein und wirkte jetzt entspannter. „Es ist gut ausgegangen. Ich mag es nicht, wenn

Junge verschwinden. Danke, Tamsin. Dir danke ich auch, Ciaran."

Zu Angus sagte er nichts, dem das, wie Tamsin spürte, nichts ausmachte. Er war kein Shifter, den es ins Rampenlicht zog. Angus war kein Selbstdarsteller, obgleich er zutiefst von seiner Kraft und seinen Fähigkeiten überzeugt war. Er musste diese Selbstsicherheit einfach nicht jedem aufs Brot schmieren.

Angus war ein netter Kerl, fand sie. Ein heißer, sexy netter Kerl. Vermutlich hatte sie deshalb seinen Gefährtenantrag angenommen.

Tamsin wunderte sich immer noch über den Impuls, der sie dazu gebracht hatte, ihre Zustimmung herauszuschreien. Vielleicht hatte die Shifterin in ihr gewusst, dass es die richtige Entscheidung war.

„Warum ruht ihr euch nicht für den Rest des Tages aus?", fragte Dante Tamsin. „Celene hat euch einen Wohnwagen gerichtet, damit ihr nicht im Lkw schlafen müsst. Er hat ein Klo und eine Dusche." Er nickte Tamsin zu, denn er wusste, dazu würde sie nicht Nein sagen.

„Danke, Dante", antwortete Tamsin fröhlich. „Das ist super. Zeig ihn uns."

Celene kam aus dem Büro und führte Tamsin und Ciaran zu dem Wohnwagen. Tamsin hörte, wie Dante hinter ihnen leise mit Angus sprach.

„Celene und ich können eine Weile auf Ciaran aufpassen", bot er an. „Du weißt schon, wenn ihr …"

Er sprach es nicht aus, aber Tamsin wusste genau, was er meinte. In ihr loderte der Paarungswahn, was dazu führte, dass sie Angus am liebsten auf das Feld jenseits des Festplatzes geschleift hätte, um dort über ihn herzufallen, Kletten und Schlangen hin oder her.

„Nein", lehnte Angus ab, und Tamsin war erleichtert und enttäuscht zugleich. „Ciaran bleibt bei uns."

Tamsin wusste, er traute Dante noch nicht so weit, dass er sein Junges in die Obhut des Bären gegeben hätte, und sie empfand genauso. Fürsorge für die Jungen ging vor Paarungswahn.

„Falls du es dir anders überlegst ...“ Tamsin warf einen Blick zurück und sah, wie Dante sich den Zylinder mit der Feder aufsetzte. „Lass dich nicht vom Paarungswahn umbringen, Angus. Gib ihm nach.“

Er grinste Tamsin an, denn er wusste, sie hatte jedes Wort gehört, dann schlenderte er zurück zu seinem Jahrmarkt und begrüßte unterwegs lautstark Leute, an denen er vorbeikam.

Celene hakte sich bei Tamsin ein. „Ihr werdet schon bald Zeit für euch haben“, versicherte sie. „Dante hat immer nur den Paarungswahn im Kopf.“

„Ihr beide gebt ein interessantes Paar ab, oder?“, fragte Tamsin. „Ein Bären-Shifter und eine Halbfee. Wie ist das denn passiert?“

„Das ist eine lange Geschichte.“ Celene lächelte. Tamsin hatte selten ein so schönes Gesicht gesehen. Ihr eigenes fand sie zu spitz, ihre Nase und ihre Augen zu groß, doch Celenes war perfekt proportioniert.

„Ich bin sehr neugierig, du wirst sie mir also eines Tages erzählen müssen“, erwiderte sie. „Was hast du gemeint, als du gesagt hast, wir würden schon bald Zeit für uns haben?“ Genau wie Angus war sie weiter argwöhnisch.

„Hmm? Oh, nur dass wir morgen weiterziehen, und wenn ihr euch uns anschließt, werdet ihr wahrscheinlich früher oder später Zeit zu zweit haben, du und Angus. Kommt ihr denn mit? Wir würden uns freuen.“

„Ja“, sagte Tamsin, ohne zu zögern. „Natürlich.“ Angus wusste davon zwar noch nichts, aber ...

„Nur ein Wort der Warnung. Wenn ihr mit uns reist, müsst ihr arbeiten. Dante wird euch einstellen, wenn ihr wollt, doch ihr müsst irgendwie mit anpacken. Zu viel Gastfreundschaft können wir uns nicht leisten.“

„Absolut klar. Wir werden unseren Lebensunterhalt verdienen. Ich habe eine Idee für eine Nummer im Nebenprogramm. Das wird urkomisch.“

Celene hob die Brauen. „Weiß Angus davon?"

„Nun ja, nein. Noch nicht."

Celene lachte, und selbst das war schön. „So geht man mit Shiftern um. Man lässt sie im Unklaren, und schon sind sie weniger dominant und knurren nicht so viel. Oh, entschuldige, war nicht böse gemeint."

„Habe ich auch nicht so aufgefasst. Du hast vollkommen recht. Bist du sicher, dass du eine Halbfee bist? Dafür bist du irgendwie zu nett."

„Eigentlich sollte ich wollen, dass alle Shifter Halsbänder tragen und in Käfigen hocken. Außerdem reiße ich Fliegen die Flügel aus, richtig?" In Celenes Augen lag Weisheit. Tamsin fragte sich, wie alt sie wohl war. Feen lebten sehr lange – wie war das mit Halbfeen?

„Tatsächlich habe ich noch nie eine Fee getroffen", gestand Tamsin. „Ich kenne sie nur vom Hörensagen."

„Manche Feen sind wunderbar, andere schrecklich. Genau wie bei den Shiftern. Oder den Menschen. Meine Mutter war eine Fee, mein Vater ein Mensch. Einen Teil meiner Kindheit habe ich im Feenreich verbracht, den anderen Teil hier. Meine Mutter hat sich in der Menschenwelt nicht wohlgefühlt, ist also irgendwann im Feenreich geblieben. Mein Vater ist vor etwa zehn Jahren verstorben, nach einem ganz normalen Menschenleben."

„Das tut mir leid", beteuerte Tamsin rasch. „Mein Vater ist auch tot."

Celene nickte. „Es ist hart. Aber dann habe ich Dante getroffen, und er hat die Leere gefüllt. Verstehst du, was ich meine?"

Die Leere füllen – das konnte Tamsin nachvollziehen. Ohne dass sie es gemerkt hatte, tat Angus genau das bei ihr.

Angus trat zu ihnen. Celene lächelte Tamsin breit an und umarmte sie zu ihrer Überraschung nach Shifterart.

Und Tamsin stellte verwundert fest, dass es sich gar nicht so schlecht anfühlte, eine Fee, die eigentlich ihre Erbfeindin war, zu umarmen. Celenes schlanke Arme waren stark und tröstend, ihr typischer Geruch war inzwischen vertraut. Die Halbfee ließ sie los, beugte sich vor, um Ciaran auf den Scheitel zu küssen, und ging.

Der Wohnwagen, den man ihnen geliehen hatte, war in Wirklichkeit ein großes, schickes Wohnmobil. Tamsin hatte mit einem Pick-up mit Wohnwagenaufbau oder einem klapprigen Wohnwagen gerechnet, doch es handelte sich um ein zwar nicht mehr ganz neues, aber gut gepflegtes Wohnmobil, wie Leute sie für längere Urlaubsreisen nutzten, um nicht auf Hotels angewiesen zu sein.

Direkt neben der Tür waren Bänke an der Wand angebracht. Ein Stück weiter befand sich eine Sitznische mit Tisch und zwei weiteren breiten Bänken, gegenüber davon eine kleine Küche mit Spülbecken, Herd, einem winzigen Kühlschrank und Schränken. Dahinter gab es einen Kleiderschrank und darüber ein Hochbett mit Vorhängen. Das Bad verfügte in der Tat über eine Dusche. Ganz hinten nahm ein breites Bett, das aus einer großen Matratze auf einer Plattform bestand, die hinteren anderthalb Meter des Wohnmobils ein.

„Cool!“ Ciaran kletterte sofort in das Hochbett und zog den Vorhang hinter sich zu. „Das ist mein Zimmer.“

Damit ließ er Angus und Tamsin, die einander vor Verlegenheit kaum in die Augen sehen konnten, mitten im Wohnmobil stehen.

„Das ist jetzt leicht peinlich“, sagte Tamsin schließlich.

Angus' Gesicht lief rot an. „Nimm du das Bett. Ich hole unsere Sachen aus dem Truck und gehe dann auf Patrouille. Heute Nacht schlafe ich dort.“ Er deutete auf eine der vorderen Sitzbänke.

Tamsin hob die Hand und berührte seine glühende Wange. „Weißt du, ich habe noch nie einen Shifter getroffen, der wegen des Paarungswahns rot wird. Ich mag das.“

„Patrouille“, korrigierte Angus. „Ich erröte wegen der Patrouille. Aber es muss sein, denn da draußen lauern Gefahren.“

Tamsin streichelte erneut seine Wange. Sie mochte es, wie

sich seine Bartstoppeln unter ihren Fingerspitzen anfühlten. „Ich weiß nicht. So sicher habe ich mich schon lange nicht mehr gefühlt. Ich glaube, Dante ist einer von den Guten. Er ist seltsam, doch unterm Strich okay."

„Wir wissen nichts über ihn", gab Angus zu bedenken. „Je weniger wir ihm erzählen, desto besser. Ich bin ihm für seine Hilfe dankbar, aber wir haben keine Ahnung, was er vorhat. Morgen sind wir sowieso weg."

„Äh", sagte Tamsin und ließ die Hand sinken. „Was das betrifft ..."

Angus kniff die Augen zusammen. „Was?"

„Ich habe Celene mehr oder weniger versprochen, dass wir erst einmal mit ihnen weiterreisen. Angus, ich habe eine tolle Idee für eine Nummer ..."

„Tamsin."

„Überleg doch mal. Hier fallen wir nicht auf, und auf der Straße sind wir in einem Pulk aus Trucks und Wohnwagen unterwegs. Wir werden nur drei der vielen anonymen Leute sein, die mit dem Jahrmarkt reisen. Aber Celene sagt, Dante wird verlangen, dass wir mit anpacken, deshalb arbeite ich an einer Idee für eine Show."

„Keine Auftritte." Angus kam näher. Seine Verärgerung war offenbar größer als seine Verlegenheit. „Das Letzte, was wir brauchen, ist, dass jemand seinen Freunden davon vorschwärmt, dass eine wunderhübsche rothaarige Shifterin auf dem Jahrmarkt auftritt. Was hattest du denn im Sinn? Eine Fuchsjagd?"

Tamsin starrte ihn an und öffnete leicht den Mund. „Hast du gerade ‚wunderhübsche' gesagt?"

„Ja." Die Antwort klang ungeduldig. „Denkwürdig. Niemand könnte dich je vergessen, Tamsin."

Ihr fehlten die Worte. *Das ist das Schönste, was je jemand zu mir gesagt hat.*

Warum konnte sie das nicht laut aussprechen? Warum konnte sie ihn nicht anlächeln? Ihn wieder zum Erröten bringen?

Weil es zu wichtig war. Tamsin überlebte, indem sie Gefühle abtat, und machte Scherze, um ihren Schmerz und ihre Ängste zu überspielen.

Was sie für Angus empfand, war jedoch zu stark, um es einfach so abzutun. Um Witze darüber zu machen. Um es zu ignorieren.

Angus empfand das, was er gesagt hatte, offenbar nicht als außergewöhnlich. Der Mann flirtete nicht, er verführte nicht, er drückte sich nicht blumig aus. Er sprach einfach nur das aus, was in seinen Augen die Wahrheit war.

Tamsins Herz raste, und ihre gesamte Welt veränderte sich.

Ciaran streckte den Kopf zwischen den Vorhängen hervor. „Wenn ihr dem Paarungswahn nachgeben müsst, lasst euch von mir nicht stören. Brina – Dantes und Celenes Junges – hat mich eingeladen, heute Abend mit ihr Computer zu spielen." Er schwang die Beine nach vorn und wollte aus dem Bett klettern.

Angus wurde puterrot. „Nein. Du bleibst hier bei Tamsin. Ich gehe auf Patrouille."

Er funkelte seinen Sohn wortlos an, wirbelte herum und stapfte nach draußen.

Wenigstens schlug er die Tür nicht zu. Tamsin schloss sie und sperrte ab.

Ciaran starrte aus seinem Hochbett auf sie herab. „Was habe ich Falsches gesagt?"

Tamsin seufzte tief. „Nichts, Süßer." Sie ging zu ihm, stellte sich auf Zehenspitzen und umarmte ihn fest. „Du machst alles richtig. Zerbrich dir wegen deines Vaters nicht den Kopf. Er ist manchmal ein bisschen mürrisch."

„Ja." Ciaran klammerte sich lange an Tamsin, und sein kleiner, warmer Körper vertrieb ihre Sorgen. „Ich bin froh, dass du bleibst, Tamsin. Kann ich dich ab jetzt Mom nennen?"

Tamsin ließ Ciaran los und musste sich an der Seite seines Hochbetts festhalten. „Klar, wenn du willst."

Ciaran grinste, beugte sich herunter und küsste sie auf die Stirn, dann drehte er sich flink um und zog die Vorhänge zu.

„Gute Nacht, Mom!", krähte er.

Tamsin hatte Tränen in den Augen. „Gute Nacht, Ciaran."

———

AM MONTAG BAUTEN DANTES ARBEITER DEN JAHRMARKT ab, und Angus steuerte das Wohnmobil inmitten des langen Konvois von Trucks und Wohnwagen von San Angelo zum nächsten Festplatz, den Dante für Ende der Woche gebucht hatte. Sie würden am Montagnachmittag reisen, die Nacht in einem Motel verbringen und am Dienstag mit dem Aufbau auf dem nächsten Platz beginnen.

Dimitris Führerhaus war nun übersät mit hellroten, weißen und blauen Jahrmarktslogos und zog eine der Buden. Angus hatte den Truck erst gar nicht erkannt, als er nach wenigen Stunden Schlaf auf einer der harten Bänke des Wohnmobils ins Freie getreten war. Er hatte nur gesehen, dass er nicht mehr da war, und hatte von Dante wissen wollen, was er damit angestellt hatte.

Dante hatte gegrinst und es ihm gezeigt. Dimitri würde ausrasten, wenn er die verschnörkelten Flammen und die großen Buchstaben entdeckte, mit denen sein Baby nun übersät war. Angus war nicht sicher, ob die Logos und Verzierungen auflackiert oder nur aufgeklebt waren. Aber so war der Truck gut getarnt, und Angus würde Dimitri den Schaden ersetzen, wenn er je die Gelegenheit dazu erhielt.

Im Augenblick war Angus mit seinem Jungen und seiner Gefährtin zusammen, und mehr brauchte er nicht. Ciaran saß angeschnallt auf einer der Sitzbänke. Angus ließ ihn nicht die ganze Zeit in seinem Hochbett liegen, sosehr er sich das auch wünschte.

Sie waren langsam unterwegs. Andere Autos hupten, und ihre Insassen winkten, wenn sie die bunt bemalten Wohnmobile und die Fahrgeschäfte auf Tiefladern überholten. Angus und das Wohnmobil ignorierten sie komplett. Tamsin hatte recht gehabt – sie fielen nicht auf.

Angus hatte geholfen, die Fahrgeschäfte und Buden abzubauen, von denen die meisten festmontierte Räder hatten. Die Seiten der Buden ließen sich hochklappen, und dann hängte man das Ganze an eine Zugmaschine wie die von Dimitri. Angus wusste nicht, in welcher Form sich Tamsin nützlich gemacht hatte, aber sie hatte Ciaran bei sich gehabt und gut auf seinen Sohn aufgepasst.

Ciaran hatte aufgehört, sie Tamsin zu nennen – für ihn war sie jetzt Mom. Angus wusste noch nicht recht, was er davon halten sollte.

Wie in Dimitris Truck spielte Tamsin am Radio des Wohnmobils herum, bis sie einen Sender fand, der ihr gefiel, und sie und Ciaran begannen zu singen. Ihre Stimme mischte sich mit der von Ciaran, und obwohl beide kaum mal einen richtigen Ton trafen, erfüllte ihr Gesang Angus mit Freude. Vielleicht, dachte er, vielleicht würde ja doch noch alles gut werden.

An diesem Hoffnungsfunken hielt er sich auf ihrer Fahrt über die texanischen Highways fest. Er konnte nirgends eine Spur der Shifterbehörde wahrnehmen, weder von Haider noch von Dylan, und der einzige andere Shifter, dem er begegnete, war Dante.

Dass keine Shifter zu sehen waren, bedeutete allerdings nicht unbedingt, dass sich keine in der Nähe befanden. Die besten Tracker waren gut darin, ihre Beute unbemerkt zu belauern.

Die Nacht von Montag auf Dienstag verbrachten sie in der Niederlassung einer Motelkette, die einen eigenen Wohnmobilstellplatz hatte. Die Crew genoss eine Nacht in Betten in einem festen Haus, und am Dienstag fuhren sie auf ein Feld außerhalb von Wichita Falls im nördlichen Texas, wo ab Mittwochmorgen der Jahrmarkt für das kommende Wochenende aufgebaut werden würde.

Während Angus bei den Fahrgeschäften half, feilte Tamsin an ihrer „Nummer“. Sie und Angus stritten jeden Tag darüber, weil sie sich seiner Auffassung nach damit in Gefahr brachte, doch sie beharrte darauf, dass niemand sie erkennen würde.

Als er versuchte, ihr das Auftreten als ihr Gefährte zu verbieten, sah ihn Tamsin nur mitleidig an und ging, um sich mit Celene zu treffen.

Angus schüttelte den Kopf und wandte sich wieder seiner Arbeit zu. Für den Augenblick würde er sie in dem Glauben lassen, sie sei damit durchgekommen. Am Abend ihres ersten Auftritts würde er sie allerdings notfalls im Wohnmobil einschließen, egal, wie sehr sie wüten mochte.

Am Donnerstagabend testeten sie die Fahrgeschäfte, um sicherzustellen, dass sie alle einwandfrei funktionierten und sicher waren. Dante verlangte mehrere Testläufe – solange er nicht zufrieden war, wurde nichts in Betrieb genommen.

„In Fahrgeschäften sind Leute schon schwer verletzt worden oder zu Tode gekommen", hatte Dante Angus erklärt. „Aber nicht oft, und nie auf meinem Jahrmarkt."

Ciaran verstand sich anscheinend prächtig mit Brina, und Dante hatte sein Junges sogar für einen Teil der Reise bei Angus mitfahren lassen. Die beiden hatten die ganze Zeit über auf Brinas Tablet gespielt. Sie war ohne die Einschränkungen der Shifterbehörde aufgewachsen und besaß technische Geräte, die Ciaran verboten waren.

Jetzt streiften die beiden gemeinsam übers Gelände. Auf den Feldern hinter dem Zaun wuchs Gras, das hier viel grüner war als in San Angelo, doch der Boden auf dem Platz selbst war einfach feste Erde.

Angus behielt die Jungen im Auge, während er der Frau, der der Zipper gehörte, half, die Sicherheitsbügel einzurasten und die Kabinen zu testen. Dieses Fahrgeschäft hatte ihm eine Heidenangst gemacht, und er wollte sich vergewissern, dass niemand, der verrückt genug war, es auszuprobieren, sich dabei verletzen konnte.

Plötzlich hörte er einen Aufschrei. Angus, der gerade eine Schraube anzog, hob ruckartig den Kopf, und seine Nackenhaare stellten sich auf, denn er witterte Gefahr.

Das Fahrgeschäft, das im Grunde eine riesige Schaukel in Form eines Piratenschiffs war, schwankte. Der Hydrauliklift, der es vom Lkw hätte heben sollen, klemmte, und der ruckartige Halt erschütterte die Stützen, worauf sie nachgaben.

Die Schaukel löste sich aus der Verankerung, schwang auf ihrer Achse herum, riss die Barrieren um, die provisorisch aufgestellt worden waren, und kam direkt auf Ciaran und Brina zu.

KAPITEL ACHTZEHN

Angus hörte Tamsin schreien. Er rannte über den staubigen Boden, so schnell er konnte, ganz auf Ciaran konzentriert und das Ende der Schaukel, das auf ihn zuraste.

Wenn das Fahrgeschäft bereits komplett aufgerichtet gewesen wäre, wäre die Schaukel über die beiden Jungen hinweggerauscht. So aber würde sie sie treffen, und zwar binnen Sekunden und mit voller Wucht.

Angus war zu weit weg. Er sah etwas Rotes, das sich blitzschnell bewegte … Tamsin. Doch auch sie würde nicht mehr rechtzeitig kommen.

Dante tauchte aus dem Nichts auf. Er stürzte auf die Jungen zu, klemmte sich je eins unter den Arm und rollte über den Boden. Die Schaukel rauschte durchs Gras und schleuderte Erde empor, ehe die entsetzten Besitzer das große Schiff bremsen konnten.

Dante erhob sich, die Jungen immer noch unter dem Arm. Er setzte Ciaran ab und legte ihm eine Hand auf die Schulter, bis er spürte, dass er sicher stand. Dann umarmte er Brina stürmisch.

„Es geht uns gut, Daddy", hörte Angus sie sagen, als er

Ciaran erreichte und seinen Sohn an sich zog. „Du kannst mich jetzt loslassen.“

Dante umarmte Brina erneut und küsste sie auf die Wange. „Ich weiß, Süße. Daddy hat sich nur erschreckt.“

Er setzte sie ab, und Brina klopfte sich den Staub ab. Sie schien kein Problem damit zu haben, dass sie beinahe niedergemäht und dabei möglicherweise tödlich verletzt worden wäre.

Angus sah Dantes Miene, als sich Brina ganz ruhig die Shorts abklopfte. Diesen Gesichtsausdruck kannte Angus von sich selbst, er drückte bedingungslose Liebe und zugleich schreckliche Angst aus. Wenn Brina etwas zustieß, würde Dante daran zerbrechen, genau wie Angus, wenn Ciaran etwas passierte. Die Zeit, in der April Ciaran mitgenommen und bei sich gehabt hatte, war die schwerste seines Lebens gewesen.

Ciaran, der genauso unbeeindruckt war wie Brina, zappelte in seinen Armen und wollte abgesetzt werden. Angus ließ ihn los und trat einen Schritt zurück, als Ciaran zu Brina eilte.

„Danke“, sagte Angus aufrichtig zu Dante.

„Gern.“ Dante, der heute etwas normaler in Jeans und T-Shirt gekleidet war, seufzte. „Das war knapp. Ich brauche ein Bier. Aber zuerst …“

Er drehte sich um, ging zu den Betreibern des Fahrgeschäfts, um sie rundzumachen.

Das rote Fellknäuel, das natürlich Tamsin war, spähte hinter dem Bürowohnwagen hervor. Sie wartete, bis alle nur noch Augen für Dante hatten, der weiter die Betreiber des Fahrgeschäfts zusammenstauchte, und huschte dann durch die halb offene Tür. Kurz darauf kam sie voll bekleidet wieder heraus, doch ihre Miene verriet gleichermaßen Sorge und Erleichterung, als sie Angus anschaute.

Das Piratenschiff wurde abmontiert und verstaut, und Dante gab Anweisung, es erst wieder einzusetzen, wenn alles repariert war.

Angus behielt Ciaran den ganzen Tag lang im Auge, aber es kam zu keinen weiteren Unfällen. Sein Respekt für Dante war gestiegen, denn der Bärenshifter hätte auch nur sein eigenes Junges retten und Ciaran sich selbst überlassen können. In der Wildnis kam das manchmal vor, und Dante hatte noch nie ein Halsband getragen.

Am Abend gab Angus Dante ein Bier aus, und sie saßen schweigend unterm Sternenzelt und tranken.

Als sich am Freitag die Dämmerung über den Jahrmarkt senkte und die Bürger von Wichita Falls, einer Stadt, die größer war als San Angelo, kamen, um sich zu amüsieren, verschwand Tamsin mit Ciaran. Angus schlenderte auf der Suche nach ihnen über den Festplatz und murrte vor sich hin, bis er zu einem großen Zelt kam, vor dem eine lange Warteschlange stand. Das Schild davor verkündete „Madame Butterfly und ihr tanzender Wolf".

Angus unterdrückte seine Wut, schob sich durch die Menge und nötigte den Kartenabreißer, ihn einzulassen. Der Rest des Publikums drängte sich links und rechts an ihm vorbei und nahm Platz. Angus setzte sich nicht, sondern begab sich in den Backstage-Bereich, den er erreichte, gerade als von der anderen Seite eine Frau die Bühne betrat.

Ihr rotes Haar war nicht zu sehen. Sie hatte es unter einer kurzen blauschwarzen Perücke verborgen und ihr Gesicht hinter einer großen schmetterlingsförmigen Maske. Nur ihre Nasenspitze und ihre Lippen waren sichtbar.

Der Rest des Kostüms war ein eng anliegender Bodysuit in hellem Rosa, auf dem in silbernen Pailletten Schmetterlinge glitzerten. Das Silber reflektierte das Licht und machte es schwierig, ihre Größe und ihren Körperbau richtig zu erkennen — es funkelte so grell, dass man immer nur kurz hinschauen konnte.

Madame Butterfly durchquerte die kleine Manege und breitete die Arme aus, um die jubelnden Zuschauer willkommen zu heißen. Bei der zweiten Runde reichte ihr jemand auf der anderen Seite der Manege zwei große Reifen. Sie hatten einen Durchmesser von etwa neunzig Zentimetern und schillerten wie ihr Kostüm. Sie hielt sie mit knapp anderthalb Metern Abstand vor sich.

Aus den Kulissen schoss ein kleines schwarzes Tier mit spitzen Ohren, schwarzer Nase und großen Pfoten heraus. Angus blieb beinahe das Herz stehen – dieses kleine Fellknäuel hätte er überall wiedererkannt.

Die Menge stieß einen kollektiven Überraschungslaut aus. Ciaran rannte einmal um Madame Butterfly herum, dann sprang er durch die Reifen und landete geschmeidig.

Das Publikum applaudierte. Madame Butterfly und der Wolf bewegten sich durch die Manege, wobei sie die Reifen in unterschiedlicher Höhe und mal näher beisammen, mal weiter voneinander entfernt hielt. Als sie die Reifen mit der Eleganz und Anmut einer Jongleurin hochzuwerfen und wieder zu fangen begann, stockte Angus der Atem. Sie machte damit weiter, während Ciaran hindurchsprang, und zwar mit einem so guten Timing, dass er keinen davon auch nur streifte.

Angus seufzte, als Ciaran mit selbstgefälligem Ausdruck im Wolfsgesicht landete. Die Menge liebte ihn, jubelte, klatschte und pfiff.

Madame Butterfly holte hinter den Kulissen noch andere Utensilien hervor – Röhren, durch die Ciaran rennen oder auf die er springen konnte, und Bälle, die die beiden einander zuwarfen. Das Publikum konnte von dem süßen, klugen vermeintlichen Hündchen gar nicht genug bekommen.

Zwei Männer rannten aus den Kulissen und errichteten rasch eine Art Wippe mit einem sehr dünnen Balken, der einen knappen Meter über dem Boden schwebte.

Angus wäre beinahe hinausgestürmt und hätte Ciaran gepackt, ehe er auf die Vorrichtung springen konnte, doch er sprintete nur darunter durch, während Madame Butterfly mühelos auf den Balken stieg und darauf zu balancieren begann. Sie bewegte sich mit erstaunlicher Grazie, als bekäme sie gar nicht richtig mit, wie schmal der Balken war.

Angus sah mit offenem Mund zu. Er wusste, dass Tamsin

in Fuchsgestalt leichtfüßig war, hätte ihr aber niemals einen solchen Gleichgewichtssinn zugetraut …

„Gefällt dir die Vorstellung?"

„Verdammt!" Angus' Fluch ging im Jubel der Menge unter, als Ciaran durch Reifen sprang, die die balancierende Madame Butterfly hochhielt.

Angus fuhr herum und stellte fest, dass Tamsin in dunkler Jeans und schwarzem Shirt neben ihm stand. Sie hatte das Haar zu einem Zopf geflochten und trug eine dunkle Baseballkappe. Er starrte sie an, wandte dann allerdings seine Aufmerksamkeit kurz dem Auftritt zu, ehe er wieder zu ihr herumfuhr.

„Tamsin, was soll das? Ich dachte, das wärst du." Anklagend deutete er auf Madame Butterfly.

Tamsin schaute zu der Glitzergestalt und tat überrascht. „Ich? Nein, das ist Celene. Sie ist viel anmutiger, als ich es je sein könnte. Sie hat Übung in solchen Dingen und fand die Idee großartig. So hat sie Dante kennengelernt. Früher war sie Seiltänzerin."

„Ernsthaft, Tamsin?"

Celene balancierte über den Balken und jonglierte dabei Reifen, durch die Ciaran hin und her sprang.

Tamsin hakte sich bei Angus ein. „Du hast doch nicht gedacht, ich würde wirklich auftreten, oder? Jemand könnte mich erkennen, selbst im Kostüm. Celene kennt ohnehin jeder. Ciaran halten sie für einen Hund."

Angus' Herz hämmerte. Wut erfasste ihn, obwohl er gar nicht recht wusste, warum er eigentlich so sauer war. Tamsin hatte klug und umsichtig gehandelt und war kein Risiko eingegangen.

Doch, er wusste es. Sie war ein kleines Miststück. Mit voller Absicht hatte sie ihn in dem Glauben gelassen, sie könne etwas Dummes anstellen, obwohl sie die ganze Zeit vorgehabt hatte, nur hinter den Kulissen zu arbeiten.

Tamsins Grinsen verriet ihm, dass sie genau wusste, was ihm durch den Kopf schoss.

„Wie verdienst du damit deinen Lebensunterhalt?", wollte er wissen. „Oder verleihst du Ciaran, als sei er wirklich ein Tier?"

„Das würde ich niemals tun. Nein, ich bin ihre Trainerin", erklärte sie getroffen.

„Ach Scheiße, Tamsin."

Beim Klang von Tamsins melodischem Gelächter wurde ihm ganz warm. Als sie ihm noch näher kam, drohte ihre Hitze ihn zu verbrennen.

Das Publikum liebte Ciaran. Es belohnte die Kunststückchen des kleinen Wolfs mit tobendem Beifall und lachte, wenn er schwanzwedelnd im Kreis rannte. Schließlich sprang Celene von ihrem Balancierbalken, streckte die Arme aus, und Ciaran machte einen Satz direkt hinein.

Alle jubelten und applaudierten, als Celene Ciaran wieder zu Boden ließ. Sie drehten gemeinsam eine Runde durch die Manege und verschwanden dann in den Kulissen.

Das Bühnenlicht würde gedimmt, und laute Musik ertönte als Aufforderung an das Publikum, seine Sitze zu verlassen, was die Zuschauer taten und in gelöster Stimmung dem Ausgang zustrebten.

Angus ging hinter dem Vorhang auf die andere Seite der Kulissen. Ciaran hatte bereits wieder Menschengestalt angenommen und zog sich gerade eine Jogginghose an. Er war außer Atem, seine Wangen waren gerötet, und er war total begeistert.

Als Angus sich näherte, sprang er auf. „Hast du mich gesehen, Dad? Hat es dir gefallen?"

Celene hatte ihre Schmetterlingsmaske abgenommen. Aus der Nähe erkannte Angus, dass sie zwar so groß war wie Tamsin, aber viel schlanker, da sie den zarten Knochenbau der Feen hatte.

„Er ist ein Naturtalent." Celene strahlte Ciaran an. „Sei nicht sauer, Angus. Ich habe darauf bestanden, dich zuerst zu fragen, doch Tamsin hat mir versichert, du würdest einverstanden sein."

„Oh, ich weiß genau, wer daran schuld ist." Angus holte tief Luft, bereit, Ciaran heimzuschicken und ihm zu verbieten, je wieder aufzutreten. Ciaran las seine Miene korrekt, und seine Freude war wie weggeblasen. Er ließ den Kopf hängen und wandte rasch den Blick ab, damit Angus die Tränen in seinen Augen nicht sah.

Angus erkannte, wie wichtig diese Sache seinem Sohn war. Ciaran war wirklich gut gewesen – er war flink und stark, und beide Eigenschaften steigerten sich mit jedem Tag ein bisschen mehr.

Angus seufzte und lenkte ein: „Na schön, Ciaran, solange du nicht zu oft auftrittst und vor zehn im Bett bist. Außerdem gilt diese Erlaubnis nicht für immer. Erst mal nur vorübergehend. Verstanden?"

Ciaran strahlte, dann wurde sein Gesichtsausdruck bedrückt, dann strahlte er wieder. „Bloß zwei Auftritte pro Abend, Dad. Kurze. Außerdem fällt mir das leicht. Ich muss nur herumspringen, wie ich es sowieso immer tue. Celene hält die Ringe so, dass ich es jedes Mal schaffe. Das hat sie drauf."

„Nichts zu Schwieriges oder Riskantes", beharrte Angus und versuchte, wie ein strenger Vater zu klingen.

„Keine Sorge, wir haben das geübt", beruhigte ihn Tamsin. „Celene weiß, was sie tut. Ciarans Sicherheit steht immer an erster Stelle."

„Das will ich meinen." Angus schaute finster. „Ich werde bei jeder Show dabei sein, um aufzupassen."

„Gut." Tamsin nahm wieder seinen Arm. „Ich werde an deiner Seite sein."

Ciaran und Celene traten noch einmal auf, bezauberten ein weiteres Mal ihr Publikum. Als Angus und Tamsin mit Ciaran, der sich gewandelt und angezogen hatte, schließlich das Zelt verließen, bat der Junge: „Darf ich bei Brina übernachten? Bitte? Sie will mir noch ein paar von ihren Spielen zeigen. Dante und Celene werden die ganze Zeit da sein."

Angus sah ihn stirnrunzelnd an, sagte aber nicht sofort Nein. Er wusste, dass für Jungen in diesem Alter tatsächlich nur Spiele wichtig waren. Das andere Geschlecht wurde erst ab ihrem Übergang interessant, und bis dahin hatten beide Jungen noch etwa achtzehn Jahre Zeit. Dante hatte bewiesen, dass er auf Ciaran aufpassen konnte, trotzdem vertraute Angus ihm noch immer nicht restlos.

„Du kannst sie noch für eine Weile besuchen", entschied Angus. „Aber dann komme ich rüber und hole dich heim. Du schläfst bei uns."

Ciarans Augen leuchteten auf. „Klasse! Das ist auch gut."

Er wäre am liebsten sofort losgerannt, wartete jedoch, bis Celene, die jetzt normale Kleidung trug, zu ihnen trat, ihn an der Hand nahm und wegführte.

Tamsin kehrte mit Angus zum Wohnmobil zurück. Es war noch voll auf dem Jahrmarkt, der erst in ein paar Stunden schließen würde. Lichter blinkten links und rechts des Hauptweges, eine nächtliche Brise trug Schreie von den Fahrgeschäften an ihr Ohr. Die Leute schlenderten durch die Budengassen, kauften sich Speisen, Getränke und Souvenirs, und Kinder lachten, während sie auf ihre Lieblingsfahrgeschäfte zurannten. Die Erwachsenen waren genauso ausgelassen, denn sie genossen es, hier ein Stück ihrer Kindheit wiederzufinden.

Tamsin gähnte übertrieben und ließ sich gegen Angus sinken. „Ich bin platt. Das ganze Training und die Aufregung über die Show haben mich fertiggemacht. Es ist erschöpfend, sein Kind bei solchen Auftritten zu begleiten."

„Dann ab ins Bett." Angus löste seinen Arm aus ihrem, ließ aber ihre Hand nicht los. „Ich drehe noch eine kleine Runde und sehe mich ein bisschen um."

Tamsin runzelte die Stirn, doch dann glättete sich ihre Miene wieder. Sie ließ seine Hand los, wünschte ihm eine gute Nacht und joggte davon, wobei ihr Zopf über ihren Rücken schwang.

Angus wartete, bis Tamsin den Wohnwagen betreten hatte, dann begab er sich in die Dunkelheit des dahinterliegenden Feldes, zog sich aus und verwandelte sich in einen Wolf. Er drehte ein, zwei Runden um den gesamten Platz und hielt mit allen Sinnen Ausschau nach Feinden.

Er sah, hörte und roch nur die Menschen, die sich in der Nacht zusammendrängten. Keine weiteren Shifter außer Dante. Keine Agenten der Shifterbehörde, die versuchten, mit ihrer Umwelt zu verschmelzen. Menschen, die irgendwo nicht hingehörten, rochen nach Angst, und das war so ziemlich das Einzige, was Angus nicht roch.

Er kehrte zurück zu seiner Kleidung, verwandelte sich, zog sich an und begab sich zum Wohnmobil.

Tamsin lag trotz ihrer Behauptung, so müde zu sein, nicht schlafend im Bett, sondern spülte das wenige Geschirr, das sie fürs Mittagessen benutzt hatten. Sie sah über die Schulter, als Angus eintrat und hinter sich abschloss, ehe sie weiter Teller abtrocknete und diese im Schrank über ihrem Kopf stapelte.

„Alles ruhig?", fragte sie.

„Alles furchtbar laut", antwortete Angus. „Aber es folgt uns niemand."

„Gut."

Angus nahm ihr den letzten abgetrockneten Teller aus der Hand und stellte ihn in den Schrank.

Er sah Tamsin an, die nur wenige Zentimeter von ihm entfernt stand. Wenn er den Arm senkte, konnte er sie an sich ziehen.

In diesem Augenblick wurde ihnen bewusst, dass sie zum ersten Mal seit sehr langer Zeit ganz allein waren, und der Paarungswahn erwachte.

Angus fasste hinter sich und machte das Licht aus, dann packte er Tamsin mit seiner großen Hand an der Vorderseite ihres T-Shirts, zog sie an sich und küsste sie.

KAPITEL NEUNZEHN

Tamsin prallte gegen Angus' Brust, während er sich über sie beugte. Sie hob sich ihm entgegen, öffnete die Lippen und ließ ihn ein.

Dieser Kuss war anders, fordernd, ungezähmt. Vorher war Angus' Berührung stets voller Zärtlichkeit und Sehnsucht gewesen, aber in diesem Augenblick war er ein Shifter, alles Menschliche war von ihm abgefallen, und das Tier gab dem Urverlangen nach seiner Gefährtin nach.

Angus schob Tamsins Top hoch. Sie half ihm, zog die Arme aus den Ärmeln, doch ihre Lippen lösten sich erst voneinander, als er ihr das Oberteil über den Kopf streifte.

Sie zerrte mit derselben Ungeduld an Angus' T-Shirt, wollte ihn nackt sehen.

Er trat einen Schritt zurück, damit Tamsin ihm den Stoff vom Körper reißen konnte. Sein Oberkörper war muskulös und bedeckt mit drahtigen, schwarzen Haaren. Sie hatte ihn schon nackt gesehen, nachdem sie sich beide in den Sümpfen verwandelt hatten, und als sie ihn heimlich beobachtet hatte, während er sich im Wohnmobil an- oder ausgezogen hatte, und sie hatte jede Sekunde davon genossen. Jetzt legte sie die Hände an seine Hüften und spürte seine Kraft. Sie zeichnete seine Brustmuskulatur nach, strich mit den Daumen über seine flachen Brustwarzen.

Angus knurrte leise und kehlig. Dann presste er sie gegen den Schrank und hielt sie mit seinem Körper fest, während er erneut ihren Mund eroberte.

Sie klammerte sich an ihn, ihre Finger strichen über seinen Rücken, und sie schlang ein Bein um ihn.

Angus hob schwer atmend den Kopf. Sein Gesicht war gerötet, seine grauen Augen funkelten. „Ich gebe dir jetzt die Gelegenheit zur Flucht."

Tamsins Herz raste, sie spürte ihren Pulsschlag bis in die Fingerspitzen. „Wirst du mich verfolgen?", flüsterte sie hoffnungsvoll.

Hitze loderte in seinem Blick auf, seine Raubtierinstinkte waren ganz auf sie fokussiert. „Nein."

„Dann bleibe ich." Tamsin zog ihn enger an sich, wollte ihn weiter küssen.

Angus wehrte sich, all seine Muskeln waren angespannt. „Ich weiß nicht, ob ich vorsichtig sein kann, Tamsin. Mich von dir fernzuhalten hat mich halb wahnsinnig gemacht."

Die Worte steigerten ihre Erregung nur. „Für meine geistige Gesundheit war es auch nicht gerade günstig."

„Du kannst Nein sagen." Seine Stimme war das gutturale Knurren des Wolfs in ihm, er bekam die Worte kaum heraus. „Du kannst gehen. Mir einen Korb geben. Noch sind wir keine Gefährten."

Tamsin zog ihn sanft wieder an sich. „Doch."

Seine Augen glühten weiß. Auch der Kuss, mit dem er ihre Lippen bedeckte, war weißglühend, und das Feuer loderte durch Tamsins gesamten Körper.

Sie hörte ein reißendes Geräusch, dann war ihr BH fort, achtlos beiseite geschleudert. Jetzt trennte kein Stoff mehr seine Brust von ihrer, und ihre Brustspitzen richteten sich auf, als sein Körper sie wärmte.

Angus küsste sie, bog ihren Kopf zurück, bis er den

Schrank berührte. Seine harte Hand glitt in ihre Jeans und umfasste ihren Hintern.

Dieses Spiel konnte man auch zu zweit spielen. Tamsin schob die Finger zwischen sich und ihn und öffnete seinen Gürtel, dann wanderte ihre Hand unter den Hosenbund und fand seine Unterhose und die glatte heiße Haut darunter. Angus trug immer Unterwäsche. Wenn sie ihm vorgeschlagen hätte, sie mal wegzulassen, hätte er sie wahrscheinlich nur angestarrt und gesagt, dann würde er sich ja wund reiben.

Sein knackiger Hintern war die Mühe wert. Angus war sehr zurückhaltend – die Tatsache, dass er Tamsin so nah an sich heranließ, erfüllte sie mit größter Freude.

Er fuhr unter der Jeans über ihre Hüfte, und der Knopf, der die Hose geschlossen hielt, riss beinahe ab. Angus' Finger wanderten nach vorn, öffneten ihn genau wie den Reißverschluss.

Auch Tamsin trug Unterwäsche. Ihr schwarzes Seidenhöschen gestattete Angus' Fingern ungehindert über sie zu gleiten, bis er durch den glatten Stoff ihre Hitze berührte.

Tamsin sog scharf die Luft ein, unterbrach den Kuss und riss die Augen auf. Sie war sehr lange mit niemandem mehr intim gewesen, und das letzte Mal war es nur ein ungelenker Mensch gewesen, der nicht recht wusste, was er tat.

Angus wusste genau, wie er sie anfassen musste. Er war ganz auf sie konzentriert, während er sie streichelte, als wolle er ihre Reaktion um jeden Preis mitbekommen.

Tamsin spreizte die Beine ein wenig, legte den Kopf in den Nacken und schloss die Augen. Angus küsste sie, diesmal sanfter, und berührte sie zwischen den Beinen, was ihr Verlangen in ungeahnte Höhen trieb.

Es gelang Tamsin, die Hand zwischen sie beide zu zwängen, und sie machte mit seinem Hosenknopf und seinem Reißverschluss ebenfalls kurzen Prozess. Sie legte die Finger um ihn, streichelte ihn und verhinderte damit, dass sie es bis zum Bett schafften. Angus schob ihre Jeans und ihr Höschen nach unten, und Tamsin tat im selben Augenblick das Gleiche bei ihm, während beide versuchten, die störenden Schuhe und Stiefel loszuwerden.

Angus hob sie hoch, und ihre Jeans glitten zu Boden, sodass Tamsin sich ihm öffnen konnte. Sie war noch immer gegen den Schrank gepresst, schlang die Beine um ihn, und das Furnier hinter ihr knarzte. Mit einem Stöhnen zog sie ihren Gefährten an sich, wollte mehr.

Angus' Knurren erfüllte das Wohnmobil, als er sich in sie stieß.

———

ER HÄTTE IN DIESEM MOMENT STERBEN KÖNNEN. STERBEN und ins Sommerland gesandt werden, und er hätte es mit einem Lächeln getan.

Tamsins leise Lustschreie steigerten Angus' Verlangen noch. Sie war seine Gefährtin, eine schöne, witzige, lustvolle Frau, die ganz ihm gehörte.

Sie hatte die Arme um ihn geschlungen, als er darauf verwiesen hatte, dass sie offiziell noch kein Paar waren – dazu fehlte die Zeremonie vor Zeugen unter der Sonne und dem Mond –, zu ihm empor gelächelt und gesagt: Doch.

Die Wahrheit dieses einen Wortes erschütterte Angus' gesamten Körper. Gefährten. Zusammen. Eins.

Wärme loderte in seiner Brust, ein Band, das sich um sein Herz legte und ihn an sie zog. *Meine Gefährtin.*

Ihr Gefährte.

Angus stieß erneut zu, wollte tiefer in sie eindringen, als das Bedürfnis, mit ihr eins zu sein, unbezwingbar wurde.

Tamsins Haar, das noch immer zum Zopf geflochten war, fiel über seinen Arm wie ein Seil aus Seide. Ihre Finger gruben sich in seinen Rücken, zogen ihn näher, während sie sich ihm entgegenwölbte.

Ihr Körper war wie flüssige Hitze, in der er versank. Angus ergab sich widerstandslos. Seine Jeans hingen ihm um die Knöchel, und er spürte die kühle Luft der Klimaanlage, aber wo sein Körper Tamsin berührte, herrschte schieres Feuer.

Wieder stieß er zu, und die Lust vertrieb alle anderen Gedanken, alle anderen Empfindungen. Angus spürte nur noch Tamsin, die ihn umschloss, ihre Hände auf seinem Rücken, ihren offenen Mund unter seinem, ihre Brüste an seinem Oberkörper.

Sie unterbrach den Kuss, stieß ein Geräusch irgendwo zwischen einem Knurren und einem Stöhnen aus, dann ließ sie wieder den Kopf in den Nacken fallen.

Sie war im Umgang mit ihm nie schüchtern gewesen und hielt sich auch jetzt nicht zurück. Tamsins Reaktionen waren natürlich, unverstellt. Sie bewegte sich in seinen Armen, wollte mehr, bog sich ihm entgegen, damit er tiefer in sie eindringen konnte.

Tamsin schrie seinen Namen, stieß mit dem Hinterkopf gegen den Schrank, als wilde Lust sie übermannte. Angus schrie gleichzeitig auf, konnte es nicht unterdrücken. Sein Höhepunkt nahte, er spannte sich an, wollte nicht, dass es schon endete.

Angus hob sie an und zog sich aus ihr zurück. Tamsin keuchte und riss die Augen auf.

Er presste sie an sich, streifte die Jeans endgültig ab, die ihn in seiner Bewegungsfreiheit behinderten, und stolperte mit ihr durch das Wohnmobil zum Bett.

Tamsin fiel auf die Matratze und lachte, während sie die Arme nach ihm ausstreckte. Angus legte sich auf sie, konnte leicht wieder in sie hineingleiten, wo er so glücklich gewesen war. Er war so hart, dass es fast wehtat, doch ihre Wärme linderte den Schmerz.

Das Flackern der Jahrmarktlichter drang durch die dünnen Vorhänge und spielte über Tamsins Gesicht. Angus küsste sie und gab sich dem Wahn hin.

Er stieß in sie, sie hob sich ihm entgegen, und sie begegneten sich mit gleichem Begehren und gleicher Kraft. Shifter konnten sich lange lieben – stunden-, ja tagelang –, aber dafür war Angus' verzweifeltes Verlangen viel zu machtvoll.

Lust baute sich in ihm auf, eine Welle, die ihn mitriss und alles außer Tamsin, ihrer Weichheit und ihrem Körper, der ihn umschloss, bis er ganz und gar verloren war, auslöschte. Während er kam, schrie er ihren Namen. „Tamsin. Meine Gefährtin. Mein Herz."

Die Worte endeten in einem weiteren Stöhnen, als er sich ihr unwiderruflich mit Leib und Seele schenkte.

Tamsin bewegte sich unter ihm, ihr Höhepunkt war genauso intensiv, ihr Gesicht wunderschön, als sie sich ihm hingab. Sie zog ihn eng an sich, ihre beiden Körper lagen dicht aneinander, suchten sich voller Glück und Begehren.

Als Angus schließlich auf ihr zusammenbrach, küsste ihn Tamsin, und er verlor sich in der sanften Kraft seiner Gefährtin, die ihn hielt.

————

TAMSIN HATTE SICH NIEMALS BESSER GEFÜHLT ALS IN DIESEM Augenblick, in dem Angus warm und schwer auf ihr lag. Er küsste sie auf Kehle und Brüste, strich ihr mit den Fingern sanft über den Arm.

Jenseits der Wände des Wohnmobils dröhnte Musik, und Glocken klingelten, während Fahrgeschäfte kreischende Menschen durch die Luft katapultierten.

„Besser als der Zipper", flüsterte Tamsin.

Angus schnaubte leise. „O Göttin, das will ich doch hoffen. In dieses Ding kriegen mich keine zehn Pferde mehr."

Tamsin fuhr ihm mit den Fingern durch das strubbelige Haar. „Der große böse Wolf hat Angst vor einem Fahrgeschäft und errötet, wenn es um den Paarungswahn geht."

Angus hob den Kopf. Diesmal errötete er nicht, und in seinen Augen lagen Selbstvertrauen und Wärme. „Der Paarungswahn ist gar nicht so schlimm."

„Da hast du recht." Sie streichelte seine Wange. „Nicht mit dem richtigen Shifter."

Angus küsste den Ansatz ihrer Brust, dann leckte er sich weiter bis zur Spitze, die er mit seiner Zunge neckte und in den Mund nahm.

Sanft saugte er daran, dann hob er den Kopf und knabberte ein wenig daran. „Du bist die richtige Shifterin für mich." Er zog die Augenbrauen zusammen. „Bin ich auch der richtige für dich?"

„Ich glaube, das haben wir schon erörtert. In dem Fahrgeschäft, in dem du gekreischt hast wie ein Mädchen."

„Das war in der Hitze des Gefechts", protestierte Angus. „Das Ding hat dich herumgeschleudert, bis dir ganz schwindlig war. Vielleicht hat das zu dauerhaften Schäden geführt."

„Ja, klar." Tamsin nickte in gespielter Zustimmung. „Deshalb habe ich gesagt, ich wolle deine Gefährtin sein."

Angus leckte ihr über die Kehle. „Ende der Diskussion. Wir brauchen ein Clanoberhaupt, das die Zeremonie durchführt. Mein Clan ist in alle vier Winde zerstreut, es wird also ein Oberhaupt einer Shiftertown sein müssen."

„Es wäre schön, wenn meine Mutter dabei sein könnte", flüsterte Tamsin und spürte dabei einen vertrauten Stich im Herzen. „Aber das ist unmöglich."

„Vielleicht ja nicht. Wenn wir die anderen Shifter überzeugen können, dass du das, was sie gerne von dir hätten, nicht hast, werden sie uns helfen. Wir können uns auf Kendricks Ranch zurückziehen, das hält uns die Shifterbehörde vom Hals."

Bei ihm klang das so einfach. „Ich muss dir noch ein oder zwei Dinge über deinen Bruder erzählen", sagte sie.

Angus' plötzliches Knurren ließ praktisch die Wände erzittern. „Wenn ich mit dir im Bett bin, möchte ich nicht über meinen blöden Bruder reden." Er seufzte tief. „Also gut. Bringen wir es hinter uns. Warst du seine Geliebte?"

„Nein!", platzte sie indigniert heraus. Tamsin versuchte,

sich aufzusetzen, doch Angus hielt sie fest. Sie hatte Gavan nicht angefasst und er sie genauso wenig. „Er war nicht mein Typ. Ich bevorzuge geistig gesunde Männer, vielen Dank. Es geht auch nicht um deine frühere Gefährtin. Nun ja, höchstens am Rande."

Angus schaute wütend und finster zugleich. „Über sie möchte ich auf keinen Fall reden."

„Ich eigentlich auch nicht." Tamsin konnte sich nicht vorstellen, dass eine Frau Gavan Angus vorzog. Sie musste den Verstand verloren haben. Gavan war charmant und charismatisch gewesen, doch das waren die meisten Größenwahnsinnigen.

„Sie sind tot. Die beiden waren meine Familie, aber sie sind tot." Angus' Stimme wurde hart, die Mauern, mit denen er sich üblicherweise umgab, erhoben sich wieder. „Ich will die Gegenwart. Das Jetzt und Hier. Mit dir."

„Ich auch." Auf dieser Matratze in einem alten Wohnmobil inmitten eines Jahrmarktes voller Menschen war Tamsin so zufrieden wie schon sehr, sehr lange nicht mehr.

„Gut", sagte Angus. „Genug geredet."

Er knurrte erneut, das Geräusch war leise und hallte lange nach. Und er hörte auch nicht auf zu knurren, als er sie küsste, sondern erst, als er wieder in sie glitt, denn er hatte noch lange nicht genug.

Er füllte sie aus und vertrieb alle trüben Gedanken. Tamsin zog ihn glücklich an sich und verlor sich erneut in ihm.

———

AM MORGEN BEIM FRÜHSTÜCK GRINSTE DANTE WISSEND. „Ist es jetzt besser?", fragte er Angus.

Angus errötete. Was er mit seiner Gefährtin anstellte, ging den verdammten Bären nichts an. Er hatte sich in der letzten Nacht irgendwann gezwungen, Tamsin allein zu lassen, um Ciaran heimzuholen. Bei seiner Rückkehr hatte sie geschlafen, und er hatte Ciaran ins Bett gebracht, war hinaus in den dunklen Park gelaufen, hatte Wolfsgestalt angenommen und war losgerannt.

Doch das Jagen über Felder, auf Hügel und durch Täler hatte ihn nicht beruhigt. Er hatte einen Fuchs bemerkt und eine Vollbremsung hingelegt, aber es war ein Wildtier gewesen, das ebenso überrascht gewesen war, ihn zu sehen wie umgekehrt. Die Art, wie er verschwunden war, hatte ihn an Tamsin und ihre flinken Bewegungen erinnert.

Das wiederum hatte ihm ins Gedächtnis gerufen, wie sie ihn nach der dritten Runde Sex verträumt angelächelt und sanft sein Gesicht berührt hatte, ehe er sich erhoben und sie verlassen hatte.

Er hätte sie wochenlang Tag und Nacht lieben können und immer noch nicht genug gehabt. Deshalb suchten sich Shifter Gefährtinnen. Damit sie sich in diesem Wahn verlieren und erst wieder aufhören konnten, wenn das Weibchen schwanger war. Nicht, dass Shifterinnen sich zurückhielten, wenn sie ein Junges erwarteten. Nein, er und Tamsin würden für den Rest ihres Lebens ständig wilden Sex miteinander haben.

Bei diesem Gedanken hatte sich Angus' Mund zu einem wölfischen Grinsen verzogen, genau wie bei der Vorstellung, ein süßes kleines weibliches Junges zu haben, das aussah wie Tamsin. Würde sie eine Füchsin oder eine Wölfin sein? Shifter mit Eltern, die verschiedenen Shifterspezies angehörten, wurden als Menschen geboren und nahmen mit etwa drei Jahren zum ersten Mal die Tiergestalt eines ihrer Elternteile an. Er freute sich schon darauf herauszufinden, welchen Weg ihre Tochter oder ihr Sohn einschlagen würde.

Jetzt musste er nur noch die Shifterbehörde, Dylan und alle anderen, die ihnen auf den Fersen waren, überzeugen, sie in Ruhe zu lassen.

Seufzend war Angus zum Jahrmarkt zurückgetrottet. Er war jetzt ebenso auf der Flucht wie Tamsin, denn er hatte seine Ausgangssperre um etwa eine Woche überzogen und eine wilde Shifterin versteckt. Das würde ihm die Behörde nicht verzeihen.

Momentan unterhielt sich Tamsin in der anderen Ecke des Zeltes fröhlich mit Celene. Vor ihr stand ihr geleerter Frühstücksteller. Ciaran hatte sich unmittelbar nach Betreten des Zeltes zu Brina begeben, und jetzt saßen die beiden inmitten der Reste ihres Frühstücks über ein weiteres elektronisches Spielgerät gebeugt da.

Dante lachte. „Dich hat es ja schwer erwischt, mein Freund. Aber ich gratuliere. Es gibt nichts Schöneres, als die Richtige zu finden." Er warf Celene einen Blick zu, der keinen Zweifel daran ließ, dass die beiden einen Gefährtenbund eingegangen waren.

„Woher hast du gewusst, dass sie die Richtige für dich ist?", fragte Angus ihn neugierig. „Wo sie doch eine Halbfee ist? Das ist nicht gerade naheliegend für einen Shifter."

Dante zuckte die Achseln. „Du hast nicht gesehen, wie sie in hautengem Leder über dieses Seil getanzt ist. Das war der Hammer. Ich musste sie ständig anstarren. Also habe ich sie eine Weile gestalkt und sie dann um ein Rendezvous gebeten. Du weißt schon, wie man das eben so macht."

Angus schnaubte. „Wenn man komplett durchgeknallt ist. War sie froh, dass ein Bären-Shifter scharf auf sie war?"

„Nein." Dante schmunzelte. „Sie hat die Beine in die Hand genommen. Ich musste sie überzeugen, dass ich sie nicht töten wollte und mich nicht daran störe, dass in ihren Adern Feenblut fließt. Sie hat eine Weile gebraucht, bis sie mir nicht mehr übel genommen hat, dass ich Shifter bin."

„Ich freue mich für euch, dass es am Ende geklappt hat", antwortete Angus ehrlich.

„Ja, ich auch. Eine perfekte Partnerschaft. Aber das kann man nie wissen, was? Wann der Gefährtenbund zuschlägt."

„Sonne und Mond?" Angus konnte sich nicht vorstellen, dass Dante sich aus der Deckung gewagt hatte, um sein Clanoberhaupt zu finden, damit dieses die Riten durchführte, oder dass eine Fee auch nur dazu bereit gewesen wäre.

Dante schüttelte den Kopf. „War nicht nötig. Die Zeremonie unter den Augen von Sonne und Mond – das sind bloß

Worte, um den anderen Shiftern zu zeigen, was man selbst schon längst weiß."

Er sagte das sehr überzeugt, doch Angus hörte einen Anflug von Bedauern. Dante wollte ebenso Teil der Welt der Shifter sein wie Angus, aber ohne die Restriktionen, das Halsband und dergleichen. Vielleicht würde das eines Tages möglich sein.

Dante wandte sich ab, setzte sich seinen Zylinder mit der Feder auf und wandte sich mit wehendem gestreiftem Samtjackett an die Umsitzenden. „Okay, meine Damen und Herren, bereiten wir den guten Menschen von Wichita Falls einen denkwürdigen Tag."

Tamsin kam zu Angus herüber. „Celene passt heute Morgen auf Ciaran und Brina auf, und dann trainieren wir ein wenig. Können wir uns unterhalten?"

„Ich helfe heute Vormittag, die Schiffsschaukel zu reparieren." Angus hatte sich dafür freiwillig gemeldet, um dafür zu sorgen, dass es keinen weiteren Unfall gab. „Worum genau geht es denn?"

Er fragte beiläufig, doch sein Herz schlug schneller. Tamsin hatte diesen Blick, der ihm verriet, dass das, worüber sie mit ihm reden wollte, ihn nicht glücklich machen würde.

Er war nicht sicher, ob er Enthüllungen über ihr Leben mit seinem Bruder an diesem Morgen verkraften konnte. Angus hatte ihr geglaubt, als sie bestritten hatte, Gavans Geliebte gewesen zu sein – die Überraschung und Abscheu in ihrer Stimme waren echt gewesen, und Angus hatte keine Lüge gewittert. Trotzdem wollte er nicht, dass Gavan ein weiteres Mal sein Glück ruinierte.

Tamsin sah sich um. „Ich muss dich unter vier Augen sprechen."

„Ich habe zu tun", wehrte Angus mit finsterer Miene ab.

„Die Jahrmarktsleute sind lange ohne dich gut ausgekommen – die können dich noch für eine Stunde entbehren."

Angus seufzte genervt. „Ist es so wichtig?"

Tamsin riss die Augen auf und nickte. „O ja."

Verdammt. Angus legte ihr den Arm um die Taille und führte sie aus dem Zelt.

Kaum, dass er sie berührt hatte, wollte er sie hochheben und mit ihr irgendwo hinrennen, wo er sich wieder mit ihr einschließen konnte. Er hatte sich beherrscht, solange Ciaran bei ihnen im Wohnmobil gewesen war, aber er war nicht sicher, ob er die Finger von Tamsin lassen konnte, wenn sie irgendwo allein waren.

Er hielt sie fest, zog sie an sich und küsste sie innig.

Tamsin erwiderte den Kuss bereitwillig. Angus schmeckte die Süße von Sirup und darunter ihr Verlangen, die ersten Anzeichen des Wahns, den sie beide noch lange nicht gestillt hatten.

Angus hörte das Gejohle und die anzüglichen Kommentare der Menschen, die gerade wieder mit der Arbeit begannen, doch es war ihm egal. Tamsin war es wert, ihren Spott zu ertragen.

„Bist du sicher, dass du mit mir allein sein willst?", fragte er warnend, während sie sich in seine Arme schmiegte.

„Ich muss es riskieren. Es ist wirklich wichtig."

Das klang gar nicht gut. Angus nahm ihre Hand und ging mit ihr nicht zum Wohnmobil, sondern hinaus auf die Felder am Rand des Platzes.

Tamsin stellte diese Entscheidung nicht infrage. Wohnmobile konnte man verwanzen – wenn Dante oder einer seiner Mitarbeiter sie letzte Nacht belauscht hatten, hatten sie ganz schön was zu hören bekommen. Ihr Problem, wenn sie ihre Nase in fremde Angelegenheiten steckten.

Angus fing langsam an, Dante und Celene zu trauen – sonst hätte er Ciaran nicht bei ihnen gelassen –, aber andere konnten das Wohnmobil aus anderen Gründen verwanzt haben. Auch in den Zelten konnte man sie belauschen, und das Gelände war jetzt voller Familien, denn viele Kinder schleppten ihre Eltern für einen Tag voller Spaß und Süßigkeiten auf den Jahrmarkt.

Mitten auf einem Feld hingegen würde wahrscheinlich

niemand mithören. Ringsum waren nur Grünzeug, Erde, Schlamm, Wasser und Pelztiere, die keine Shifter waren.

Angus marschierte mit Tamsin etwa fünfzig Meter durchs nasse Gras, ehe er sie zu sich umdrehte. Ein flüchtiger Beobachter musste den Eindruck gewinnen, sie wollten allein sein, um zu knutschen.

„Na schön, was gibt es denn so Wichtiges? Werde ich meinen Gefährtenantrag gleich bedauern?" Er sprach die Worte leichthin, doch ihn erfüllte eine tiefe Unruhe.

Bitte sag Nein. Ich habe schon einen Teil von mir an dich verloren. Ich könnte mit der Lücke, die deine Abwesenheit reißen würde, nicht leben.

„Vielleicht." Tamsins Lächeln verschwand, jedes oberflächliche Getue fiel von ihr ab, und Angus sah in ihren Augen Traurigkeit und einen Kummer, der ihm das Herz schwer machte. „Ich muss dir von Gavan und seinen Plänen erzählen. Nein, ich war nicht seine Geliebte – das war nicht gelogen –, er hat sich das allerdings durchaus gewünscht. Deshalb hat er mir … Dinge gezeigt. Diese Dinge waren der Grund, warum ich von ihm weggelaufen bin, warum mich die Shifterbehörde jagt und warum Dylan mich in die Finger kriegen und noch den letzten Tropfen Informationen aus meinem Gehirn wringen will. Aber das kann ich nicht zulassen."

KAPITEL ZWANZIG

„Hör auf." Angus legte ihr die Hände auf die Schultern und drückte fest zu. „Hör auf! Das will ich nicht wissen."

Dylan hatte gewollt, dass Angus Tamsin ihre Geheimnisse entlockte – erwartete es regelrecht von ihm –, aber er hatte diesen Befehl bisher ganz bewusst nicht befolgt. Er gedachte nicht, für Dylan die Drecksarbeit zu erledigen.

Angus wollte keine Geheimnisse kennen, die zwischen ihm und Tamsin etwas verändern würden. Was sie hatten – was gerade zwischen ihnen begonnen hatte –, war gut. Mehr als gut. Seit Tamsin in sein Leben getreten war, war Angus aus dem Dämmerzustand erwacht, in dem er sich befunden hatte, und das wollte er nicht wieder aufgeben.

„Doch." Die Trauer in Tamsins Stimme traf ihn mitten ins Herz. „Du musst wissen, worauf du dich mit mir einlässt, damit du, wenn die Shifterbehörde dir die Todesspritze verpasst, verstehst, warum das geschieht. Vielleicht kannst du dann dein Wissen auch nutzen, um dein Leben zu retten." Sie seufzte. „Ich möchte es dir außerdem erzählen, weil ich deinen Rat brauche. Ich habe gedacht, das wäre alles vorbei und vergessen, aber ich schätze, das ist es nicht."

Sie verstummte, und bei dem Schmerz in ihren Augen regte sich in Angus der Wunsch, denjenigen, der ihr wehgetan hatte, zu töten.

„Was zum Teufel hat mein Bruder dir angetan, Tamsin?"

„Mir?" Tamsin blinzelte. „Nichts. Was er der Welt antun wollte, war allerdings ziemlich schrecklich."

„Was?" Angus gestattete sich ein winziges bisschen Erleichterung. „Gavan war nicht gerade der Schlaueste. Was hatte er denn vor – haaren, bis die Menschheit um Gnade fleht?"

„Ich wünschte, ich könnte darüber lachen." Tamsin schluckte, dann sah sie ihm direkt in die Augen, als wisse sie, dass ihre nächsten Worte alles zwischen ihnen zerstören konnten. „Er hat ein Arsenal aufgebaut."

Angus' Erleichterung verflog. „Was für ein Arsenal?"

Tamsin spreizte die Finger. „Was ist das denn für eine Frage? Gavan hat Waffen gehortet. Waffen aller Art, von kleinen Pistolen bis hin zu Granaten. Maschinengewehre. Krasses Zeug."

Wie hatte Gavan das zustande gebracht? Der Mann, der ohne Wegbeschreibung nicht einmal seine eigene Hose fand? „Bist du sicher? Hast du dieses Arsenal je gesehen?"

„Sehr sicher. Er hat es mir gezeigt, um damit anzugeben. Gavan wollte ein superdominanter Shifter werden und sich alle Menschen und Wandler Untertan machen. Ich schätze, er hat gedacht, wenn ich seine Knarren sehe, würde ich mich in ihn verlieben und seine Gefährtin sein wollen. Aber es hat mir nur gezeigt, dass er verrückt genug war, um zu töten – und zwar viele Menschen."

„Shifter verwenden keine Waffen." Bei diesen Worten ballte Angus die Fäuste. Shifter verabscheuten Waffen, weil jeder Wandler selbst eine war. Warum ein Messer benutzen, wenn die eigenen Klauen schärfer waren? Oder eine Schusswaffe, wenn man selbst tödlicher war als jede Kugel?

„Das weiß ich", versicherte ihm Tamsin ungeduldig. „Ich habe selbst kaum meinen Augen getraut. Deshalb habe ich

Gavan freundlich gedankt, als wir wieder in seinem Versteck waren, und dann die erste Chance genutzt, um mich zu verkrümeln."

Emotionen wirbelten in Angus' Gehirn durcheinander. „Was war mit April? Ich kann mir nicht vorstellen, dass sie Gavan einfach aufgegeben hat, damit er dir einen Gefährtenantrag machen kann."

„Hat sie auch nicht. Gavan wollte mehr als eine Partnerin haben, wie die Shifter von früher. Er hatte noch weitere Weibchen im Blick. April war das recht. Sie sagte, jüngere Frauen könnten ihm mehr Junge gebären. Sie hatte kein Problem damit, Gavan zu teilen." Tamsin verdrehte die Augen. „Ich fand das so daneben."

Das Gefühl, das sich gegen alle anderen in Angus' Gehirn durchsetzte, war Zorn. Diesen Zorn hatte er nach Gavans Tod mühsam unterdrückt, um die Untaten seines Bruders vergessen und weiterleben zu können. Auf die Toten wütend zu sein brachte gar nichts.

Aber Gavan war ein Schwachkopf allererster Güte gewesen. Im Gegensatz zu seiner Behauptung, die Shifter befreien zu wollen, hatte er ihnen nichts als Ärger bereitet. Angus wäre beinahe als sein Komplize hingerichtet worden. Gavans vehemente Beteuerungen, dass Angus in seine Pläne nicht eingeweiht gewesen war, hatten ihn gerettet. Doch das hatte sein Bruder nicht aus Liebe zu Angus getan, sondern weil er das Rampenlicht nicht mit ihm hatte teilen wollen. Gavan hatte Angus seit dessen Geburt als Rivalen betrachtet.

Jetzt erfuhr Angus, dass Gavan nach einem Harem gestrebt hatte, zu dem nicht nur April, sondern auch Tamsin hätte gehören sollen. Gavan hatte die Vorstellung immer gefallen, dass männliche Shifter eigene Rudel führen und diese dadurch stärken sollten, dass sie mit verschiedenen Shifterinnen Junge zeugten. Offenbar hatte er diese Theorie in die Praxis umzusetzen versucht.

Angus hob die Arme und brüllte zum Himmel empor: „O Göttin, ich hasse dieses Arschloch!"

Tamsin stellte sich neben ihn. „Ja, ich war auch nicht von ihm beeindruckt. Deshalb war ich auch so überrascht zu hören, dass er dein Bruder war. Du bist ganz anders als er."

Angus rieb sich das Gesicht. „Verdammt, Tamsin, ich glaube, das war das Netteste, was du je zu mir gesagt hast."

„Wirklich?" Sie grinste ihn an. „Was ist mit ,Du bist heiß, du bist wunderbar, und ich will deine Gefährtin sein?'"

„Das hast du ja noch nie gesagt", antwortete Angus. Er rieb sich wieder das Gesicht. „Verfluchter Dreckmist. Ein Waffenarsenal." Er senkte die Hände, um Tamsin eingehend zu betrachten. „Das wollten Dylan und Haider also wissen? Warum hast du mir davon nicht längst erzählt?"

Tamsin schlang die Arme fester um sich. „Ich musste erst wissen, woran ich mit dir bin. Als ich erfahren habe, dass du Gavans Bruder bist, hab ich Angst bekommen. Ich wusste ja nicht, ob du bist wie er. Ob auch in deinen Augen dieses Raubtierfunkeln ist. Soweit ich wusste, wolltest du mich Haider ausliefern, und ich hätte dich nie wiedergesehen – auch wenn du freundlicherweise ein Fluchtfahrzeug für mich organisiert hast. Mir wurde erst klar, was Haider eigentlich von mir wollte, als er damit angefangen hat, mir zu drohen, mich zu sezieren. Ich habe es dir vor dem Verhör durch Dylan nicht gesagt, weil ich mir, bis wir in diesem Motelzimmer waren, immer noch nicht sicher war, wie viel Dylan wusste. Außerdem wollte ich nicht, dass du ihn anlügen musst. Am Ende hätte er was gerochen und alles aus dir herausgeholt. Oder aus mir, um dir nicht wehzutun. Danach … musste ich irgendwie entscheiden, wie du reagieren würdest."

„Meine Reaktion ist genau diese", grollte Angus. „Mein Bruder ist ein verfluchter Scheißkerl."

Tamsin lächelte leicht, schüttelte jedoch den Kopf. „In Wahrheit wollte ich gar nicht mehr darüber nachdenken. Ich wollte nicht, dass es wichtig ist. Angus, ich möchte nur mit dir und Ciaran zusammen sein und das hier haben." Sie streckte die Arme aus und senkte sie dann. „Außerdem ist das Waffenlager ja inzwischen vielleicht längst nicht mehr da. Das ist jetzt etwa acht Jahre her." Sie seufzte. „Aber ich kann nicht mein Leben lang davonlaufen. Und wenn wir zusammen auf der Flucht sind, solltest du wenigstens wissen, wovor."

„Verdammt", flüsterte Angus. Er setzte sich auf den Boden, stützte sich mit den Händen ab und drehte das Gesicht zur Sonne.

„Tut mir leid", entschuldigte sich Tamsin, die sich neben ihn hockte. „Du kannst den Gefährtenantrag zurückziehen. Ich hätte dafür volles Verständnis."

Sie sagte es leichthin, doch Angus hörte die Trauer in ihren Worten.

„Ich ziehe ihn auf keinen Fall zurück", erwiderte er heftig. „Wir gehören zusammen. Das habe ich sofort gewusst, als ich gesehen habe, wie du diese Menschen beim Pokern abgezogen hast. Als du verletzt warst, weil ich dich gejagt hatte, habe ich gewusst, dass ich Himmel und Erde in Bewegung setzen würde, um dich gesundzukriegen. Ich habe den Gefährtenantrag gestellt, um dich vor Dylan zu schützen, aber früher oder später hätte ich es ohnehin getan. Dylan hat mir bloß den Anlass geliefert."

„Verdammt", flüsterte Tamsin. „Jetzt muss ich gleich weinen."

„Warum? Es ist schließlich nur die Wahrheit. Ich bin froh, dass du mir von dem Waffenlager erzählt hast – ich meine, bevor du deswegen draufgehst. Aber ich schicke dich nicht wegen etwas weg, was mein Schwachkopf von einem Bruder getan hat. Du hast gesagt, es ist möglicherweise gar nicht mehr da. Weißt du da mehr?"

„Nein. Ich habe noch nicht nachschauen können."

„Du hast nämlich recht", räumte Angus ein. „Jemand könnte es inzwischen gefunden und gemeldet haben, obgleich ich denke, dass das in allen Zeitungen gestanden hätte. Ich achte nicht besonders auf die Welt der Menschen, doch davon hätte sogar ich wahrscheinlich gehört. Es könnte auch sein, dass andere es geplündert haben, zum Beispiel irgendwelche Banden oder Milizen. Was ich ganz ehrlich nicht hoffe."

„Wie gesagt, ich habe noch nicht nachschauen können, und nachdem man Gavan festgenommen hatte, hatte ich auch keine Lust, an einen Ort zurückzukehren, der mit ihm in Verbindung gebracht werden konnte. Ich bin schließlich nicht lebensmüde.“

Angus runzelte die Stirn. „Warum hast du ihn oder zumindest das Lager nicht sofort gemeldet? Einem Shifter, meine ich. Ich verstehe, warum du nicht zur Polizei der Menschen gegangen bist, obwohl du natürlich einen anonymen Hinweis hättest geben können.“

„Damit sie dann ein Waffenlager zu Shiftern zurückverfolgt?“ Tamsin schüttelte entschieden den Kopf. „Wahrscheinlich ist alles darin übersät mit Gavans Fingerabdrücken und seiner DNA. Was glaubst du, was die Shifterbehörde mit den Wandlern tun würde, wenn sie herausfände, dass einer von ihnen Waffen gehortet hat? Maschinengewehre und Granaten? Ich sag's dir: Sie würden alle Shifter verhaften und hinrichten, aus Angst, dass wir viel gefährlicher sind als gedacht. Zumindest – und nur, wenn die Shifter gute Anwälte hätten – würde man die gezähmten Wandler unter noch strengeren Auflagen in Shiftertowns stecken und ihnen die wenigen Freiheiten, die sie haben, auch noch nehmen.“

Da hat sie recht, dachte Angus düster. Niemand durfte je davon erfahren, schon gar nicht der fanatische Haider und die Shifterbehörde.

„Offenbar hat die Shifterbehörde trotzdem irgendwie Wind davon bekommen“, sagte er laut. „Sonst hätte Haider dich nicht verhören wollen.“

„Wer weiß?“ Tamsin ließ die Schultern hängen. „Vielleicht hat Gavan nach seiner Festnahme irgendwelche Andeutungen gemacht. Vielleicht hat er gedacht, er könne so seinen Hintern retten, aber vermutlich wollte er eher beweisen, was für ein krasser Shifter er war. Ich weiß nicht, woher Haider meinen Namen kennt. Vielleicht hat mich einer von Gavans Anhängern erwähnt, und Haider hat die Augen offen gehalten, für den Fall, dass ich mal in seinem Dunstkreis auftauche.“ Sie stöhnte. „Ich weiß es nicht. Von mir hat kein anderer Shifter von dem Versteck erfahren, weil ich vor anderen Wandlern genauso viel Angst hatte wie vor der Shifterbehörde. Was, wenn die Shifter, denen ich mich anvertraut hätte, Gavans Überzeugungen geteilt und versucht hätten, diese Waffen gegen Menschen einzusetzen? Oder gar gegen andere Shifter? Es findet immer irgendwo ein Dominanzkampf statt, und das Leben in den Shiftertowns muss euch doch alle halb wahnsinnig machen. Glaubst du wirklich, Dylan hätte dieses Waffenlager nicht gern für die Armee, die er zusammenstellt?"

Plötzlich erschöpft legte sich Angus hin. „Ich wünschte, ich könnte jetzt Nein sagen."

Tamsin streckte sich neben ihm aus und drehte sich auf die Seite, sodass ihr Gesicht ganz dicht bei seinem war. „Was soll ich tun, Angus? Immer weiter fliehen und hoffen, dass sie irgendwann aufgeben? Dylan einweihen und darauf vertrauen, dass er nicht die nächstbeste Niederlassung der Shifterbehörde in die Luft jagt? Haider alles erzählen und versuchen, ihn zu überzeugen, dass das eine einmalige Sache war und kein anderer Shifter auch nur auf so eine Idee käme – und dann hoffen, dass er den Kram nicht für irgendeinen persönlichen Rachefeldzug nutzt?"

Angus knurrte. „Weiß nicht. Darüber muss ich nachdenken."

„Siehst du?" Tamsin entfernte einen welken Grashalm von seinem Shirt. „Wenn du mich jetzt loswerden und mit all dem nichts mehr zu tun haben willst, habe ich dafür volles Verständnis."

„Nein", grollte Angus. „Ich habe doch gerade gesagt, du bist meine Gefährtin. Für immer. Das ist ein Problem, aber erst werden wir dafür eine Lösung finden und dann einen Weg, wie wir unser Leben gemeinsam verbringen können. Selbst wenn wir mit einem Jahrmarkt für Menschen unter Leitung eines Bären-Shifters ohne jeden Modegeschmack durch die Lande ziehen müssen."

Tamsin lächelte, sodass ihr Gesicht aufstrahlte. In Augenblicken wie diesen schlug Angus' Herz jedes Mal schneller. „Ich mag Dante. Er ist klasse."

Angus runzelte die Stirn. „Hiervon erzählen wir ihm allerdings nichts."

„Natürlich nicht. Wir kennen ihn ja kaum." Tamsin seufzte, und ihr Atem streifte seine Haut. „Weißt du, ich habe das so lange mit mir herumgeschleppt, dass es sich seltsam anfühlt, es jetzt jemandem erzählt zu haben. Das habe ich außer dir noch niemandem anvertraut."

„Hmpf. Ich bin nicht sicher, wie ich das verstehen soll."

Tamsin berührte seine Nase, dann beugte sie sich vor und hauchte einen Kuss darauf. Ihre Wärme war in dem kühlen Wind angenehm. „Du bist der Einzige, dem ich vertrauen konnte. Seit … nun ja, überhaupt jemals."

„Die Entscheidung hast du aber recht schnell getroffen", bemerkte Angus.

„Ich habe es einfach gewusst. Vielleicht liegt es daran, wie du mit Ciaran umgehst. Du würdest ihm nie wehtun. Du warst bereit, mich sozusagen den Wölfen zum Fraß vorzuwerfen, um ihn zu retten."

„Auch wenn es mich beinahe umgebracht hätte." Angus' Stimme klang jetzt viel sanfter. „Ich möchte euch beide in Sicherheit wissen. Wir müssen das regeln, nicht nur für uns, sondern auch für Ciaran. Es darf ihm nicht auf die Füße fallen."

„Ein weiterer Grund, warum ich es dir erzählt habe." Tamsin streichelte ihm die Wange. „Damit wir gemeinsam entscheiden können, was wir tun." Der Blick ihrer goldenen Augen ruhte auf ihm, während sie auf seine Antwort wartete.

„Nun, wenn du geglaubt hast, ich sei ein Genie, das mal eben eine Lösung aus dem Handgelenk schüttelt, hast du dich getäuscht."

„Das habe ich natürlich nicht gedacht", widersprach Tamsin mit tiefer Überzeugung.

„Hm. Das könnte ich als Beleidigung auffassen."

„Mach dich nicht lächerlich. Du bist ganz schön schlau,

Angus, und ich bin noch schlauer. Ich dachte, gemeinsam kommen wir weiter."

Angus stützte sich auf einen Ellbogen. „Warum habe ich dich dann so schnell erwischt, wenn du schlauer bist als ich?"

„Weil ich in Menschengestalt geblieben bin, um nicht mein ganzes Geld zu verlieren. Außerdem hast nicht du mich erwischt, sondern der Alligator."

Tamsin erschauerte und wirkte plötzlich überhaupt nicht mehr zum Scherzen aufgelegt. Dieser Angriff hatte sie tief traumatisiert.

Angus schob eine Hand unter ihr durch und zog sie an sich. „Ich hätte alles getan, um dich zu retten, und das werde ich auch in Zukunft." Er strich ihr eine Haarsträhne aus dem Gesicht und küsste ihre weichen Lippen. „Wir schaffen das, Tamsin, versprochen. Und dann lassen wir die Welt einfach Welt sein und verbringen eine sehr, sehr lange Zeit zu zweit."

„Ja, zusammen mit Ciaran." Tamsin schmiegte sich in seine Armbeuge, und die Septembersonne wärmte die beiden. „Klingt gut."

———

Tamsin kehrte mit Angus zum Jahrmarkt zurück und ließ zögernd seine Hand los, um sich wieder ihren Aufgaben zuzuwenden.

An dieses Leben könnte ich mich gewöhnen, dachte sie, während sie dem sich entfernenden Angus auf den knackigen Hintern starrte. Harte Arbeit, die Freundschaft mit Celene und Dante, nach jedem Wochenende weiterziehen in eine andere Stadt, einen anderen Staat. Sie wollte nicht mehr auf das Zusammenleben mit Ciaran und Angus verzichten, die sie mit jedem Tag mehr lieb gewann. Deshalb hatte sie auch so furchtbare Angst davor gehabt, Angus Gavans Geheimnis anzuvertrauen.

Angus hatte sie nicht angebrüllt, dass er sie hasse, wie es Gavan getan hatte, als sie das Angebot abgelehnt hatte, Teil seines Harems zu werden. Angus war wütend. Doch diese Wut galt seinem Bruder, nicht ihr.

Tamsin sah zu, wie Angus zu den Männern hinüberging, die die Hydraulik des Piratenschiff-Fahrgeschäfts reparierten, und sich bückte, um ein Werkzeug aufzuheben. Die Männer nickten ihm zu und akzeptierten seine Hilfe, ohne zu zögern.

Wie viele der Menschen hier wussten, dass sie Shifter waren? Dante hatte offenbar ihr Vertrauen gewonnen. Würden sie dieses Vertrauen auch Angus schenken? Oder sollten er und Tamsin weiterziehen, ehe diese Zuflucht zu gefährlich für sie wurde?

Das Leben war einfacher gewesen, als Tamsin noch nur für sich selbst verantwortlich gewesen war, sich auf ihre flinken Füße und ihre Fuchsfähigkeiten hatte verlassen können, um mit jeder Situation fertigzuwerden.

Nein, nicht einfacher. Nur einsam.

Angus hob den Kopf und sah Tamsin nach, wie sie zu dem Zelt ging, in dem Celene und Ciaran trainierten. Sie spürte, wie sein aufmerksamer, beschützender, wärmender Blick auf ihr ruhte.

Einfach wurde überbewertet. Kompliziert und verrückt war völlig in Ordnung, solange der große, mürrische Shifter mit den wolkengrauen Augen jeden Tag über sie wachte.

———

AM SAMSTAG UND AM SONNTAG GAB ES KEINE BESONDEREN Vorkommnisse. Keine kaputten Fahrgeschäfte, keine vermissten Kinder. Ein verärgerter Vater mit vier ungezogenen Gören fand, die Eintrittspreise seien für das Gebotene viel zu hoch, und verlangte, den Manager zu sprechen.

Dante beruhigte ihn bewundernswert schnell. Tamsin wurde klar, dass er wirklich jeden bequatschen konnte. Seine bunten Klamotten und sein Zylinder lenkten die Leute ab, während sein massiver Körper und seine durchaus gefährliche Ausstrahlung sie gleichzeitig einschüchterten. Am Ende entschuldigte sich der unzufriedene Vater und kam sogar am nächsten Tag noch einmal wieder, nicht zuletzt wegen der Tickets für einige der Fahrgeschäfte, die Dante ihm geschenkt hatte.

Ehe er zurück an die Arbeit gegangen war, hatte Dante Tamsin zufrieden zugezwinkert.

Am Montag bauten sie ab und fuhren westwärts weiter Richtung Amarillo, konnten jedoch wegen Tornado-Warnungen nicht wie geplant weitermachen. Solchen Stürmen setzte man Zelte und Fahrgeschäfte am besten nicht aus, daher mussten sie in einem solchen Fall unverrichteter Dinge weiter-ziehen und verloren die Platzmiete, die Dante bereits bezahlt hatte.

„Deshalb halte ich mich um diese Jahreszeit nie länger als nötig in Texas auf", erklärte Dante Angus und Tamsin, als sie in seinem Wohnwagen Kaffee tranken und auf den Wetterbe-richt warteten. „Den Rest des Herbstes verbringen wir in New Mexico, da ist das Wetter besser. Im November, wenn es im Hochland zu schneien beginnt, sind wir dann unten im Flach-land, in der Wüste. Bis dahin sind sowieso die meisten Leute in den Wüstenstädten. Schneeflüchtlinge sind meine Freunde."

Tamsin hatte dieser Logik nichts entgegenzusetzen. Vor ihrer Begegnung mit Angus war sie nie weiter westlich als Louisiana gewesen, und jetzt war jedes Wochenende ein neues Abenteuer für sie.

Die Stürme blieben aus, weswegen der Jahrmarkt recht-zeitig eröffnen konnte. Dennoch behielt Dante den Himmel argwöhnisch im Auge.

An diesem Wochenende begann Tamsin neben ihrer Unter-stützung für Celene und Ciaran – die diese eigentlich nicht benötigten –, für einen kleinen Anteil an den Einnahmen in der Ringwurfbude auszuhelfen. Sie ging mit lustigen Hüten vor der Bude auf und ab und ermutigte Jahrmarktbesucher, ihr Glück zu versuchen. *Es ist einfacher, als es auf den ersten Blick wirkt. Sehen Sie?*

Dann zeigte sie es, und jeder wollte es probieren. Der

Besitzer der Bude betrog nicht. Wer etwas gewann, bekam seinen Preis. Wenn ein kleines Kind schlecht warf, durfte es manchmal umsonst noch einmal probieren und erhielt einen kleinen Trostpreis.

Nach der Schließung des Jahrmarkts für die Nacht gingen Tamsin, Angus und Ciaran ins Wohnmobil zurück, um zu essen und zu schlafen. Angus war ins breite Bett umgezogen und war auch nicht mehr ständig auf Patrouille. Er schmiegte sich an Tamsin, und tief in der Nacht, wenn Ciaran schlief, liebte er sie hart und leise.

———

IN DEN SELTENEN AUGENBLICKEN, IN DENEN SIE ALLEIN waren, überlegten Tamsin und Angus, wie sie mit Gavans Waffenlager umgehen sollten.

Eines Samstags schlenderten sie am Feld eines Bauern entlang, über ihnen erstreckte sich kilometerweit blauer Himmel.

„Wo genau befindet es sich?", fragte Angus.

„In Louisiana. In der Nähe von Shreveport."

Angus blieb stehen und stützte die Hände in die Hüften. „Wo ein wilder Shifter Mitarbeiter der Behörde getötet hat. Hat dieser wilde Shifter versucht, dich dazu zu bringen, ihn zum Arsenal zu führen?"

„Irgendwie schon. Er hatte Gerüchte darüber gehört und hat versucht, mich auszuhorchen, ob sie stimmten. Er bestand darauf, nach Shreveport zu fahren, und ich konnte nicht riskieren, dass er allein dort herumschnüffelt. Also habe ich das unschuldige Dummchen gespielt, als plötzlich die Shifterbehörde aufgetaucht ist. Es kam zum Kampf. Zwei Agenten sind gestorben."

Tamsin schloss die Augen, denn sie wollte sich nicht an die Schreie, den stechenden Blutgeruch und die fanatische Wut in Dions Augen erinnern. „Ich weiß nicht, ob sie Dion je erwischt haben. Die Agenten konnten Meldung machen, ehe Dion sie angegriffen hat, und mich beschreiben. Ich habe versucht unterzutauchen, und das ist mir auch ganz gut gelungen." Sie schluckte schwer und versuchte, ihre nächsten Worte unbeschwert klingen zu lassen. „Aber dann hat mich ein Tracker aufgespürt, so ein Lupid."

Angus schaute so finster, dass der ganze Tag ein wenig dunkler zu werden schien. „Nicht meine Entscheidung."

„Ich weiß. In diesem Augenblick habe ich dich gehasst, doch mittlerweile bist du mir ans Herz gewachsen." Tamsin versetzte ihm spielerisch einen Rippenstoß. „Jedenfalls bin ich ziemlich sicher, dass ich Gavans Versteck wiederfinden kann. Wenn er vor seiner Festnahme nicht alles woanders hingebracht und es kein anderer ausfindig gemacht und gestohlen hat."

„Wenn das Zeug weg ist, sind wir vielleicht fein raus. Informationen, die du nicht hast, kannst du nicht weitergeben."

Tamsin zuckte die Achseln. „Oder Haider kommt zu der Überzeugung, dass ich lüge, was den Aufbewahrungsort angeht, und foltert mich. Ich möchte nicht, dass die Shifterbehörde überhaupt von dem Arsenal erfährt, denn das würde sich negativ auf andere Wandler auswirken. Es sollen nicht alle wegen Gavan bestraft werden."

„Das will ich auch nicht."

Angus wandte sich ab, betrachtete den Himmel und zitterte dabei vor Zorn. Er musste auch Trauer empfinden – Gavan war zwar nicht gerade ein toller Kerl, aber eben doch Angus' Bruder gewesen, Blut von seinem Blut, Mitglied seines Rudels und seiner Familie.

Tamsin nahm seine Hand, und Angus drückte ihre.

„Wir sollten nachsehen, ob das Zeug noch da ist", schlug er nach einer Weile vor. „Wenn nicht, hoffen wir einfach, dass die Shifterbehörde die Sache irgendwann auf sich beruhen lässt. Das wird nicht ausbleiben, wenn nie irgendwelche Waffen gefunden werden."

„Und was machen wir, wenn das ganze Zeug noch da ist?", fragte Tamsin.

Angus schaute grimmig. „Es vernichten."

Tamsin hob die Brauen. „Wie denn? Willst du es sprengen? Denn das wäre echt auffällig."

„Ich weiß es noch nicht", erwiderte Angus ungeduldig. „Es zerlegen, die Einzelteile verstecken, vergraben. Keine Ahnung. Wie entledigen sich Menschen denn Waffen, die sie nicht mehr brauchen?"

„Was fragst du mich? Einschmelzen wäre eine Möglichkeit, doch da besteht dasselbe Problem. Das geht ja nicht bei Sprengstoffen. Ich habe von so etwas keine Ahnung. Wahrscheinlich würde ich mich bei dem Versuch selbst in die Luft jagen."

„Du lässt da mal schön die Finger davon", bestimmte Angus entschieden. „Du führst mich hin, und ich kümmere mich um den Rest."

Tamsin entriss ihm ihre Hand. „Vergiss es. Ich führe dich nicht in einen Bunker, wo du dann versuchst, Granaten zu entschärfen. Ich bevorzuge meinen Gefährten am Stück, vielen Dank. Ciaran sieht das sicher genauso."

Angus widersprach nicht. „Wir brauchen Hilfe."

Tamsin schüttelte den Kopf. „Das hieße, wir müssten andere ins Vertrauen ziehen. Wen sollen wir einweihen? Dylan?"

„Nein. Nicht Dylan. Auch nicht seine Söhne. Aber ich kenne viele Shifter. Lass mich mal nachdenken."

„Was ist mit Reg? Dein Freund, der dir seinen SUV überlassen hat, ohne eine einzige Frage zu stellen?"

„Mmm. Gute Idee, wenn er nicht der Stellvertreter von Spence wäre. Spence könnte ein solches Geheimnis aus ihm herausholen, und dem traue ich nicht. Er steht auf Macht. Aber es gibt Alternativen. Ben."

„Er ist kein Shifter."

„Genau. Er ist uralt, schlau und nicht machtgeil, zumindest

nicht, soweit ich das beurteilen kann. Ben ist ein guter Anfang."

Tamsin entspannte sich. Bei Ben hatte sie ein gutes Gefühl, wenn auch vieles über ihn unklar war. „Wie willst du ihn erreichen?"

„Ich hatte an einen Anruf gedacht."

„Dein Handy könnte verwanzt sein. Oder sie könnten es orten."

Angus schüttelte den Kopf. „Es ist uralt, und ich habe es gecheckt, als ich es gekriegt habe. Es sind keine Wanzen, Peilsender oder sonstiger Kram darin."

„Aber man kann Telefonlisten durchsuchen. Vermutlich hört die Shifterbehörde inzwischen dein Handy ab."

Tamsin hatte Angus seit ihrer Flucht aus dem Motel sein Telefon nicht mehr benutzen sehen. Jetzt zog er es aus der Tasche, schaute es an und steckte es wieder weg. „Ich lasse mir etwas einfallen."

Tamsin nahm wieder seine Hand und stellte alarmiert fest, dass das eine Hitzewelle durch sie sandte. „Tut mir leid, dass ich meine Altlasten bei dir abgeladen habe."

Angus zuckte die Achseln. „Die hat doch jeder. Ist nur eine Frage, worum es sich handelt und wie schwer sie sind."

Tamsin schmiegte sich an ihn. „Wieso hatte ich das Glück, ausgerechnet von einem Typen wie dir gejagt und gefangen zu werden?"

„Wegen deiner Altlasten." Angus legte den Arm um sie. „Ihretwegen hat Haider mich auf dich angesetzt."

„Haider war dumm. Er hätte wissen müssen, dass du eigentlich ganz sanft, lieb und gefühlsduselig bist."

Angus verzog das Gesicht wie Ciaran, wenn ein Erwachsener versuchte, ihn zum Essen von Gemüse zu bewegen. „Igitt. Was ist mit dem großen bösen Wolf passiert?"

„Oh, der ist auch da drin." Tamsin strich Angus über die Brust, beugte sich dann vor und küsste sie. „Definitiv."

Ein Knurren bestätigte das. Angus zog sie an sich und

drehte ihr Gesicht zu sich, um sie lange und gründlich zu küssen.

In der Ferne schienen sich Himmel und Erde zu berühren, Grün und Blau trafen sich am Horizont. Hinter ihnen lag der Jahrmarkt, und der staubige Boden, auf den Angus sie drängte, war warm von der Sonne.

Erst viel später kehrten sie zurück, mit zerknitterten, staubigen Klamotten, die ihnen als improvisierte Unterlage hatten dienen müssen. Trockene Grashalme hingen in Tamsins Haar, und Angus' Hände waren aufgeschürft.

Als Dante sie bemerkte, lachte er, als hätte er nie etwas Witzigeres gesehen, aber Tamsin ignorierte ihn einfach.

In dieser Nacht döste Tamsin neben Angus, und die Lichter des Jahrmarkts spielten über die Vorhänge über dem Bett. Sie wünschte sich sehnlichst, für immer in dieser friedlichen Blase bleiben und die Außenwelt mitsamt ihren Problemen ignorieren zu können. Wahrscheinlich gab es das Arsenal längst nicht mehr. Sie würden nach Shreveport fahren, sich umschauen, nichts finden und ihr Leben weiterführen.

Angus hatte bereits Kontakt mit Ben aufgenommen, wie er ihr zuvor berichtet hatte, nachdem sie sich erneut geliebt hatten, und das Wesentliche war angeleiert. Tamsin fragte, wie er das ohne sein Handy gemacht hatte. Hatte er eine Ley-Linie gefunden, um das Haus in der Nähe von New Orleans zu kontaktieren? Sie hatte mit der Idee gespielt, die Kristallkugel der Wahrsagerin Lorraine zu benutzen, doch Tamsin hatte keine Ahnung, wie man eine Ley-Linie anzapfte, und hätte deswegen ihre private Nachricht Lorraine, einer rundlichen Frau mittleren Alters, die tatsächlich eine ziemlich gute Hellseherin war, anvertrauen müssen.

Angus hatte geantwortet: „Ich war in der Stadt und habe eine funktionstüchtige Telefonzelle gefunden", dann war er eingeschlafen.

Sie würde erst erfahren, worauf er und Ben sich geeinigt hatten, wenn er wieder aufwachte, und das konnte ein Weilchen dauern. Angus' tiefes, langsames Schnarchen erfüllte das Wohnmobil.

Ein Schatten schob sich draußen vor das Licht. Tamsin hob den Blick und schrie auf. Die Silhouette eines riesigen Tigers erfüllte das hintere Fenster.

KAPITEL EINUNDZWANZIG

Tamsins Schrei riss Angus aus dem Schlaf. „Tamsin, was ist los?"

„Ich habe ihn gesehen. Es war kein Traum. Ich schwöre es."

Angus fuhr sich über die Augen und blickte in die Richtung, in die sie zeigte. Er konnte vor dem Fenster jenseits des Vorhangs nichts Ungewöhnliches ausmachen, einzig die Lichter der Fahrgeschäfte blitzten gelb und rot dahinter auf.

„Was hast du gesehen?", fragte er.

„Einen Tiger. Ich schwöre bei der Göttin, es war ein …"

Angus sprang aus dem Bett, zog hastig seine Jeans über und stürmte durch die Tür, bevor sie den Satz beenden konnte.

Ihr Wohnmobil stand in einer ruhigen Ecke. Die Wohnwagen um sie herum gehörten Betreibern von Fahrgeschäften, die noch bei der Arbeit waren, deshalb brannte in ihnen kein Licht, und es war still.

Angus atmete tief ein, roch Staub, Essen, Menschen, Abfall, Abgase und Aufregung. Inmitten dieser Eindrücke nahm er einen Hauch von einem anderen Shifter wahr, wobei es sich durchaus um Dante handeln konnte. Da sie sich in seinem Revier aufhielten, war sein Geruch überall.

Prompt kam der Bär um die Ecke eines Wohnwagens, sein Hut mit der Feder ein bunter Farbklecks in der Dunkelheit. „Jemand hält sich unerlaubt in meinem Territorium auf", knurrte er mit tiefer Stimme. „Ich spüre es."

Angus nickte. Shifter merkten es sofort, wenn jemand in ihr Revier eindrang.

Er blickte in die dunkelste Ecke des Stellplatzes, wo ein Zaun das Gelände von den weiten Feldern dahinter trennte. „Bringen wir es hinter uns", sagte er leise wie zu sich selbst. „Also wer hat dich geschickt?"

„Mit wem zum Teufel redest du?", fragte Dante, dem Angus mit einer knappen Geste bedeutete zu schweigen.

Die Nacht schien sich zu teilen, und ein großer Mann trat heraus. Er trug Jeans und ein T-Shirt, auch wenn er unverkennbar lieber Tiergestalt angenommen hätte. In einer Hand hielt er ein Paar Turnschuhe, die er ausgezogen hatte, um stattdessen barfuß über Kieselsteine und Dornen zu gehen. Sein Haar war schwarz-orange gestreift, und seine Augen glühten im Schein der Lichter des Jahrmarktes.

„Bei der Göttin, was ist er?", fragte Dante.

Der Shifter schenkte ihm keinerlei Beachtung und fixierte mit seinen goldenen Augen stattdessen Angus. „Ben schickt mich."

Angus atmete erleichtert aus. Er roch keine verborgenen Motive an dem Mann, das tat er nie. „Nicht Dylan?", hakte er nach, nur um ganz sicher zu sein.

„Nein."

Eine einfache Antwort, die Angus genügte. Tiger log nie, denn er sah keinen Sinn darin.

„Der Göttin sei Dank. Dante, das ist Tiger. Er ist ein Freund. Zumindest hoffe ich das. Er könnte wahrscheinlich ein Bier vertragen."

———

Tamsin lief mit Ciaran an der Hand quer über den Parkplatz zu Dantes Wohnmobil, in dem Licht brannte. Sie trommelte ein paarmal mit der Faust gegen die Tür.

Celene öffnete, nickte verständnisvoll, als sie Tamsins Miene sah, und ließ die beiden ein.

„Männer machen mich verrückt", verkündete Tamsin, während sie den Wohnbereich betrat. „Würdest du mir bitte erklären, was hier vor sich geht?"

Ein ihr unbekannter Shifter hatte seine gelblichen Augen auf sie gerichtet und starrte sie förmlich in Grund und Boden. Er saß auf einem Küchenstuhl Dante und Angus gegenüber, die sich zusammen auf eine Bank gequetscht hatten, und hielt ein paar paillettenbesetzte Armbänder in den Händen. Die hatte Brina offenbar selbst gemacht und zeigte sie ihm gerade voller Stolz.

Der Shifter begutachtete die Schmuckstücke sorgfältig und ging dabei so behutsam mit ihnen um, als hätte er Sorge, sie versehentlich zu zerdrücken. Nachdem er Tamsin und den neben ihr stehenden Ciaran eindringlich gemustert hatte, wandte er seine Aufmerksamkeit wieder Brina zu.

„Die sind sehr hübsch", lobte er und gab sie ihr zurück.

„Ich werde sie verkaufen", verkündete Brina. „Ciaran hilft mir dabei."

Ciaran wirkte kein bisschen schüchtern und lief zu Brina. Er schien keine Angst vor dem hünenhaften fremden Shifter zu haben, sondern hielt ihm sogar die Hand zum Abklatschen hin. Die Hände des Mannes waren viel größer als Ciarans, aber Tamsin spürte, dass er aufpasste, dass er dem Jungen nicht wehtat.

„Das ist Tiger", stellte Angus ihn vor. „Tiger, das ist Tamsin Calloway."

„Deine Gefährtin." Tiger hob den Blick von den Jungen und verengte die Augen zu schmalen Schlitzen. „Du bist ja mal ganz was Besonderes."

„Ganz ruhig." Dante, der in der Zwischenzeit Hut und

Jackett abgelegt hatte und in seinem T-Shirt beinahe schon normal aussah, lachte. „Sie hat schon einen Gefährtenantrag bekommen. Du kannst dir alles Weitere also sparen."

Tiger runzelte die Stirn, während Tamsin das Herz bis zum Hals schlug. Sie schüttelte kaum merklich den Kopf, aber Tiger redete weiter. „Ich spreche davon, dass ihre Tiergestalt eine Füchsin ist."

Dante amüsierte sich noch immer prächtig. „Die gibt es doch gar nicht. Wir sind Lupide, Felide und Bären. Die Besten hab ich mir natürlich für den Schluss aufgehoben ..." Tigers ernster Gesichtsausdruck brachte ihn zum Verstummen.

Tamsin ballte die Fäuste und versuchte Tiger mit ihrem bohrenden Blick klarzumachen, dass er die Klappe halten sollte.

„Echt jetzt?" Dante starrte mit einem Mal Tamsin an, seine Neugier war definitiv geweckt. „Meine Güte, das wäre tatsächlich eine Möglichkeit. Es würde vor allem so einiges erklären. Beispielsweise warum ich bisher nicht herausgefunden habe, ob du Felidin oder Lupidin bist."

„Woher weißt du das?", verlangte Tamsin von Tiger zu wissen.

„Ich hab schon mal einen getroffen. Er heißt Miles und arbeitet als Skipper." Damit schloss Tiger seinen Mund, wie als Zeichen, dass er keine weiteren Informationen über den Shifter preisgeben würde.

„Ach du ...", entfuhr es Dante. „Das glaubt mir niemand."

„Behaltet es für euch." Angus sah Dante, Tiger und Celene eindringlich an.

„Sicher." Dante trank von seinem Bier. „Ich bemühe mich redlich, dir zu vermitteln, dass du mir vertrauen kannst. Schon seit einer Weile."

Tamsin antwortete an seiner statt. „Wir sind beide eher misstrauisch, das liegt in unserer Natur. Angus sogar noch mehr als ich, aber daraus kann ich ihm keinen Vorwurf machen. Er hat seine Gründe."

„Danke, Tamsin." Angus warf ihr einen leicht genervten Blick zu, und sie streckte ihm die Zunge heraus. „Tiger und ich müssen reden."

Dante vollführte eine auffordernde Geste mit der Bierdose, und erst dann verstand er, dass er nicht Teil der Unterhaltung sein sollte.

„Ihr könnt hier sprechen, wenn ihr wollt", sagte er und stand auf. „Unter der Bedingung, dass durch seine Anwesenheit weder meine Leute in Gefahr geraten noch auf meinem Jahrmarkt das Chaos ausbricht. Und ich habe auch keine Lust auf Ärger mit der Polizei oder der Shifterbehörde."

„Du solltest nichts dergleichen zu befürchten haben", meinte Angus. „Aber es ist nicht nötig, dass wir dich aus deinem eigenen Zuhause vertreiben. Tiger und ich gehen eine Runde spazieren. Tamsin, bringst du währenddessen Ciaran ins Bett?"

„Nein", weigerte sie sich. „Ich lasse dich bestimmt nicht mit einem seltsamen Shifter allein, der größer ist als jeder andere, dem ich bisher begegnet bin. Außerdem möchte ich über alles Bescheid wissen, und ich habe keine Lust darauf, dir die Informationen später einzeln aus der Nase ziehen zu müssen."

„Ich will auch mit", erklärte Ciaran.

„Kommt gar nicht infrage", erwiderte Angus.

Ciaran setzte eine bockige Miene auf. Jetzt wäre ein günstiger Zeitpunkt gewesen, dass Dante oder Celene sich anboten, auf das Junge aufzupassen, aber die beiden waren augenscheinlich viel zu fasziniert von dem Geschehen, um das zu merken.

Tiger erhob sich. „Ich bringe Ciaran ins Bett. Dann reden wir." Der Mann musste den Kopf einziehen, damit er nicht an die Decke des Wohnmobils stieß.

Ciaran hatte dagegen keine Einwände und nickte. „Kannst du mir eine Gute-Nacht-Geschichte erzählen?"

Tiger dachte kurz darüber nach. „Wenn du möchtest."

„Klar. Komm mit!" Ciaran nahm Tigers Hand und zog ihn hinter sich her ins Freie.

TIGER MUSSTE IRGENDEINE ART VON MAGIE WIRKEN, überlegte Angus. Ciaran hatte sich anstandslos in die Koje gelegt, jetzt erzählte ihm Tiger die Geschichte, wie er Seite an Seite mit Zander und Rae auf der Olympic-Halbinsel gegen einen Feen-Trupp, Menschen und verräterische Shifter gekämpft hatte.

Ciaran hörte gebannt zu, stellte viele Fragen, doch als Tiger erklärte, jetzt sei Schluss, nickte das Junge nur, kuschelte sich ein und döste weg. Kein Gequengel darüber, noch wach bleiben zu wollen, kein weinerliches Flehen, am Gespräch teilnehmen zu dürfen.

„Hört dein eigenes Junges auch so gut auf dich?", fragte Angus. Tiger hatte einen Sohn namens Seth.

Tiger dachte einen Moment darüber nach. „Nein. Er gerät ganz nach seiner Mutter." Er klang stolz.

Tamsin saß im Schneidersitz auf dem Bett, wohin sie sich zurückgezogen hatte, nachdem sie Ciaran einen Gute-Nacht-Kuss gegeben hatte. „Sollen wir uns hier unterhalten? Oder fragen wir lieber Celene, ob sie bei Ciaran bleiben kann, während wir uns eine einsame Stelle draußen in der Kälte suchen?"

Tiger sah sich kurz um. „Hier ist gut. Niemand belauscht uns."

„Wie kannst du dir da so sicher sein?", wollte Tamsin wissen.

Tiger ließ den Blick noch einmal aufmerksam durch das Wohnmobil schweifen. „Keine Wanzen. Die machen ein Geräusch, das ich hören kann. Meine Ohren sind außerge-wöhnlich scharf."

Angus glaubte ihm. Tiger war in einem Labor gezüchtet worden, und die Forscher, die dafür verantwortlich waren, hatten offenkundig wild herumexperimentiert.

„Ben hat dir also verraten, wo wir sind?", fragte Tamsin.

Tiger nickte. „Er hat gesagt, Angus habe ihn kontaktiert.

Er und Angus wollen sich an eurem nächsten Stopp treffen, in Albuquerque. Ben hat mich um Hilfe gebeten. Ich hatte mich ohnehin auf eure Fährte gesetzt, und als Ben mir erzählt hat, dass ihr in Amarillo seid, konnte ich das Gebiet, in dem ihr euch aufhalten musstet, sehr gut eingrenzen."

Tamsin riss erschrocken die Augen auf. „Warum warst du ohnehin auf der Suche nach uns? Für Dylan? Ist er auf dem Weg hierher?"

Tiger schüttelte den Kopf. „Ben war ziemlich besorgt, nachdem ihr das Haus verlassen hattet. Er hat mich gebeten, ein Auge auf euch zu haben. Ich arbeite nicht für Dylan."

„Ach nein?", fragte Angus überrascht. „Du hilfst ihm, Leute für seinen anstehenden Krieg gegen die Feen zu rekrutieren. Außerdem bist du einer von Liams Trackern."

Tiger nickte erneut. „Ich arbeite mit Dylan zusammen. Sein Plan, was die Feen angeht, ist gut. Aber ich arbeite nicht *für* ihn. Ähnlich verhält es sich mit Liam, dem ich im Gegenzug für seine Gastfreundschaft helfe. Carly, Seth und ich leben in seinem Haus", erklärte er Tamsin. „Ich arbeite für niemanden mehr, sondern entscheide selbst."

Tamsin zeigte auf Tigers bloßen Hals. „Du trägst kein Halsband. Wie kann das der Shifterbehörde entgehen, wo du doch in einer Shiftertown lebst?"

Tiger griff in seine Tasche. „Ich habe eins." Er zog eine schwarz-silberne Kette mit einem keltischen Kreuzanhänger hervor. „Es ist nicht echt. Wenn ich unter Menschen gehe, lege ich es ab. Unter Shiftern trage ich es immer."

„Oh, nicht schlecht." Tamsin presste die Handflächen aufeinander. „Das ist wirklich eine super Sache. Du kannst mit deinem Umfeld verschmelzen, egal, wo du gerade bist. Na ja, zumindest soweit das jemandem wie dir überhaupt möglich ist."

Tiger schob die Halsband-Attrappe wieder in seine Tasche. „Sie haben es für mich angefertigt. Ich werde ihnen sagen, dass du auch eins brauchst."

Tamsin schaute alarmiert. „Ich glaube, die würden mich lieber tot sehen. Ich bin vor Dylan geflohen, und darüber ist er sauer.“

Tiger musterte sie. „Ich werde nicht zulassen, dass sie dich töten. Fuchs-Shifter sind viel zu selten, außerdem sind Angus und du Gefährten …“ Er straffte die Schultern. „Es wird keine Toten mehr geben.“

Tamsin lächelte Angus an. „Ich mag ihn.“

Angus ging es genauso, aber er war noch nicht sicher, ob er ihm voll und ganz trauen konnte. „Was hat Ben dir erzählt? Ich habe ihm nur gesagt, dass wir ein sehr spezielles Problem hätten und ich gerne mit ihm sprechen würde. Für Ben habe ich mich entschieden, weil er kein Shifter ist und normalerweise dichthält.“

„Ben glaubt, ich könnte euch in dieser Angelegenheit helfen“, erklärte Tiger. „Er meinte, du hättest ihn niemals angerufen, wenn sich das Problem mit einfachen Mitteln lösen ließe. Er hat auch Zander alarmiert. Wir drei sind stark, haben außergewöhnliche Fähigkeiten und können euch beschützen.“

„Ihr müsstet uns aber vor anderen Shiftern beschützen, nicht nur vor der Shifterbehörde“, sagte Angus. „Könnt ihr das? Selbst vor Dylan?“

„Ganz besonders vor Dylan“, antwortete Tiger, ohne eine Miene zu verziehen. „Ich werde euch bewachen, bis ihr am Treffpunkt ankommt, und so lange bleiben, bis ihr wisst, was ihr als Nächstes tun wollt.“

„Warum hilfst du uns?“, fragte Tamsin. „Wir bitten dich, uns vor Shiftern aus deiner eigenen Shiftertown zu beschützen, und welchen, in deren Schuld du stehst. Warum tust du das für uns? Versteh mich bitte nicht falsch, ich bin dir sehr dankbar. Aber warum hast du dich für unsere Seite entschieden?“

Tiger schenkte ihr einen Blick, der keinen Zweifel ließ, dass er auf Anhieb alles über sie gewusst hatte. „Ben und Zander haben mir von dir berichtet, Tamsin Calloway. Sie machen sich Sorgen um dich und wollen, dass dir nichts zustößt. Außerdem ist Angus mein Freund."

Seine Worte ließen keinen Raum für Zweifel. „Danke", sagte Angus aufrichtig.

Tamsin rutschte vom Bett und stellte sich vor Tiger. „Ich hätte dich auch gerne zum Freund", erklärte sie, legte vorsichtig die Arme um ihn und zog ihn auf Shifterart eng an sich. „Bitte entschuldige, dass ich geschrien habe, als ich dich das erste Mal gesehen habe."

„Ich bin furchterregend." Tiger legte Tamsin eine Hand auf die Schulter, und seine Kraft hatte etwas Beängstigendes. „Das sagt zumindest meine Gefährtin. Dann lacht sie immer." Sein Gesichtsausdruck wurde weicher. „Carly hat ein wundervolles Lachen."

Tamsin ließ ihn los und grinste ihn an. „Klingt, als würdest du sie sehr vermissen. Keine Sorge, Tiger. Wir bringen das alles schnell hinter uns, und dann kannst du zu ihr nach Hause zurück."

„Und zu meinem Jungen."

„Und zu deinem Jungen. Gib beiden einen Kuss von mir."

Tiger sah sie ernst an. „Das mache ich."

———

Tiger stellte keine weiteren Fragen. Er lehnte den Schlafplatz im Wohnmobil ab, den sie ihm anboten, und sagte im Weggehen, er werde sie bewachen.

Am Morgen gesellte er sich auf dem Weg zum Frühstückszelt zu Angus und Tamsin. Dante begrüßte ihn und nahm Tigers Angebot, einen Tag lang als Wachmann auf dem Jahrmarkt zu fungieren, an.

Tiger machte sich nach dem Frühstück an die Arbeit und erwies sich als verdammt gut darin. Er legte sechs Taschendieben das Handwerk und verhinderte, dass ein junges Mädchen von seinen Eltern weggelockt wurde, wobei er den Perversling beinahe in Stücke riss. Tiger zerrte den Mann am

Hals zu einem Dixi-Klo, in das er ihn bis zur Ankunft der Polizei einsperrte.

Tiger hielt sich bedeckt, als die Beamten eintrafen, um den Mann festzunehmen, nahm danach seine Tätigkeit wieder auf, fand zwei verloren gegangene Hunde wieder und rettete einen kleinen Jungen, der aus einem Karussell zu fallen drohte, ehe er ihn in die Arme seiner panischen Eltern legte.

Am Ende des Tages versuchte Dante, Tiger dauerhaft für sein Unternehmen zu gewinnen, aber der lehnte ab. Am Montag half Tiger beim Abbau der Fahrgeschäfte und Buden, am Dienstag fuhr er Angus' Wohnmobil auf der I-40 nach Albuquerque.

In dieser Stadt in New Mexico holte sie schließlich der Herbst ein. Es war im Süden von Louisiana und in Texas sehr warm gewesen, doch in Albuquerques Höhenlage, im Schatten des Bergmassivs, war die Luft frisch, und morgens war es empfindlich kühl.

Ben traf sich in einem Restaurant im alten Stadtkern mit ihnen, wo es vor Touristen nur so wimmelte, die sich zwischen den niedrigen Häusern aus Lehmziegeln drängten. Im Restaurant wurde mexikanisches Essen mit Hatch Chilis serviert, für die New Mexico so berühmt war, dass eigens ein Festival für sie ins Leben gerufen worden war. Das Lokal war proppenvoll. Als sie eintrafen, saß Ben bereits am Tisch und plauderte freundlich mit der Bedienung. Ein Bierkrug und zwei Schälchen Salsa standen vor ihm, zusammen mit einem Berg frischer Tortilla-Chips.

„Die sind der Hammer", verkündete Ben mit einer Handbewegung in Richtung der Salsa-Schälchen. Er führte einen reichlich mit grüner Soße bedeckten Chip zum Mund. „Da hat man das Gefühl, flüssiges Feuer im Mund zu haben. Die rote ist nicht so scharf, aber auch sehr lecker. Hi, Tamsin, Süße. Wie ich sehe, hast du Angus noch nicht den Laufpass gegeben."

Ben stand auf und umarmte zuerst Tamsin, dann ein wenig vorsichtiger Ciaran.

„Tiger." Ben nickte ihm freundlich zu. „Fragt ihn bloß nicht, wie es seinem Jungen geht, Leute. So viel Zeit haben wir nicht." Er schaute grinsend zu Tiger, der ihn verblüfft anstarrte. „Nun denn, hier drinnen ist es so laut, dass uns niemand belauschen kann. Was kann ich für euch tun?"

KAPITEL ZWEIUNDZWANZIG

S ie setzten sich, und Tamsin und Ciaran langten bei den
Nachos eifrig zu.

„Ich bin mir nicht sicher." Angus wollte mitten in einem
Restaurant, in dem andere Gäste weniger als einen Meter
entfernt saßen, nicht ins Detail gehen.

„Verstehe", sagte Ben. „Genießen wir also das Essen und
suchen uns dann ein ruhigeres Plätzchen."

Tamsin saß dicht neben Ben, ihre Schultern und Ellbogen
berührten sich, während sie Nachos knabberten. „Was macht
das Haus?", fragte sie ihn.

„Alles prima. Ich habe beobachtet, wie irgendwelche Typen
von der Shifterbehörde versucht haben, es zu finden. Autos
fuhren langsam auf den umliegenden Straßen hin und her, aber
das Haus hielt sich verborgen. Mit mir darin."

Haider musste Leute ausgeschickt haben, die angefangen
an dem Punkt, an dem sie in der Nacht, in der Angus Tamsin
gefangen hatte, vom GPS verschwunden waren, suchen sollten. Doch wenn das Haus nicht gefunden werden wollte,
hatten die Suchtrupps keine Chance.

„Wie bist du rausgekommen?", fragte Tamsin. „Ich
vermute, die haben jemanden abgestellt, der die Gegend im

Auge behält. Ist man dir gefolgt?" Sie war nicht besonders besorgt, nur neugierig.

Ben schüttelte den Kopf. „Ich bin ziemlich gut darin, heimlich zu kommen und zu gehen. Wenn ich es nicht will, sieht mich niemand. Außerdem wissen sie nicht, nach wem sie suchen sollen. Ich bin bloß ein Gesicht in der Menge."

„Nein, nein." Tamsin tätschelte ihm den Arm. „Du bist viel mehr als das, Ben. Du bist sehr speziell."

Ben wirkte geschmeichelt. „Ach, das sagst du bloß so."

„Ein sehr spezieller Goblin. Gibt es eigentlich weibliche Goblins?"

Der Schmerz, der in Bens Blick aufflackerte, war nicht zu übersehen, auch wenn er sich in der nächsten Sekunde wieder in der Gewalt hatte. „Nein. Nicht mehr."

Tamsins Lächeln erlosch. „Tut mir leid." Sie legte Ben mitfühlend eine Hand auf die Schulter.

Ben zuckte die Achseln. „So läuft das, wenn die Feen einen hassen", erklärte er. „Apropos, du riechst ein bisschen nach einer. Warst du mit einer Fee zusammen?"

Kein Hass, doch sie hörte einen Hauch von Wut in seiner Stimme.

„Ja. Celene", gab Tamsin zu. „Sie ist eine Halbfee. Eine Seiltänzerin, zumindest früher. Sie sagt, die Tage, in denen sie zehn Meter über dem Boden balanciert sei, lägen hinter ihr. Sie ist jetzt die Gefährtin eines Shifters."

„Okay", antwortete Ben skeptisch.

„Ich mag sie", warf Ciaran ein. „Ihre Tochter ist nett. Brina bringt mir bei, wie man Schmuck verkauft. Ich bin gut darin."

Bens Blick wanderte zu Ciaran, und er hob die dunklen Brauen. Angus wusste, wie sehr er die Feen hasste, aber es war bekannt, dass er für einzelne schon Ausnahmen gemacht hatte, wenn sie bewiesen hatten, dass sie es verdienten. Ben sagte nichts zu Ciaran, sondern wandte sich wieder den Nachos zu, die er in beide Saucen tunkte.

Die Kellnerin kam zurück, um ihre Bestellung aufzunehmen. Tamsin wählte mehrere Gerichte aus der umfangreichen

Speisekarte, genau wie Ben. Ciaran suchte sich auch etwas aus, und Angus nahm zwei simple weiche Tacos mit Rinderhack und Salsa. Tiger entschied sich für ein großes Steak.

Ben, Tamsin und Ciaran probierten von allen Tellern der jeweils anderen und erfreuten sich an Tamales, verschiedenen Sorten Enchiladas, aus denen Käse quoll, Carne adobada – Fleisch in einer leckeren roten Soße –, Burritos, bei denen die Füllung an den Enden herausquoll, und Carnitas – Schweinefleisch, das den ganzen Tag langsam gegart und lecker gewürzt worden war. An allem waren grüne Jalapeños, in den Soßen, am Tellerrand, ja sogar gehackt auf Tigers Steak. Er aß sie bedenkenlos.

„Mehr willst du wirklich nicht essen?", fragte Tamsin Angus mit einem Blick auf seine beiden Tacos, die mit Käse und Jalapeños gefüllt waren.

Er nickte. „Ich kann besser denken, wenn ich mir den Magen nicht so vollschlage."

„Das ist bei mir umgekehrt." Tamsin tätschelte sich den Bauch. „Ich kann besser denken, wenn ich vollgefressen und ein bisschen müde bin und mir warm ist."

„Willkommen im Club", meinte Ben.

Ciaran beobachtete beide fasziniert und klopfte sich dann Tamsin nachahmend auf den Bauch. „Geht mir auch so."

„Na toll." Angus setzte eine gespielt finstere Miene auf. „Mein Kind wird von Gierschlünden aufgezogen."

„Von Goblins und Gierschlünden." Tamsin grinste. „Wir wissen nur, was es bedeutet, Hunger zu leiden. Daraus ergibt sich logisch, dass keinen Hunger zu haben der bessere Zustand ist. Wenn man etwas zu essen hat, sollte man es genießen."

Angus erinnerte sich, wie wacklig sie auf den Beinen gewesen war, als er sie in das Haus in Louisiana geschafft hatte, und wie sie dann zugegeben hatte, eine ganze Weile nichts gegessen zu haben.

Nie wieder, schwor sich Angus. Tamsin würde nie wieder allein unterwegs sein und sich fragen müssen, wo ihre nächste Mahlzeit herkommen sollte. Egal, was Angus tun musste, um die Shifterbehörde zufriedenzustellen oder die Morrisseys zu überreden, sie wie damals Tiger ins System aufzunehmen, er würde dafür sorgen, dass Tamsin immer ein Zuhause, genug zu essen und eine Familie hatte. Selbst wenn er es dazu mit der ganzen Welt aufnehmen müsste.

Ben war nicht damit zufrieden, dass er bereits die halbe Speisekarte rauf und runter bestellt hatte, er ließ die Kellnerin als Nachtisch einen Teller Sopapillas bringen. Angus nahm auch welche, denn er mochte die leichte, fluffige, mit Zimt und Honig bestrichene Teigspezialität. Er leckte sich die Finger ab, sah Tamsin an und überlegte, was für ein Riesenspaß es wäre, dieses Gericht mit ihr allein zu verspeisen. Er hätte dann „versehentlich" Honig auf sie kleckern und ablecken können – und sie bei ihm.

Tamsin bemerkte, dass er sie beobachtete, und leckte sich mit einem neckenden Lächeln einen Tropfen Honig aus dem Mundwinkel. Angus wurde rot, schaute jedoch nicht weg.

Seine Gefährtin erwiderte seinen Blick, ehe sie sich wieder ihrem Gespräch mit Ben zuwandte.

Schließlich war die Mahlzeit beendet, und die Kellnerin war glücklich über das großzügige Trinkgeld, das Ben ihr gegeben hatte. Er mochte gut darin sein, Orte unauffällig zu betreten und zu verlassen, aber in diesem Restaurant würde man sich seiner erinnern.

Angus hatte sich von einem von Dantes Mitarbeitern einen Pick-up für die Fahrt in die Innenstadt geliehen, und sie drängten sich alle hinein, um Ben auf seinem Motorrad hinterherzufahren. Er hatte gesagt, er kenne einen Ort, wo sie sich unterhalten konnten.

Der Ort erwies sich als ein Haus ein gutes Stück den Berg hoch am Ende eines verlassenen Weges. Das Haus war noch recht neu, dem Anschein nach aus dem letzten Jahrzehnt, und verfügte über eine ultramoderne Küche, die den halben Wohnbereich einnahm.

„Gehört einem Freund", bemerkte Ben, als er die Tür aufschloss und den Code in die Alarmanlage eingab.

„Verstehe", grinste Tamsin und sah sich in dem geräumigen Inneren um. „Vielleicht sogar einer Freundin?"

„Leider nein. Einem Typen, für den ich mal gearbeitet habe, und seiner Frau. Im Laufe von tausend Jahren lernt man einen Haufen Leute kennen."

Er sagte das beiläufig, doch Angus nahm erneut einen Anflug von Schmerz wahr. Wenn man lange genug lebte, verlor man auch viele Leute. Shifter hatten eine deutlich kürzere Lebenserwartung als Ben, und selbst Angus hatte schon den schmerzlichen Verlust von menschlichen Freunden aus seiner Kindheit erlebt.

Tiger ließ sie nicht weiter ins Haus, bevor er nicht einmal außen herumgegangen war und auch jeden Raum in Augenschein genommen hatte. Danach setzte er sich an den Küchentresen und nickte Angus zu. „Alles klar. Keine Menschen, keine Wanzen."

Angus erinnerte sich, dass Tiger behauptet hatte, er könne die Signale hören, die Wanzen von sich gaben. Er und Tamsin blickten einander an.

Tamsin nickte. Sie hatten sich unterwegs darauf geeinigt, dass Angus den anderen das Problem erklären würde.

Ciaran setzte sich neben Tiger und stützte wie er die Ellbogen hinter sich auf den Küchentresen. Angus war dabei nicht ganz wohl, aber der Junge hatte es verdient, die Gefahr zu kennen, in der er sich befand.

Angus berichtete von seinem Bruder und dessen Rebellion, von Gavans Festnahme, der Verurteilung durch die Shifterbehörde und seiner Exekution. Er erzählte den anderen, dass Tamsin sich für eine Weile der Gruppe angeschlossen und es sich dann anders überlegt hatte, als Gavan ihr sein Waffenarsenal gezeigt hatte, das er angelegt hatte, um die Revolution gewaltsam voranzubringen. Jetzt war die Frage, was mit diesen Waffen geschehen sollte.

Nachdem er geendet hatte, herrschte lange Stille.

„Was denkt ihr?", fragte Angus.

Tiger kam Ben zuvor. „Zerstört sie. Waffen sind in Shifter-wie in Menschenhänden keine gute Idee."

„Einverstanden. Das Wie ist das Problem."

Ben rieb sich das Kinn. „Das Militär wird seinen Über-schuss durch Verkauf an andere Länder los – das scheidet hier aus. Manchmal werden Waffen auch eingeschmolzen, kontrolliert gesprengt oder wie bei Nuklearwaffen in einem tiefen Loch verbuddelt." Er blickte besorgt zu Tamsin. „Bitte sag mir, dass keine Nuklearwaffen dabei sind."

Tamsin schüttelte den Kopf. „Ich bin keine Expertin, aber ich glaube das eher nicht. Ich habe Gewehre in Gestellen gese-hen, Granaten und Unmengen Munition."

Tiger warf ein: „Man braucht spezielle Einrichtungen, um Waffen einzuschmelzen und Granaten kontrolliert zu zünden."

„Wir können nicht das Verteidigungsministerium bitten, ob wir mal kurz eine seiner Einrichtungen nutzen können, oder?", seufzte Tamsin. „Nein, vermutlich nicht."

„Sie werden jedenfalls nicht verkauft", stellte Angus klar. „Nicht ins Ausland und auch nicht an Kriminelle im Inland. Shifter kriegen sie ebenfalls nicht die Pfoten."

Tamsin verschränkte die Arme. „Es könnte sie schon jemand gefunden haben. Vielleicht sind sie gar nicht mehr da. Oder Gavan hat sie woanders hingeschafft oder verkauft. Oder einer seiner Leute nach Gavans Festnahme."

„Wenn Gavan sie woanders versteckt oder verkauft hat, macht es das nicht besser", erwiderte Angus. „Deshalb müssen wir zuerst genau das herausfinden."

„Die Shifterbehörde sucht mich in ganz Shreveport", erinnerte ihn Tamsin.

„Dafür hat man Freunde", sagte Ben. „Freunde, die sich mit Heimlichkeit auskennen. Ich kann für dich nachschauen gehen."

„Freunde, die dich beschützen können", ergänzte Tiger. „Ich werde auf euch aufpassen."

Tamsin breitete die Arme aus. „Ihr seid beide wirklich

furchtbar nett. Ihr kennt mich doch kaum. Warum tut ihr das?"

„Wir kennen Angus", entgegnete Ben. „Er ist mürrisch, aber er ist einer von den Guten. Tiger behauptet, er könne den Unterschied zwischen Gut und Böse riechen, und ich glaube ihm."

Tigers Lippen zuckten, seine Version eines Lächelns. „So einfach ist es nicht. Doch ich kann den Unterschied erkennen."

Tamsin legte die Fingerspitzen aneinander, führte sie an die Lippen und wurde ganz ernst. Angus sah, dass ihr vieles im Kopf herumging, und vermutete, dass sie ähnliche Dinge beschäftigten wie ihn. Sie mussten entscheiden, ob sie Ben die Erkundung überlassen oder das Risiko selbst auf sich nehmen wollten.

„Bist du sicher, du schaffst das, ohne dass dich die Shifterbehörde bemerkt und dir folgt?", fragte Tamsin Ben. „Oder sonst jemand, zum Beispiel die Menschenpolizei?"

„Hmm", lautete Bens Antwort, und dann war er plötzlich verschwunden.

Tamsin schrie auf, und Angus zuckte zusammen. Er wusste, dass Ben magisch begabt war, aber er hatte ihn noch nie in Aktion erlebt.

Tiger und Ciaran rührten sich nicht. „Da ist er", sagte Ciaran und deutete in den Schatten zwischen dem großen Kühlschrank und dem Gang zur Hintertür.

Angus spähte zu der Stelle, auf die sein Sohn zeigte, und nach und nach nahm er Bens Umriss wahr wie einen Gegenstand, den das Morgenlicht langsam erhellte. Ben trat vor, war wieder fest und stofflich.

„Es ist schwer, Junge zu täuschen", stellte er fest. „Sie haben einen Blick für so was. Tiger auch."

Tiger nickte nur wortlos.

Tamsin wandte sich an Ben. „Du hast mich überzeugt. Wie machst du das? Schlüpfst du zwischen den Luftmolekülen hindurch?"

Ben hob die Brauen. „Was liest du denn für Bücher? Es ist

eine Art Irreführung. Ich nutze Licht und Schatten. Ein Zaubertrick, der die Aufmerksamkeit von Beobachtern woanders hinlenkt. Ich übe einfach viel." Er hauchte auf seine Fingernägel und polierte sie an seinem Hemd.

„Was meinst du, Angus?", erkundigte sich Tamsin.

„Das musst du entscheiden", sagte Angus. „Dein Versteck."

„Nicht meins. Es hat deinem Bruder gehört. Damit ist es deine Entscheidung."

Ben lachte auf. „Ich weiß nicht, ob ich es süß oder nervig finden soll, euch zuzuschauen, wie ihr euch gegenseitig den schwarzen Peter zuschiebt. Jedenfalls sollte ich das machen. Wenn Tamsin erwischt werden würde, wäre das schlecht für sie."

Da hatte er recht. Sein Vorschlag war ihre beste Option.

„Ben übernimmt das", verkündete Angus.

Tamsin nickte. „Einverstanden." Sie seufzte. „Ich gebe dir die Wegbeschreibung."

***

TIGER BEGLEITETE ANGUS, TAMSIN UND CIARAN ALS IHR selbst ernannter Leibwächter zurück zum Jahrmarkt.

Schweren Herzens verabschiedete sich Tamsin von Ben, ehe er sich auf sein Motorrad schwang und davonfuhr. Sie war nicht sicher, ob sie hoffen sollte, dass er das Waffenlager intakt vorfand oder feststellte, dass es verschwunden war. Dieser verdammte Gavan – was hatte er sich nur dabei gedacht? Wenn ihn die Shifterbehörde nicht rechtzeitig geschnappt hätte … Tamsin erschauerte. Sie wollte gar nicht darüber nachdenken, was Gavan letztlich mit den Waffen angestellt hätte.

Angus schwieg, während sie zu dem Platz zurückfuhren, auf dem die anderen gerade den Jahrmarkt aufbauten. Er gab den Pick-up seinem Besitzer zurück und machte sich dann nützlich, nachdem er Tamsin lange und leidenschaftlich geküsst hatte.

Nun hieß es warten.

Wenn Ben die gesamte Strecke mit seinem Motorrad zurücklegte und sich nach Südosten Richtung Louisiana hielt, würde er mindestens einen guten Tag für die Durchquerung von Texas brauchen. Länger, wenn er essen und ausruhen musste, allerdings hatte Angus keine Ahnung, wovon sich Goblins ernährten. Ben konnte definitiv ganz schön was verputzen.

Tamsin versuchte, sich keine Sorgen um ihn zu machen. Die Shifterbehörde wusste nichts von ihm, das hatte Ben zumindest behauptet. Fast niemand wusste von seiner Existenz. Er hatte ihnen versichert, dass er auf sich aufpassen konnte. Schon seit Jahrtausenden. Die Einsamkeit, die in dieser Aussage mitgeschwungen hatte, hatte Tamsin fast das Herz gebrochen.

Später am selben Abend meldete Ben sich bei Tiger – Tamsin wusste nicht wie, denn sie sah Tiger nie mit einem Handy. Tiger richtete aus, Ben sei in Dallas, würde dort übernachten und am frühen Morgen nach Shreveport weiterfahren.

Nachdem Tiger die Botschaft überbracht hatte, steckte Tamsin Ciaran ins Bett und setzte sich auf die Matratze, um auf Angus zu warten. Sie blätterte Zeitschriften durch, die Celene ihr ausgeliehen hatte, und stellte fest, dass die Schuhmode für den Herbst und Winter ganz entzückend war. Vielleicht könnte sie den Rest ihres Pokergewinns dafür einsetzen, jetzt, wo sie regelmäßig einmal pro Woche Gehalt erhielt.

Als Angus eintrat, legte sie die Zeitschriften beiseite.

Er sah zuerst kurz nach Ciaran, der schnarchte – eine leisere Version des Schnarchens seines Vaters –, und zog sich dann aus.

Tamsin beobachtete ihn. Angus war groß und muskulös, ein starker Wolf mit breiter Brust und mächtigen Oberschenkeln.

Tamsin, die nur ein Nachthemd trug, rutschte zur Seite, um ihm Platz im Bett zu machen. Angus kam zu ihr unter die Decke, und Tamsin legte sich auf ihn.

„Ich brauche neue Klamotten", verkündete sie. „Celene will ihre sicher nicht für immer mit mir teilen. Ich habe gesehen, dass es in Albuquerque ein Einkaufszentrum gibt."

Angus brummte in der Dunkelheit: „Ich dachte, wir bleiben in Deckung."

„Na klar. Aber Ben wird sich erst morgen bei uns melden, und dann müssen wir entscheiden, wie wir vorgehen wollen. Bis dahin können ein paar Stunden Shopping nicht schaden."

Angus fuhr sich mit der Hand übers Gesicht und seine kratzigen Bartstoppeln. „Ich werde Frauen nie verstehen."

„Was gibt es da zu verstehen? Wir sind völlig logische Wesen. Wenn wir Klamotten brauchen, gehen wir shoppen. Wir reden uns nicht ein, dass es okay ist, monatelang dasselbe Oberteil zu tragen, bis es ganz fadenscheinig ist."

Das Grollen wurde tiefer. „Was willst du damit sagen?"

„Wir beziehen auch nicht automatisch immer alles, was jemand sagt, auf uns."

„O doch. Frauen nehmen alles persönlich."

„Ich nicht", betonte Tamsin, dann lachte sie, schlüpfte aus ihrem Nachthemd und schmiegte sich an ihn. „Wir müssen reden."

Angus erschauerte theatralisch. „Warum habe ich bei diesen Worten nur so ein ungutes Gefühl? Was kommt als Nächstes? Dass mein Bruder mehr als ein Waffenlager hatte? Oder zwanzig Junge mit all den Frauen, denen er das Gefährtenversprechen gegeben hat?"

„Er hatte überhaupt keine Junge. Was interessant ist. Aber nein." Tamsin zeichnete ein Muster auf seine nackte Haut und genoss es, wie sich seine drahtige Brustbehaarung unter ihren Fingerspitzen anfühlte. „Was machen wir danach? Ich meine, wenn uns die Shifterbehörde nicht erwischt und umbringt. Wo werden wir leben? Zusammen? Oder ..."

Angus verstummte, und Tamsins Herz raste. Die Stille war angespannt.

„Ich dachte, du reist gern mit dem Jahrmarkt umher", antwortete er nach einem kurzen Augenblick.

„Ja. Im Moment schon. Doch ich habe nachgedacht. Du hast Freunde in deiner Shiftertown, gute wie Reg. Auch Ciaran hat Freunde dort, nehme ich an, genau wie vermutlich in der Schule. Willst du die alle tatsächlich nie wiedersehen? Immer auf der Flucht sein?"

Bei seinem leisen Knurren vibrierte Angus' Brust. „Worauf willst du hinaus, Tamsin?"

Tamsin hob den Kopf, und ihr Zopf fiel ihr über die Schulter. „Ich bin nicht sicher. In einer Shiftertown wollte ich eigentlich nie leben. Ich will kein Halsband tragen. Das würde mich umbringen, glaube ich. Aber andererseits will ich meine Mutter besuchen können. Ich vermisse sie wie verrückt. Wenn ich weiterhin auf der Flucht bin, werde ich sie nie wiedersehen. Deshalb habe ich gedacht – wird es dir genauso gehen, wenn du nicht nach Hause zurückkehrst? Wirst du die, die dir etwas bedeuten, nie wiedersehen? Willst du das?" Tränen brannten ihr in den Augen, und sie versuchte, sie wegzublinzeln.

Angus hob die Hand und strich ihr zärtlich übers Haar. „Süße. Warum hast du mir das nicht erzählt?"

Tamsin schniefte und wischte sich über die Wangen. „Welchen Teil? Ich habe gerade ziemlich viel geredet."

„Dass du deine Mutter so vermisst. Du wirkst so zufrieden, als fiele es dir leicht, in allem Freude zu finden, egal, was passiert."

„Ich habe gelernt, so zu sein, denn wenn ich es nicht wäre, würde ich mich hinsetzen und nie wieder aufstehen. Ich habe meine Schwester durch Shifterjäger verloren. Wir haben einander nahegestanden, Angus. Ich kann dir gar nicht sagen, wie nahe. Dann war sie plötzlich fort. Meine Mutter auch, eingesperrt. Ich hatte beschlossen zu fliehen, als die Shifterbehörde uns holen kam. Der Preis dafür war, dass ich meine Schwester verloren und meine Mutter nie wiedergesehen habe. Ich will die relative Freiheit meiner Mutter nicht gefährden, indem ich Kontakt zu ihr aufnehme. Vielleicht wird sie zusammen mit mir bestraft, wenn man mich erwischt."

„Bei der Göttin, Tamsin, das tut mir so leid."

„Ja, mir auch." Tamsin bettete den Kopf wieder an seine Schulter, während er weiter ihr Haar streichelte. Seine große Hand war stark und warm in der Dunkelheit. „Ich weiß, dass ich dich nicht verlieren will. Aber du riskierst alles, wenn du bei mir bleibst."

Er küsste ihre Stirn. „Lass das meine Sorge sein, Liebste."

Tamsin drehte den Kopf, um ihn anzuschauen. „Tut mir leid, ich kann nicht einfach vergessen, dass du und dein Junges festgenommen werden könntet, weil ihr nicht brav in eure Shiftertown zurückgekehrt seid. Also, was bringt die Zukunft? Legst du dein Halsband ab und fliehst mit mir? Oder komme ich mit in deine Shiftertown und bete, dass die Shifterbehörde mich nicht bemerkt und exekutiert? Tiger hat erwähnt, dass das Oberhaupt einer Shiftertown bestraft wird, wenn ein Shifter daraus verschwindet, möglicherweise auch andere Shifter von dort."

Angus' Augen blitzten. „Das hat Tiger dir erzählt?"

„Es war sein Versuch, mir zu erklären, warum man ihn in der Shiftertown von Austin nicht vermissen würde. Er hat gesagt, es gebe ihn offiziell nicht. Es existieren keine Unterlagen über ihn. Es seien zwar gefälschte Dokumente für Notfälle vorhanden, falls die Shifterbehörde irgendwann eine Zählung durchführt, doch die Morrisseys decken es, wenn Tiger für sie auf eine Mission geht."

Angus seufzte. „Als mein Bruder abgehauen ist, hat man Spence auch vorgeladen. Dieses Jahr wieder, als ein Shifter namens Brice spurlos verschwunden ist, zusammen mit ein paar anderen Wandlern aus unserer und aus anderen Shiftertowns. Brice ist tot, sein Verschwinden ist also zumindest geklärt. Unser Wächter hat ihn ins Sommerland gesandt, aber Spence musste denen das Blaue vom Himmel herunterlügen, um sein Amt zu behalten."

„Was sagen wir dann?"

Angus legte die Hand an ihre Wange. „Ich könnte vorgeben, ums Leben gekommen zu sein. Den Wächter dazu bringen, der Shifterbehörde einen Beutel voll Staub zu zeigen."

Tamsin setzte sich aufrecht hin. „Wir täuschen unseren eigenen Tod vor. Oh, das ist …"

„Tamsin." Angus legte ihr die Hand in den Nacken. „Das war nicht mein Ernst."

„Aber das ist die perfekte Lösung. Dann können wir …"

Angus schnitt ihr das Wort ab, indem er sie zu einem leidenschaftlichen Kuss an sich zog. „Wir lassen uns etwas anderes einfallen", flüsterte er. „Etwas weniger Drastisches. Einverstanden?"

Es war eher sein Kuss als seine Worte, was Tamsin zum Schweigen brachte. „Klar. Wir lassen uns etwas einfallen."

Tamsin beugte sich für einen weiteren Kuss über ihn, und als Angus' Hände warm über ihren Rücken strichen, lösten sich ihre Sorgen auf. Tamsin schob sich ganz über ihn, fand ihn hart und bereit, setzte sich rittlings auf ihn, und als er in sie glitt, versank die Welt um sie herum.

Über die Zukunft konnten sie später noch sprechen. Im Augenblick war die Gegenwart mehr als genug.

AM NÄCHSTEN MORGEN tauchte TIGER neben ANGUS auf, als der gerade dabei war, beim Aufbau der Piraten-Schiffsschaukel mit anzupacken, die inzwischen repariert und wieder sicher war. Tiger wartete, bis Angus den anderen verkündete, er werde eine kurze Pause machen, dann entfernten sie sich gemeinsam. Tiger kam wie üblich direkt zur Sache.

„Es ist da", sagte er. „Ben hat es gefunden. Er lässt dir ausrichten, jetzt bist du am Zug."

KAPITEL DREIUNDZWANZIG

Angus bat Dante, auf Ciaran aufzupassen, was dieser gern versprach. Der Einzige, der mit dieser Regelung nicht zufrieden war, war Ciaran.

„Dad, ich möchte bei dir sein!"

Ciarans Panik nagte an Angus, und er hätte am liebsten Gavans ganzen Mist, die Shifterbehörde und die Gefahr, die das Arsenal darstellte, vergessen. Er wollte bleiben, wo er war, sein Junges an sich drücken und es niemals allein lassen.

Angus hob Ciaran hoch. Als Menschenjunge wurde er langsam zu groß, um das einfach so zu tun, doch das war Angus egal. Er küsste Ciaran aufs Haar. „Ich weiß, mein Sohn, aber hier bei Dante es ist sicherer für dich. Was Tamsin und ich tun müssen, ist gefährlich, und ich kann nicht auf euch beide gleichzeitig aufpassen. Du weißt doch, sie bringt sich ständig in Schwierigkeiten."

Ciaran hob den Kopf, und sein sturer, finsterer Blick war ein Abbild von Angus' eigenem. „Dann soll Tamsin bei mir bleiben. Dante und Celene können genauso gut auch auf sie aufpassen."

„Glaub mir, ich bin da ganz deiner Meinung, aber sie hört einfach nicht auf mich."

Er und Tamsin hatten genau darüber schon ausführlich und durchaus lautstark gestritten. Tamsin weigerte sich, hierzubleiben. Angus brauche Schutz, hatte sie gesagt, sonst würde er die Sache womöglich nicht überleben. *Sie* würde sich wie schon ihr ganzes Leben lang nicht schnappen lassen – darin war sie gut. Angus hingegen war zu groß und zu ungelenk, behauptete sie, und würde ihren Gegnern viel zu leicht ins Netz gehen.

Schließlich hatte Angus nachgegeben, wenn auch nur, weil er wusste, dass Tamsin etwas wirklich Dummes tun würde, wenn er versuchte, sie zurückzulassen, sich etwa bei Nacht und Nebel allein nach Shreveport aufmachen oder ihm folgen. Wenn sie zusammen loszogen, konnte Angus sie wenigstens im Auge behalten.

Ciaran hingegen musste weit weg von der Shifterbehörde und allen Shiftertowns bleiben. Wenn Angus und Tamsin erwischt wurden, würde Ciaran gut versteckt bei Dante in Sicherheit sein.

Ciarans halsstarriger Gesichtsausdruck konnte nicht darüber hinwegtäuschen, dass er mit den Tränen kämpfte. „Was, wenn ihr nicht zurückkommt?"

Angus' erster Impuls war zu sagen: „Natürlich kommen wir zurück", aber das konnte er natürlich gar nicht so genau wissen. Er wollte Ciaran nicht anlügen, denn der verdiente es, die Wahrheit zu erfahren, und war alt genug zu erkennen, wenn man ihm etwas vormachte.

„Dann werden sich Dante und Celene um dich kümmern", erklärte Angus. „Sie werden dich großziehen wie ihren eigenen Sohn. Dante und ich haben bereits darüber gesprochen. Er ist ein guter Mann und wird dir beibringen, was man als Shifter wissen muss, und er wird auch auf dich aufpassen."

Ciaran atmete viel zu schnell. „Ich habe früher immer gedacht, Onkel Gavan sei mein Vater. Damals habe ich viel geweint, weil ich noch sehr klein war und ihn nicht mochte. Ich hab nicht kapiert, warum ich meinen eigenen Vater nicht leiden konnte. Dann habe ich herausgefunden, dass *du* mein

Vater bist. Ich hatte Angst vor dir, als du mich von Onkel Gavan und meiner Mutter weggeholt hast, weil ich das auch nicht verstanden habe, aber du hast dich benommen wie ein richtiger Dad. Du hast mich in den Arm genommen und mit mir geredet und mir Essen gemacht und mir gesagt, ich soll mein Zimmer aufräumen. Da habe ich beschlossen, dich nie wieder allein zu lassen, egal, was passiert." Ciaran fixierte Angus entschlossen mit seinen wolfsgrauen Augen. „Egal, was passiert."

Angus tat das Herz weh. Sein Zorn auf April und seine Liebe zu Ciaran verbanden sich zu einem Feuerball in seiner Brust. „Als ich dich heimgeholt habe, habe ich mir genau dasselbe geschworen, Ciaran. Mehr als alles auf der Welt will ich zu dir zurückkommen. Und dafür werde ich bis zum Letzten kämpfen. Doch ich will weder die Shifterbehörde noch Haider irgendwo in deiner Nähe haben. Ich lasse dich hier, um diesen Mistkerl von dir fernzuhalten. Niemand wird wissen, dass du bei Dante bist – Haider und Männer wie er werden dich niemals finden. Versprochen."

Ciaran schob die Unterlippe vor. „Das ist mir egal, Dad. Ich will trotzdem nicht, dass du gehst."

„Ich weiß. Glaub mir, ich will das auch nicht. Manchmal müssen wir Dinge tun, auf die wir keine Lust haben, damit nicht noch mehr Leute verletzt werden. Ben und Tiger werden mich begleiten, und wir erledigen diese Sache so schnell wie möglich. Mach Dante keinen allzu großen Ärger, ja? Sonst liegt er mir damit ewig in den Ohren."

Ciaran dachte über seine Worte nach und nickte dann ernst. „Ich werde es versuchen. Darf ich weiter auftreten?"

„Nur, wenn Dante dabei ist und sicherstellt, dass dir nichts passiert."

„Das wird es nicht." Ciaran sprach mit der Überzeugung der sehr Jungen. „Celene passt auf, und was wir tun, sieht gefährlicher aus, als es ist. Aber ich bin ganz vorsichtig", fügte er rasch hinzu.

Angus umarmte ihn und hielt ihn fest. Er liebte dieses

Junge so. Ein Grund, warum er loszog, um hinter Gavan aufzuräumen, statt den ganzen Mist zu ignorieren, war, dass Männer wie Haider und Dylan das Waffenlager nicht finden sollten, denn dann wären Shifter in Gefahr, auch Ciaran. Ein weiterer war, dass Tamsin diese Mistkerle dann für immer los war. Danach … Nein. Darüber konnten sie reden, wenn es so weit war.

———

AM NACHMITTAG DESSELBEN TAGES LENKTE ANGUS DEN Pick-up, den er sich erneut geliehen hatte, vom Jahrmarkt weg. Tamsin saß neben ihm. Sie hatte ihr Haar zu einem Zopf geflochten und diesen unter eine Mütze gestopft, die ihre hellrote Mähne zumindest ansatzweise verbarg. Tiger saß auf der anderen Seite neben ihr und war wie immer schweigsam.

Tamsin versuchte, etwas für die gute Laune im Auto zu tun. Sie schaltete das Radio ein, sang mit und versuchte, auch Tiger dazu zu bewegen. Sie lachte, als der mit ernster Miene erklärte: „Tiger singen nicht."

„Ich wette, manchmal tun sie das sehr wohl", widersprach sie. „Wie viele Tiger kennst du denn?"

Tiger dachte nach. „Mich. Kendrick. Mein Junges. Seine Jungen."

„Ich wette, dein Junges ist süß. Singt er?"

Tiger zuckte die breiten Schultern. „Weiß ich noch nicht. Er gurgelt."

„Hast du Bilder von ihm? Ganz bestimmt, oder?"

Tiger zückte ein Portemonnaie mit einem altmodischen ausklappbaren Foto-Leporello. Tamsin schaute sich die Bilder der Reihe nach an und rief: „Das ist das süßeste Junge, das ich je gesehen habe." Tiger faltete das Leporello wieder zurück ins Portemonnaie. „Mit Ausnahme von Ciaran, natürlich."

„Ciaran wird ein guter Wolf werden", verkündete Tiger.

Stolz wallte in Angus auf. Tiger machte bekanntermaßen

keine großen Worte – wenn er sagte, Ciaran würde ein guter Wolf werden, meinte er das genau so.

Dante hatte ihnen eine Kühltasche voller Proviant mitgegeben, deshalb hielten sie an Rastplätzen an, um zu essen und aufs Klo zu gehen, blieben aber ansonsten für sich. Tiger hatte sein auffälliges Haar unter einer Mütze versteckt, und Angus verbarg sein Halsband unter einer Jacke.

Er fuhr die ganze Nacht durch, während Tamsin an seine Seite gelehnt schlief. Tiger blieb wach. In seinen Augen spiegelten sich die Lichter der Straße.

Am Morgen überquerten sie die Grenze zwischen Texas und Louisiana. Jetzt konnte man Angus wenigstens nicht mehr festnehmen, weil er sich nicht in dem Staat befand, in dem seine Shiftertown lag. Doch für das Verlassen des Staates, die Fluchthilfe für Tamsin und dafür, dass er sie nicht ausgeliefert und den Anweisungen der Shifterbehörde zuwidergehandelt hatte … dafür würde man ihn wahrscheinlich töten.

Der Red River, der Grenzfluss zwischen Texas und Oklahoma, beschrieb in Arkansas einen Bogen und führte dann direkt in den Großraum Shreveport. Der Fluss war von Feriensiedlungen gesäumt, und neben Hotelwolkenkratzern lagen Casinoschiffe vor Anker.

Tamsin lotste sie über den Fluss, durch Bossier City und wieder hinaus aufs Land, wo alles sehr grün war und zwischen hohen Bäumen und viel Gras hier und da Mobilheime standen.

Sie kamen an einem Hinweisschild zu einem Luftwaffenstützpunkt vorbei, ein weiteres wies darauf hin, dass im Süden eine weitere militärische Einrichtung lag.

„Bei der Göttin, hat Gavan da die Waffen her?", fragte Angus angewidert. „War er blöd genug, das Militär zu beklauen?"

„Ich weiß es nicht", antwortete Tamsin düster. „Wahrscheinlich."

Angus knurrte. „Na großartig."

„Da lang, glaube ich", rief Tamsin und deutete auf eine

Nebenstraße, die sich rasch in einen Feldweg verwandelte. „Ich sehe Motorradspuren. Von Ben vermutlich."

Das hoffte Angus sehr, denn er wollte nicht unbedingt eine Rockerbande bei irgendwelchen illegalen Geschäften stören. Zwar hatte er keine Angst, sich mit solchen Leuten anzulegen, aber es würde für Wirbel sorgen, und das konnten sie sich nicht leisten.

„Da ist Ben." Tamsin deutete auf den dunkelhaarigen Mann, der in den tiefen Schatten eines Baumes an seinem Motorrad lehnte.

Angus steuerte den Pick-up so dicht wie möglich neben das Motorrad, ohne Gefahr zu laufen, im Schlamm stecken zu bleiben.

„Da seid ihr ja", begrüßte Ben sie. „Alles in Ordnung, Tamsin?"

„Soweit ein Mädchen in Ordnung sein kann, das stundenlang mit männlichen Shiftern im Auto gesessen hat." Tamsin lachte. „Ist es noch da? Bist du sicher?"

Diese letzte Frage stellte sie leise, als hoffe sie, Ben würde sagen: „Nein, war nur 'n Witz" und ihnen dann mitteilen, er hätte sie bloß zum Spaß den ganzen Weg herkommen lassen.

Aber so viel Glück hatte sie nicht. Ben bedeutete ihnen, ihm zu folgen, und schlug einen rutschigen Pfad ein, der zwischen ein paar Bäumen hindurchführte.

Angus war sich nicht sicher, was er erwartet hatte. Vielleicht einen alten Bunker oder einen Luftschutzkeller, einen unterirdischen Betonbau, der sich nur durch eine kleine Klappe im Boden betreten ließ. Oder vielleicht ein unauffälliges, graues, kubisches Gebäude mit vergitterten Fenstern oder ganz ohne.

Doch Ben führte sie zu einem heruntergekommenen Mobilheim, das aussah, als würde es der nächste Windstoß umwerfen. Das schmutzige, verrostete weiße Häuschen stand allein mitten auf einem feuchten, überwucherten Feld auf einem Holzfundament, dessen einstige blaue Farbe weitgehend abgeblättert war.

Stufen, die früher einmal zur Eingangstür geführt hatten, lagen jetzt als verrottender Holzhaufen neben dem Fundament. Ben griff darüber hinweg und öffnete die Tür.

„War sie abgeschlossen?", fragte Angus.

„Ja. Aber das Schloss war kein Hindernis."

„Verdammt."

Das war nie und nimmer ein sicherer Ort für ein Waffenlager gewesen. Hatte Gavan ihn ausgesucht? Oder waren sie hier schon vorher verstaut gewesen? Jedenfalls war es ein idiotisches Versteck.

Ben schwang sich locker in das Mobilheim hinauf. „Vorsicht beim Reingehen. Hier gibt es viele Löcher und verrottete Bretter."

Angus folgte ihm. Er wollte alles prüfen, bevor Tamsin sich zu ihnen gesellte. Zumindest oberflächlich. Am liebsten wäre es ihm gewesen, wenn sie ganz draußen geblieben wäre, doch er wusste genau, das kam für sie nicht infrage.

Er fand sich in einem düsteren, muffigen Raum wieder, der die gesamte Fläche des Mobilheims einnahm. Durch kleine Fenster fiel das wenige Licht herein, das die umstehenden Bäume durchließen. Wenn es hier je Zwischenwände gegeben hatte, waren sie entfernt worden. Der Boden war mit einem dünnen Teppich bedeckt, wölbte sich hier und da, und es gab keinerlei Möbel.

Tiger hob Tamsin ins Mobilheim und kletterte dann selbst hinein. Er blieb direkt an der Tür stehen, um die Umgebung im Auge behalten zu können. Von seinem Platz aus konnte er durch das rückwärtige Fenster auch das Feld auf der anderen Seite im Auge behalten.

„Das ist es?", fragte Angus Tamsin erstaunt.

Tamsin fröstelte und verschränkte die Arme. „Ja."

„Ich sehe keine Waffen."

„Die sind hier." Ben zog ein Stück Teppich hoch, und darunter kam ein rostiger, in den Boden eingelassener Ring zum Vorschein. Ben streifte sich Arbeitshandschuhe über, ehe er daran zog und ein Stück des Bodens anhob.

Angus bückte sich vorsichtig, um in die Öffnung zu blicken. Ben schaltete eine Taschenlampe an und leuchtete in das Loch.

Unter dem Mobilheim war eine Art flacher Keller ausgehoben worden, oder man hatte es nach dessen Fertigstellung daraufgestellt. Der unterirdische Bereich war länger und breiter als das Häuschen und hatte Betonwände. Angus spähte hinunter. Dort gab es reihenweise Regale mit Handfeuerwaffen und Gewehren aller Art, die er gar nicht alle genau identifizieren konnte. Ein paar hatten Rostflecken, woraus er schloss, dass der Keller nicht luft- und wasserdicht war.

Er hatte eine Idee. „Wir könnten ihn fluten", schlug er vor. „Wasser da reinleiten und das Zeug damit bedecken."

„Das könnte die Sprengstoffe und Munition unschädlich machen", pflichtete ihm Ben bei. „Möglicherweise. Je nachdem, worum genau es sich handelt und ob sie wasserdicht verpackt sind. Doch ein Sturmgewehr kann jeder trocknen und reparieren. Dasselbe gilt für den Ansatz, den ganzen Kram einfach in den Fluss zu kippen. Dort könnte jeder das Zeug finden, reinigen und verwenden oder verkaufen."

Angus richtete sich auf, und Wut, die er längst überwunden geglaubt hatte, loderte wieder auf. „Die Göttin möge meinen Bruder verdammen. Ich weiß, er ist im Sommerland, aber ich hoffe, alle Shifter dort treten ihm kräftig in den verdammten Hintern."

———

Sie schlossen die Luke wieder und machten sich aufbruchsbereit. Ben hatte in einem Baumarkt ein Kanteisen, lange Bolzen und Werkzeug gekauft, und er und Angus brachten das Eisen so über dem Zugang an, dass man diese ohne Werkzeug und viel Kraft nicht mehr öffnen konnte. Ben sicherte auch die Tür des Mobilheims mit einem glänzenden neuen Vorhängeschloss.

Angus war schweigsam, als sie dem Weg zurück zum Pick-up folgten, noch schweigsamer als sonst, was, wie Tamsin fand, etwas heißen wollte. Selbst wenn Angus nicht viel redete, knurrte er doch, murmelte vor sich hin oder schaute einfach finster.

Im Moment aber schritt er mit ausdruckslosem Gesicht schweigend voraus. Tamsin fragte sich, ob der Zorn, der ihm die Sprache verschlug, seinem Bruder galt oder ihr.

„Alles in Ordnung?", erkundigte sie sich leise.

„Hmm?" Angus nahm geistesabwesend ihre Hand. „Ja, ich denke nur nach."

„Überlegst du, wie du mich am besten schnell wieder loswirst?"

Angus umfasste ihre Hand fester, und da war auch der finstere Blick wieder, bei dem seine Augen funkelten. „Du bleibst schön bei mir. Du bist meine Gefährtin. Wir gehören zusammen."

Diese Worte wärmten zwar Tamsin das Herz, doch sie hakte weiter nach: „Worüber denkst du danach?"

„Wie wir das Zeug loswerden können. Ich habe schon ein paar Ideen. Aber darüber reden wir später. Ich werde Bens Hilfe brauchen."

Tamsin starb fast vor Neugier, doch Angus sagte kein weiteres Wort. Er half ihr in den Pick-up, Tiger nahm auf der anderen Seite neben ihr Platz, und Angus lenkte den Wagen wieder Richtung Shreveport, immer hinter Ben auf seinem Motorrad her.

„Wo wurden die Agenten getötet?", fragte Angus Tamsin, während sie den Highway entlangfuhren.

Tamsin erschauerte, weil sie es vorzog, nicht daran erinnert zu werden. Sie schluckte Galle und erwiderte: „Im Park am See. Dion hat versucht, mich dazu zu bringen, ihm das Arsenal zu zeigen, aber die Behörde muss mitbekommen haben, dass er in der Stadt war, oder war ihm hierher gefolgt. Sie haben zwei Agenten geschickt ..."

Tamsin verstummte, denn jetzt bahnten sich all die verdrängten Erinnerungen wieder an die Oberfläche – das schreckliche Knurren, als Dion seine Hybridgestalt angenommen und angegriffen hatte. Das viele Blut, die Schreie, der Gestank …

Angus' Berührung holte sie aus der Finsternis zurück. Auf der anderen Seite legte Tiger, der ihre Verzweiflung ebenfalls spürte, die Hand auf ihren Arm, doch Angus' Berührung erreichte ihr Herz.

Tamsin holte tief Luft und schüttelte die Erinnerung ab.

„Wir werden den Park am See meiden", verkündete Angus. „Ben hat bereits ein Motelzimmer für uns gebucht, dort können wir uns verstecken."

Das Zimmer befand sich nicht in einem schicken Hochhaus in einer der Feriensiedlungen, sondern in einer kleinen Niederlassung einer Motelkette ein Stück den Fluss hinunter. Inzwischen war es Tamsin egal, wo sie unterkamen, solange es ein ordentliches Bad und ein Bett gab – und keine Agenten der Shifterbehörde.

Aber vielleicht konnten sie und Angus eines Tages, wenn das alles hinter ihnen lag, hierher zurückkehren, richtig Urlaub machen und Händchen haltend am Fluss entlangschlendern. Sie würden sich eine Show ansehen, gut zu Abend essen und wie ein Menschenpaar im Mondschein spazieren gehen. Niemand würde sich daran stören, dass sie Shifter waren, und sie konnten überallhin und tun, worauf immer sie Lust hatten. Ciaran würde niemals ein Halsband tragen müssen, genauso wenig wie ihre gemeinsamen Jungen mit Angus.

Bei dem Gedanken an ein Junges mit Angus erfüllte sie ein plötzliches Hochgefühl.

Ein Grund mehr, die Sache hier schnell über die Bühne zu bringen. Wenn sie die Waffen vernichteten, hatte die Shifterbehörde keinen Grund mehr, Tamsin zu jagen. Nun ja, außer der Tatsache, dass sie kein Halsband trug, nicht registriert war und sich nicht in eine Shiftertown hatte pferchen lassen. Außerdem würde sie irgendwie beweisen müssen, dass sie die Agenten nicht getötet hatte, dann konnte die Behörde sie, Angus oder Ciaran auch nicht mehr unter Druck setzen.

Dann konnte sie sich Gedanken über ihr weiteres Leben machen.

Wie auch immer das aussehen würde, sie wollte, dass Angus Teil davon war. Ob sie nun eine Revolution anzettelte oder in Angus' Shiftertown zog und bei Reg das Arbeiten mit Holz lernte, sie wollte ihn und Ciaran an ihrer Seite. Eine Familie, die zusammenblieb.

Tamsin warf sich auf das Bett des winzigen Motelzimmers, dessen Schlüssel Ben Angus in die Hand gedrückt hatte. „Ich könnte was zu essen vertragen", sagte sie.

„Direkt gegenüber ist eine ziemlich gute Pizzeria", meinte Ben. „Original italienische Pizzen, vollgepackt mit Hackfleisch und Käse."

Angus, der gerade die Tür schließen wollte, drehte sich um, und Tiger nahm einen Beobachtungsplatz am Fenster ein.

„Könntet ihr beiden mal für drei Sekunden aufhören, übers Essen zu reden?", fragte Angus ungeduldig. „Das ist ja wie so eine Gourmet-Touri-Fernsehsendung hier."

„Die finde ich großartig", sagte Tamsin begeistert, und Ben nickte.

„Da stehe ich auch voll drauf", gestand er.

„Können wir uns bitte mal konzentrieren?" Angus sah sie stirnrunzelnd an, und sein Blick wurde noch finsterer, als Ben und Tamsin einander grinsend abklatschten.

Er hätte mittlerweile eigentlich wissen müssen, dass Tamsin zum Spannungsabbau Unsinn redete. Doch Angus wirkte, als würde er gleich explodieren, wenn sie ihn weiter neckte.

„Konzentration läuft, Captain." Tamsin salutierte und deutete dann mit einer Geste an, ihre Lippen zu verschließen und den Schlüssel wegzuwerfen.

„Danke", erwiderte Angus genervt. „Tiger, ich habe mal von einem Typen aus der Shiftertown in Las Vegas gehört. Er heißt Reid und ist kein Shifter. Dylan bezeichnet ihn als Dunkelelf. Offenbar kann er Eisen magisch bearbeiten, es schmelzen und seine Form verändern – solches Zeug. Einzelheiten kenne ich nicht."

„Stuart Reid", kam Ben Tiger mit seiner Antwort zuvor. „Er ist ein *dokk alfar*. Viel, viel umgänglicher als die Hochelfen, glaub mir. Reid ist ein sogenannter Eisenmeister – offenbar kann er Eisen seinen Willen aufzwingen. Der Haken ist, das funktioniert nur im Feenreich. Aus irgendeinem Grund hat er in der Menschenwelt dieses Talent nicht. Er weiß selbst nicht, warum. Allerdings kann er hier teleportieren." Bens Gesichtsausdruck wurde hoffnungsvoll. „Vielleicht könnte er die Waffen ganz oder in Stücken im ganzen Land verteilen. Sie so weit verstreuen, dass niemand sie mehr verwenden kann."

„Wie lange würde das dauern?"

„Wer weiß? Er kann bloß an Orte teleportieren, die er schon einmal gesehen hat oder an denen er schon einmal war, und ich weiß nicht, wie oft er das kann, ehe er erschöpft ist. Oder ob er Sprengstoff teleportieren kann, ohne dass er hochgeht und ihn umbringt. Ich weiß nicht einmal, ob er Dinge aus Eisen oder Stahl überhaupt teleportieren kann. Wenn die Waffen natürlich im Feenreich wären, könnte er sie im Handumdrehen in Schlacke verwandeln."

Angus schüttelte den Kopf. „Ich transportiere keine Unmengen Menschenwaffen ins Feenreich, wo die Hochelfen sie in die Finger bekommen könnten. Wenn wir überhaupt einen Weg finden könnten, sie da hinzuschaffen."

„Würden die ihnen denn überhaupt was nützen?", fragte Tamsin. „Die Waffen sind aus Eisen. Die Feen können sie nicht berühren."

„Die Feen haben Shifter rekrutiert", erinnerte Angus sie. „Dumme Shifter, die wieder Kampfbestien sein wollen. Ich würde wetten, dass sie auch noch andere Helfershelfer haben, die Eisen berühren können. Soweit ich weiß, haben Dunkelelfen kein Problem damit. Könnten wir denen vertrauen? Wer sagt, dass sie nicht auch mordlüsterne Dreckskerle sind und Reid nur die rühmliche Ausnahme ist?"

„*Dokk alfar* sind im Vergleich zu den *hoch alfar* richtige Sonnenscheinchen." Ben spie den Eigennamen der Hochelfen regelrecht aus, als würde er sonst an den Silben ersticken.

„Aber du hast recht – wir können uns nicht darauf verlassen, dass kein einziger Dunkelelf auf Ideen kommen würde, wenn plötzlich ein Haufen automatischer Waffen auf ihrer Schwelle landet, und Reid daran hindern würde, sie zu zerstören.“

„Wir behalten Reid in der Hinterhand“, sagte Angus. „Beim Gedanken an ihn ist mir noch was anderes eingefallen. Als ich mit Jaycee im Feenreich war, haben wir eine ziemlich mächtige Fee kennengelernt: Lady Aisling – eine Art Fee mit Superkräften. Sie hat Dinge getan, die mir eine Heidenangst eingejagt haben, doch sie könnte die Dinger vielleicht zerstören. Nach eigener Aussage besucht sie auch die Menschenwelt, und Eisen macht ihr weniger aus als dem Rest der Hochelfen. Ich weiß nicht, ob ihre Kräfte hier funktionieren würden, aber es wäre vielleicht keine schlechte Idee, sie zu fragen.“ Er hielt inne, als er bemerkte, wie Ben ihn anstarrte. Der Mann hatte die dunklen Augen aufgerissen, sein Gesicht war aschfahl. „Was ist?“, knurrte Angus.

„Die Frau, die du Lady Aisling nennst, ist eine Tuil Erdannan.“ Ben sprach die Worte sorgsam aus, als habe er schlimme Konsequenzen zu befürchten, wenn er sie auch nur falsch betonte. „Uralte Wesen, unfassbar mächtig, denen die Probleme der Menschen, der Shifter, der Hoch- und Dunkelelfen, der Goblins und aller anderen Lebewesen komplett egal sind. Ich bin sicher, dass es überhaupt keine gute Idee ist, ihr Zugang zu einem Waffenlager zu verschaffen.“

„Ach, ich bin ihr persönlich begegnet“, tat Angus seine Einwände unbesorgt ab. „Ich war bei ihr zu Hause. Sie kam mir nicht wie eine Frau vor, die auf menschliche Zerstörungswerkzeuge steht. Als Jaycee ihr erzählt hat, dass die Feen wieder Shifter rekrutieren, damit diese für sie kämpfen, war sie genervt, aber nicht übermäßig besorgt. Sie hat uns vor allem geholfen, weil sie Jaycee mochte. Vielleicht würde sie uns ihr zuliebe wieder behilflich sein.“

„Oder kurz den kleinen Finger krumm machen und uns alle vom Antlitz der Erde ausradieren“, sagte Ben unüberhörbar beunruhigt. „Mit den Tuil Erdannan lässt man sich nicht ein, Angus.“

Tamsin setzte sich auf. „Klingt faszinierend. Kann ich sie kennenlernen?“

„Über so etwas scherzt man nicht, Tamsin“, wies Ben sie zurecht. „Die Tuil Erdannan sind echt krass, mit denen möchte man nichts zu tun haben. Wenn sie schlecht drauf sind, bringen die einen schon um, weil man sie nach der Uhrzeit gefragt hat.“

„Dann möchte ich sie definitiv kennenlernen“, entgegnete Tamsin. „Wenn sie Jaycee gemocht hat, sollten wir die vielleicht nach ihrer Meinung dazu fragen.“

„Einverstanden“, sagte Angus. „Ben, kannst du Jaycee kontaktieren? Ich möchte es nicht riskieren, mein Handy zu verwenden.“

Ben schaute kopfschüttelnd von Angus zu Tamsin, als wollte er, was diese Entscheidung betraf, seine Hände in Unschuld waschen. „Klar, ich kann sie fragen. Ich werde euch aber von nun an stetig warnen, dass das der gefährlichste Weg ist, den ihr überhaupt einschlagen könnt, und vielleicht werdet ihr irgendwann auf mich hören. Allerdings werde ich nicht ,Ich hab's euch ja gesagt‘ sagen können, wenn ich recht behalte, denn dann werden wir alle zu kleinen klebrigen Häufchen zerschmolzen sein. Was meinst du, Tiger? Du hast doch üblicherweise ein gutes Urteilsvermögen … Tiger? Was ist?“

Tiger war erstarrt und hatte den Blick auf den Parkplatz gerichtet. Ohne Ben zu antworten, trat er durch die Balkontür nach draußen und sprang hinunter zwischen die dort abgestellten Autos.

KAPITEL VIERUNDZWANZIG

Angus stürmte zur Tür hinaus, aber ehe er die Treppe erreichte, kam Tiger mit einem sich verzweifelt wehrenden, fauchenden Felid wieder herauf. Der Mann war in Menschengestalt, doch der Zorn verlieh ihm geschlitzte Pupillen, und Klauen sprossen aus seinen Händen.

Tiger zerrte den Felid ins Zimmer, warf ihn zu Boden und stellte einen Fuß auf ihn. Der Felid wand sich, es war allerdings eindeutig, dass er gegen Tiger keine Chance hatte.

Tamsin war vom Bett gesprungen, als Tiger eingetreten war. „Dion!"

Angus knurrte. Er hatte irgendwie schon vermutet, dass es sich bei Tigers Gefangenem um niemand anderen handelte. „Der Shifter, der die beiden Agenten der Behörde getötet hat?"

Dion fauchte erneut. Felide. „Ihr solltet mir dankbar sein", blaffte er mit gutturaler Stimme. „Diese Drecksäcke haben Jagd auf Shifter gemacht."

Tamsin trat mit gerötetem Gesicht vor ihn. Ihre Hände zitterten. „Es waren Menschen. Mit Familien. Wir sind keine Mörder. Aber nicht nur das, du hast in Kauf genommen, dass sich der Zorn der Shifterbehörde auf alle Wandler entlädt. Zum Glück haben sie eine klare Mordverdächtige. Mich."

„Ja und?" Dion fuhr die Krallen ein, und seine Augen wurden wieder menschlich. Sie waren grün, sein Haar war lang und braun. „Du bist abgehauen. Was zur Hölle willst du jetzt wieder hier? Ich schwöre, ich habe dich im Vorbeifahren gewittert." Er sog vernehmlich die Luft durch die Nase ein. „Dein Duft ist unverkennbar. Wer sind diese Vollidioten?"

Angus trat zwischen den Shifter auf dem Boden und Tamsin. „Dieser Vollidiot ist ihr Gefährte."

Der Felid öffnete den Mund, um zu knurren, doch dann schlich sich Sorge in seine Miene, und er ließ es lieber. Er wusste sicher, dass Angus ihn nach den Gesetzen der Shifter hätte töten können, weil er Tamsin bedroht hatte. Dion zu ermorden wäre natürlich gegen die Gesetze der Menschen gewesen, aber es war gerade kein Mensch anwesend.

Dions Blick wanderte zu Ben. „Was ist das denn? Stinkt nach Fee."

Ben seufzte genervt. „Ich habe diese Scheiße so satt." Er klopfte sich auf die Brust. „Keine Fee. Wenn du gern wissen möchtest, was für ein Wesen ich bin und was ich draufhabe – voilà."

Er vollführte mit der Hand eine werfende Geste. Sofort war Dion wie auf den Boden genagelt, als hielten ihn tausend unsichtbare Stricke fest. Er wehrte sich kurz, die Augen vor Angst weit aufgerissen, dann wurde er bewusstlos. Sein Kopf sackte auf den Boden, doch der Rest seines Körpers verharrte reglos.

Tiger stieß Dion mit dem Fuß an. „Warst du das?", fragte er Ben.

„Ob ich ihn bewusstlos geschlagen habe? Nein. Er ist in Ohnmacht gefallen. Das ist auch gut so, denn seine Stimme ist mir schon auf die Nerven gegangen. Was sollen wir mit ihm machen, Tamsin?"

Tamsin betrachtete Dion besorgt. „Ich weiß nicht. Wir könnten ihn fesseln und zur Shifterbehörde schaffen, ihm vielleicht eine Nachricht an die Brust heften, dass er der Mörder der beiden Agenten ist, aber er könnte uns verpfeifen. Töten wäre auch eine Möglichkeit, doch dann wären wir nicht besser als er."

„Wir könnten ihn Dylan ausliefern", schlug Tiger vor. „Er weiß, wie man mit durchgedrehten Shiftern verfährt."

Tamsin strahlte, ihr Missmut verflog. „Oh, das klingt interessant."

„Ben", mischte sich Angus ein, „könntest du in der Zwischenzeit dafür sorgen, dass er hierbleibt und keinen Alarm schlägt? Kontaktierst du bitte außerdem Jaycee?"

„Klar."

„Gut", sagte Tamsin und richtete sich auf. „Dann können wir uns jetzt diese Pizza besorgen gehen."

Angus schüttelte den Kopf. „Wir gehen nirgends hin, solange die Shifterbehörde sich noch mit der Frage beschäftigt, was dieser Kerl getan hat, und auf der Suche nach dir ist."

„Wir müssen etwas essen. Ich bin am Verhungern, und hier gibt es keinen Zimmerservice."

„Tamsin …"

Sie lachte. „Eines Tages werde ich dir beibringen, im Augenblick zu leben. Aber ich verstehe, was du meinst. Ben, könntest du …?"

„Mit Jaycee reden, den bösen Buben hier unschädlich machen, Pizza besorgen? Ja. Ben kümmert sich um alles. Selbst wenn er am Ende nicht das Mädchen kriegt." Er sah Tamsin Mitleid heischend an.

Tamsin lächelte ihm aufmunternd zu. „Eines Tages wirst auch du das Mädchen kriegen. Darauf würde ich wetten."

„Hm. Sie müsste schon ziemlich alt sein – und furchtlos. Dazu keck und süß. Süß *muss* sein."

„Na klar." Tamsin umarmte ihn kurz. „Für mich mit extra Peperoni."

Ben erwiderte ihre Umarmung voller Begeisterung, ließ sie jedoch sofort los, als Angus ihn warnend anfunkelte, und warf einen Blick zu Dion. „Dieser Zauber sollte verhindern, dass er sich bewegt, auch wenn ich nicht zugegen bin. Aber behalte ihn trotzdem lieber im Auge, Tiger."

Tiger nickte ernst.

Tamsin wandte sich zu Dion um und rümpfte die Nase. „Ich bin nicht sicher, ob ich hier schlafen möchte, solange er da auf dem Boden liegt."

Ben seufzte erneut. „Nehmt mein Zimmer nebenan." Er warf Tamsin den Schlüssel zu. „Ich habe kein Problem damit, ihn ein bisschen zu piesacken. Tiger kann bleiben und mir helfen."

Tamsin fing den Schlüssel auf, griff sich ihren Rucksack, küsste Ben auf die Wange und verließ den Raum.

———

ANGUS MUSSTE ZUGEBEN, DASS DIE PIZZA GUT WAR. TAMSIN verspeiste sie mit großer Begeisterung und spülte sie mit einer Cola runter. Offenbar konnten Füchse genauso viel verputzen wie Goblins.

Ben hatte Jaycee kontaktiert. Sie konnte sich nicht mal eben spontan in Shreveport zu ihnen gesellen, ließ sie ausrichten, ohne dass Kendrick und die anderen Tracker es merkten. Ben hatte sie um strikte Diskretion gebeten – sie konnten es sich nicht leisten, dass Dylan Wind davon bekam, wo sie sich aufhielten. Dimitri würde es erfahren – er und Jaycee hatten keine Geheimnisse voreinander –, doch Jaycee hatte versprochen, Ben unauffällig den Talisman zukommen zu lassen, den ihr Lady Aisling gegeben hatte. Zu den Details hatte sie sich nicht geäußert.

Dimitri hatte nach seinem Sattelschlepper gefragt. Ben hatte ausweichend geantwortet, wie Angus ihn gebeten hatte, woraufhin Dimitri am anderen Ende geknurrt hatte.

„Ich bringe ihn ihm an einem Stück zurück", versprach Angus. „Ich bin mir nicht sicher, in welcher Farbe, aber an einem Stück."

In dieser Nacht lagen Angus und Tamsin auf der Matratze, die schon bessere Tage gesehen hatte. „Erinnerst du dich, was du über das Leben im Augenblick gesagt hast?"

Tamsin schmiegte sich an ihn und zog seinen Kopf zu sich. „Ja, klar", murmelte sie und schloss die Augen, als er sie küsste.

Angus glitt in sie, und als er in ihr versank, verschwanden sämtliche Schmerzen der Vergangenheit. Er liebte alles an dieser Frau – ihren Geschmack, ihren Duft, die leisen Geräusche, die sie von sich gab, wenn er ihr Lust bereitete.

Meine Gefährtin. Mein Leben. Ich werde dich für immer beschützen.

Tamsin schenkte ihm ein verträumtes Lächeln, das verblasste, als sie beide sich ihrer Lust ergaben. Angus dämpfte ihre Schreie mit seinem Mund und stöhnte auf, als sie gemeinsam kamen.

„Siehst du?", flüsterte Tamsin, kurz bevor sie in der Dunkelheit eindösten. „Spontaneität ist gar nicht so schlecht."

———

TAMSIN ERWACHTE IM GRAUEN DÄMMERLICHT DES MORGENS von einem lauten Klopfen an der Tür. Das Geräusch riss sie aus einem wunderbaren Traum, in dem sie Angus unter Einsatz von Schlagsahne stürmisch geliebt hatte, nur um sich jetzt auf einer durchgelegenen Matratze in einem schäbigen Motelzimmer wiederzufinden, vor dem auf dem Highway der Verkehr vorbeirauschte.

Sofort war die Angst wieder da, während Angus aufsprang und vorsichtig durch den Spion spähte. Gleichzeitig atmete er ein und nahm den Geruch des Klopfenden auf, ehe er die Tür einen Spaltbreit öffnete, hinauslangte und einen Mann hereinzerrte.

Tamsin setzte sich auf und zog sich die Decke bis ans Kinn. Zander Moncrieff trug den langen schwarzen Mantel, den Tamsin schon kannte, dazu Jeans und ein T-Shirt. Seine perlenverzierten weißblonden Zöpfe schwangen hin und her. Er hatte Papiertüten unter dem Arm, die köstlich nach frischem Frühstückgebäck rochen, und Tamsins Magen knurrte.

Zander betrachtete den nackten Angus und dann Tamsin im Bett. „Ups. Störe ich?"

„Schön, dich wiederzusehen, Zander", sagte Tamsin. „Möchtest du dich setzen? Was machst du denn um halb sechs Uhr morgens hier?"

„Ich bringe Ben ein Geschenk von Jaycee." Zander warf einen erneuten Blick auf Angus, der reglos und hoch aufgerichtet neben ihm stand. „Ben hat behauptet, das wäre sein Zimmer."

„Wir haben getauscht", brummte Angus. „Das muss er vergessen haben."

Oder auch nicht, dachte Tamsin. Vielleicht hatte Ben es auch witzig gefunden, Zander im Morgengrauen in ihr Zimmer zu schicken, wo es nach Paarungswahn roch. Sie und Angus hatten fast die ganze Nacht ihre Spontaneität geübt, und zwar nicht immer leise.

„Na ja, ist ja auch egal." Zander wandte sich ab, dann musterte er Angus von Kopf bis Fuß. „Zieh dir vielleicht etwas an, bevor du zu uns stößt. Wir wollen doch nicht die Einheimischen erschrecken."

Er öffnete die Tür und verschwand so schnell, dass Tamsin kaum einen Luftzug spürte. Sie hörte, wie Zander zur nächsten Tür ging und dagegen hämmerte.

Tamsin wollte unbedingt hören, was Zander zu sagen hatte, duschte aber erst rasch, weil sie wusste, dass sie intensiv nach Angus roch. Shifter hatten kein Problem mit Sex, auch nicht mit jeder Menge davon, und sprachen gerne ausführlich und detailreich darüber, doch sie wollte Angus nicht in Verlegenheit bringen.

Als sie aus der Dusche kam, war Angus bereits angezogen und zu den anderen gegangen. Tamsin schlüpfte in frische Klamotten und begab sich ebenfalls nach nebenan.

In Zanders Tüten war wirklich Frühstück gewesen – süße Teilchen, Donuts und Bagels. Sie stärkten sich ausgiebig, während Dion gefesselt blieb. Der Felid hatte Angst, und der

Gestank seiner Furcht hing schwer im Raum, aber er knurrte und fluchte schon wieder.

„Sollen wir ihm was zu essen geben?", fragte Angus.

„Nein", antwortete Ben. „Ich möchte nicht, dass er erstickt. Wir kümmern uns später um ihn. Können wir?"

„Wollt ihr mich hierlassen?", fragte Dion ungläubig.

Ben wandte sich ihm zu, und Dion wurde blass, als sich die schwarzen Augen des Goblins auf ihn richteten. „Ja. Um dich kümmere ich mich, wenn wir wieder da sind."

Dion lachte schnaubend. „Spätestens das Zimmermädchen wird mich finden. Oder ich könnte schreien, bis mich jemand rettet."

„Ja, klar, könntest du." Ben trat mit etwas in der Hand auf ihn zu, und Dion sog erschreckt die Luft ein. „Aber zum einen wird dich niemand hören. Zum zweiten, willst du wirklich die Bullen rufen? Du wirst wegen Mordes gesucht, Freundchen. Halt die Füße still, und wir übergeben dich nicht der Shifterbehörde. Hier hast du die Fernbedienung." Ben legte sie neben ihn. „Viel Spaß."

Tiger nahm einen Becher, der neben der Kaffeemaschine in der Ecke stand, füllte ihn an der Spüle mit Wasser und steckte einen besonders biegsamen Strohhalm vom Dinner am Vorabend hinein. Er stellte den Becher so auf den Boden, dass Dion daraus trinken konnte, wenn er den Kopf drehte, und nickte dann Zander zu, damit dieser vorausging.

Ben schloss die Tür von außen, vollführte eine Geste und murmelte ein paar Worte, die Tamsin nicht verstand.

„Was war das denn gerade?", flüsterte sie ihm zu, als sie die Treppe hinunterliefen.

Ben setzte einen bescheidenen Gesichtsausdruck auf. „Nur eine Kleinigkeit. Ein Zaubertrick, der verhindert, dass Menschen die Tür sehen oder hören, was dahinter vor sich geht. Jetzt muss ich nachher selbst mein Bett machen, aber was soll's."

Ben musste den „Bemerk mich nicht"-Zaubertrick auch auf sich selbst gewirkt haben, ehe sie losfuhren, denn Tamsin verlor ihn auf der Straße ständig aus den Augen, obwohl sie ihn gerade eben noch direkt vor der Nase gehabt hatte. Tiger fuhr mit Angus und Tamsin im Pick-up, Zander bildete auf seinem Motorrad die Nachhut.

Angus fuhr defensiv wie immer, rollte den kurvenreichen Highway entlang in Richtung des Verstecks.

Als sie auf den Weg abbogen, der zu der Lichtung mit dem Mobilheim führte, hörte Tamsin Ben etwas rufen und Vollgas geben. Zander umkurvte Angus mit seinem Motorrad und raste hinter Ben her, um zu sehen, was los war.

Angus kam holprig neben dem Baum zum Stehen, bei dem sie auch am Vortag geparkt hatten. Er und Tiger stürzten aus dem Pick-up und sprinteten den Weg in Richtung Ben und Zander entlang.

Tamsin stieg ebenfalls aus dem Wagen und folgte den beiden. Sie erkannte, was Ben erschreckt hatte, als sie die grasbestandene Fläche erreichte, auf der sich das Mobilheim befand.

Die Tür, die Ben mit dem Vorhängeschloss versperrt hatte, stand weit offen. Etwa ein halbes Dutzend Männer – Menschen – waren damit beschäftigt, in das Mobilheim oder wieder aus ihm herauszuklettern und Waffen herauszuschleppen.

Sie kamen nicht von der Shifterbehörde. Es waren ganz normale Typen in Jeans und T-Shirts. Als sie Ben und die drei anderen auf sich zu rennen sahen, erstarrten sie, schrien und richteten dann die Waffen auf sie.

KAPITEL FÜNFUNDZWANZIG

Angus blieb beim Anblick der auf sie gerichteten Waffen stehen, genau wie Zander, ging aber eigentlich davon aus, dass sie wahrscheinlich nicht geladen waren. Die Munition war separat gelagert gewesen, und diese Typen hatten die Waffen herausgeschleppt wie Feuerholz.

Doch wer wusste schon, ob sie nicht vorsichtshalber ein paar einsatzbereit gemacht hatten?

Tiger hingegen überlegte nicht lange. Blitzschnell nahm er Tiergestalt an, wobei er seine sämtlichen Klamotten zerfetzte, und stürzte sich auf die Männer.

Einer schoss tatsächlich, was bewies, dass zumindest seine Pistole geladen war. Die Kugel traf Tiger am Ansatz eines seiner Vorderbeine. Blut spritzte, das hielt Tiger allerdings nicht auf.

Der Mann, der gefeuert hatte, riss entsetzt den Mund auf, unmittelbar bevor Tiger gegen ihn prallte.

Die anderen Männer schrien und riefen weiteren Komplizen zu, sie sollten sehen, dass sie wegkamen. Angus riss sich das T-Shirt vom Leib und schlüpfte aus den Stiefeln, dann öffnete er seine Jeans, während er sich schon zu wandeln begann. Er brauchte dazu etwas länger als Tiger, aber schließlich konnte er ihm zu Hilfe eilen.

Angus' Halsband löste aus und versengte seine Haut, doch er hielt nicht inne. Sie mussten diese Typen ausschalten, ehe sie sich weitere Waffen besorgen oder fliehen und von einem Shifterangriff berichten konnten.

Ein Mann fiel unter Angus' Pranken. Angus zügelte seinen Wolfsinstinkt, ihn zu zerfleischen, und sprang lediglich auf dem Weg zum nächsten über den Kerl hinweg.

Er sah aus dem Augenwinkel etwas Kleines, Rotoranges, das sich schnell bewegte, und fluchte. Gleichzeitig schrie ein Mann, der beinahe eine Gruppe geparkter Pick-ups erreicht hatte, auf und sprang in die Höhe. Das rote Etwas raste weiter und schnappte nach dem Unterschenkel des nächsten Typen.

Angus suchte sich einen anderen aus und sprang ihn an. Der Mann riss ein Gewehr hoch, doch Angus schlug es ihm aus der Hand, ehe er abdrücken konnte. Der Wolf schleuderte die Waffe weg und schlug dem Mann die Zähne ins Bein, als er zu entkommen versuchte.

Aus dem Augenwinkel bemerkte Angus, wie sich Zander schweigend auszog. Zwar trödelte er nicht herum, aber seine Bewegungen waren auch nicht hastig, was zwei der Männer so verblüffte, dass sie stehen geblieben waren und ihn anstarrten.

Zander ließ sein T-Shirt fallen, das er als Letztes abgelegt hatte, musterte die beiden Männer mit seinen tiefschwarzen Augen und lächelte. „Wie geht's, Jungs?" Dann verwandelte er sich in einen Eisbären.

Unter Zanders Gebrüll erbebten die Bäume. Er stellte sich auf die Hinterbeine und ragte jetzt noch höher auf als selbst Tiger. Die Männer, die ihn anstarrten, hatten offenbar keine Munition oder vergessen, wozu ihre Waffen dienten, denn sie ließen die Gewehre fallen und flohen, dicht gefolgt von Zander.

Der Boden erbebte unter seinen und dann auch unter Tigers Pranken. Das rote pelzige Etwas, das hin und her sauste, ohne sich erwischen zu lassen, stiftete Chaos. Männer schrien und hüpften umher, versuchten, es zu treffen, doch die Füchsin war nie länger als eine Millisekunde am selben Ort. Angus konnte sich lebhaft vorstellen, wie Tamsin innerlich lachte, während sie so herumsauste.

Ben konnte er nicht entdecken, aber der war möglicherweise noch immer von seinem Zauber getarnt. Der Mann konnte selbst auf sich aufpassen, also warf Angus weiter die Diebe zu Boden und sorgte dafür, dass sie so schnell nicht wieder aufstanden.

Er hörte den bellenden Aufschrei eines kleineren Tieres, fuhr herum und sah, dass Tamsin am Arm eines Mannes hing. Sie biss zu, er brüllte, und Blut spritzte.

Der Mann schüttelte seinen Arm heftig, und Tamsin wurde weggeschleudert oder ließ los, jedenfalls landete sie auf den Füßen. Der Typ trat nach ihr, doch sie raste bereits auf den nächsten zu.

Ein Pick-up sprang an. *Verdammt.* Männer sprinteten darauf zu, hechteten hinein, als er anfuhr. Einige, die niedergestreckt worden waren, krochen auf die Bäume zu und rannten los, sobald sie sich aufrappeln konnten. Angus hörte, dass auch Motorräder gestartet wurden.

Der letzte Mann floh verzweifelt vor Angus, und Tiger versuchte, ihm den Weg abzuschneiden. Ein Pick-up schob sich schleudernd zwischen Tiger und den Flüchtenden, und einer von dessen Freunden griff heraus und zog ihn hinein.

Tiger verfolgte den Wagen, aber selbst er musste aufgeben, als der Pick-up über den nassen Boden schlitterte, die Straße erreichte und losraste, sodass der Schlamm hinter ihm aufspritzte.

Knurrend kauerte sich Tiger hin, als wolle er sichergehen, dass sie nicht umdrehten. Schließlich erhob er sich schnaubend und lief langsam zum Haus, wobei seine Pranken riesige Abdrücke im Schlamm hinterließen. Unterwegs verwandelte er sich zurück, und sobald er aufrecht gehen konnte, begann er, herumliegende Waffen einzusammeln.

Zander kam, noch immer als Eisbär, wieder aus dem Wald

gestürmt. Innerhalb weniger Sekunden nahm er ebenfalls Menschengestalt an und knurrte: „Verdammt. Ich habe keinen erwischt. Die kennen sich hier aus. Vermutlich Einheimische, die einen glücklichen Zufallsfund gemacht haben."

Angus wandelte sich und erhob sich schwer atmend. „Wenn das einheimische Jungs waren, ist ihnen wahrscheinlich aufgefallen, dass zuerst Ben und dann wir hierhergefahren und bald darauf wieder herausgekommen sind. Selbst wenn sie keine eigene Verwendung für die Waffen haben, könnten sie sie verkaufen. Haben wir alle wieder?"

Zander zuckte die Achseln. „Wie viele waren es denn?"

„Keine Ahnung", musste Angus einräumen. „Wir haben kein Inventar gemacht. Vielleicht weiß Tamsin Genaueres … Wo zum Teufel ist sie? Tamsin!"

Angus legte sich die Hände wie einen Schalltrichter um den Mund und rief nach ihr. Sein Herz hämmerte plötzlich heftig. Hatte einer dieser Typen sie sich geschnappt? War sie nach Göttin weiß wohin unterwegs? Oder lag sie verletzt im Wald und verblutete?

Nein, nein. Sie war nicht fort, und sie war nicht tot. Das hätte Angus gespürt. Der Gefährtenbund verriet ihm, dass sie noch lebte, es ihr gut ging und sie in der Nähe war.

Der Gefährtenbund …

Als Tamsin noch immer in Fuchsgestalt lässig auf die Lichtung spazierte, bekam Angus vor Erleichterung weiche Knie. Er wollte zu ihr laufen, sie hochheben und an sich drücken. Er wollte, dass sie in seinen Armen wieder Menschengestalt annahm, damit er sie auf die Lippen küssen konnte. Dann würde er seinen Freunden sagen, sie sollten sich mal kurz verpissen, und sie in dem hohen Gras lieben.

Der Gefährtenbund legte sich um sein Herz, eine unsichtbare Verbindung zwischen Tamsin und ihm, die in den letzten Wochen entstanden und gewachsen war.

Es kam nicht immer zu einem. Zwischen Angus und April war keiner entstanden. Ein männlicher Shifter konnte zwar einen Gefährtenantrag stellen und dann mit seiner Auserwählten die Zeremonie unter der Sonne und dem Mond durchführen, doch das mystische Band, nach dem alle Shifter strebten, würde ihnen vielleicht trotzdem verwehrt bleiben. Man nahm an, es sei ein Geschenk der Göttin, und alle Shifter sehnten sich danach.

Während Angus dastand, erstarrt unter der Erkenntnis, dass ihn und Tamsin ein Gefährtenbund verband, spazierte Tamsin, die sich das Blut aus dem Fell gewischt haben musste, an Zander vorbei. Der stützte die Hände in die Hüften und grinste auf sie herunter.

„Na, wenn du nicht süß bist", sagte er und lachte. „Du goldiges kleines Ding. Schon gut, schon gut, nicht beißen."

Tamsin setzte sich mit selbstgefälligem Gesichtsausdruck auf die Hinterbeine und hob die rot-weiße Schnauze. Sie betrachtete Zander einen Moment lang, dann ging sie weiter zu Angus, schlängelte sich um seine Beine und streichelte ihn mit ihrem Schwanz.

Der Gefährtenbund machte sich pochend bemerkbar und legte sich um Angus' Herz.

Ben tauchte aus einem Schatten auf, etwas Glitzerndes in der Hand.

„Was nun?", fragte er Angus. „Abbrechen und verschwinden? Oder probieren wir es mit Lady Aisling?"

Angus stellte fest, dass alle ihn ansahen, selbst Tiger, der mit verschränkten Armen auf seine Entscheidung wartete. Tamsin blieb in Fuchsgestalt.

Angus atmete tief ein, um zu antworten. „Wir versuchen, Lady Aisling zu finden", verfügte er mit rauer Stimme. „Wenn wir einfach abhauen, kommen diese Typen bestimmt zurück. Sie können mit diesen Waffen genug Geld verdienen, dass sich das Risiko lohnt."

„Dann könnte die Polizei sie schnappen und wegen des Waffenlagers verhaften", gab Zander zu bedenken. „Wir wären aus der Nummer raus."

„Ein Waffenlager, in dem es überall Fingerabdrücke und DNA von Shiftern gibt", wandte Angus ein. „Einschließlich unserer. Ich bezweifle, dass mein Bruder clever genug war, Handschuhe zu tragen, wenn er hier gearbeitet hat. Man hat allen Shiftern die Fingerabdrücke abgenommen, als man sie in die Shiftertowns gesteckt hat, und vor etwa fünfzehn Jahren hat sich die Shifterbehörde auch unsere DNA besorgt. Wir müssen die Waffen zerstören."

„Was, wenn uns das nicht gelingt?", fragte Zander.

„Ich weiß es nicht." Angus zuckte leicht die Achseln. „Es muss einfach klappen."

Tiger nickte ihnen zu. „Angus hat recht. Wir bleiben und vernichten sie."

Ben hob die Hand, in der er einen funkelnden Edelstein hielt. „Na schön. Bringen wird es hinter uns."

Er schloss die Hand um den Stein und skandierte ein paar Worte, die Angus nicht verstand, und dann den Namen Aisling.

Ein Windstoß wehte durch die feuchte Luft der Lichtung, aber der war natürlichen Ursprungs, denn am Himmel waren Wolken aufgezogen.

Angus witterte keine Feenmagie, keinen Schwefelgeruch, wie er bei der Öffnung eines Tors zwischen der Menschen- und der Feenwelt entstand. Als sie ins Feenreich gereist waren – ein Erlebnis, das er lieber vergessen hätte –, hatte das Weltentor einen scharfen, beißenden Geruch verströmt.

„Das war nichts", stellte Zander nach etwa zehn Minuten fest. Er hatte mit Ausnahme seines Mantels seine Kleidung wieder angelegt.

Bens Gesang erstarb, und er räusperte sich. Dann öffnete er die Hand und sah den Stein in seiner Handfläche frustriert an.

„Vielleicht funktioniert es nur im Haus", mutmaßte Zander. Die Tür ins Feenreich, die Angus und Jaycee benutzt haben, hatte sich in dem Spukhaus geöffnet.

„Jaycee hat gemeint, Lady Aisling habe gesagt, sie könne sie immer und überall rufen", erklärte Ben.

„Ja, *Jaycee*", erwiderte Zander. „Ich wette, es muss Jaycee sein, die den Stein benutzt."

Ben schüttelte den Kopf. „Die Tuil Erdannan sind so mächtig, dass sie tun können, was sie wollen. Sie müssen dem Ruf eines Talismans nicht gehorchen. Es ist ihre Entscheidung. Ich wette, sie hat mich ganz genau gehört, hat aber keine Lust zu antworten."

Zander wandte sich an Angus. „Hat jemand noch eine andere Idee? Abgesehen davon, dass Tiger die Waffen in Stücke reißen könnte. Ich möchte ungern riskieren, dass er sich in die Luft jagt. Das würde uns Carly niemals verzeihen."

Angus sammelte seine Jeans und seine Unterhose ein und zog beides an. „Können wir ein ausreichend großes Feuer machen, um das Mobilheim und alles darunter niederzubrennen? Das gäbe eine gewaltige Explosion, würde aber die Waffen für immer zerstören. Dann verschwinden wir und hoffen, dass die Einheimischen uns nicht so gut beschreiben können."

„Die Shifterbehörde wird einfach so lange Wandler festnehmen, bis sie die richtigen erwischt", prognostizierte Zander. „Oder sich ein paar Sündenböcke suchen – vielleicht das Oberhaupt eurer Shiftertown oder all eure Freunde. Sie werden schon darauf kommen, dass ihr etwas damit zu tun hattet, da sie ja dich und Tamsin auf dem Schirm haben."

Ja, und Ciaran, dachte Angus, sagte es aber nicht laut. Der Junge war im Augenblick bei Dante in Sicherheit, doch würde der ihn für immer beschützen können? Seine Sorge war so groß, dass er sie als körperlichen Schmerz empfand. Verfluchte Shifterbehörde.

Tamsin, noch immer in Fuchsgestalt, huschte zwischen die Bäume. Ein paar Minuten später kam sie zurück und zog dabei Turnschuhe an, ehe sie sich die Baseballkappe über das zerzauste Haar stülpte.

„Darf ich es mal versuchen?"

„Klar, warum nicht?", erwiderte Ben mit finsterer Miene.

Er warf ihr den Talisman zu, den Tamsin geschickt auffing. „Du kannst dich gerne auch mal von ihr ignorieren lassen."

Tamsin kehrte an Angus' Seite zurück und betrachtete den Talisman näher. Es war ein großer, ungeschliffener, polierter Amethyst, wie man ihn in Esoterik-Läden oder Souvenirshops kaufen konnte. Der dunkelviolette Stein war mit Golddraht umwickelt und schimmerte, obwohl sich die Wolken inzwischen vor die Sonne geschoben hatten.

Angus schnüffelte daran, aber er roch bloß nach Shifter. Vermutlich hatte Jaycee ihn schon lange genug, dass er nur noch ihren Duft trug.

„Was muss ich tun?", fragte Tamsin Ben. „Ich spreche kein Feeisch."

Ben zuckte die Achseln. „Jaycee zufolge reicht es, den Namen zu sagen. Lady Aisling. Ich habe ein paar höflich formulierte Bitten hinzugefügt, doch die scheinen nichts gebracht zu haben. Das tun sie bei solchen Wesen nie."

Tamsin legte den Kopf schief. „Was meinst du mit ‚bei solchen Wesen'? Hast du nicht gesagt, es wären irgendwelche Superfeen? Nicht so böse wie die Hochelfen?"

„Ich habe nie gesagt, die Tuil Erdannan seien nicht böse." Bens onyxfarbene Augen sprühten vor Zorn. „Als mein Volk abgeschlachtet wurde, haben sie nichts unternommen. Als die Überlebenden in die Verbannung geschickt wurden, haben sie auch nicht eingegriffen. Mein Volk ist bis auf den letzten Mann – mich – ausgerottet worden, und sie haben einfach weggeschaut. Ja, man könnte wohl sagen, ich mag sie nicht."

Tamsin sah ihn voller Mitgefühl an. „Tut mir leid, Ben. Vielleicht wussten sie nicht, was da vor sich ging. Wir können sie ja mal fragen."

„Viel Glück", murmelte Ben. Er wandte sich ab und lief zum Waldrand.

Zander blickte ihm nach, rief ihn allerdings nicht zurück. Tiger schwieg, verschränkte nur wieder die Arme und wartete ab.

Tamsin klopfte ein paarmal auf den Talisman und führte

ihn an den Mund. „Hallo, ist das Ding hier an?" *Klopf, klopf.* „Lady Aisling, hier spricht Tamsin Calloway. Sie kennen mich nicht, aber ich bin die Gefährtin von Angus, einem Freund von Jaycee. Ich mag sie wirklich. Sie hat's voll drauf. Angus, den mürrischen schwarzen Wolf, haben Sie ja schon kennengelernt. Genau wie Tiger und Zander. Die sind ebenfalls hier. Wir haben ein kleines Problem und hoffen, dass Sie uns bei der Lösung behilflich sein könnten. Vielleicht können Sie auch nichts tun, denn es ist ein Problem, das ausschließlich mit der Menschenwelt zu tun hat, doch wir bräuchten mal Ihren Rat."

Sie senkte den Talisman, ohne ihn aus den Augen zu lassen, und wartete.

Nichts geschah. Der Wind wurde stärker, und die ersten Regentropfen fielen.

Tiger spannte sich plötzlich an und wandte den Kopf in Richtung des Weges. „Da kommt jemand."

Angus hörte nichts, hatte aber gelernt, auf Tigers Fähigkeiten zu vertrauen. „Zander, starte den Pick-up. Ben!", brüllte er in Richtung der Bäume. „Komm zurück. Wir müssen Tamsin in Sicherheit bringen."

Tamsin regte sich nicht. „Wir wüssten jede Form von Hilfe wirklich zu schätzen", sprach sie weiter auf den Stein ein. „Wenn da die Shifterbehörde oder die Menschenpolizei im Anmarsch sind, knallen die uns vielleicht alle ab. Ben vermutlich nicht – er ist ein Goblin und kann sich unsichtbar machen. Shifter sind dazu nicht imstande. Ich wette, Jaycee wäre echt sauer, wenn Angus, Zander und Tiger draufgehen. Ich auch. Vermutlich könnte ich entkommen, wenn ich Fuchsgestalt annähme, aber ich will an der Seite meines Gefährten bleiben."

Tamsin sah Angus an. Ihre Augen hatten dieselbe Farbe wie der Golddraht, der um den Amethyst gewickelt war. „Das passiert mit uns Shiftern, wenn wir Gefährtinnen und Gefährten wählen", fuhr sie an den Stein gewandt fort. „Wir würden für sie sterben, würden *mit ihnen* sterben, Hauptsache, wir bleiben zusammen. Angus weiß es noch nicht, doch ich bin ziemlich sicher, zwischen uns ist ein Gefährtenbund entstanden, was, wie Sie sicher wissen, nicht immer passiert. Aber mir ist es passiert, und ich würde alles tun, selbst hier stehen und mit einem Stein sprechen, wenn es meinem Gefährten überleben hilft und ihn rettet. Denn das ist es, was am Ende zählt, oder? Was wir für andere tun, für ihre Sicherheit und ihr Wohlergehen und im besten Fall für ihr Glück. Wenn Sie also nicht erscheinen, werde ich versuchen, Angus von den Bullen wegzuzerren, die ich jetzt höre, sie mit allen Mitteln abwehren und dafür sorgen, dass er zurück zu seinem Jungen kommt. Es ist das Einzige, was ich tun kann, und das werde ich auch. Die Sirenen sind jetzt fast da, ich muss also weg. Danke fürs Zuhören, Lady Aisling. Grüßen Sie Jaycee von mir."

Tiger kam angerannt, während sich mehrere Limousinen und SUVs mit heulenden Sirenen näherten. Es waren Streifenwagen und schwarze SUVs – die Shifterbehörde.

Zander hatte den Pick-up angelassen. Ben eilte auf Tamsin zu. Angus wollte sie Ben anvertrauen und ihm sagen, er solle sie verdammt noch mal hier wegschaffen. Sie konnte zu Dante auf den Jahrmarkt zurückkehren und sich dort verstecken.

Zander trug kein Halsband – auch er musste so schnell wie möglich hier weg. Angus war ein registrierter Shifter. Wenn Angus nach seiner Festnahme Dylan benachrichtigen konnte, würde dieser auf einem geregelten Verfahren bestehen, und vielleicht, ganz vielleicht, würde Angus wenigstens einen Prozess bekommen. Nur die Göttin wusste, was sie mit Tiger machen würden, also sollte Tiger mit Zander abhauen.

Angus hatte gerade Tamsin gepackt, um sie in Richtung Ben zu schieben, und wollte Tiger und Zander zurufen, sie sollten schnell verschwinden, als sich tiefe Stille über die Lichtung senkte.

Er blinzelte und begriff, dass die Sirenen verstummt waren, genau wie alle Motorengeräusche. Tamsin hob ruckartig den Kopf, betrachtete fasziniert die Regentropfen, und der Mund blieb ihr offen stehen. Ben war mitten im Schritt erstarrt, einen Fuß in der Luft.

Angus sah verblüfft, was Tamsin so fesselte. Die Regentropfen hingen in der Luft, glitzernd wie Diamanten, und fielen nicht weiter Richtung Boden. Wie ein Perlenvorhang schwebten sie da, winzige Kügelchen, die das Licht reflektierten.

Er schaute sich um. Die Limousinen und SUVs waren wie in einem Standbild gefangen. Die Vögel sangen nicht mehr, und das ständige Summen der Insekten war verstummt.

Tiger war stehen geblieben, senkte die Arme – er konnte sich offenbar noch bewegen – und blickte sich ebenfalls staunend um.

Zander saß reglos im Pick-up. Angus konnte aus dieser Entfernung nicht erkennen, ob er von dem betroffen war, was hier geschah, oder nicht.

Offenbar konnten nur Tamsin, Tiger und er sich bewegen. Er trat näher zu Tamsin, und auch sie schien instinktiv bei ihm Schutz zu suchen.

Die Tür des Mobilheims öffnete sich, und da stand eine Frau. Sie trug eine khakifarbene Hose, die sie locker in die Stiefel gesteckt hatte, dazu ein weißes Baumwollhemd und eine ebenfalls khakifarbene Windjacke. Ein breitkrempiger Hut verbarg weite Teile ihres flammend roten Haars, das sie zu Zöpfen geflochten und hochgesteckt hatte.

Es war Lady Aisling, und sie roch nach Macht, genau wie damals, als Angus sie im Feenreich zum ersten Mal gesehen hatte. Er hatte versucht, Jaycee vor ihr zu beschützen, dann jedoch erkannt, dass sie sie beide jederzeit nach Belieben auslöschen konnte.

„Hallo, Angus", begrüßte Lady Aisling ihn, während sie leichtfüßig zu Boden sprang und auf sie zu schlenderte. „Was willst du, meine Liebe?", fragte sie Tamsin. „Ich bin heute sehr beschäftigt. Wir pflanzen gerade wurzelnackte Rosen."

KAPITEL SECHSUNDZWANZIG

Tamsin umklammerte den Talisman, bis er sich fast in ihre Handfläche grub. Sie fasste nicht nach Angus' Hand, weil sie jederzeit verwandlungs- und kampfbereit bleiben mussten. Doch wie bekämpfte man ein Wesen, das den Regen anhalten konnte?

Lady Aisling musterte Tiger interessiert. „Du schon wieder, ja? Ich konnte dich nicht einordnen, als du in mein Heim eingedrungen bist, und ich kann es nach wie vor nicht. Und was ist das?" Ihr Blick wanderte zu Ben. „Hast du ihn gerade einen Goblin genannt?"

„Ja", krächzte Tamsin mit trockener Kehle. „So hat er sich selbst bezeichnet. Oder auch als Heinzel."

Lady Aisling musterte ihn. „Ich glaube, er ist ein Ghallare-knoiksnlealous. Aber die sehen eigentlich anders aus." Sie wedelte mit der Hand vor Bens Gesicht herum.

„Er sagt, Sie hätten sein Volk im Stich gelassen", fuhr Tamsin fort. Sie bemerkte Angus' warnendes Stirnrunzeln, konnte jedoch nicht aufhören zu reden. Sie war um Bens willen wütend. „Er sagt, Sie haben tatenlos zugesehen, wie seine Leute abgeschlachtet wurden."

Lady Aisling blinzelte überrascht. „Davon wusste ich

nichts. Damals, meine ich. Im Feenreich toben so viele Kriege zwischen den verschiedenen Völkern, dass man völlig den Überblick verliert. Es tut mir leid, wenn die *hoch alfar* sein Volk ausgelöscht haben, wirklich. Sie vernichten so gern Dinge."

„Sie könnten *sie* dafür vernichten", schlug Tamsin vor.

Lady Aisling schüttelte den Kopf. „Nein, könnte ich nicht. Es ist den Tuil Erdannan verboten, ganze Völker auszulöschen. Was für ein Monster würde so etwas tun? Das würde bedeuten, selbst die kleinen, unschuldigen Kinder in ihren Wiegen zu töten. Ich bin froh, dass das nicht erlaubt ist. Die Tuil Erdannan müssen ihr Ego beherrschen lernen. Wir können die *hoch alfar* nerven und bedrohen, ja, aber ihr habt mich doch nicht an diesen stinkenden Ort gerufen, um den *hoch alfar* auf die Nerven zu fallen. Wenn ich in die Menschenwelt komme, bevorzuge ich eigentlich Metropolen mit vielen Restaurants, aber was soll's. Da kann man wohl nichts machen. Du hast ein Problem erwähnt?"

„*Mein* Problem", bestätigte Tamsin. „Mein Gefährte und seine Freunde wurden allein meinetwegen in diese Sache verwickelt. Sie sollten nicht sterben müssen, weil sie mir helfen wollten."

„Sehr lobenswert." Lady Aislings Blick wanderte zu den erstarrten SUVs und Streifenwagen. „Anscheinend wollen viele Menschen verhindern, dass ihr tut, was ihr vorhabt. Nämlich …?"

Angus mischte sich ein: „Wir wollen ein Waffenlager von Menschen zerstören, bevor die Dinger in die falschen Hände fallen."

„Verstehe." Lady Aisling hob die roten Brauen. „Wessen Hände wären denn die richtigen?"

„In diesem Fall niemandes", antwortete Angus.

„Zu diesem Entschluss seid ihr also gekommen? Waffen sind sehr komplex. Man kann sie zur Verteidigung und zum Angriff nutzen. Aber dieser Unterschied ist ihren Trägern oft gar nicht klar. Ich bin froh, dass ich so etwas nicht brauche.

Vermutlich soll ich mich darum kümmern, ehe die euch erreichen?" Lady Aisling sah wieder in Richtung der Autos.

„Können sie das denn?", fragte Tamsin. „Sie sind doch erstarrt."

„Nein, nein. Sie bewegen sich nur sehr langsam. Besser gesagt, sie bewegen sich aus ihrer Sicht normal. Ich habe Zeit gebraucht, um mit euch zu reden, also habe ich beschlossen, uns, also dich, mich und Angus, aus dem normalen Zeitfluss zu nehmen. Nur ihn konnte ich dabei nicht ausschließen." Sie deutete auf Tiger.

Angus erwiderte: „Er ist ... einzigartig."

„Das ist *sie* auch." Lady Aisling trat zu Tamsin, die den Talisman umklammerte, als könne er sie retten. Die Tuil Erdannan roch nach Zitrone und ein wenig Minze. „Eine Fuchs-Shifterin", bemerkte sie. „Die sind selten, meine Liebe. *Sehr* selten." Sie hob eine Locke von Tamsins Haar hoch, das fast so rot war wie ihres.

„Wie Tiger", plapperte Tamsin. „Ich habe gehört, die seien ebenfalls echt selten."

„Selten, weil sie nur für Feenprinzen geschaffen wurden und in ihrer Zeit als Kampfbestien fast ausgestorben sind. Aber Füchse ... Die sind überhaupt keine Schöpfung der *hoch alfar*. Sondern der Tuil Erdannan."

Tamsin öffnete schockiert den Mund. Angus starrte zuerst Tamsin und dann Lady Aisling an, als versuche er, eine Ähnlichkeit zwischen den beiden zu erkennen. Bloß Tiger beobachtete die Szene ungerührt.

„Ich habe sie nicht persönlich geschaffen", lachte Lady Aisling. „Das waren Freunde von mir vor langer, langer Zeit. Ich dachte, Fuchs-Shifter seien ausgestorben, doch Füchse sind natürlich sehr gut darin, sich zu verstecken. Die Feen haben sie nie versklavt – und auch sonst niemand. Meine Freunde haben die Fuchs-Shifter erschaffen, sich gegenseitig anerkennend auf den Rücken geklopft und sie dann vergessen. Es überrascht mich nicht, dass die Füchse in die Menschenwelt vorgedrungen sind und dass du den Menschen entkommen bist. Nun ja, bis jetzt." Sie schenkte Tamsin ein herzliches Lächeln. „Jetzt willst du dich für deinen Gefährten opfern. Eine bewegende Ansprache, meine Liebe. Aber ich bin hier, weil ich gespürt habe, dass du anders bist. Nenn mich neugierig. Mein Gärtner meint immer, das werde mir eines Tages noch Ärger machen, und er hat üblicherweise recht, der verflixte Kerl."

Tamsin schluckte schwer, kämpfte mit einer ganzen Flut von Emotionen. In erster Linie war da Erstaunen. Sie hatte gedacht, alle Shifter seien ursprünglich Geschöpfe der Feen gewesen. Shifter waren jetzt eine eigene Spezies, doch entstanden waren sie mehr oder weniger in einem Feenlabor. Dann Freude – die Feen waren nach allem, was sie gehört hatte, schrecklich, und von keiner ihrer Schöpfungen abzustammen war eine echte Erleichterung. Außerdem Beklemmung – waren die Tuil Erdannan auch nur einen Deut besser? Wesen, die so mächtig waren, dass sie zum Spaß neue Spezies schufen und sie dann vergaßen, um sich einem neuen Hobby zuzuwenden?

Sie holte tief Luft. „Ich werde mit Ihnen über meine Ahnen reden müssen", brachte sie mühsam heraus. „Ausführlich. Aber erst mal – können Sie uns mit den Waffen helfen? Oder nicht?"

„Was? Oh, natürlich. Ich bin überrascht, dass euch das nicht klar war."

Lady Aisling wandte sich von Tamsin ab und dem dicht neben ihr stehenden Ben zu. Sie schnippte mit den Fingern, und er stolperte vorwärts und wäre beinahe mit ihr kollidiert.

„Scheiße."

„Dir auch einen schönen Nachmittag", antwortete Lady Aisling. „Zeigst du mir, wo sich diese Waffen befinden? Lass mich raten. Sie sind da drin."

Sie deutete auf das Mobilheim. Jenseits davon stieg Zander aus dem Pick-up und rannte auf sie zu. Lady Aisling musste ihn ebenfalls befreit haben.

Als er näher kam, verringerte er sein Tempo. „So sieht man sich wieder", begrüßte er Lady Aisling.

„Hmpf." Lady Aisling musterte ihn von Kopf bis Fuß. „Der junge Mann, der sich so unhöflich am Fuß meiner Treppe hingefläzt hat. Du hast Glück, dass ich dich amüsant fand. Nun, hilf mir da rauf. Ich habe nicht den ganzen Tag Zeit."

Zander blinzelte, dann drehte er sich um und ging mit ihr zur aufstehenden Tür des Wohnwagens.

Ben sah ihr mit offenem Mund nach. „Scheiße", flüsterte er erneut.

Lady Aisling blieb stehen und drehte sich zu ihm um. „Kennen Goblins, oder wie immer ihr euch selbst nennt, nur dieses eine Wort? Vielleicht haben deine Freunde ja Mitleid mit dir und bringen dir noch weitere bei."

Mit wirbelnder Jacke wandte sie sich wieder ab und folgte Zander.

Ben starrte ihr mit großen dunklen Augen nach. „Du hast es geschafft", sagte er zu Tamsin. „Wow. Das nenne ich mal Präsenz." Er klang bewundernd, nicht mehr erzürnt.

Ben folgte Lady Aisling. Tamsin schluckte schwer und setzte sich ebenfalls in Bewegung, doch Angus hielt sie zurück.

„Alles in Ordnung?", fragte er.

Seine beruhigende Gegenwart und seine Berührung drangen durch Tamsins Schockzustand und sandten Wogen der Wärme durch ihren Körper. „Klar. Glaube schon." Sie starrte den Talisman in ihrer schweißfeuchten Hand an, dann steckte sie ihn ein. „Man erfährt nur nicht jeden Tag, dass die eignen Ahnen von Leuten geschaffen worden sind, die im Alleingang ganze Völker auslöschen können."

Angus nickte. „Das habe ich mitbekommen. Sie hat gesagt, es verstoße gegen ihre Regeln, was bedeutet, sie könnte es tun, wenn sie diesen Regelverstoß in Kauf nähme."

„Ja. Wie tröstlich."

Angus legte jetzt richtig den Arm um sie. „Geht es dir wirklich gut?"

„Nein." Tamsin lachte zittrig. „Aber das andere war trotzdem mein Ernst."

Angus machte sich nicht die Mühe nachzufragen, wovon sie redete. Er beugte sich vor, küsste sie auf den Hals, und sein heißer Atem kitzelte auf ihrer Haut. Sein Blick, als er den Kopf hob, sagte alles. Der Gefährtenbund zwischen ihnen existierte, und auch Angus spürte ihn.

Tamsin nahm seine Hand und ging mit ihm zum Mobilheim.

Drinnen öffnete Zander gerade die Luke zum Waffenversteck – die Möchtegerndiebe hatten Bens Eisenband mit einem Vorschlaghammer zertrümmert. Die Gewehre und Pistolen waren nicht mehr säuberlich aufgereiht, sondern lagen kreuz und quer herum, wie die Männer sie auf ihrer wilden Flucht weggeworfen hatten. Tiger kam mit einem Armvoll Waffen herein, die er draußen aufgelesen hatte.

Lady Aisling klopfte sich die behandschuhten Hände ab, obgleich sie gar nichts berührt hatte. „Es stinkt."

Tamsin roch den muffigen Keller, menschlichen Schweiß von den Männern, die hier eingebrochen waren, Rost und Öl. Lady Aisling zog ein sehr großes Leinentaschentuch aus der Jackentasche und presste es sich vor Nase und Mund.

„Ich bin es nicht gewohnt, mit so viel Eisen auf einmal konfrontiert zu werden", entschuldigte sie sich. „Wir haben damit weniger Probleme als die *hoch alfar*, aber seltsam ist es dennoch."

„Also, wie werden wir die los?", knurrte Angus und deutete auf die Waffen.

„Können Sie sie magisch schmelzen?", fragte Tamsin, die dicht neben Angus stand. „Sie in den Weltraum teleportieren?"

Lady Aisling schaute sie perplex an. „Was für seltsame Ideen du hast, Kind. Ich schätze, das liegt wohl daran, dass du schon so lange unter Menschen lebst. Nein, es ist ganz einfach. Wir zerlegen sie in ihre einzelnen Bestandteile. Du verstehst diese Worte vielleicht nicht, doch ich will sie auf molekularer

Ebene vernichten. Die Verbindungen zerstören und das Metall in seine Atome zerlegen."

Alle vier Shifter, auch Tiger, und Ben starrten sie an.

Lady Aisling seufzte. „Ich wusste, ihr würdet das nicht verstehen. Wisst ihr …"

„Wir verstehen es", unterbrach Angus sie. „Geht das denn?"

„Natürlich", antwortete Lady Aisling, als sei das eine ziemlich dumme Frage. „Atome sind hauptsächlich leerer Raum. Zwischen einem Atomkern und seinen Elektronen ist jede Menge Platz. Die Tatsache, dass überhaupt irgendetwas beisammenbleibt, ist erstaunlich. Wenn wir die Waffen in ihre Elementarbestandteile zerlegen, sagen wir Eisen, Kupfer, Aluminium und was auch immer sonst noch darin ist, werden sie zu unbrauchbarem Staub zerfallen."

„Angeberin", murmelte Zander und grinste dann breit. „Das muss ich sehen."

„Wird uns dabei nicht alles um die Ohren fliegen?", fragte Tamsin. „Durch Kernspaltung kann man ganze Städte zerstören."

„Wirklich?" Lady Aisling wirkte überrascht. „Nicht, wenn wir vorsichtig sind."

„Ich höre immer wir", sagte Tamsin. „Aber *wir* können kein Metall desintegrieren. Nun ja, zumindest nicht ohne spezielle Maschinen und große Hitze."

Lady Aisling sah Tamsin ganz direkt und sehr ernst an. „Du schon, meine Liebe. Du wusstest es nur bisher vielleicht nicht. Die Tuil Erdannan haben dich erschaffen, was bedeutet, für dich gelten die Einschränkungen der *hoch alfar* nicht. Du bist Shifterin, ja, und ähnelst den anderen hier, bist jedoch eben von einer anderen Art. Wie er." Sie deutete auf Tiger, der das letzte Gewehr auf den Haufen legte.

Endlich sprach Tiger: „Menschen haben mich gezüchtet. Sie haben versucht, einen Supershifter zu erschaffen."

„Nun, es ist ihnen gelungen", sagte Lady Aisling. „Ich frage mich, ob sie dazu die Magie der Tuil Erdannan genutzt haben.

Darüber muss ich mal nachdenken. Das wäre durchaus besorgniserregend. Sollen wir dann? Meine Rosen werden sich nicht von allein pflanzen."

„Sollen wir ein Stück zurücktreten?", fragte Ben.

„Dazu besteht kein Anlass." Lady Aisling stützte die Hände in die Hüften. „Ich muss mich bloß kurz konzentrieren. Was bedeutet …"

Draußen setzten mit einem Tosen alle Geräusche auf einmal wieder ein. Regen trommelte aufs Dach, und Sirenen zerrissen die Luft. Die Streifenwagen und SUVs rasten heran, schlitterten durch den Schlamm und umstellten den Wohnwagen.

„Selbst ich kann nicht alles auf einmal tun", entschuldigte sich Lady Aisling. „Ben, mein Lieber, könntest du meinen Hut halten?"

Sie nahm ihn ab und reichte ihn Ben, der ihn fast ehrfurchtsvoll entgegennahm.

Tamsin trat zurück, der Teppich fühlte sich unter ihren gestiefelten Füßen klebrig an. Angus blieb stehen und schirmte sie teilweise vor dem ab, was gleich passieren würde.

Lady Aislings Haar war flammend rot, röter als Tamsins, und musste sehr lang sein, denn die geflochtenen Zöpfe hatte sie mehrfach um ihren Kopf gewunden, doch sie hingen ihr trotzdem bis auf die Schultern. Leicht spitze Ohren ragten zwischen den Zöpfen hervor. Tamsin widerstand dem Drang, die Hand zu heben und eins ihrer eigenen Ohren zu berühren. Auch sie waren leicht spitz, aber sie hatte immer gedacht, das sei ihr Fuchserbe.

Lady Aislings Augen waren im Gegensatz zu den dunklen der meisten Feen und Bens intensiv grün. Die Farbe war strahlender als jeder Edelstein und schien in dem düsteren Raum zu glühen.

Draußen kamen die Fahrzeuge zum Stehen, und Türen öffneten sich. Ein Mann sprach durch ein Megafon. „Treten Sie ganz langsam heraus, die Hände auf dem Kopf, und knien Sie sich hin."

„Wie unhöflich", mokierte sich Lady Aisling. „Da würde ich ja ganz schmutzig werden."

„Auf der Stelle", befahl der Mann. „Sonst eröffnen wir das Feuer."

Tamsin zuckte zusammen und rechnete jeden Moment damit, dass Kugeln in ihren Rücken einschlugen. Angus trat hinter sie, als wolle er sie vor den Menschen draußen beschützen.

Ehe er sie daran hindern konnte, duckte Tamsin sich an ihm vorbei und deutete mit dem Zeigefinger auf das Polizeiaufgebot vor der Tür. „Können Sie bitte alle eine Minute warten?", rief sie. „Wir kommen gleich raus."

„Tamsin", sagte Angus verärgert.

Ob nun Tamsin die Polizei überrascht hatte oder sie einfach noch nicht in Position waren, sie eröffneten nicht das Feuer, und der Mann mit dem Megafon hielt für den Augenblick die Klappe.

„Tamsin, möchtest du mir helfen?", fragte Lady Aisling.

„Wie denn?" Tamsin drehte sich überrascht zu ihr um. Sie verstand nichts vom Aufbrechen der Molekularverbindungen von Metallwaffen.

„Ich zeige es dir. Nimm meine Hand."

Tamsin bemerkte Bens warnenden Gesichtsausdruck, anders als Lady Aisling, die nur leicht ungeduldig die Hand nach Tamsin ausstreckte.

Tamsin legte die Finger darum.

„Jetzt", sprach Lady Aisling.

Dann *sah* Tamsin. Alles. Woraus alles bestand, Knochen und Muskeln, Metall und Sperrholz, Eisen und Stahl. Die Gitterstruktur aller Dinge prägte sich ihr ein, sie sah die Welt als eine Reihe geometrischer Formen, von Würfeln über Tetraeder zu Kugeln. Sogar der Regen draußen vor der Tür zerfiel in Kristallgitter.

Lady Aisling selbst war ein Rahmen voll reiner Macht. Plötzlich begriff Tamsin, dass sie nicht die rothaarige Frau in den Gärtnerinnenklamotten war, sondern dass das nur ein Bild war, das sie ihnen zeigte.

Alle in dem Raum schauten so aus. Bens Menschengestalt überlagerte etwas Massiges, Dunkles, das größer war als Tiger oder Zander und dessen Essenz in Bens kleinerer Silhouette komprimiert war. Es war hässlich, monströs, aber gleichzeitig gingen Bens Mitgefühl und Humor davon aus.

Zanders menschliche Gestalt teilte ihren Platz mit einem riesigen Eisbären, und beider dunkle Augen richteten sich gespannt auf sie.

So konnten Shifter sich verwandeln, erkannte Tamsin mit neuer Klarheit. Sie besaßen ein duales Wesen, beide Gestalten befanden sich am selben Ort. Ihren eigenen Körper überlagerte der eines Fuchses mit rotem Fell und schlanken dunklen Beinen. Shifter konnten einfach nur nach Wahl mehr das eine oder mehr das andere sein, begriff sie plötzlich. Alles, was dem im Weg war, zum Beispiel Kleidung, wurde zerfetzt.

Tiger sah am seltsamsten aus, da zwischen seiner Menschen- und seiner Tigergestalt kein großer Unterschied bestand, sie nahmen genau denselben Raum ein. Kein Wunder, dass ihm die Wandlung so leichtfiel – seine beiden Wesen verschmolzen ungehindert miteinander, flossen ineinander hinein.

Angus …

Er war durch und durch schwarzer Wolf, seine Menschen- und seine Wolfsgestalt waren fast gleich groß. Dunkles Fell wogte, wenn er sich bewegte, und seine grauen Augen verengten sich in beiden Gestalten gleich, was Tamsin beinahe zum Lachen gebracht hätte.

Angus trug zudem eine blau-weiß lodernde Flamme tief in seiner Brust. Sie entsprach dem Licht, das in Tamsin selbst leuchtete, und dann sah sie die Silberfäden, die die beiden verband.

„Das war mir gar nicht klar." Tamsin berührte die Fäden und flüsterte: „Der Gefährtenbund ist real, es gibt ihn wirklich. Er ist nicht bloß eine Metapher für verliebte Shifter."

Tiger nickte und blickte auf die schimmernden Silberfäden, als könne er sie ebenfalls sehen. Genau wie Ben. Zander, der das offenbar nicht vermochte, runzelte die Stirn.

Tamsin legte die Hand auf Angus' Brust, direkt auf das Licht. Es war nicht heiß, sondern irgendwie beruhigend. „Gefährte meines Herzens", sagte sie mit bebender Stimme.

Er bedeckte ihre Hand mit seiner, dann beugte er sich vor und küsste sie auf die Lippen. „Gefährtin meines Herzens", brummte er sanft. „Wir werden gleich festgenommen werden."

Tamsin grinste ihn an, küsste ihn noch einmal und wandte sich dann wieder an Lady Aisling. „Dann mal los."

Lady Aisling warf ihr einen „Das wurde aber auch Zeit"-Blick zu, hob Tamsins Hand mit ihrer und wandte sich den Waffen zu.

Sie sagte kein Wort, skandierte nichts, sang nicht. Ein Ruck ging durch Tamsin, als Lady Aisling einfach mit reiner Willensanstrengung die steifen kubischen Formen und Polyeder der miteinander verbundenen Elemente in den Waffen zwang, in ihren natürlichen Zustand zurückzukehren.

Was auch immer an Erhitzen, Kühlen, Gießen oder Formen erforderlich gewesen war, um die Waffen und Munition herzustellen, sie machte es rückgängig. Die Waffen strahlten Hitze ab, Metall widersetzte sich der Zerstörung, und die einzelnen Gegenstände knirschten und ächzten, als sie sich bemühten, in ihrer Form zu bleiben.

Dann waren sie keine Waffen mehr – Gewehre, Pistolen, die seltsame Avocadoform der Granaten –, sondern nur noch Teile, Formen, Stücke, die von Stiften, Nieten oder Schweißnähten zusammengehalten wurden. Alles zerfiel, zerbröckelte, löste sich auf.

Die vielen kohlenstoffbasierten Substanzen, aus denen die tödlichen Sprengstoffe bestanden, lösten sich am zögerndsten auf, doch sie taten es. Ihre langen Verbindungen klirrten wie echte Ketten, als sie zu Kohlenstoff, Stickstoff, Sauerstoff und Wasserstoff zerfielen. Die Gase verflüchtigten sich und lösten sich in der Luft auf, während der Rest zu Kohlenstoffmatsch degenerierte.

Innerhalb weniger Sekunden war Gavans kostbarer Waffenhort bloß noch ein Haufen formloser, staubbedeckter Schlacke. Diese löste sich ebenfalls auf, mischte sich mit dem Staub, bis eine gleichförmige, etwa dreißig Zentimeter dicke Schicht den Bereich unter dem Mobilheim bedeckte.

Eine Staubwolke quoll durch die Risse im Fußboden empor und verteilte sich.

Zander nieste. „Puh", sagte er und spähte in das Loch. „Hat jemand einen Staubsauger?"

Lady Aisling ließ Tamsins Hand los. Die wahren Umrisse der Dinge und Wesen rings um Tamsin verschwammen, und ihre Sicht war wieder wie vorher. Doch sie hatte das deutliche Gefühl, dass sie wieder hätte sehen können, was Lady Aisling ihr gezeigt hatte, wenn sie sich ausreichend anstrengte.

„Diese Gabe verleihe ich dir, meine Liebe", verkündete Lady Aisling. „Die Fähigkeit, zu sehen und zu verstehen. Du hast sie schon", wandte sie sich an Ben. „In gewissem Ausmaß."

Tamsin glaubte zu begreifen, was Lady Aisling meinte. Ben konnte seine wahre Gestalt in jede andere umformen, bis hin zu einer Nachahmung seiner Umgebung. „So also machst du dich unsichtbar", stellte Tamsin fest. „Ich frage mich, ob ich das auch könnte."

„Natürlich kannst du das", versicherte ihr Lady Aisling. „Du hast bisher vielleicht gedacht, du seist immer unentdeckt geblieben, weil du so clever bist, aber vermutlich lag das eher an den Fähigkeiten, die die Tuil Erdannan deiner Spezies verliehen haben. Setze sie weise ein, meine Liebe."

Tamsin schüttelte den Kopf. „Sie haben mir nicht geholfen, als ich durch die Wälder gerannt bin und versucht habe, Angus zu entkommen. Er hat mich problemlos erwischt."

Lady Aisling tätschelte ihr die Wange. „Weil er dein Gefährte ist, meine Liebe. Jetzt ab mit euch, erklärt euren menschlichen Wachen die Sachlage. Ich mache dir noch ein weiteres Geschenk, Tamsin, weil ich dich mag. Wie Ben vermagst du, nicht aufzufallen und rasch vergessen zu werden. Ich spüre, dass ein Mann da draußen entschlossen ist, dich zu fangen oder zu töten, und das würde mir nicht gefallen. Du musst deine Fähigkeiten trainieren, um sie richtig einsetzen zu können, aber ich gebe dir eine kleine Starthilfe. Doch nun muss ich wirklich los. Mein Gärtner ist ungeduldig, und er hat recht – zum Pflanzen bleibt uns nur ein sehr kleines Zeitfenster. Auf Wiedersehen, Shifter." Sie warf Ben einen Blick zu und runzelte die Stirn, während sie ihren Hut von ihm entgegennahm. „Ich habe eine Tochter, die ungefähr in deinem Alter ist. Vielleicht …" Sie schüttelte den Kopf. „Ach, vergiss es."

Sie wandte sich ab, trat in die dunkelste Ecke des Wohnwagens und verschwand.

„Vielleicht", wiederholte Ben. „Vielleicht was?"

„Klingt, als hätte sie ein Blind Date für dich arrangieren wollen", erwiderte Zander mit dröhnender Stimme. „Lass dich darauf bloß nicht ein. Das geht immer schief."

„He, Bärenmann, ich weiß, wie du deine Gefährtin getroffen hast. Du solltest den Mund also nicht so voll nehmen", konterte Ben. „Wollen wir dann, Leute?"

Angus trat vor Tamsin und funkelte sie an. „Du bleibst hinter mir, egal, was passiert. Verstanden? *Hinter* mir. Wenn es zum Kampf kommt, lässt du dich von Ben hier wegbringen."

Tamsin schmiegte den Kopf an seine Schulter. „Ich mag es, wenn du das mürrische Alphamännchen raushängen lässt. Ich habe allerdings das Gefühl, wir werden problemlos abhauen können."

Die Polizisten hatten ihre Dienstwaffen weiter auf das Mobilheim gerichtet, aber nicht wie angedroht das Feuer eröffnet. Ben trat zuerst ins Freie, nicht weil Angus ihm den Vortritt gelassen hätte, sondern weil er einfach an ihm vorbeischlüpfte.

„Guten Abend, meine Herren", sagte er in verbindlichem Ton. „Was können wir für Sie tun?"

KAPITEL SIEBENUNDZWANZIG

Angus spürte, wie Tamsin sich an seinen Rücken presste. Ausnahmsweise hörte sie auf ihren gesunden Shifterverstand und stürzte sich nicht kopfüber in die Gefahrensituation. Ihr Atem wärmte seinen Hals und das Blut darunter.

Sie hatte ihm die Hand auf die Brust unmittelbar über seinem Herzen gelegt, genau dort, wo der Gefährtenbund in ihm pulsierte, und lächelte zu ihm hoch. *Es ist nicht nur eine Metapher für verliebte Shifter.*

Liebe. Sie liebte ihn wirklich.

Er konnte noch immer nicht fassen, dass sie das wirklich gesagt hatte. Zeuge davon zu werden, wie das Metall zu Staub zerfallen war, hatte ihn nicht halb so verblüfft wie die Tatsache, dass Tamsin Calloway ihn liebte.

Angus liebte sie auch. Er liebte ihr Lächeln, ihr loses Mundwerk, ihre Furchtlosigkeit. Er liebte es, wie sie Ciaran beschützte und mit ihm lachte, wie sie zu Angus sah und ihn miteinbezog. Ihr albernes Gesinge, ihr rotes Haar, das sich nachts über seinen Körper ergoss, ihre Berührungen, die jedes Mal ein Feuer in ihm entfachten.

Angus liebte sie, und die Liebe in ihm war wie das Erblühen der Rosen in Lady Aislings Garten, etwas Wunderschönes, das aus dem Nichts entstand und sich langsam und prächtig entfaltete.

„Alles in Ordnung bei Ihnen?", fragte ein Polizist draußen Ben. Er klang jetzt nicht mehr bedrohlich, sondern wie ein Staatsdiener, der sich professionell um die Anliegen der Bürger kümmerte. „Ein Anrufer hat von einem Einbruch in diesem Mobilheim berichtet."

Zander sprang aus der Tür, gefolgt von Tiger. „Das stimmt", bestätigte er, als er landete. „Irgendwelche einheimischen Jungs haben gedacht, sie könnten das Haus mit Beschlag belegen und eine Party veranstalten. Wir haben sie verjagt, doch irgendjemand muss einen Notruf abgesetzt haben."

Genau das war geschehen, dachte Angus, gespannt, ob die Polizei ihnen das abnehmen würde.

Die Polizisten senkten dem Beispiel ihres Einsatzleiters folgend die Waffen. Aber hinter ihnen standen Agenten der Shifterbehörde. Zander und Tiger trugen kein Halsband, und die Mitarbeiter der Behörde waren geübt darin, wilde Shifter zu erkennen. Angus hielt den Atem an, und Tamsin neben ihm versteifte sich.

Haider und seine drei Agenten kamen näher. „Haben Sie hier irgendwelche Shifter gesehen?", fragte Haider Zander.

Er schien nicht zu merken, dass er einen vor sich hatte, obwohl es Angus unbegreiflich war, wie ihm das entgehen konnte. Zander war riesig, muskelbepackt, hatte durchdringende dunkle Augen und war auffällig gekleidet. Sein weißblondes, zu Zöpfen geflochtenes Haar und der schwarze Staubmantel hätten ihn sogar als Menschen ziemlich auffällig gemacht.

„Nein", antwortete Zander Haider entspannt. „Das ist auch gar nicht unser Haus, sondern das von einem Freund. Wir haben gehört, dass es Ärger gibt, und sind mal vorbeigefahren."

„Wenn Ihnen irgendwelche Shifter auffallen, rufen Sie uns an", sagte Haider in nach wie vor völlig vernünftigem Tonfall.

„Wir sind von der Shifterbehörde. Die Nummer steht auf unserer Homepage."

„Klar doch", versicherte ihm Zander.

„Echt jetzt?", flüsterte Tamsin. „Das ist der Typ, der dich gezwungen hat, mich zu jagen? Der gedroht hat, mich zu sezieren?" Sie seufzte. „Wow, Lady Aisling ist *gut*."

„Hat sie das mit Starthilfe gemeint?", erkundigte sich Angus flüsternd.

„Keine Ahnung." Tamsin lehnte sich an ihn. „Vielleicht hat Lady Aisling dafür gesorgt, dass Haiders Gehirn uns nicht registriert, so wie Ben in die Schatten treten kann, um nicht aufzufallen. Das ist mal echte Macht. Lass uns rausgehen und schauen, was passiert."

Angus packte sie an der Schulter, um sie zurückzuhalten, obwohl er inzwischen wusste, dass er Tamsin nicht bremsen konnte, wenn sie es nicht wollte. Sie löste sich mühelos aus seinem Griff, trat durch die Tür und sprang draußen ins Gras, wo sie geschmeidig landete. Der inzwischen heftige Regen glitzerte in ihrem Haar.

Angus folgte ihr aus dem Wohnwagen und stellte sich wieder vor sie. Sie blieb dicht bei ihm, während sie vorsichtig um die Bullen und Haider herumgingen.

Haider bemerkte Angus und Tamsin überhaupt nicht. Er hatte die Waffe weggesteckt, stand mit verschränkten Armen da und lauschte Ben und Zander, die der Polizei erklärten, wie sie auf die Männer gestoßen waren, die in das Mobilheim eingebrochen waren.

Eine Handvoll Polizisten entfernte sich, um sich genauer umzusehen. Zwei kletterten ins Haus, ein paar andere liefen außen herum. Die beiden im Inneren meldeten per Zuruf, dass sie den Lagerbereich gefunden hatten, es sei aber nur Schmutz und Staub darin. Sie kamen wieder heraus, und der Einsatzleiter der Polizisten äußerte die Vermutung, dass wahrscheinlich eine Bande auf der Suche nach einem Meth-Versteck gewesen war.

In all der Zeit bemerkte keiner der Polizisten oder Agenten Tamsin oder Angus.

Tamsin löste sich von Angus, ging zu Haider und sah ihn direkt an. Der Mann drehte nicht einmal den Kopf. Auch Angus schien er nicht wahrzunehmen.

Die Fuchs-Shifterin wandte sich mit verwirrtem Gesichtsausdruck ab. Sie ergriff Angus' Hand, und gemeinsam schlenderten sie langsam um die Polizisten und Agenten der Shifterbehörde herum zum Pick-up.

Haider behielt weiterhin Zander und den Einsatzleiter der Polizei im Auge. Keiner der Menschen achtete in irgendeiner Weise auf Angus oder Tamsin. Die beiden Shifter existierten für sie überhaupt nicht.

Angus und Tamsin erreichten Hand in Hand den Pick-up und stiegen ein, und Angus schloss leise die Tür. Gleich darauf stieß auch Tiger zu ihnen.

„Wir sollten jetzt verschwinden", schlug er vor.

Angus startete den Pick-up so leise wie möglich und ließ diesmal nicht den Motor aufheulen. Er wendete und fuhr langsam an all den anderen Autos vorbei den Feldweg entlang Richtung Straße.

Sein Herz raste, und seine Hände am Lenkrad waren schweißfeucht, doch niemand hielt sie auf oder stellte sich ihnen in den Weg. Selbst Ben und Zander schienen nicht wahrzunehmen, dass sie wegfuhren. Nur Tiger hatte sie offenbar bemerkt.

Auf dem Highway auf dem Rückweg in die Stadt seufzte Tamsin tief und schmiegte sich an Angus.

„Das will ich nie wieder erleben", sagte sie. „Ich habe jeden Moment damit gerechnet, dass Haider uns entdeckt, aufhält und niederknallt." Sie hob den Blick zur Decke. „Danke, Lady Aisling."

„Das war nicht Lady Aisling", widersprach Tiger. „Das warst du."

Tamsin richtete sich ruckartig auf. „Was?"

„Ich habe es gesehen", fuhr Tiger fort. „Lady Aisling hat

den Anfang gemacht, aber du, Tamsin, hast die Magie übernommen, erweitert und gestärkt. Ich sehe … was anderen
verborgen bleibt." Er berührte kurz seine Lider.

„Wie soll ich das denn bitte angestellt haben?", verlangte
sie zu wissen. Angus spürte über den Gefährtenbund ihre
Anspannung und hätte sie am liebsten an sich gezogen, festgehalten und beruhigt. „Ich bin Shifterin", verkündete Tamsin.
„Von Magie habe ich keine Ahnung." Ihre Stimme klang leicht
panisch.

Angus mischte sich ein: „Aber du bist kein Shifter wie ich
oder selbst wie Tiger. Wenn die Tuil Erdannan deine Ahnen
auf eine andere Weise geschaffen, sie gezüchtet haben, dann
hast du sicher auch andere Fähigkeiten. Überleg doch mal. Die
Shifterbehörde hat deine Mutter geschnappt, dich nicht. Jäger
haben deine Schwester, deren genetischer Code von der Felidseite der Familie kommt, erwischt, dich aber nicht. Du hast das
deiner Schnelligkeit und deiner Fähigkeit, dich zu verstecken,
zugeschrieben, doch was ist, wenn du diese Barriere instinktiv
genutzt hast – einen Zaubertrick, wie Ben so etwas nennt?"

Tamsin wurde kreidebleich. „Du meinst, ich bin mithilfe
von Magie geflohen, die meine Schwester nicht in sich trug?
Genauso wenig wie meine Mutter?"

Angus entgegnete mit sanfterer Stimme: „Du hast ja nicht
gewusst, dass du das tust."

Tamsin schlug die Hände vors Gesicht und schwieg.

Wieder hätte Angus sie am liebsten in den Arm genommen,
die Welt ausgesperrt, bis der Schmerz nachließ. Während er
mit knapp hundert Stundenkilometern die Straße entlangbrauste, konnte er allerdings lediglich den Arm um ihre
Schulter legen und sie an sich ziehen. „Es war nicht deine
Schuld, Liebste."

„Nein", stimmte Tiger zu. „Wir suchen uns unsere Fähigkeiten nicht aus, wie auch immer sie aussehen. Wir müssen sie
meistern, sie verstehen, selbst wenn sie uns wehtun."

Tiger war kein Mann vieler Worte – Angus hatte ihn noch
nie so viel am Stück reden hören –, aber er hatte recht. Alle

Shifter mussten lernen, mit ihrem speziellen Erbe klarzukommen.

Haiders Männer hatten Tamsin überhaupt nur fotografieren können, weil sie es nicht bemerkt hatte. Sie hatte nicht geahnt, dass ein Fotograf sie aus großer Entfernung ins Visier genommen hatte. Angus hätte gewettet, dass es diese Schnappschüsse nie gegeben hätte, wenn sie von dem Mann gewusst hätte. Sie hatte Gavans Gruppe verlassen und war nicht mit den anderen zusammen festgenommen worden, weil sie instinktiv gespürt hatte, wann sie wegmusste. Sie hatte vermutet, Gavan hatte sie an Haider verraten – wenn Angus' Bruder die Klappe gehalten hätte, hätte Haider wahrscheinlich überhaupt nie von Tamsins Existenz erfahren.

Angus hatte sie ohne größere Probleme sofort aufgespürt, als Haider ihn auf sie angesetzt hatte. *Weil er dein Gefährte ist, meine Liebe*, hatte Lady Aisling zu Tamsin gesagt. Angus glaubte nicht an diesen Mist, dass es für jeden Topf ein Deckelchen gab, doch vielleicht hatte der Wolf in ihm schon damals gewusst, dass Tamsin für ihn bestimmt war.

Er würde ihr da durchhelfen. Das taten Gefährten – sie trösteten und beruhigten sich gegenseitig, sie unterstützten und sie liebten einander. Sobald sie im Motel waren, würde Angus die nächsten Schritte einleiten. Sie würden keine Zeit mehr damit verschwenden, vor ihren Artgenossen und vor der Shifterbehörde davonzulaufen.

Lady Aisling hatte ihnen wirklich ein Geschenk gemacht.

———

Während der restlichen Fahrt zum Hotel ließ Tamsins Kummer etwas nach, was sie auf Angus' Berührung schob. Aber sie blieb traurig.

Hätte sie von ihren Fähigkeiten gewusst, wäre ihr klar gewesen, dass sie etwas tun konnte, das Bens Fähigkeiten sehr ähnlich war, hätte sie vielleicht ihrer Mutter helfen und ihre Schwester retten können.

Außerdem hätte sie versucht, ihre Mutter häufiger zu sehen. Sie hatte es aufgegeben, sich in die Shiftertown ihrer Mutter zu schleichen oder diese zu überreden, sie in der Nähe zu treffen, weil sie Angst hatte, ihre Mutter könnte bestraft werden, wenn man sie erwischte. Es war schwer für Tamsin gewesen, sich von ihr fernzuhalten.

Als sie das Motel erreichten, ging Tiger in Bens Zimmer, dessen Tür er trotz des Zaubertricks des Goblins leicht fand, und ließ Angus und Tamsin allein.

Tamsin wollte sich an Angus schmiegen und ihm all ihre Sorgen anvertrauen, doch kaum hatte er sie in ihrem Zimmer in Sicherheit gebracht, kehrte er zum Pick-up zurück, um mit dem Handy zu telefonieren. Er hielt das wohl für ungefährlich, jetzt, wo Haider Tamsin vergessen zu haben schien.

Schweren Herzens duschte sie und zog sich um. Als sie fertig war, hörte sie Zander und Ben zurückkommen und begab sich nach nebenan. Sie traf sie zusammen mit Angus in Bens Zimmer an, wo die drei Shifter und Ben auf Dion hinab-starrten, der zurückfunkelte.

„Also, was machen wir mit ihm?", fragte Ben gerade Zander und Tiger.

„Ihr lasst mich frei", knurrte Dion. „Das waren doch nur beschissene Agenten der Shifterbehörde."

Zander musterte den anderen Shifter intensiv. „Ich glaube, eine solche Einstellung bedarf der Therapie", befand er dann. „Mir fällt auch sofort ein passender Therapeut ein. Dylan Morrissey."

Dion riss die Augen auf. „Morrissey? Der ist total dicke mit der Shifterbehörde. Das weiß doch jeder."

„Dann irrt sich jeder", versetzte Zander. „Ich kümmere mich für dich um ihn, Angus. Er braucht vielleicht einen Heiler, wenn Dylan mit dem Erklären fertig ist. Oder einen Wächter."

Dion zitterte.

„Ich komme mit", bot Ben Zander an. „Das muss ich, wenn der Bindezauber weiter wirken soll."

„Was genau hast du vor?", erkundigte sich Tamsin bei Ben, weil ihre Neugier schon wieder die Oberhand gewann. „Ihn hinten auf deinem Motorrad festzaubern?"

Ben zuckte die Achseln. „Sollte gehen. Pass auf dich auf, Tamsin." Er schloss sie in die Arme. „Du kannst mich jederzeit im Haus besuchen. Die Tür wird dir immer offen stehen."

„Sie wird sich für dich öffnen", korrigierte Zander. „Unheimliches Haus. Ich mag es."

„Was ist mit dir, Tiger?", fragte Ben. „Kommst du mit?"

Tiger schüttelte den Kopf. „Ich überzeuge mich noch davon, dass Angus und Tamsin in Sicherheit sind. Dann kehre ich zu meiner Gefährtin und meinem Jungen zurück."

„Ja, ich verstehe, warum du heimwillst", sagte Ben. „Lieben Gruß an Carly."

Tiger nickte Ben knapp zu, doch Tamsin hatte die Wärme in seinen Augen bemerkt, als er von seiner Gefährtin und seinem Jungen gesprochen hatte. Auch in ihm war der Gefährtenbund stark. Tamsin konnte ihren nicht mehr sehen – zumindest nicht wie vorhin in Form der seidigen Fäden, als Lady Aisling ihr diese besondere Sicht verliehen hatte –, wohl aber spüren. Sie war an Angus gebunden und er an sie, genau wie Tiger an seine Gefährtin.

Es gelang den Shiftern, Dion durch die Tür, die Treppe hinunter und auf Bens Motorrad zu schaffen. Dion hockte steif hinter dem Goblin, und Zander setzte ihm einen Helm auf und rückte ihn zurecht.

Dann umarmte der Heiler Tamsin in einem Wirbel aus Mantel, Zöpfen und harter Wärme. „Mach ihm die Hölle heiß, Tamsin", verabschiedete er sich und küsste sie auf die Wange. „Du kannst mich jederzeit anrufen. Ich lebe jetzt mit Rae in Montana, doch wir sind immer gern unterwegs."

Zander umarmte auch Angus auf Shifterart und zwinkerte ihm zu, als er sich abwandte. „Hab nicht zu viel Spaß, Angus. Ich weiß, du kannst ganz schön einen draufmachen, wenn du willst. Bis dann, Freunde."

Er schwang sich auf sein Motorrad, ließ es an und fuhr gemütlich vom Parkplatz, gefolgt von Ben mit Dion.

Kurz darauf saß Tamsin wieder im Pick-up. Weder sie noch Angus hatten sonderliche Lust gehabt, eine weitere Nacht in dem Motel zu verbringen, deshalb hatten sie sich ohne große Diskussion auf einen raschen Aufbruch geeinigt. Tiger setzte sich wortlos zu ihnen, und sie machten sich auf den Weg nach Albuquerque.

———

ANGUS BEOBACHTETE, WIE TAMSINS LAUNE SICH UNTERWEGS zunehmend besserte. Sie kamen wieder durch Dallas und dann nordwärts nach Wichita Falls, schließlich gen Westen, um in Amarillo auf die I-40 abzubiegen, kurz, sie nahmen genau denselben Weg, den auch der Jahrmarkt damals eingeschlagen hatte. Am Morgen nach der Übernachtung in Dallas spielte Tamsin wieder am Radio herum, sang mit und versuchte, Tiger die Lieder beizubringen.

Angus wusste, dass Tamsin noch immer verwirrt und unsicher war, schockiert von den Enthüllungen über ihre Herkunft.

Als sie am Abend gemeinsam im Bett lagen, versuchte er, ihr zu sagen, dass das alles egal war. Sie war nach wie vor Tamsin, und sie waren ein Paar. Die Tatsache, dass sie möglicherweise die Magie der Tuil Erdannan in sich trug und über Kräfte wie Ben verfügte, bedeutete ihm nichts. Angus würde an ihrer Seite sein, während sie damit umzugehen lernte.

Er war nicht sicher, ob seine Worte ihr geholfen hatten oder die lange Nacht voller Leidenschaft und schließlich auch erholsamem Schlaf, doch als sie am nächsten Morgen wieder unterwegs waren, war Tamsin fast die Alte und versuchte, Tiger dazu zu bringen, Spiele für lange Autofahrten mit ihr zu spielen – *Wer zuerst einen VW sieht, darf den anderen boxen.* Sie stellten das Spiel bald wieder ein, weil Tiger immer gewann.

„Da sind sie!", jubelte Tamsin, als die Straße nach Albuquerque hineinführte. Es wurde langsam dunkel, und die Lichter von Dantes Jahrmarkt erleuchteten die Nacht. „Zeit zu feiern!"

Das Erste, was Angus sah, als er aus dem Pick-up stieg, froh, die lange Fahrt hinter sich zu haben, war Ciaran, der wie ein geölter Blitz auf sie zusauste. Dante kam unmittelbar hinter dem Jungen, um sie zu begrüßen.

Angus hob Ciaran hoch und drückte ihn an sich. Zum Teufel mit der Shifterbehörde. Er würde sein Junges nie, nie wieder allein lassen.

Ciaran klammerte sich lange an Angus, ehe er zu Tamsin weiterlief. „Du hast mir so gefehlt, Tamsin! Ich meine: Mom!"

Tamsin riss ihn an sich und wirbelte ihn im Kreis herum. „Ich habe dich auch vermisst, Süßer." Sie schloss ihn fest in ihre Arme. „Ich hab dich lieb, Ciaran."

Ciaran umarmte sie. „Ich dich auch, Mom."

Angus beobachtete sie. Sein Herz war zum Bersten voll und seine Augen aus irgendeinem merkwürdigen Grund plötzlich feucht. Diskret wischte er sich die Tränen ab und versuchte, sich auf Dantes Worte zu konzentrieren.

„Er war ganz brav", grinste der gerade. „Na ja, mehr oder weniger. Für ein Shifterjunges. Celene und ich haben Pizza da, genug für alle. Tiger, hast du Hunger?"

Tiger hatte am Rande gewartet und schüttelte jetzt den Kopf. „Ich gehe jetzt heim. Carly und Seth warten auf mich."

„Brauchst du eine Mitfahrgelegenheit?", fragte Dante. „Ich kann mal schauen, ob einer meiner Jungs …"

„Nein, danke", fiel ihm Tiger ins Wort. „Auf Wiedersehen, Angus und Tamsin. Ciaran."

Ciaran löste sich von Tamsin und rannte zu Tiger. „Danke, dass du auf meine Eltern aufgepasst hast, Tiger. Ich bin sicher, sie haben dich gebraucht."

Tiger umarmte das Junge fest, dann setzte er es vorsichtig ab und beugte sich vor, um leise mit ihm zu sprechen. „Pass auf sie auf", wies er ihn an. „Ich kann nicht immer hier sein."

„Alles klar." Ciaran nickte ihm zu, dann warf Tiger Tamsin

einen letzten langen Blick zu, wandte sich ab und verschwand in der Dunkelheit.

„Kommt er klar?", fragte Dante und spähte ihm nach.

„Tiger?" Angus suchte die Schatten nach dem Hünen ab, aber Tiger war schon nicht mehr zu sehen. „Der kann hervorragend auf sich aufpassen. Und wenn am Ende des Wegs seine Gefährtin und sein Junges auf ihn warten, wird er noch schneller unterwegs sein."

„Hmm." Dante warf einen weiteren Blick in die Richtung, die Tiger eingeschlagen hatte. „Kommt. Die Pizza wartet."

Angus konnte nicht sofort mit Tamsin ins Bett verschwinden, weil ihn so viele begrüßen wollten, und die beiden wollten auch Ciaran nicht gleich wieder allein lassen. Sie aßen ihre Pizza, dann hatte Ciaran seinen Auftritt mit Celene, wobei Angus und Tamsin sie aus dem Publikum anfeuerten.

Hier hatten sie ein Zuhause gefunden.

Celene schätzte die Situation richtig ein und ließ Ciaran noch ein weiteres Mal bei ihrer Familie übernachten. In der Nacht, nachdem der Jahrmarkt zu war, legte sich Angus in ihrem großen Bett auf Tamsin und liebte sie. Sie küsste ihn, und er spürte warm den Gefährtenbund zwischen ihnen.

Als sie wieder ruhiger atmeten, stützte sich Angus neben ihr auf einen Ellbogen und strich mit den Fingerspitzen über die weiche Haut ihrer Brüste. „Was nun?", fragte er ruhig. „Ziehen wir mit dem Jahrmarkt weiter? Oder fahren wir heim? Ich meine, zu mir nach Hause, in die Shiftertown."

Tamsin blinzelte schläfrig und zufrieden zu ihm hoch. „Geht das überhaupt? Ich trage kein Halsband."

„Das wirst du auch nie müssen. Ich habe vor unserem Aufbruch aus Shreveport ausführlich mit Dylan gesprochen. Ihn habe ihn auch angerufen, um ihm zu sagen, dass es das Waffenversteck nicht mehr gibt, damit er dich verdammt noch mal endlich damit in Ruhe lässt. Er hat mir nicht nur versprochen, ein falsches Halsband für dich zu beschaffen, er und Sean können auch Aufzeichnungen manipulieren, sodass es so aussieht, als hättest du schon immer in meiner Shiftertown gelebt und nie etwas mit Gavan zu tun gehabt. Wenn Haider noch immer keine klare Erinnerung an dich hat, wird er dich in Ruhe lassen. Dafür sorgt Dylan schon."

„Das würde Dylan tun?", fragte Tamsin überrascht. „Er ist nicht sauer, weil wir das Arsenal zerstört haben?"

Angus schüttelte den Kopf. „Er wollte die Waffen nie. Ja, er wollte wissen, wo sie sind, allerdings bloß, um sie zu zerstören. Das hat er mir gegenüber zumindest behauptet. Du hast ihn nicht nur interessiert, weil du gewusst hast, wo das Versteck ist, sondern auch, weil du anders bist. Er hat schon einmal einen Fuchs getroffen und will mehr über Fuchs-Shifter herausfinden – ohne die Folter und die Obduktion, die die Shifterbehörde im Sinn hatte."

Tamsin schnaubte. „Du meinst, ich bin völlig grundlos aus diesem Motelfenster in Texas gesprungen, über einen Stacheldrahtzaun gehechtet und über ein Stoppelfeld gerannt?"

„Nicht unbedingt. Dylan ist trickreich. Aber ich habe ihm klargemacht, dass du ihm, wenn überhaupt, nur zu deinen eigenen Bedingungen helfen wirst und dass ich als dein Gefährte dich ab jetzt beschütze."

Tamsin strich ihm mit der Hand über den nackten Arm bis zur Schulter. „Das gefällt mir."

„Jetzt ist es ist deine Entscheidung, Liebste. Bleiben wir weiter beim Jahrmarkt? Oder ziehst du mit mir in die Shiftertown? Ich weiß, das sind keine tollen Auswahlmöglichkeiten. Vielleicht werde ich dir eines Tages mehr bieten können, wenn die Shifter frei sind." Angus berührte ihre Lippen, ehe sie antworten konnte. „Du weißt, dass es noch eine andere Möglichkeit gibt. Du könntest deiner Wege ziehen. Leben, wie es dir gefällt. Wie vor unserer ersten Begegnung."

„*Das* ist vom Tisch", sagte Tamsin sofort. „Ich bleibe bei dir, Angus. Du weißt, wir haben einen Gefährtenbund. Ich kann nicht mehr ohne dich sein." Sie lächelte strahlend. „Außerdem werde ich deine Hilfe brauchen. Wo auch immer wir uns zu leben entscheiden, du wirst unserer Kleinen, wenn sie eine Füchsin wird, helfen müssen zu begreifen, was es bedeutet, eine Fuchs-Shifterin zu sein und wozu sie möglicherweise in der Lage ist. Und wenn sie eine Wölfin ist, wird sie deine und Ciarans Unterweisung brauchen.“

Angus nickte. „Ja, falls wir ein Junges kriegen. Warum sagst du ‚sie‘? Es könnte doch auch ein Junge werden.“

„Ist sie aber nicht – und ich meine *wenn*, nicht *falls*.“

Angus schaute sie an, während sein Gehirn langsam erfasste, was sie meinte. Er erstarrte, sein Herz setzte aus, und Tamsin lachte.

„Tiger hat es mir gestern Abend in Dallas gesagt. Er weiß, dass ich schwanger bin. Ich habe geantwortet, er könne das unmöglich wissen, wenn ich es nicht einmal selber weiß, doch er hat darauf beharrt. Er sagt, er merkt so etwas immer vor allen anderen. Es wird ein Mädchen. Ich glaube ihm. Angus?“ Tamsins Lächeln erlosch, und sie berührte sein Gesicht. „Ist alles in Ordnung?“

Liebe, Hoffnung, Angst, Aufregung und Freude vermischten sich in Angus' Körper und schnürten ihm die Kehle zu. Er bekam kein Wort heraus und konnte seine Gefährtin nur anstarren.

Dann warf er den Kopf in den Nacken und heulte laut, der Triumph eines Wolfes, dem ein Herzenswunsch erfüllt wurde. Tamsin lachte und schloss ihn in die Arme.

Wenige Minuten später hörte Angus leise, schnelle Schritte, die Tür des Wohnmobils flog auf, und Ciaran stand im Pyjama auf der Schwelle.

„Dad“, schrie er. „Was ist los? Was ist passiert?“

Angus war zu glücklich, um ihn zu tadeln, weil er einfach von Dante weggelaufen war. Seine Stimme erfüllte das gesamte Wohnmobil. „Du kriegst ein Schwesterchen, mein Sohn!“

„Wirklich?“ Ciaran klang skeptisch, dann verwandelte sich sein Tonfall in Begeisterung. „Wirklich? Cool!“ Er sprang in die Luft und reckte die Faust, dann begann er einen Freudentanz.

Das ganze Gefährt wackelte, und Tamsin lachte weiter.

Der Mond leuchtete hell durch die Vorhänge, das einzige Licht weit und breit, jetzt, wo der Jahrmarkt für die Nacht zugemacht hatte. Die Göttin schloss sich ihrer Feier an.

Angus zog die Decke über sie und nahm Tamsin in die Arme, küsste die Gefährtin seines Herzens, während sein Sohn zur Feier eines neuen Lebens jubelnd durchs Wohnmobil hüpfte.

EPILOG

Tamsin wählte die Shiftertown.

Sie war selbst erstaunt, erklärte es sich aber damit, dass diese Entscheidung für Ciaran gefallen war. Und Angus. Na gut, vielleicht auch ein wenig für sie selbst.

Tamsin hatte befürchtet, in einer tiefen Depression zu versinken und keinerlei Antrieb mehr zu haben, sobald sie auch nur einen Fuß in eine Shiftertown setzte, besonders wenn sie auch noch ein falsches Halsband trug, doch zu ihrer Erleichterung trat nichts dergleichen ein.

Die Shiftertown von New Orleans – die ungefähr achtzig Kilometer westlich der Stadt lag – bestand aus Backsteinhäusern und satt grünen Rasenflächen, die sich in einer flachen Landschaft unter einem endlosen Himmel erstreckten. Neben manchen Häusern ragten gewaltige Bäume empor, die vor Urzeiten gepflanzt worden sein mussten. Es gab keinerlei Zäune in der Stadt. Eine Straße auf der einen und der Bayou auf der anderen Seite trennten die Shiftertown vom Rest der Welt.

Statt ihr mit Argwohn zu begegnen und sie anzustarren, womit Tamsin fest gerechnet hatte, hießen die Shifter in Angus' Zuhause sie herzlich willkommen.

„Wird ja auch Zeit, dass Angus endlich wieder richtig lebt", sagte Reg, der groß gewachsene Felid. Er schloss Tamsin fest in die Arme, als Angus sie zur Versammlung aller ortsansässigen Shifter mitbrachte, und küsste sie auf die Wange. „Noch dazu hat er sich genau die Richtige ausgesucht. Als ich euch zusammen gesehen habe, war mir irgendwie klar, dass das passt."

Es schien Reg nichts auszumachen, dass er seinen SUV in Lake Charles hatte abholen müssen, wo sie ihn stehen gelassen hatten. Stattdessen war er nach eigenem Bekunden froh, seinen Beitrag zu ihrer Flucht vor der Shifterbehörde geleistet zu haben.

Auch Spence, der Anführer der Shiftertown, hieß Tamsin in seinen Reihen willkommen. Er war ein Lupid, der zu Angus' Clan gehörte, mit dunklen Augen und Haar, das bereits an den Schläfen ergraute, wie das von Dylan.

„Danke, dass du Angus nach Hause gebracht hast", sagte er zu Tamsin, als sie einander offiziell vorgestellt wurden. „Ich merke jetzt schon, dass du ihm guttust. Er hat so viel durchmachen müssen."

„Von seinem Anführer fallen gelassen zu werden, hat auch nicht gerade zu seinem Wohlergehen beigetragen", erwiderte Tamsin unverblümt. „Aber das ist dir wahrscheinlich selbst klar."

Die Entscheidungen, die Angus' Anführer in der Vergangenheit gefällt hatte, gingen sie eigentlich nichts an, doch Tamsin hatte durchaus bemerkt, wie traurig Angus jedes Mal wirkte, wenn sein verlorener Posten als Stellvertreter zur Sprache kam. Er hatte seinen angestammten Platz in der Hierarchie aufgrund der Missetaten seines Bruders verloren, nicht weil er selbst einen Fehler gemacht hatte.

Spence nahm ihren Einwand mit einem Nicken zur Kenntnis. „Mir tut das Ganze leid", beteuerte er. „Sie haben mich in die Ecke gedrängt und mir keine andere Wahl gelassen. Aber mittlerweile ist so viel Zeit vergangen, und Angus hat bewiesen, dass er nichts mit Gavans Machenschaften am Hut hatte

…" Er vollendete den Satz nicht und zuckte lediglich die Schultern. „Wer weiß, vielleicht ändert sich ja so manches noch?"

Dabei mussten sie es für den Moment belassen.

Angus hatte sie unmittelbar nach ihrer Ankunft in der Shiftertown sofort vor die Versammlung gebracht. Tamsin verstand das, schließlich musste der Neuankömmling auf dem Territorium zuallererst von den Shiftern in die Gemeinschaft aufgenommen werden. Ganz gleich, wie glatt Dylan und Sean sie in die Datenbank hatten einschleusen können, die eigentliche Bewährungsprobe war die Aufnahme dieser ihnen fremden Shifterin in die eigenen Reihen.

Durch Spencers spontane freundliche Begrüßung – er hatte sie umarmt – und Regs noch enthusiastischere Reaktion waren die übrigen Shifter neugierig auf sie geworden. Tamsin lernte an diesem Nachmittag eine Menge Leute kennen, wurde häufig umarmt und schob jetzt schon leichte Panik, wenn sie daran dachte, dass sie sich die vielen Namen einprägen musste. Doch sie würde für ein Weilchen bleiben und dafür genug Zeit haben.

Mit wachsender Aufregung begleitete sie Angus von dem Treffen zur baumbestandenen Wiese, auf der sein Haus stand. Sein Zuhause.

Dimitris Zugmaschine, die in ihren Ursprungszustand zurückversetzt worden war und jetzt ohne Zirkusaufkleber wieder schwarz glänzte, stand vor dem Gebäude. Als Angus Dimitri angerufen hatte, um die Rückgabemodalitäten des Fahrzeugs zu klären, hatte er gesagt, er würde es mit nach Hause nehmen, wenn er zu der Zeremonie unter der Sonne und dem Mond kam.

Angus bewohnte einen kleinen quadratischen Bungalow, den weit ausladende Bäume vor der grellen Sonne schützten. Er schloss die Haustür auf, und dahinter kam ein praktisch eingerichtetes Wohnzimmer mit offener Küche zutage mit einem Flur links, der zu den Schlafzimmern führte.

Tamsin stellte sich in die Mitte des Wohnzimmers und begutachtete die bequemen Sitzmöbel, die schon bessere Tage gesehen hatten, die einfache Küche mit einem Tisch und Stühlen, und die ovalen Teppiche auf den Böden. Ciaran hatte ein paar Spielzeuge auf dem Couchtisch liegen lassen, und eine von Angus' Jacken hing über der Armlehne eines Stuhls.

Ihr kamen die Tränen. Obwohl Shiftern ihre Häuser in Shiftertowns genau genommen nicht gehörten, hatten Ciaran und Angus sich ihres zu eigen gemacht und es in ihr Zuhause verwandelt, etwas, das Tamsin seit mehr als zwanzig Jahren nicht mehr gehabt hatte.

„Es ist nichts Besonderes", sagte Angus. „Ich besitze nicht viele Dinge. Du kannst hier alles verändern und dich ruhig austoben."

Tamsin legte die Hände an ihre Wangen. „Es ist perfekt."

Angus schaute sie verdutzt an, aber sie sprach nicht von der Inneneinrichtung. Dies war Angus' Zuhause, jetzt auch ihres, wo sie bleiben, sich lieben und ihr Leben miteinander teilen konnten.

„Komm, ich zeige dir mein Zimmer!", rief Ciaran. Er nahm Tamsin an der Hand und zog sie den Flur entlang, ehe sie Einspruch erheben konnte. Nicht, dass sie sich hätte wehren wollen. Er führte sie in sein Reich, das sich als sehr schönes Kinderzimmer entpuppte. In den Regalen standen jede Menge Bücher, außerdem gab es viel Spielzeug, allen voran Trucks und Soldaten.

Tamsin hörte aufmerksam Ciarans Beschreibungen zu, ließ sich von ihm alles zeigen, was ihm wichtig war – sein Lieblingsbuch, seinen Spielzeugsattelschlepper, der aussah wie der von Dimitri, ein Kartenspiel, mit dem er Tricks lernte.

Das Schlafzimmer auf der anderen Seite des Flurs, in das sie sich zurückzog, als sich Ciaran in sein Buch vertiefte, gehörte Angus. Und jetzt auch ihr.

Tamsin hängte ihre wenigen Sachen in die Hälfte des Wandschranks, die Angus hastig für sie leer geräumt hatte, und lächelte, als er mit rotem Gesicht seine Unterwäsche von einer Schublade in eine andere umzog. Sein Bett war eher schmal und mit schmuckloser Bettwäsche bezogen. An der Wand hing nur ein Bild, ein aktuelles Schulfoto von Ciaran.

Der Raum war karg, doch gleichzeitig so sehr Angus, dass sie zu ihm ging und ihn fest in die Arme schloss.

Als sie sich im Mondschein liebten, musste Tamsin wieder weinen.

„Schh", flüsterte Angus und küsste ihre Wange. „Was ist denn, Liebste?"

„Ich kann hier glücklich sein." Tamsin schmiegte sich an ihn, lauschte in die Stille der Nacht und Ciarans leisem Schnarchen im Zimmer gegenüber. „Ich hätte nie geglaubt, dass ich so einen Ort mal für mich finden würde."

„Du trägst das Glück in dir." Angus strich ihr das Haar mit seinen starken Händen glatt. „Seit du da bist, ist es hier viel schöner."

Angus, kein Mann vieler Worte, wusste immer genau, was er zu Tamsin sagen musste.

Sie küsste ihn, als Angus sich auf sie legte und noch einmal in sie glitt. Tamsin machte das kleine Bett nichts aus, denn für sie und Angus war es perfekt.

———

DREI NÄCHTE VOR DEM NÄCHSTEN VOLLMOND versammelten sich die Shifter der Shiftertown von New Orleans unter der hellen Nachmittagssonne für den ersten Teil der Zeremonie, der das Gefährtenversprechen von Angus Murray und Tamsin Calloway besiegeln würde.

Angus schaute Tamsin beim Tanzen zu, nachdem Spence ihren Bund offiziell anerkannt und sie im Licht des Vatergottes, der Sonne, gesegnet hatte. Tamsin hatte schnell Anschluss gefunden und sich mit den anderen Shifterinnen angefreundet, und deren Junge mochten sie ebenfalls.

Auf Tamsins Einladung hin waren Dante, Celene und

Brina gekommen. Der Bär trug dem Anlass entsprechend seinen Hut mit der Feder, die Angus an der Wange kitzelte, als ihn sein Gast nach der Zeremonie stürmisch umarmte.

„Du bist ein Glückspilz", verkündete Dante und klopfte Angus dabei kräftig auf den Rücken. „Und vergiss nicht, dass du mich jederzeit anrufen kannst, wenn du dich irgendwann doch für das Leben auf dem Jahrmarkt entscheidest."

Tiger hatte ein falsches Halsband für den Bären aufgetrieben und es ihm bei der Ankunft überreicht. Dante fummelte unablässig daran herum, aber da keine Menschen zugegen waren, die das hätten bemerken können, rügte Angus ihn deswegen nicht.

Brina und Ciaran freuten sich lauthals über ihr Wiedersehen, und schon bald spielte das Mädchen mit dem kleinen Wolf und seinen Freunden.

Dimitri und Jaycee trafen ein und ließen es sich nicht nehmen, Angus und Tamsin gnadenlos aufzuziehen, doch es war offensichtlich, wie sehr sie sich für die beiden freuten.

Tamsin lachte über ihre Frotzeleien. Sobald Musik aus den Lautsprechern durch die Gärten dröhnte, wirbelte sie in dem Rock und dem kurzen Oberteil, die sie für die Zeremonie angezogen hatte, leichtfüßig herum.

Auch Zander und Rae waren gekommen, und der Eisbär ließ es sich nicht nehmen, wie gewohnt, eine große Show hinzulegen und wild zu tanzen. Als Rae Tamsin und Angus nach der Zeremonie unter der Sonne begrüßte, erzählte sie ihnen, dass sie tatsächlich auch selbst ein Junges erwartete, wie Zander bereits vermutet hatte. Danach tauschten sich die beiden Shifterinnen lange und ausführlich aus.

Dylan war mit Tiger eingetroffen, der seine Gefährtin und sein Baby mitgebracht hatte, doch Dylan hatte Angus versprochen, Tamsin wenigstens an diesem Tag keiner Befragung zu unterziehen.

„Dafür haben wir später noch ausreichend Zeit", erklärte Dylan nach einem Schluck aus der Bierflasche, die Angus ihm gereicht hatte „Wird sie sich uns anschließen?"

Dylan hatte Tamsin eingeladen, Teil der Armee zu werden, die er in die Schlacht gegen die Feen führen wollte, wenn der Zeitpunkt dafür gekommen war. Tamsin hatte ihm versprochen, darüber nachzudenken.

„Sie wird wahrscheinlich Ja sagen", teilte Angus ihm mit. „Aber vorher wird sie unser Junges bekommen wollen."

Jedes Mal wenn er daran dachte, wurde ihm ganz warm ums Herz. Wie würde es sich wohl anfühlen, seine Tochter im Arm zu halten, deren Mutter die wahre Gefährtin seines Herzens war?

Dylan nickte nur und beließ es dabei.

Die besondere Überraschung, für die Angus gesorgt hatte, kam unmittelbar vor der Zeremonie unter dem Mond an. Die Shifter hatten den ganzen Tag gefeiert, getanzt und getrunken, und als Tamsin und Angus gemeinsam auf die mondbeschienene Lichtung traten, war die Aufregung groß.

Die Hälfte der Anwesenden nahm ihre Tiergestalt an, und so mancher in Menschengestalt hatte sich seiner Kleidung entledigt, um sich bei Bedarf leichter verwandeln zu können. Der Paarungswahn lag in der Luft, und in den Schatten waren die ersten Paare bereits zugange.

Eine Zeremonie im Angesicht der Sonne und des Mondes weckte stets die wilden Triebe in den Shiftern, das Verlangen nach ihren Gefährten oder nach der Jagd auf potenzielle Kandidaten, wenn sie noch keinen hatten. Die jüngeren Shifter, die gerade erst den Übergang vollzogen hatten, gaben sich knurrig und ungeduldig, weil der Paarungswahn bei ihnen am stärksten war.

Unmittelbar vor dem zweiten Teil der Zeremonie wollte Spence noch einmal mit Angus reden. „Tamsin hat recht", sagte er. „Ich könnte wirklich einen zweiten Stellvertreter brauchen. Reg kann nicht alles allein bewältigen. Die Sache mit Gavan ist lange her, die Idioten von der Shifterbehörde haben sich eingekriegt und würden dir erlauben, mir wieder zur Seite zu stehen. Ich habe schon mit ihnen gesprochen."

Angus blinzelte verwundert, sah jedoch den triumphierenden Blick, den Tamsin Spence zuwarf.

Er wägte ab, ob er wirklich wieder als Tracker für seinen Anführer arbeiten wollte, was bedeuten würde, dass er zwar die meiste Zeit in der Shiftertown verbringen könnte, bei Bedarf aber durchaus auf gefährliche Missionen geschickt wurde. Die Alternative war, wieder vor dem Club zu stehen — sein Chef hatte ihm bereits mitgeteilt, dass er ihn jederzeit weiterbeschäftigen würde, wenn er das wollte. Das hätte eine langweilige Nacht nach der anderen bedeutet, in der er dafür verantwortlich war, dass sich betrunkene Menschen und Shifter nicht an die Kehle gingen. Allerdings wäre es nicht gefährlich, und er hätte sich weder mit der Shifterbehörde herumschlagen noch die Shiftertown vor jedweder Bedrohung schützen müssen.

„Ich werde darüber nachdenken", antwortete er schließlich. Er wusste schon, dass er wieder Tracker sein wollte, das tun, worin er am besten war, doch es schadete nicht, Spence ein Weilchen schwitzen zu lassen.

Spence zuckte die Achseln und kehrte zu der Stelle zurück, von wo aus er die Zeremonie im Angesicht des Mondes, der Muttergöttin, die wichtigere der beiden, abhalten würde. „Meine Freunde", setzte er an.

Er machte eine Pause, weil Tamsins Überraschung genau in dem Moment zu den anderen stieß. Eine Frau kam um Angus' Haus herum und über die Gärten auf die Freifläche. Sie war Shifterin, groß gewachsen und aufrecht gehend. Ihr kurzes Haar, das im Mondlicht hell schimmerte, stand an manchen Stellen ab wie die Pinsel auf den Ohren eines Rotluchses.

Tamsin erstarrte, ihre Hand entglitt Angus. Ihr Gefährte wollte sie stützen, aber Tamsin riss sich von ihm los und rannte auf die Frau zu, wobei sich der Blumenkranz von ihrem Kopf löste und ins Gras fiel.

„Mom!", rief sie, und wenige Augenblicke später lagen sich

die beiden weinend in den Armen und hielten sich so fest, wie sie nur konnten.

Angus blieb etwas entfernt stehen, weil er Tamsin den ungestörten Moment mit ihrer Mutter gönnte, in dem sich die beiden mit Liebe förmlich überschütteten.

Nach einer Weile führte Tamsin die Frau auf die Lichtung, ohne den Arm von ihrem zu nehmen. Sie hatte ihren Blumenkranz wieder aufgehoben und hielt ihn in den Händen, als ihre Mutter in den Mondschein trat. Sie hatte blaue Augen, keine goldenen, doch sie hatten dieselbe Form wie Tamsins und schauten auch genauso wach auf die Umstehenden.

„Angus, das ist meine Mutter, Sheila Calloway. Aber das weißt du ja schon. Du hast dafür gesorgt, dass sie hier ist."

Angus nickte. „Das stimmt. Mit Dylans Hilfe."

Tamsin blickte ihn gespielt finster an. „Das hast du mir vorenthalten!"

„Es sollte eine Überraschung werden", verteidigte sich Angus achselzuckend. „Ein Geschenk."

„Du …" Tamsin schlug ihm mit dem Blumenkranz gegen die Brust. „Du Mistkerl. Du wundervoller, wundervoller Mistkerl."

Sie warf sich Angus an den Hals, der sie in seine Arme schloss. Der Gefährtenbund wärmte ihn von innen heraus, genau wie ihr Kuss. Mondlicht schimmerte über die Lichtung, als die Muttergöttin ihnen ihren Segen gab.

Das silbrige Licht glitzerte und funkelte in Tamsins Augen, als Angus sie wieder absetzte. Er half ihr, den Blumenkranz in ihrem Haar zu befestigen, dann rief Spence auch schon: „Unter dem Licht des Mondes, der Muttergöttin, erklärte ich euch zu Gefährten!"

Daraufhin brach der Wahnsinn unter den anwesenden Shiftern aus, sie jubelten hemmungslos, tanzten, heulten und brüllten. Tamsin wurde ganz still und legte die Hand auf Angus' Wange, bevor sie ihn auf den Mund küsste.

„Ich liebe dich, Gefährte meines Herzens", flüsterte sie.

„Ich liebe dich, Tamsin", erwiderte Angus und legte alles, was er zu geben hatte, in diese Worte.

„Danke, dass du mich eingefangen hast." Tamsin warf ihm einen verschmitzten Blick zu, dann riss sie sich den Blumenkranz vom Kopf und warf ihn mit einem Freudenschrei hoch in die Luft.

Ihr melodisches Lachen erfüllte die Nacht, verschmolz mit dem Gefährtenbund und legte sich um Angus' Herz.

BÜCHER VON JENNIFER ASHLEY

Die Bücher der „Shifters Unbound"-Serie

Liams Zähmung

(OT: Pride Mates)

Der Bund des Wächters

(OT: Primal Bonds)

Bodyguard: Unter dem Shutz des Bären

(OT: Bodyguard)

Der Kuss der Feenkatze

(OT: Wild Cat)

Die Gefährtin des Jaguars

(OT: Hard Mated)

Die Leidenschaft des Alphas

(OT: Mate Claimed)

Der Gefährte der Bärin

(OT: Perfect Mate)

Die Liebes des Wolfes

(OT: Lone Wolf)

Im Bann des Tigers

(OT: Tiger Magic)

Das Verlangen des Leoparden

(OT: Feral Heat)

Das Versprechen des Wolfes

(OT: Wild Wolf)

Die Verführung der Bärin

(Bear Attraction)

Das Geheimnis der Wölfe

(OT: Mate Bond)

Die Herz des Löwen

(OT: Lion Eyes)

In den Armen des Wolfs

(OT: Bad Wolf)

Die Zärtlichkeit des Wolfes

(OT: Wild Things)

Der Traum des Weißen Tigers

(OT: White Tiger)

Die Küsse der Wächterin

(OT: Guardian's Mate)

Die Sehnsucht des roten Wolfes

(OT: Red Wolf)

Die Geliebte des schwarzen Wolfes

(OT: Midnight Wolf

Tigers Mission

(OT: Tiger Striped)

Eine Shifter-Weihnachtsgeschichte

(OT: A Shifter Christmas Carol)

Iron Master

The Last Warrior

Das Schwert der Shifter

(OT "Shifter Made")

ÜBER DEN AUTOR

Die New-York-Times-Bestsellerautorin Jennifer Ashley hat unter den Namen Jennifer Ashley, Allyson James und Ashley Gardner mehr als fünfundneunzig Romane und Novellas veröffentlicht. Unter ihren Büchern finden sich Liebesromane, Urban Fantasy und Krimis. Jennifer Ashleys Bücher sind in ein Dutzend verschiedene Sprachen übersetzt worden und haben besonders hervorgehobene Kritiken der Booklist und Publishers Weekly erhalten.

Mehr über die „Shifters Unbound"-Serie erfahren Sie auf www.jenniferashley.com.

9 781951 041564